Knaur.

Über die Autorin:
Lea Korte lebt schon seit mehr als zehn Jahren in Spanien und hat lange über ihre Hauptfigur, Catalina de Erauso, geforscht, die eine der spannendsten Frauenfiguren der spanischen Geschichte darstellt.
Mehr Informationen zur Autorin und ihrer außergewöhnlichen Heldin finden Sie im Internet unter www.leakorte.com

Lea Korte

Die Nonne mit dem Schwert

Roman

Knaur Taschenbuch Verlag

Besuchen Sie uns im Internet:
www.knaur.de

Originalausgabe April 2007

Ein Unternehmen der Droemerschen Verlagsanstalt
Th. Knaur Nachf. GmbH & Co. KG, München

Redaktion: Regine Weisbrod
Umschlaggestaltung: ZERO Werbeagentur, München
Umschlagabbildung: akg-images, Berlin
Satz: Adobe InDesign im Verlag
Druck und Bindung: Clausen & Bosse, Leck
Printed in Germany
ISBN 978-3-426-63386-1

2 4 5 3 1

Für Mama und Alina

Erster Teil
San Sebastián
1607

I

Francisco sah die drei Flamen mit den nachtschwarzen Umhängen nicht zum ersten Mal in Enekos Taverne kommen. Auch heute wieder zwang ihn das selbstherrliche Auftreten der Männer, ihnen nachzusehen, bis sie sich an dem hintersten Tisch der Wirtsstube niedergelassen hatten. Der Älteste, ein krummnasiger Koloss mit Augenklappe, winkte das Schankmädchen herbei. Das dünne Ding näherte sich ihm nur zögerlich.

»Muss ich dir erst Beine machen?«

Erschrocken raffte das Mädchen die Röcke und beeilte sich so, dass sie stolperte. Die Flamen johlten. Francisco sah, wie dem Wirt der Hals schwoll. Er trat an den Tresen heran. »Irgendwann jagen wir sie alle davon!« Eneko wandte den Blick zu Francisco und klatschte den Spüllappen auf den Tresen, als wolle er jemanden erschlagen. »Hast du schon gehört, dass das verdammte Flamenpack wieder eine unserer Galeonen versenkt hat?«

Francisco nickte und sah zu den Flamen hinüber, doch die waren so mit dem Schankmädchen beschäftigt, dass sie Enekos Provokation gar nicht gehört hatten.

»Vier ihrer Schiffe gegen ein einziges der unseren!«, fuhr Eneko mit lauter Stimme fort. »Nur wenige Meilen vor dem Hafen! Werden immer dreister, die gottlosen Calvinisten. Und mit so einem Pack lässt sich unser König Philipp auf Friedensverhandlungen ein, flämische Teufelsbrut, die das ist!«

Diesmal hatte zumindest der Krummnasige seine Rede gehört. Mit glühenden Augen drehte er sich zu ihnen um. Eneko hob das Kinn, Francisco straffte sich, doch der Flame blieb auf seinem Platz.

»Los, bring uns Wein, eine Karaffe«, herrschte er das Schankmädchen an. »Und ein bisschen plötzlich!«

Er nippte an dem Wein und spuckte ihn angewidert auf den Kneipenboden. »Wein soll das sein? Baskische Pisse ist das!«

Wutschnaubend wollte sich Eneko auf ihn stürzen, doch seine Frau, eine zierliche Brünette, stellte sich ihm in den Weg.

»Sollen die aus unserer Taverne Kleinholz machen?«

Mit aufreizender Langsamkeit setzte der Flame seinen breitkrempigen Filzhut auf und machte seinen Gefährten mit einer knappen Kopfbewegung klar, dass sie mit ihm das Lokal verlassen sollten. »Hier stinkt's mir zu sehr nach Basken.«

Kaum war die Tür hinter ihnen zugefallen, warfen sich Francisco und Eneko ihre Umhänge über die Schultern und folgten ihnen.

Auf der Straße sahen sie nur noch den Krummnasigen. Er verschwand gerade um die Ecke.

»Ich bleibe an ihm dran, und du versuchst, die beiden anderen aufzustöbern«, zischte Francisco Eneko zu. »Den einen hier schaffe ich allein, und die beiden anderen nehmen wir uns später zusammen vor. Komm an die alte Kirche, wenn du weißt, wo sie hingegangen sind.«

Die Hand am Degenknauf, eilte Francisco dem Krummnasigen nach und geriet dabei mehr und mehr in die dunkleren Viertel der Stadt. Bald half ihm nur noch der durch den spätabendlichen Nebel schimmernde Mond dabei,

den Kerl in dem Gassengewirr nicht aus den Augen zu verlieren.
Als sie die fünfte oder sechste Straßenecke hinter sich gelassen hatten, drehte sich der Kerl auf einmal mit gezücktem Degen zu ihm um.
»Ich hoffe, du hast gebeichtet, Bürschchen!«
»Das hättest du tun sollen!« Francisco zog ebenfalls den Degen.
»Deine großen Töne dürften dir gleich vergehen«, prophezeite jemand hinter ihm.
Francisco fuhr herum und sah sich den beiden anderen Flamen gegenüber. Er fluchte und fragte sich, wo Eneko steckte.
»Streckst du den Degen oder müssen wir dir erst Feuer unterm Hintern machen?«
»Passt lieber auf, dass eure Hintern nicht gleich brennen!« Mit dem letzten Wort stach Francisco in den Arm des Krummnasigen, für den der Angriff völlig überraschend kam. Stöhnend griff er sich an die Wunde und ließ den Degen fallen, während Francisco schon herumsprang und die Hiebe der beiden anderen abwehrte. Sie versuchten, ihn an die Wand zu drängen und niederzustechen, doch wann immer sie sich am Ziel wähnten, glitt Francisco unter ihren Degen hindurch und griff sie kurz darauf, freche Scherze rufend, von hinten an. Schließlich packte den Jüngeren die Wut: Er preschte allein vor. Francisco machte einen Ausfall und öffnete dem Mann mit einem einzigen, geraden Schnitt die Kehle. Nun hatte er es nur noch mit dem Wendigsten von ihnen zu tun. Mit ihm, das wurde Francisco angesichts der in schwindelerregendem Tempo geführten Attacken schnell klar, hatte er seinen ärgsten Feind noch vor sich, und schon durchfuhr ihn ein

heißer Schmerz im Oberarm. Fluchend wirbelte Francisco herum, übernahm seinen Degen mit der anderen Hand und wollte dem Gegner eben den Todesstoß versetzen, als ihn jemand höchst unsanft von hinten am Kragen packte und regelrecht in die Luft hob.

»Catalina de Erauso! Natürlich«, donnerte die Stimme der Novizinnenmutter und beendete damit Catalinas geistigen Ausflug in die Männerwelt. Von einer Sekunde zur nächsten war sie wieder nur eines der vierunddreißig Mädchen, die hier im Dominikanerkloster Santo Domingo zu San Sebastián auf ein Leben des Gebets und der Besinnung vorbereitet wurden. Ehe sie auch nur eine Silbe zu ihrer Verteidigung hervorbringen konnte, hatte Schwester Asunción ihr auch schon ihren Fechtstock entwunden und drosch damit höchst unchristlich auf ihr Hinterteil ein.

»Nimm das und das!«, rief sie empört. Obwohl der dünne Stoff ihrer Novizinnenkutte die Hiebe kaum milderte, drang kein Laut über Catalinas Lippen. Schließlich war sie eine de Erauso! Trotzdem war sie froh, als der Nonne die Arme erlahmten.

»Das werde ich der Mutter Oberin melden«, drohte ihr jene mit hochrotem Kopf. »Vielleicht glaubt sie mir jetzt endlich, dass du vom Teufel besessen bist. Was sonst sollte eine Novizin dazu bringen, mit Geistern zu fechten?«

»Der Überdruss und das verdammte Einerlei hier!«, presste Catalina tonlos hervor, aber die Schwester hörte es doch und versetzte ihr eine schallende Ohrfeige.

»Widerworte, nichts als freche Widerworte, und das seit dem unseligen Tag, an dem deine Eltern dich unserer Für-

sorge anvertraut haben! Aber warte nur: Dir komme ich bei! Ich habe noch alle kleingekriegt.«
Catalina hörte kaum hin. Viel zu heiß brannte die Demütigung der Züchtigung noch in ihrer Seele.
»Das zahlst du mir heim«, schwor sie sich. »Irgendwann zahlst du mir das heim.«
Da hörte sie den dumpfen Widerhall von Schwester Euralias Stock auf dem gepflasterten Gehweg des Klostergartens. Sie wandte den Kopf.
»Catalina, Schwester Asunción!« Mühsam kam die gehbehinderte Schwester auf sie zu. Als junge Frau war sie nur wenige Tage vor ihrer Hochzeit mit dem ältesten Sohn eines Granden, eines Angehörigen des spanischen Hochadels, eine Treppe hinuntergestürzt und hatte sich beide Beine gebrochen. Schon nach der ersten Untersuchung durch den Leibarzt ihrer Eltern war klar gewesen, dass sie nie mehr richtig gehen können würde, worauf ihre Eltern sie im Kloster unterbrachten und Euralias jüngere Schwester mit dem einflussreichen Mann vermählten. Anfangs hatte das abgeschobene Mädchen gegen das Leben hinter den hohen Mauern rebelliert, aber dann hatte sie hier Lesen und Schreiben lernen und schließlich sogar Pharmazie studieren dürfen, und als ihre Schwester kurz nach der Geburt ihres ersten Kindes im Wochenbett starb, war ihr endgültig klar geworden, dass sie das bessere Los gezogen hatte.
Genau dies versuchte sie schon seit Jahren Catalina zu vermitteln: dass ihr Gott geweihtes Leben durchaus Vorteile hatte – zumindest, wenn man nicht gerade wieder einmal von Schwester Asunción bei einer Missetat erwischt worden war.
»Schwester Asunción, ich bitte Euch: Was auch immer

Catalina jetzt wieder angestellt hat – lasst Milde walten!«, bat sie ihre Mitschwester. »Ihr kennt sie doch. Sie ist kein schlechtes Mädchen. Es ist nur ihr Temperament, das immer wieder mit ihr durchgeht!«
»Und eben dieses Temperament werde ich ihr austreiben, und zwar ein für alle Mal!« Sie versetzte Catalina einen Stoß. »Los, zur Mutter Oberin! Wollen wir doch einmal sehen, wie lange sich der Teufel in dir hält, wenn du bei Wasser und Brot darbst!«
Notgedrungen stolperte Catalina vor Schwester Asunción her. Noch war die Stunde ihrer Rache nicht gekommen.

Catalina blieb stehen und drückte sich die Hände auf die Ohren. Allmählich hallten ihre Schritte wie Hohnlachen in ihrem Kopf wider, aber jetzt, wo sie stand und nichts weiter als den eigenen Atem hörte, fühlte sie sich auch nicht besser. Diese Stille! Schon seit zehn Tagen drückte sie ihr aufs Gemüt. Zumindest nahm sie an, dass es zehn Tage waren. Tageslicht, mit dessen Hilfe sie das Verstreichen der Stunden hätte abzählen können, drang nicht in ihre Zelle. In das dunkelste und feuchteste Verlies des Klosters hatte man sie gesteckt. In völliger Abgeschiedenheit sollte sie in sich gehen können. Bereuen. Beten. Buße tun. Mit nichts weiter als ihrem Rosenkranz und den Kerzen, die ihr in regelmäßigen Abständen von einer erbarmungslos schweigenden Schwester zusammen mit Brot, Wasser und einem sauberen Latrineneimer gebracht wurden. Catalina vermutete, dass sie immer nach dem ersten Morgengebet kam, doch die Zeit dazwischen erschien ihr so endlos, dass sie möglicherweise auch nur jeden zweiten Tag zu ihr herabstieg. Jedes Mal fragte Catalina sie, wie lange man sie noch hier unten schmoren lassen wolle. Und jedes Mal zog die Schwester stumm die Tür hinter sich zu. Catalina rieb sich die Schläfen, und als auch das nichts half, hämmerte sie dagegen. Die Stille, diese verdammte Stille!

Zum Zeitpunkt ihrer Einkerkerung lebte Catalina schon seit über sechs Jahren im Kloster. Zwei Tage nach ihrem neunten Geburtstag hatten ihre Eltern, der Reedereibesitzer Miguel de Erauso und seine Frau María López de Barrena, sie zu den Dominikanerinnen gebracht, wo auch schon ihre beiden älteren Schwestern lebten.

»Deine Schwestern sind dort sehr glücklich«, hatten sie ihr erklärt, und die Mutter hatte ihr vorgeschwärmt, welche Erfüllung sie hinter den heiligen Mauern finden würde.

»Ein Leben nur Gott und dem Gebet geweiht – ein solches Glück hat nicht jede Frau.«

Catalinas Vorstellung von Glück war schon damals anders gewesen, und nachdem sie bereits an ihrem dritten Tag im Kloster zum ersten Mal die harte Hand der Novizinnenmutter zu spüren bekommen hatte, war sie endgültig zu dem Schluss gekommen, dass dies hier kein Leben für sie war. Noch schlimmer aber war, dass man sie im nächsten Frühjahr … Catalina verbot sich weiterzudenken. Es war jetzt kein guter Moment, um sich das Herz schwer zu machen.

Catalina nahm ihre Wanderung wieder auf. Drei-, viermal mochte sie hin- und hergelaufen sein, als sie plötzlich Schritte hörte. Sie waren schwerer als die der Schwester, die ihr das Essen brachte, und jeder zweite Schritt wurde von einem dumpfen Schlag begleitet …

»O bitte, lass sie es sein!«, flehte Catalina. »Und lass sie kommen, um mich hier rauszuholen!«
Tatsächlich wurde ein Schlüssel in das Schloss ihrer Zellentür geschoben und kurz darauf lächelte Schwester Euralia Catalina wohlwollend entgegen. Catalina lief auf sie zu. »Ich wusste, dass Ihr mich nicht vergessen würdet.«
»Erinnere dich deiner Pflicht, nicht, dass ich meinen Einsatz für dich schon jetzt bereue!« Die Schwester sah sie mahnend an, worauf Catalina pflichtschuldig »Gelobt sei Jesus Christus« herunterschnurrte und einen tiefen Knicks machte. Schwester Euralia nickte und deutete ein Kreuz auf ihrer Stirn an.
»In Ewigkeit, Amen.« Nach einem Moment des Schweigens fuhr sie fort. »Ich konnte die Mutter Oberin dazu überreden, dich ins Dormitorium zurückkehren zu lassen. Allerdings wirst du dich noch eine weitere Woche mit Brot und Wasser begnügen müssen.«
Catalina atmete auf. »Um aus diesem Loch zu kommen, würde ich sogar zwei Wochen ganz aufs Essen verzichten.«
Seufzend schüttelte Schwester Euralia den Kopf. »Für den Moment würde es ausreichen, dass du aufhörst, ständig neue Dummheiten zu machen. Wie eine Besessene durch den Klostergarten zu springen – das kann Schwester Asunción doch nicht durchgehen lassen!«
Catalina dachte an ihre Brüder, von denen zwei bei den königlichen Tercios kämpften – unter ihnen ihr Lieblingsbruder Miguel, den man wegen seiner großen Verdienste sogar nach Peru schicken wollte. Und auch ihre beiden anderen Brüder führten ein aufregendes Leben: Der eine schipperte auf einem der Walfangschiffe der Familie über

die Meere, der andere begleitete derzeit eine Galeone des Vaters nach Sevilla, um dort das Eintreffen der Silberflotte des Königs und damit die Bezahlung der von ihnen gelieferten Waren abzuwarten. Und sie?

»Die Mutter Oberin hofft, dass dich die Besinnung der letzten Wochen dafür bereit gemacht hat, dich endlich ernsthaft mit unseren Aufgaben zu beschäftigen«, fuhr Schwester Euralia fort. Sie sah Catalina einen Moment lang an und murmelte wie zu sich selbst: »Ich hoffe, die Mutter hat mit ihrer Entscheidung Recht, aber so oder so blieb ihr nach alldem wohl keine andere Wahl …«

»Entscheidung?« Catalina sah auf. »Welche Entscheidung?«

»Nun, die Weihen in zwei Monaten …«

»Weihen? In zwei Monaten?« Erschrocken riss Catalina die Augen auf. »Aber doch nicht für mich! Ich meine, ich soll … Aber ich dachte, ich müsste erst nächstes Jahr …«

»Beruhige dich, Catalina, bitte, so beruhige dich doch! Und auch wenn du es jetzt nicht erkennst – es ist das Beste für dich, schon jetzt das Gelübde abzulegen. Das Bewusstsein, für immer zu uns zu gehören, wird dir Kraft geben.« Nach einem Augenzwinkern fügte sie hinzu: »Außerdem entkommst du damit den Fittichen von Schwester Asunción – und erhältst eine eigene Zelle.«

»Aber ich will keine eigene Zelle! Ich will hier raus!«, begehrte Catalina auf. »Ich will mich frei bewegen können und selbst entscheiden, wann ich was tue, und ich will …«

Schwester Euralia legte ihr die Hand auf den Arm. Sie überragte das dünne, hoch aufgeschossene Mädchen mit den feurigen Augen nur um wenige Zentimeter. »Glaube mir, du wirst dich hineinfinden in dein Schicksal. Das tun

alle. Gott wird dir beistehen, wie er auch uns beigestanden hat.«
»Beistehen, beistehen …« Catalinas Wangen glühten vor Zorn und Empörung, aber unter Schwester Euralias gütigem Blick fiel beides wieder in sich zusammen.
»Schwester, bitte.« Sie faltete die Hände. »Ihr müsst mir helfen! Ihr seid doch die Einzige …«
Schwester Euralia nickte ihr beruhigend zu. »Natürlich werde ich dir helfen. Und auch Gott wird dir helfen. Sprich mit ihm. Er wird dir einen Weg weisen. Den Weg zu deinem Herzen – und zu uns.«
»Schwester, Ihr versteht mich nicht.«
»Doch, mein Kind, ich verstehe dich sehr wohl. Aber das ist die einzige Hilfe, die ich dir anbieten kann. Und jetzt lass uns zu den anderen gehen.«
Sanft schob sie Catalina aus der Zelle. Als ihre Hand von Catalinas Arm glitt, überlief das junge Mädchen ein Schaudern.

Sie waren die Letzten, die die kleine Kapelle für die Abendmesse betraten. Während Schwester Euralia in den hinteren Bänken bei ihren Mitschwestern Platz nahm, musste Catalina nach vorn zu den anderen Novizinnen gehen. Sie rutschte in die erstbeste Bank. Als sie sah, dass sie einen Platz neben Ainoa erwischt hatte, fühlte sie sich ein bisschen besser. Da es ihnen streng untersagt war, in der Kapelle auch nur miteinander zu flüstern, begrüßte Ainoa sie lediglich mit einem Lächeln und benutzte dann die Zeichensprache, die Catalina und sie sich schon vor geraumer Zeit ausgedacht hatten.
»Doch nicht von den Ratten gefressen worden?«, formte sie mit ihren langen, flinken Fingern und grinste die so

lange verschollene Freundin an. Auch Ainoa war fünfzehn Jahre alt, aber anders als Catalina sollte sie keineswegs ihr ganzes Leben, sondern nur die Zeit bis zu ihrer Hochzeit hinter diesen Mauern verbringen und Lesen, Schreiben, Latein, Musik und Geschichte lernen. Ainoas Familie hielt nichts von der landläufigen Meinung, ein Mädchen solle ungebildet bleiben, und machte sich auch keine Gedanken darüber, dass Ainoa ihr Wissen auf dem Heiratsmarkt schaden könne – schließlich verfügten sie über die größte Schiffsflotte der Stadt und weitreichende Besitzungen, und Ainoa war ihr einziges Kind …

Ainoa war erst vor drei Jahren ins Kloster gekommen und hatte sich Schwester Asunción schon am Tag ihrer Ankunft widersetzt, was ihr sofort Catalinas Sympathie eingebracht hatte. Ainoa war das einzige Mädchen, zu dem Catalina je Kontakt gesucht hatte. Die anderen waren ihr immer zu brav, zu sittsam, zu ängstlich gewesen.

»Ich habe einen Apfel für dich aufgehoben«, redeten Ainoas Hände nun weiter. »Ich bringe ihn nachher mit zu den Latrinen.«

Der Pfarrer trat aus der Sakristei. Die Schola sang den Introitus vor, die anderen Nonnen wiederholten den Kehrvers. Auch Catalina und Ainoa mussten sich erheben, mitsingen und die Hände falten, und deswegen war ihr Fingergespräch beendet.

Catalina war kaum bei den Latrinen angekommen, als Ainoa auch schon mit geraffter Kutte auf sie zugelaufen kam. Sie fiel ihr um den Hals. »Ich dachte schon, die lassen dich da nie mehr raus!«

Catalina erwiderte ihre Umarmung. Anschließend zauberte Ainoa den Apfel aus ihrer Brusttasche hervor und

reichte ihn ihr. Heißhungrig biss Catalina hinein. »Mm, schmeckt der gut – nach all dem trockenen Brot!«
Ainoa sah ihr beim Essen zu, doch dann wurde sie unruhig. »Du, sag mal, ich ... Ich habe gehört, dass du bei den nächsten Weihen dabei sein sollst ...«
Catalina umfasste den Apfel fester, erwiderte aber nichts.
»Und was willst du jetzt tun?«, setzte Ainoa nach einer Weile nach.
»Gar nichts«, knurrte Catalina. »Ich lege das Gelübde einfach nicht ab.«
»Aber musst du denn nicht?«
»Ich tu's einfach nicht.«
»Und wenn sie dich zwingen?«
»Wie denn? Mit vorgehaltener Pistole?« Catalina lachte auf. Es klang rau.
»Aber sie werden dich zwingen«, erwiderte Ainoa mitfühlend und fügte nach einer Pause nachdenklich hinzu: »Sicher wird dein Leben hier nach den Weihen angenehmer werden. Immerhin hast du dann mehr Freiheiten, und wenn du endlich dein störrisches Verhalten aufgibst, lassen sie dich vielleicht sogar mit Schwester Euralia in der Apotheke und im Kräutergarten arbeiten.«
»Ich will aber nicht im Kräutergarten und auch nicht in der Apotheke arbeiten. Ich will hier raus!« Catalina biss dreimal rasch hintereinander in den Apfel.
»Aber deine Eltern werden dich nicht heiraten lassen. Schließlich sind auch deine älteren Schwestern im Kloster. Wenn, dann hätten sie eher Mari-Juan mit einer Mitgift ...«
»Ich brauche keine verdammte Mitgift. Und ich brauche auch keinen Mann! Ich brauche nur meine Freiheit!«
»Und wovon willst du leben?« Ainoa schüttelte den Kopf.

»Ich schlage mich schon durch! Immerhin kann ich schreiben. Schreiber werden immer gesucht.«

»Aber doch nur männliche!«

»Dann arbeite ich eben als Küchen- oder Schankmädchen. Alles ist besser, als hier zu verrotten.«

»Catalina, der Dienst an Gott …«

»Ja, ja, ja, ich nehme meine Lästerung ja schon zurück.« Catalina schleuderte das Kerngehäuse ihres Apfels auf den Misthaufen. »Aber hier bleibe ich trotzdem nicht!«

Ainoa strich ihr über den Arm, denn einen Ausweg für Catalina, das wusste sie, gab es nicht.

2

In den nächsten Tagen kam Catalina ihren Aufgaben so still und folgsam nach, dass Schwester Asunción lautstark die Wirksamkeit ihrer Strafmaßnahmen pries – und Catalina wusste, dass sie gut daran tat, sie in dem Glauben an ihre Läuterung zu lassen. Sollte Schwester Asunción, ach, sollten sie doch alle denken, dass sie ihren Willen endlich gebrochen hätten, und in der Wachsamkeit nachlassen und ihr damit die Möglichkeit geben, ihrem Schicksal vielleicht doch noch zu entgehen.

Seit sie Ainoa so großspurig erklärt hatte, dass sie nicht länger hier bleiben würde, war Catalina fest dazu entschlossen, aus dem Kloster zu fliehen. Lange genug hatten andere über ihr Leben bestimmt; damit sollte jetzt Schluss sein. Wie sie draußen in der Welt allein als Frau überleben sollte, wusste sie zwar noch nicht, aber für den Moment zählte nur, aus dem Kloster hinauszukommen.

Nachdem Catalina Schwester Euralias Reaktion erlebt hatte, war ihr endgültig bewusst geworden, dass ihr hier im Kloster niemand helfen würde. Und auch Ainoa würde nichts für sie tun können. Selbst mithilfe einer Räuberleiter waren die hohen Klostermauern nicht zu überwinden, und außerdem wollte sie Ainoa nicht in Gefahr bringen. Am einfachsten wäre die Flucht mit dem Schlüssel des Haupttors zu bewerkstelligen, aber den hatten nur die Mutter Oberin und die Messnerin, und die hüteten ihn mindestens so gut wie ihre Jungfernschaft.

Nacht für Nacht grübelte Catalina über andere Fluchtwege nach. Neben anderen tollkühnen Plänen erwog sie, sich unter eine der Kutschen zu hängen, die regelmäßig in den Klosterhof einfuhren, um Reis, Wein und andere Nahrungsmittel zu bringen, die sie im Kloster nicht selbst herstellten, aber tatsächlich gelang es ihr noch nicht einmal, auch nur hinter die Tür des Wirtschaftsbereichs des Klosters zu gelangen. Auch an ein Gespräch mit ihrer Mutter dachte sie, die angesichts der Weihen einen Besuch angekündigt hatte, doch letztlich überwog ihre Angst, dass sie die Schwestern warnen und diese wieder ein strengeres Auge auf sie haben würden.

Je näher die Weihen rückten, desto größer wurde Catalinas Verzweiflung. Als Novizin aus dem Kloster zu fliehen war schon verwerflich genug, aber würde sie das Gleiche als eingekleidete Nonne tun, war ihr die ewige Verdammnis sicher.

»Was soll ich nur tun, mein Gott? So hilf mir doch hier heraus!«, betete und flehte sie ohne Unterlass und war einmal sogar kurz davor, der Nonne, die im Speisesaal das Brot in Scheiben schnitt, ihr langes, gezacktes Messer zu entreißen und sich damit ihren Weg in die Freiheit zu erkämpfen – aber im letzten Moment wurde ihr klar, dass sich nicht nur Schwester Asunción eher in das Messer geworfen hätte, als ihr diesen Ausweg zu lassen. Und so trottete Catalina auch an diesem Morgen wieder brav hinter den anderen Novizinnen zum Gebet in die Kapelle, tauchte die Finger der rechten Hand ins Weihwasser und bekreuzigte sich. Da hielt Schwester Juana sie an.

»Catalina«, rief die vom Alter gebeugte Schwester, die seit über zehn Jahren die Messnerin des Klosters war. »Warte, mein Kind, ich brauche deine Hilfe.«

Sie griff in den Brustbeutel ihres Ordenskleids und zog ihren Zellenschlüssel heraus. »Sei so gut und lauf in mein Zimmer, ich habe mein Gebetbuch vergessen.«
Verwirrt blickte Catalina zwischen dem Schlüssel und der betagten Schwester hin und her.
»So lauf doch, Kind, lauf! In wenigen Minuten läuten die Glocken! Ja, hörst du denn nicht? Catalina!«
Ihr Name riss sie aus ihrer Starre. Hastig nickte Catalina, drückte den Schlüssel an ihre Brust, lief durch den Kreuzgang, am Refektorium vorbei zu den Räumen der Nonnen und stand kurz darauf mit klopfendem Herzen vor der Zelle der Schwester. Ihre Finger zitterten, als sie den Schlüssel ins Schloss steckte, ihn herumdrehte und die Tür öffnete. Sie sah das Gebetbuch sofort. Es lag auf dem Kopfkissen der Schwester. Sie nahm es an sich, wollte gleich wieder zurücklaufen, aber dann fiel ihr Blick auf den Schlüsselkasten.
Er hing hinter der Tür. Er war viel kleiner und schlichter, als Catalina ihn sich vorgestellt hatte. Sie spürte das Gebetbuch in ihrer Hand, mahnte sich, dass sie auf schnellstem Weg zurückerwartet wurde und dass ein Zuspätkommen der Novizinnen zur Messe schwer bestraft wurde, konnte den Blick aber nicht von dem Schlüsselkasten wenden. Catalina versuchte, ihn aufzumachen, aber er war abgeschlossen. Einen winzigen Moment zögerte sie noch, dann nahm sie den Zellenschlüssel, bohrte ihn in das Astloch, das sich in der Höhe des Schlosses befand, brach damit ein Stück Holz heraus, bohrte ihn dann tiefer in den Spalt, bis das Holz nachgab – und die Tür aufsprang.
An die dreißig messingfarbene Schlüssel leuchteten Catalina entgegen. Fein säuberlich aufgereiht hingen sie da,

Schlüssel neben Schlüssel, und einer von ihnen führte in die Freiheit. Aber welcher?
Die Glocken läuteten. Catalina spürte wieder das Gebetbuch in ihrer Hand. Was, wenn Schwester Juana ungeduldig wurde und ihr jemanden nachschickte? Wenn man sie vor dem aufgebrochenen Schränkchen erwischen würde, nein, dafür würde sie nicht nur einfach drei Wochen im Kerker schmoren. Dafür würden die Nonnen sie für immer wegsperren.

Catalina entschied, dass sie zunächst das Gebetbuch wegbringen musste. Laut hallten ihre Schritte durch die leeren Gänge des Klosters; erst als sie die Kapelle erreicht hatte, mäßigte sie ihr Tempo. Bevor sie die schwere Tür aufzog, strich sie sich über ihre feuchte Stirn. Catalina hoffte, dass man ihr ihre Erregung nicht ansah, und schritt, so ruhig sie konnte, zu Schwester Juana, die ihr dankend zunickte.
»Und jetzt geh, Kind, geh rasch auf deinen Platz!«
Catalina nickte und ging langsam weiter, obwohl sich alles in ihr dagegen aufbäumte. Der Schlüsselkasten … Sie musste zurück! Vor Aufregung schoss Catalina das Blut in den Kopf. Als sie an Schwester Euralia vorbeikam, ergriff diese sie am Arm und flüsterte: »Aber Kind, wie siehst du denn aus? Ist dir nicht gut?«
Catalina witterte ihre Chance. Ihre erste, wohl auch einzige, die sie je haben würde!
»Ich … ich fühle mich tatsächlich nicht wohl …«
Schwester Euralia legte ihr die Hand auf die Stirn. »Mein Gott, du glühst ja! Los, geh zurück ins Dormitorium und leg dich hin! Gleich nach dem Gebet schaue ich nach dir. Soll dich jemand begleiten?«
Hastig schüttelte Catalina den Kopf und verließ die Ka-

pelle. Kaum war die hohe Tür hinter ihr zugefallen, raffte sie ihre Kutte und rannte zurück zu Schwester Juanas Zelle. Sie stieß die angelehnte Tür auf, sammelte sämtliche Schlüssel in ihrer Schürze, hastete zurück in den Kreuzgang, von dort hinaus in den Garten, immer weiter und weiter, bis sie endlich vor dem großen Haupttor stand. Sie nahm den ersten Schlüssel und konnte ihn vor lauter Aufregung kaum ins Schloss stecken. Als es ihr endlich gelungen war, ließ er sich nicht drehen. Schnell warf sie ihn weg, nahm den nächsten, der auch nicht passte. Sie sah sich um, betete, dass niemand kam, probierte den nächsten Schlüssel – und dieser glitt weich wie ein Messer in die Butter ins Schloss hinein, drehte sich fast von allein, und schon konnte Catalina die Klinke herunterdrücken und das schwere Tor aufziehen. Ein frischer Morgenwind wehte ihr entgegen. Ein frischer Morgenwind – und die Freiheit!

3

Da vorn, das Tor! Seht ihr denn nicht, dass das Tor aufsteht? Nun beeilt euch doch! Sie darf nicht entkommen.«
Catalina schrak zusammen. Schwester Asunción! Wieso war sie nicht mehr beim Morgengebet? Zu Catalinas Leidwesen hatte die Nonne schon immer unglaublichen Instinkt bewiesen, wenn es darum ging, sie bei irgendetwas zu erwischen. Catalina ließ die Schlüssel fallen und rannte die Klosterzufahrt hinunter. Wie ein in Panik geratenes Pferd lief sie über das Pflaster, rutschte mit ihren Ledersandalen auf den blanken Steinen immer wieder aus und fluchte über jede Sekunde, die sie eben am Klostertor vergeudet hatte. Sie erreichte die erste Abzweigung und warf einen Blick zurück: Die beiden Schwestern, die die Novizinnenmutter ihr nachgeschickt hatte, waren nicht weit hinter ihr. Entschlossen packte Catalina den knorrigen Ast einer alten Kastanie, zog sich den steinigen Hang hinauf und rannte in das Wäldchen hinein. Wenn überhaupt, sagte sie sich, hatte sie nur dort eine Chance, die Schwestern abzuhängen.
Zweige klatschten ihr gegen den Leib, Dornen zerkratzten ihr die Hände und das Gesicht. Und dann verfing sich auch noch ihr Ärmel im Geäst eines Busches. Verzweifelt zerrte Catalina an dem Stoff und sah, wie ihre Verfolgerinnen immer näher kamen. Endlich riss der Stoff, und sie konnte weiterlaufen. Schneller, schneller, schneller!, trieb sie sich an.

Erst eine ganze Weile später, als Catalina das Wäldchen längst hinter sich gelassen hatte und auch noch über eine lange Wiese gestürmt war, wagte sie es, erneut kurz innezuhalten und zurückzublicken. Sie konnte niemanden mehr entdecken. Keuchend griff sie sich in die Seite und sank auf die Knie.

Sobald Catalina wieder zu Atem gekommen war, rappelte sie sich hoch und rannte weiter. Die Nonnen würden nicht untätig bleiben: In wenigen Stunden würden sie das ganze Umland in Alarmbereitschaft versetzt haben. Ob Händler, Fischer, Bauer, Page oder Edelmann, jeder würde von ihrem Ausbruch erfahren und wissen, dass ihm die Exkommunizierung drohte, wenn er das junge Mädchen in der Novizinnenkutte entkommen ließ.
»Kleider!«, kam es Catalina in den Sinn. »Ich brauche dringend etwas anderes zum Anziehen.«
Sie wusste, dass nicht weit von hier ein kleines Gehöft lag. Es gehörte einem Hidalgo, einem Edelmann, verarmt wie die meisten seines Geschlechts, seit es mit der Wirtschaft der Weltmacht Spanien unter König Philipp III. immer weiter bergab ging, aber ein paar Kleidungsstücke zum Wechseln würden sich sicher auch in seinem Haus finden lassen.
Entschlossen zog sich Catalina den Novizinnenschleier vom Kopf. Wild und ungezähmt fiel ihr dickes, tiefschwarzes Haar über die Schultern. Der Wind wehte es hoch, und im gleichen Moment kam in Catalina dieses Gefühl von unbändiger Freiheit auf, das sie auch schon am Klostertor erfüllt hatte. Sie hatte den ersten Schritt getan; sie würde auch alle weiteren Schritte tun. Und niemand sollte sie aufhalten!

Um von dem schützenden Wald zu dem Gehöft zu gelangen, musste Catalina eine offene Wiese überqueren. Nachdem sie den Hof kurze Zeit beobachtet und festgestellt hatte, wie wenig Rauch aus dem Kamin kam, hielt sie es für wahrscheinlich, dass der Bewohner das Haus verlassen hatte. Sicher war er in einer der Tavernen des nahen Ortes beim Kartenspielen. Die meisten Hidalgos schlugen so ihre Zeit tot. Ein letztes Mal überblickte Catalina die Umgebung, dann rannte sie los und blieb erst wieder stehen, als sie das kleine Wohnhaus erreicht hatte.
Sie lauschte, blickte sich um, huschte an der Hauswand entlang zu dem ersten der beiden kleinen, mit geöltem Pergament bespannten Fenster und spähte hinein. Sie sah einen Tisch, zwei Holzbänke, den Kamin, weiter hinten zwei Alkoven, in dem der Schlafplatz untergebracht war. Zentimeter um Zentimeter öffnete Catalina die Tür, fuhr zusammen, als sie plötzlich quietschte, lauschte und quetschte sich durch den schmalen Spalt ins Haus. Im Kamin knackten zwei fast verglühte Stücke Pinienholz, ansonsten war nichts zu hören. Auf Zehenspitzen schlich Catalina zu dem Alkoven, schaute hinter die Vorhänge und atmete auf: Es war wirklich niemand da. Erst jetzt nahm sie sich die Zeit, sich in dem Raum umzusehen. Auf der Ablage des Küchenschranks entdeckte sie einen Kanten alten Brots. Sie nahm es und riss mit ihren kräftigen Zähnen ein großes Stück ab. Das Kauen beruhigte ihre Nerven. Sie entdeckte einen Krug mit Wasser, trank einen großen Schluck, blickte in den großen Kessel über der Feuerstelle, er war leer. Auch in den Tontöpfen, die auf dem Schrank standen, fand sie nichts weiter als ein paar Trockenerbsen und in den Schubladen nicht viel mehr als Messer, Löffel, eine Schere und Nähzeug.

Armer Hidalgo, dachte Catalina und bekam wegen des entwendeten Brots ein schlechtes Gewissen. Da hörte sie das Schnauben eines Pferdes. Mit zwei Sätzen flüchtete sie in den Alkoven und versteckte sich unter der Bettdecke. Einen Moment lang hörte sie nur ihr wild klopfendes Herz, dann Hufschlag, der sich allmählich entfernte. Erst eine gute Weile später wagte sie sich wieder unter der Decke hervor.

Vom Alkoven aus fiel Catalinas Blick auf ein paar Kleider, die an der gegenüberliegenden Wand hingen: eine Hose, ein Hemd und ein Wams. Besser hätte sie es kaum treffen können: Als Junge verkleidet würde sie ganz sicher niemand erkennen! Sie besah sich die Sachen von allen Seiten, fand sie schmutzig und zerschlissen, aber in ihrer Lage konnte sie nicht wählerisch sein. Sie steckte auch noch die Schere und das Nähzeug ein und verließ das Haus ebenso leise, wie sie es betreten hatte.

Die Hose war Catalina viel zu lang und flatterte um ihre mageren Beine; um das rahmfarbene Hemd und das Wams stand es nicht besser, doch das konnte sie nicht entmutigen. So sehr sie in ihren Jahren im Kloster die Arbeit in der Gewandschneiderei gehasst hatte, so eifrig machte sie sich jetzt daran, die Kleider enger zu machen, und noch ehe die Sonne an ihrem höchsten Punkt stand, hatte sie die neuen Sachen bereits angezogen. Es war ein seltsames Gefühl, statt ihres rauen, körperlosen Gewands eine direkt an der Haut anliegende Hose zu spüren. Und wie leicht das Hemd und der Wams gegen den schweren Stoff der Kutte wogen! Catalina wirbelte im Kreis herum, genoss die ungewohnte Beinfreiheit, machte ein paar ausgelassene Sprünge, riss vom nächsten Baum einen Zweig ab und focht damit übermütig auf eine Hecke ein, bis ihr eine Strähne ihres Haares vor die Augen fiel. Erschrocken hielt sie inne. Jungs hatten doch keine langen Haare! Ohne mit der Wimper zu zucken holte Catalina wieder die Schere hervor und schnitt sich ihr Haar ringsum fingerlang ab. Danach hob sie die Hand, befühlte die stachelig hochstehenden Haare und fand, dass sie sich seltsam anfühlten, aber doch auch irgendwie mehr zu ihr zu gehören schienen denn je. Ein Lächeln erhellte ihr Gesicht.

4

Bilbao, Santander, Burgos, Vitoria, Pamplona ... Süßer als die köstlichsten *hojaldres* und *vasquitos* der Köchin ihrer Eltern zergingen Catalina die Namen der San Sebastián umgebenden Städte auf der Zunge. Sie brauchte nur loszulaufen. Es war unglaublich, wie frei sie war. Sie entschied sich für die Stadt Vitoria, von der ihr großer Bruder Miguel manchmal erzählt hatte. Sie hoffte, dort als Page unterkommen zu können, wagte aber noch nicht, diesen Gedanken weiterzuspinnen. Zu groß war ihre Angst, dass andere sie trotz ihrer Jungenkleider sofort als Mädchen entlarven könnten. Catalina sah sich um. Sie wusste, dass Vitoria südlich von hier, im Landesinneren lag. Aber in welcher Richtung war Süden? Catalina sah nach rechts und links und fühlte sich verloren. Da erinnerte sie sich daran, dass Miguel ihr einmal etwas über den Zusammenhang von Tageszeit, Sonnenstand und Himmelsrichtung erklärt hatte. »Im Osten geht die Sonne auf, im Süden nimmt sie ihren Lauf, im Westen wird sie untergehn, im Norden ist sie nie zu sehen.« Es musste jetzt kurz nach Mittag sein. Die Sonne schien ihr direkt ins Gesicht, unsicher schritt Catalina ihr entgegen.

Über zwei Stunden lief Catalina durch Wiesen, Felder und Wälder, ängstlich darauf bedacht, keiner Menschenseele zu begegnen. Längst taten ihr die Füße weh, aber sie zwang sich, weiter einen Fuß vor den anderen zu setzen. Als sie auf eine Wiese mit Apfelbäumen kam, hatte sie das

Gefühl, die gleiche Wiese vor einer Weile schon einmal überquert zu haben, und fragte sich, ob sie im Kreis gelaufen war. Erschrocken ging sie weiter. Auch der Wald dahinter kam ihr bekannt vor. Als Catalina kurze Zeit später auf einen Weg stieß, beschloss sie, erst einmal auf ihm zu bleiben. Auch wenn sie weiter Angst davor hatte, dass sie jemandem begegnen könnte, der in ihr trotz ihrer Verkleidung die entflohene Novizin erkennen würde, musste sie jemanden nach dem Weg fragen.

Kurze Zeit später kam ihr ein Heuwagen entgegen. Catalina versteckte sich hinter einem Baum. Als der Wagen näher kam, sah sie, dass darauf ein müder, alter Mann saß. Selbst wenn der Bauer wusste, dass man eine entflohene Novizin suchte – die Gefahr, dass er sich von seinem Kutschbock quälen und versuchen würde, sie einzufangen, schätzte Catalina als gering ein. Außerdem musste sie es irgendwann wagen, ihre Verkleidung zu testen. Sie strich über ihr Hemd und ihre Hose, glättete ihre Haare, die sich um einen besonders hartnäckigen Wirbel an ihrem Hinterkopf schon wieder hochgestellt hatten, trat hinter dem Baum hervor und lief dem Wagen entgegen. Sie winkte dem Bauern zu.

»Guten Abend! Darf ich …« Sie räusperte sich und versuchte, ihrer Stimme einen tieferen Klang zu verleihen. »Darf ich Euch etwas fragen?«

Der alte Mann blickte unwillig von seinem Kutschbock herab. »Was willste? Nach was zu essen brauchste mich nicht zu fragen. Hab selbst kaum genug!«

Catalina hörte kaum, was er sagte, so konzentriert war sie darauf, ob er sie wirklich für einen Jungen hielt.

»Ich … ich bin auf dem Weg nach Vitoria und weiß nicht, ob ich mich noch auf dem rechten Weg befinde …«

Der Bauer machte eine gleichgültige Handbewegung hinter sich. »Nur immer weiter, immer weiter ...«
Dann berührte er mit der Peitsche die Flanke des Maultiers. Augenblicklich zog das Tier wieder an. Catalina sah ihm nach. Erst als er um die nächste Kurve verschwunden war, wagte sie aufzuatmen und machte vor lauter Freude, dass sie wirklich als Junge durchgegangen war, einen ordentlichen Sprung in die Höhe.
Die nächsten beiden Stunden kam Catalina gut voran, doch als die Sonne hinter den Bergen unterzugehen begann, wurde ihr mulmig. Wo sollte sie schlafen? Sie schaute sich nach einem Heuschober um, konnte auf den umliegenden Wiesen und Feldern aber keinen entdecken. Die Sonne verschwand, es dämmerte. Ein Käuzchen rief, es knackte im Gebüsch ... Verzagt sah sich Catalina um. Ob es hier wohl wilde Tiere gab? Hätte sie nicht doch besser im Kloster bleiben sollen? Dort hatte sie immerhin ein Bett und einen Kanten Brot zum Abendessen gehabt. Das Brot des Hidalgos hatte sie schon am Nachmittag bis auf den letzten Krumen verspeist. Catalina beschloss, sich zwischen ein paar Büsche zu legen. Sie rollte sich unter die Zweige und hoffte, dass sie niemand entdecken würde. Der Boden war steinig, ihr Magen knurrte, trotzdem schlief sie schnell ein. Die Aufregungen des Tages und der lange Marsch hatten sie erschöpft.

Am nächsten Morgen erwachte Catalina vom Zwitschern der Vögel. Sie öffnete die Augen und entdeckte nicht weit von sich einen Weinberg, der ihr am Tag zuvor nicht aufgefallen war. Die Trauben waren noch recht sauer, aber sie füllten ihr den Magen und die Sonne wärmte ihre von der Nacht noch unterkühlten Glieder. Sie räkelte sich. Neuer

Mut kam in ihr auf. So schwer war es also doch nicht, sich allein durchzuschlagen, sagte sie sich, und dass ihre Freiheit den Versuch allemal wert war. Sie nahm noch ein paar Trauben als Wegzehrung mit und setzte ihren Marsch fort.
Legua um Legua ließ Catalina in den nächsten Tagen hinter sich. Aus Angst, sich wieder zu verlaufen, blieb sie in der Nähe der Straße und fragte noch einige Male ältere Bauern nach dem Weg. Keiner schien ihre Verkleidung zu durchschauen. Drei Tage später erreichte Catalina um die Mittagszeit ihr Ziel: Vitoria. Hohe Stadtmauern umgaben die Kleinstadt, aus deren Mitte der Turm der Kathedrale emporragte. Catalina ließ den Anblick auf sich wirken. Wenn sie dort durch das Tor ging, begann ihr neues Leben. Sie war dann nicht mehr Catalina de Erauso, sondern ein Junge, noch dazu einer von der Straße, ohne Familie, ohne Schutz. Sie hoffte, dass sie ihre Rolle überzeugend spielen würde, holte tief Luft und marschierte die letzten Meter auf die Stadt zu.
Geschickt mogelte sie sich hinter einer Kutsche an den beiden Stadtwächtern vorbei und lief durch die belebten Gassen. Händler mit Hand- und Ochsenkarren zogen an ihr vorbei, feine Herren mit blasiert dreinschauenden Pagen standen im Gespräch zusammen, eine Dame wurde in einer Sänfte an ihr vorübergetragen, in ihrem Gefolge zwei echte Mohren, deren Gesichter über ihren granatroten Damastanzügen mit den goldenen Litzen schwärzer als Kohle wirkten. Noch aufregender fand sie die Gerüche, die aus den Küchen der Häuser strömten. Ihr wurde bewusst, dass sie seit Tagen nichts Richtiges gegessen hatte. Sie machte den Duft eines *sofrito* aus Petersilie, Knoblauch und geriebenen Tomaten aus, im nächsten

Haus kochte man ein feinwürziges Ragout, selbst den Thymian roch sie heraus, und hier wurde eindeutig eine *olla podrida* zubereitet, ein deftiger Eintopf aus Schweinefleisch … Catalina musste sich die Hand auf den Magen drücken, so sehr begehrte er auf.

Der Hunger vertrieb ihr die Lust, sich weiter umzusehen. Sie wollte zum Markt, um etwas Essbares zu ergattern. Als sie den Marktplatz auch nach längerem Suchen noch nicht gefunden hatte, hielt sie einen Straßenjungen an und fragte ihn nach dem Weg. Statt ihr zu antworten, blickte der Kerl, der einen guten Kopf größer und doppelt so breit wie sie war, nur geringschätzig an ihr herab.

»Habt ihr hier alle solche Manieren?«, fuhr Catalina ihn an, woraufhin der Kerl ein schmieriges Lächeln um die Lippen bekam und seinen mächtigen Brustkasten auf sie zuschob.

»Ist ja schon gut, ist ja schon gut.« Beschwichtigend hob Catalina die Hände und wollte ihm seitlich entwischen, doch der Kerl sprang ihr nach und packte sie mit beiden Händen an den Haaren, als wolle er sie daran in die Höhe heben.

»Verdammt, was tust du? Das tut doch weh!«, schrie Catalina und boxte und trat nach ihm, traf ihn jedoch nicht. Er lachte und ließ sie los. Catalina landete im Dreck. Achtlos schlurfte der Kerl weiter. Catalina rieb sich die schmerzende Kopfhaut und sah ihm fassungslos nach.

Gedrängt von ihrem immer heftiger knurrenden Magen lief Catalina auf gut Glück weiter und kam kurz darauf auf die Plaza de la Virgen Blanca, der der Marktplatz des Städtchens zu sein schien – allerdings war der Markt für heute schon zu Ende. Nur direkt vor der Kirche San Miguel stand noch ein Händler. Er fuhr seinen Sohn an, endlich auch noch die letzten Obstkörbe auf die Ochsenkarren zu verladen. Müde kam der Junge der Aufforderung nach.

Als Catalina sah, wie er anschließend eine dicke Plane über die vielen leckeren Sachen zog, wurde ihr vor Enttäuschung ganz schwarz vor Augen. Dann fiel ihr Blick auf etwas Gelbes. Es lag auf dem gestampften Lehmboden des Platzes, direkt neben dem hinteren Holzrad des Karrens. Ein Apfel war es, oder vielmehr das, was von ihm übrig geblieben war, nachdem der Karren darüber gefahren war. Hastig bückte sich Catalina und hob die Reste auf. Sie wollte das Apfelmus gerade von ihrer Hand schlecken, als ein Mann hinter ihr halb entsetzt, halb mitleidig rief: »Aber Junge, was tust du denn da?«

Catalina hielt in ihrer Bewegung inne. Der Mann drückte ihre Hand nach unten, schob ihr einen Finger seiner behandschuhten Hand unter das Kinn und hob ihr Gesicht an.

»Hast du wirklich solchen Hunger?«

Catalina senkte den Blick. Zugleich spürte sie, wie das kostbare Mus zwischen ihren Fingern zu Boden tropfte. Sie kämpfte gegen die Tränen an.

»Wie heißt du?«

Catalina biss die Zähne zusammen.

»Nun red doch schon, Junge! Ich will dir doch nichts tun. Nur deinen Namen! Den wirst du mir doch nennen können!«

Auf einmal kroch Trotz in Catalina hoch. Sie blickte ihn an, sah milde, graue Augen und erkannte, dass er ein Herr war, ein Herr mit Kleidern aus bestem Tuch.

Was schert es dich, was ich esse, fuhr sie ihn in Gedanken wütend an.

»Deinen Namen!«, beharrte er noch einmal, milde, nachsichtig, deswegen aber nicht weniger nachdrücklich.
Catalina gab nach. Inzwischen war ohnehin alles egal. »Ca…«, setzte sie an, verbesserte sich dann aber schnell. »Francisco!«
Der Mann lächelte sie an. »Francisco, na also, geht doch. Und stell dir vor: So heiß ich auch!«
Catalina sah ihn unsicher an. Hieß er tatsächlich so oder wollte er ihr damit zu verstehen geben, dass er ihr nicht glaubte, dass sie Francisco hieß, weil er ahnte, dass sie kein Junge war? Sie forschte in seinem Blick, sah dort aber weder Spott noch Zweifel.
»Und wie heißt du weiter?«
Catalina presste die Lippen zusammen.
»Nun gut«, murmelte er und schüttelte leicht ihren Arm, woraufhin auch noch der letzte Rest Apfelmus von ihrer Hand tropfte. »Sieht so aus, als müsse ich dir dein Mahl ersetzen.«
Catalina wagte kaum zu atmen. Mahl? Hatte er wirklich *Mahl* gesagt?
»Eltern hast du wohl keine mehr?«
Nun traten Catalina Tränen in die Augen. Mitfühlend strich er ihr übers Haar. »Na, komm. Lass uns sehen, was meine Juana heute gekocht hat.«
Er lief voran, und Catalina war zu hungrig, um zurückbleiben zu können.

Eine halbe Stunde später saß Catalina mit frisch gewaschenen Händen in der Küche des Doktor Don Francisco de Geralta vor einem Teller heiß dampfenden Erbseneintopfs und löffelte die dicke Suppe so gierig in sich hinein, dass die Köchin ihr immer wieder den Arm festhielt.

»Wirst dich noch verbrühen, Junge. So schling doch nicht so. Nimmt dir ja niemand was weg!«
Die Köchin erzählte ihr, in welch vornehmes Haus sie geraten war. Ihr Herr sei Professor, berichtete sie ihr, und dass er an der Hochschule unterrichte. Als Catalina sich nicht gebührend beeindruckt zeigte, krauste sie die Stirn.
»Weißt wohl gar nicht, was das ist, eine Hochschule, was? Aber woher soll so ein dahergelaufener Nichtsnutz wie du das auch wissen!«
Nach dem Essen führte ein livrierter Diener Catalina in das Arbeitszimmer seines Herrn. Es war dem ihres Vaters sehr ähnlich. Ein breiter, schwerer Nussbaumschreibtisch stand darin, der hohe Herr saß dahinter, auf die fleischige Nase dicke Augengläser geklemmt. Er forderte sie auf, Platz zu nehmen, und schickte den Diener hinaus. Catalina spürte das kalte Leder des Stuhls durch ihren dünnen Hosenboden und fühlte sich kleiner und verlorener als jemals zuvor in ihrem Leben.
»Eigentlich ist es nicht meine Art, Jungs von der Straße aufzulesen«, erklärte er ihr, »aber nachdem ich dich gewissermaßen um dein Essen gebracht hatte …« Er schwieg einen Moment. »Du hast wohl auch keinen Schlafplatz, wie?«
Catalina schüttelte den Kopf.
»Wie du wohl überhaupt nichts hast?«
Catalina zuckte mit den Schultern.
Doktor de Geralta überlegte. »Ich könnte noch einen Burschen brauchen. Zum Zustellen von Briefen und für Besorgungen …«
Hoffnungsvoll blickte Catalina zu ihm auf.
»Dafür müsste ich allerdings wissen, dass du zuverlässig bist.«

»Das bin ich, das bin ich!«, platzte es aus ihr heraus. »Und ich könnte die Briefe nicht nur zustellen, sondern auch schreiben, wenn Ihr wollt.«
Doktor de Geralta lachte. »Ist ja gut, Junge, ist ja gut. Das Zustellen reicht, das Prahlen lassen wir lieber.«
»Aber ich kann wirklich schreiben!«, fuhr Catalina auf. »Und das sogar mit sehr schöner Schrift, das hat sogar Schwester Asu ... äh ... also Miguel immer gesagt.«
»Wie, was, schreiben? Du willst schreiben können? Ein Junge von der Straße?« Auf der Stirn des Doktors zeigten sich unwillige Falten. »Junge, wenn du meinst, mich zum Narren halten zu können, ist es mit meiner Zuneigung schnell vorbei!«
»Aber ich kann wirklich schreiben!«, beharrte Catalina. »Gebt mir ein Blatt Papier, Feder und Tinte und ich beweise es Euch.«
Der Doktor maß sie mit skeptischem Blick, schob ihr das Gewünschte aber doch hin. »Also zeig, was du kannst. Ich kann mich ja nicht den ganzen Tag mit dir aufhalten. Aber wehe, wenn du mir die Feder abbrichst!«
Catalina schoss vom Stuhl hoch, tunkte die Feder in die Tinte und sah den Doktor abwartend an. »Ihr könnt diktieren.«
»Diktieren, auch das noch! Wohin willst du das Ganze denn noch treiben?« Er wollte ihr die Sachen wieder abnehmen.
»Ich schreibe eine Anrede, ja?«, rief Catalina hastig und ließ die Feder mit geübten Bewegungen über das dicke Papier gleiten. Die Augen des Doktors wurden größer und größer, und Catalina hatte die erste Zeile noch nicht beendet, als er ihr das Blatt wegzog und ungläubig auf das Geschriebene starrte.

»An den sehr verehrten Herzog von Alba«, las er und drehte und wendete das Blatt, als könne das Ganze nicht mit rechten Dingen zugehen. »Woher kannst du das? Das Schreiben lernt man doch nicht auf der Straße.«
Catalina merkte, dass sie sich in Gefahr gebracht hatte. »Ich … also nein, ich … nun, mein letzter Herr …«
Doch so wichtig war dem Doktor ihre Antwort nicht. Catalina sah, wie sein Blick auf einem der Papiere auf seinem Schreibtisch hängen blieb und seine Aufmerksamkeit von ihr wegglitt.
»Ach, jetzt erkenne ich …«, murmelte er, sah noch einmal kurz auf und machte ihr Zeichen, ihn in Ruhe zu lassen. »Geh in die Küche, ja, in die Küche. Ich rufe dich schon, wenn ich dich brauche!«
Lautlos verließ Catalina den Raum, ging auf direktem Weg zurück in die Küche, verzog sich in das Eckchen für das Holz neben dem Kamin und nahm sich vor, hier immer ganz still und brav und leise zu sein. Viel schien man hier nicht von ihr zu erwarten, und kaum hatte sie diesen Gedanken zu Ende gedacht, sank eine bleierne Müdigkeit über sie. Sie schaffte es gerade noch, den Kopf an die neben ihr aufgestapelten Scheite zu legen, dann fielen ihr die Augen zu und sie versank in einen tiefen, traumlosen Schlaf.

5

Catalina hatte mit ihrer ersten Einschätzung von Doktor de Geralta richtig gelegen: Er war wirklich ein angenehmer Dienstherr, sofern man ihn nicht bei seiner Arbeit störte. Als er sich am Abend wieder an sie erinnerte, wies er seinen Diener an, ihr ordentliche Kleider und Schuhe zu besorgen, und die Köchin, ihr das Haar sorgfältiger zu schneiden. Dann ließ er sie sich vorführen und erklärte ihr, dass sie sich immer in Rufnähe aufzuhalten habe, um Botengänge für ihn auszuführen und kleinere Briefe für ihn zu schreiben, wenn seine Augen abends müde waren. Die Wangen hochrot vor Glück, nickte Catalina wieder und wieder. »Ihr werdet zufrieden mit mir sein.«

Die Erledigung ihrer wenigen Aufgaben bereitete ihr keinerlei Mühe und es tat ihr gut, sich bei Juana nach Herzenslust satt zu essen. Ansonsten konzentrierte sie sich ganz auf ihre neue Rolle als Junge. Sie war sich bewusst, dass sie auf den ersten Blick nicht viel Mädchenhaftes an sich hatte. Ihre Mutter hatte oft gesagt, dass sie mit ihren ausgeprägten Backenknochen und der lang gezogenen Nase weit mehr ihrem Bruder Miguel als sonst jemandem aus der Familie ähnele; die kurzen Haare unterstrichen diese Ähnlichkeit, und ihre Brust war so wenig ausgebildet, dass es noch kaum etwas zu verbergen gab. Sie feilte an ihrem Auftreten: Von Tag zu Tag trat sie burschikoser auf, verlieh ihren Bewegungen eine größere Entschiedenheit, übte sich im Vorlautsein und schließlich sogar im Rülpsen – das aber zunächst nur vor dem Stallburschen. Dem Doktor gegenüber gab sie sich weiter still und gesittet, denn mit ihm wollte sie es sich keinesfalls verderben, und je öfter der Doktor ihr des Abends Briefe diktierte, desto zufriedener wurde er mit ihr und sprach sie schließlich erneut auf ihre Herkunft an.

»Ich würde dich ja gern hierbehalten, Kind, aber dazu müsste ich wissen, dass dich wirklich niemand sucht.«

Catalina traten die Tränen in die Augen. Der Doktor legte das auf seine Weise aus.

»Heißt das, es lebt noch nicht einmal mehr ein Onkel oder eine Tante, die dich vermisst?«, fragte er sie betroffen.

Catalina nickte stumm.

»Nun, dann kannst du gern hierbleiben«, sagte der Doktor und wurde auf einmal recht munter. »Allerdings will ich dann auch etwas aus dir machen. So begabt, wie du bist, wäre es ein Jammer, dich nur Briefe schreiben zu lassen!«

Catalina, die sich gerade erst an ihr freies Leben gewöhnt hatte, hörte dies nicht gern, aber natürlich wollte sie auch nicht ihre Stellung verlieren. Als der Doktor ihr vorschlug, sie jeden Morgen ein Stündchen zu unterrichten und sie auf Dauer zu seinem Gehilfen zu machen, fügte sie sich also, und nachdem der Doktor gemerkt hatte, dass sie sogar Latein konnte, war seine Begeisterung für sie nicht mehr zu bremsen.

»Und all das hast du einfach so bei deinen wechselnden Herren gelernt?«, fragte er sie immer wieder, woraufhin Catalina nickte.

Ein paar Wochen nach ihrer Ankunft schickte sie der Doktor mit einem eiligen Brief zu seinem Freund, dem *Regidor*, dem Ratsherrn.
»Und ich bitte dich, Francisco, spute dich! Mein Freund Ignacio wartet dringlich auf meine Antwort.«
Catalina nahm den Brief fest in beide Hände und stürmte aus dem Haus, doch kaum hatte sie die erste Straßenecke hinter sich gelassen, versperrte ihr eine Rotte von sechs Straßenjungen den Weg. Unsicher blieb sie stehen. Die meisten der Jungen waren kaum halb so alt wie sie und so mager, dass sie nicht einmal einen alten Mann, viel weniger aber eine inzwischen gut genährte de Erauso erschrecken konnten. Der Kleinste von ihnen, ein aschblondes Bürschchen, dem erst kürzlich die oberen Milchzähne ausgefallen waren, trat noch einen weiteren Schritt auf sie zu. »Wohin so eilig?«, krähte er laut.
»Was geht dich das an?«, knurrte Catalina und schob den kleinen Wichtigtuer beiseite, doch da drängte auf einmal die ganze Rotte auf sie zu.
»Bist du taub?«, knurrte der Junge rechts neben ihr. »Koldo hat dich gefragt, wohin du so eilig willst!«
»Jetzt macht schon den Weg frei!«, erwiderte Catalina ärgerlich und schob sich zwischen ihnen hindurch. Da packte sie jemand von hinten an den Haaren, hob sie hoch – und ließ sie nicht wieder los. Vor Schmerz aufschreiend krallte Catalina nach den Händen, die ihr noch allzu gut bekannt waren, versuchte, einen der Finger zu greifen und ihn nach oben zu biegen, und trat gleichzeitig wutentbrannt nach hinten aus. Schließlich rutschte sie dem Angreifer wenigstens aus den Händen. Schnell rappelte sie sich hoch und wollte davonlaufen, aber da wurde sie so fest am Arm gepackt, dass sie aufschrie.

»Halt ihn fest, Aitor«, riefen die umstehenden Jungs schadenfroh.
»Hältst dich wohl für mächtig wichtig, Bürschchen!« Grinsend zog Aitor an ihrem Wams und trat ihr auf die frisch geputzten Schuhe. »Schöne Sachen, wirklich schöne Sachen. Wäre zu schade, wenn sie kaputtgingen.«
»Der Doktor, bei dem ich arbeite, ist ein einflussreicher Mann«, giftete Catalina. »Wirst schon sehen, was der mit dir macht, wenn du mich nicht augenblicklich weitergehen lässt.«
Aitor lachte. »Dein Doktor kehrt sich einen Scheißdreck um dich, wenn du das erste Mal mit zerrissenen Sachen heimkommst.«
Er riss einen der Knöpfe ihres Wamses ab und ließ ihn mit provozierendem Lächeln in eine Pfütze fallen.
»Was willst du von mir?«, keuchte Catalina und sah ihm zum ersten Mal voll ins Gesicht. Sie schätzte, dass er höchstens ein, zwei Jahre älter war als sie, obwohl seine Gesichtszüge schon die Härte eines Erwachsenen angenommen hatten. Sein Mund war schmal und seine Nase am Nasenrücken so breit, als hätte sie schon so manchen Faustschlag erhalten. Am unangenehmsten fand sie seine Augen: Kalt und dumpf starrten sie auf sie herab.
»Was ich von dir will?« Sein rechter Mundwinkel hob sich. »Ich sehe, allmählich verstehen wir uns.«
»Aber ich besitze doch nur, was ich auf dem Leib trage.«
Er drehte am nächsten Knopf. Catalina hielt seine Hand fest. »Was willst du?«
Da bemerkte er den Brief, den sie in der anderen Hand hielt, und nahm ihn ihr weg. Entsetzt versuchte Catalina, ihn sich zurückzuholen. Er hielt den Brief hoch über sich.

»Na los, spring, spring!«, amüsierte er sich.
Wutentbrannt rammte Catalina ihm den Ellenbogen in den Magen. Augenblicklich schnellte seine Faust vor. Catalina duckte sich gerade noch rechtzeitig. Mit einem wütenden Aufschrei warf er sich auf sie und begrub sie unter sich. Catalina ächzte und hatte das Gefühl, ihr Brustkorb zerberste, dann aber bekam sie wieder Luft, konnte ihren rechten Arm unter ihm herausziehen und fuhr ihm mit allen fünf Fingernägeln durchs Gesicht. Fluchend wich er zurück. Schnell rollte Catalina zur Seite und schob sich nach hinten, bis sie gegen ein paar Steine stieß. Da stürzte der Kerl schon wieder auf sie zu. In panischem Schrecken packte Catalina einen der Steine und warf ihn ihm entgegen. Sie traf ihn am Jochbein. Er sah sie verwundert an und ging zu Boden. Erschrocken machten sich die anderen Jungen aus dem Staub.
Ungläubig krabbelte Catalina zu dem gefällten Kerl und besah sich die heftig blutende Wunde. Schwester Euralia, ich muss Schwester Euralia holen!, schoss es ihr durch den Kopf, doch dann fiel ihr ein, dass das unmöglich war – und als Nächstes sah sie die Leute. Von allen Seiten kamen sie auf sie zu: Dienstmädchen und Händler, Boten und Waschfrauen, ein feiner Herr und seine Dame … Immer enger wurde der Kreis, den sie um sie bildeten. Einige zeterten, andere schrien, keiften, klagten. Catalina bekam es so sehr mit der Angst zu tun, dass sie zunächst keines der Worte begriff, die wie Peitschenhiebe auf sie niedergingen, doch dann vereinten sich die Stimmen immer mehr, und schließlich verstand sie, was sie riefen: »Er hat den Jungen erschlagen! Er hat ihn umgebracht! Mörder! Mörder! Er hat ihn erschlagen!«
In Catalinas Kopf begann sich alles zu drehen. Mörder.

Sie? Sie blickte auf ihre Hände, sah das Blut, das an ihnen klebte, fühlte, wie ihr immer heißer wurde, und versuchte, sich daran zu erinnern, was Schwester Euralia ihr über die Versorgung von Kopfverletzungen beigebracht hatte, als auf einmal noch ein anderer Ruf erschall.

»Den *Corregidor,* ja, holt denn niemand den *Corregidor?«*

Den Stadtrichter. Sie wollten den Stadtrichter holen. Catalina hob den Blick, suchte Hilfe und Verständnis, doch in den Gesichtern der Menschen stand nichts als wütende Aufgebrachtheit.

»Der Junge hat ihn umgebracht! An den Galgen mit ihm, an den Galgen!«, forderten immer mehr Leute. Und schließlich riss sie tatsächlich jemand hoch und stieß sie voran. Mit Schreien, Hieben und Knuffen trieb man sie zur Plaza de la Virgen Blanca. Von dem Lärm aufgestört trat der Gefängniswärter vor die Tür. Er kaute an seinem Frühstücksbrot und hatte sichtlich keine Lust, sich länger als nötig mit dem Spektakel hier draußen zu beschäftigen. Ohne große Worte zu machen nahm er Catalina von den Männern entgegen, brachte sie in sein Büro, zog dort eine dicke Holztür auf und warf Catalina kurzerhand die direkt dahinter nach unten führende Treppe hinunter. Noch ehe Catalina sich wieder aufgerappelt hatte, hatte er eine grob gezimmerte Tür aufgeschlossen, sie erneut gepackt und in ein dunkles Verlies geworfen. Dann flog die Tür wieder zu – und um Catalina wurde es Nacht.

Nach einer Weile gewöhnten sich Catalinas Augen an die Dunkelheit. Der schmale Lichtstreifen, der von der Tür her in den Raum fiel, reichte aus, um zumindest Umrisse zu erkennen. In der Ecke rechts neben ihr entdeckte sie einen Kübel; der Gestank, der von ihm ausging, sagte alles über seinen Inhalt. Sie rutschte ein Stück von ihm weg und bemerkte weiter hinten eine Art Bündel. In der Hoffnung, dass sie darauf trockener als auf dem mit modrigem Stroh belegten Lehmboden sitzen konnte, schob sie sich näher heran. Auf einmal streifte sie etwas Pelziges am Bein. Schreiend sprang sie auf. Das Bündel grunzte.

»Was soll'n der Krach?«

Erschrocken wich Catalina zurück – und knallte mit dem Kopf gegen die Decke. Sie fuhr mit der Hand über und hinter sich und erkannte, dass der Kerker ein Gewölbe und offensichtlich nur im mittleren Bereich hoch genug zum Stehen war. Sie lauschte, doch das Bündel sagte nichts weiter. Sie zog den Kopf ein und wich vorsichtig weiter zurück. Als sie gegen die Wand stieß, hockte sie sich hin und betete, dass sie nur schlecht träume und nach dem Aufwachen alles wieder gut sein würde.

Doch es wurde nichts wieder gut. Auch Stunden später saß sie noch so da, die Blase zum Platzen voll und Tränen in den Augen, weil der brennende Druck in ihrem Unterleib kaum mehr auszuhalten war, aber sich auf den Kübel zu setzen kam für sie trotzdem nicht in Frage – nicht, solange noch jemand anderes hier war! Auf einmal rührte sich das Bündel wieder. Unwillkürlich rückte Catalina enger zur Wand, doch der Unbekannte setzte sich nur auf.

»Wer bist du denn?«, fragte er sie mit einer warmen und noch sehr jung klingenden Männerstimme.

»Francisco.«

Der andere reckte sich und gähnte herzhaft.

»Und was hast du ausgefressen?«

Catalina schluckte.
»Dann behältst du es eben für dich.« Er erhob sich, schlurfte zum Latrinenkübel und erleichterte seine Blase. Catalina presste die Lippen zusammen und dachte krampfhaft an etwas anderes.
»Und wie heißt du?«, fragte sie ihn, als er wieder auf seinem Platz saß.
»Mikel. Mikel Leiseka.«
»Und was …?«
»Ein kleiner Diebstahl, nichts Großartiges. Ein dämlicher Fisch. Aber noch dämlicher war der Knirps, der mir in die Füße gelaufen ist. Ich konnte ihn ja schlecht einfach über den Haufen rennen, und so haben sie mich halt gekriegt. Heute oder morgen lassen sie mich wieder raus – falls der tranige Wärter es nicht vergisst.«
Catalina überlief ein Schauer. »Wie kannst du darüber Witze machen?«
»Witze? Von wegen!«, brauste Mikel auf. »Vor zwei Monaten habe ich in Burgos gesessen. Da hatte ich Brot mitgehen lassen. Eine Woche habe ich dafür gekriegt, aber ab dem zweiten Tag hat kein Mensch mehr nach mir gesehen. Wenn es nicht ständig geregnet hätte und das Gitter vor dem Fenster nicht weit genug gewesen wäre, um die Hand rauszustrecken, säße ich heute nicht hier! Warst wohl noch nicht oft im Gefängnis, wie?«
»Nein, es … es ist das erste Mal. Ich … also, ich habe einen Stein geworfen.«
»Sonst nichts?« Mikel schien gelangweilt.
»Na ja, ich habe getroffen. Einen Jungen. Er … hatte eine ziemlich üble Platzwunde am Kopf. Sie sagen, ich hätte ihn erschlagen.«
Mikel pfiff durch die Zähne.

»Ich wollte das nicht, er hat angefangen, und dann ...«
»Schsch, sei mal still! Da kommt jemand.«
Auch Catalina hörte jetzt Schritte, und kurz darauf steckte jemand den Schlüssel ins Schloss und öffnete die Tür. Schlecht gelaunt schlurfte der Wärter zu ihnen herein.
»Na los, aufstehen, ihr zwei!«, brummte er sie an. Augenblicklich war Mikel auf den Füßen und lief zur Tür. Als das Licht der Laterne des Wärters auf ihn fiel, konnte Catalina ihn zum ersten Mal sehen. Er war ein gutes Stück größer als sie und sehr kräftig gebaut. Catalina schätzte ihn zwei, drei Jahre älter als sie. Sein fröhliches, ebenmäßiges Gesicht wurde von dicken, dunklen Locken umrahmt.
»Ja was denn nun, Bursche?«, knurrte der Wärter Catalina an. »Bist du festgewachsen? Noch mal schließe ich die Scheißtür hier diese Woche nicht auf!«
Verwirrt sah Catalina zu ihm auf.
»Aber der Junge, der Junge ...«
Mikel zog sie auf die Füße.
»Du hast doch gehört, was Jeronimo gesagt hat!«, sagte er mit eindringlicher Stimme. »Noch einmal schließt er die Scheißtür hier diese Woche nicht auf!«
Verwirrt stolperte Catalina hinter Mikel her.

Erst als sie die Plaza de la Virgen Blanca ein gutes Stück hinter sich gelassen hatten, blieb Mikel stehen.
»Meine Herren«, fuhr er sie ärgerlich an, »du bist ja noch dämlicher als der Knirps, der mich da reingebracht hat. Wenn du aus dem Gefängnis entlassen wirst, dann fragst du doch nicht lange, sondern siehst zu, dass du deinen Hintern rausschiebst!«
»Aber der Junge!«, fing sie wieder an. Mikel verdrehte die

Augen und sah ihr ins Gesicht. Das strahlende Grün seiner Augen und die langen Wimpern brachten Catalina kurz aus dem Konzept. Doch der tote Junge ging ihr nicht aus dem Kopf.

»Wenn sie doch alle sagen, dass ich ihn …«

»Das wirst du schon nicht! Und was war das überhaupt für ein Junge? Einer wie wir von der Straße? Die kriegt man so leicht nicht kaputt, und selbst wenn: Was zählt das Leben von unsereinem für die da oben!« Mikel sah sie an und stutzte. Erst jetzt fiel ihm auf, dass ihre Kleider zwar ebenso vor Schmutz starrten wie seine, ihr gefüttertes Wams, die gut geschnittene Hosen und die festen Schuhe aber von einigem mehr an Zuwendung zeugten, als er seit langem erfahren hatte.

»Du bist ja gar keiner von uns!«

»Natürlich bin ich einer von euch«, stotterte Catalina, doch Mikel hatte sich seine Meinung schon gebildet. In seine Augen trat Bitterkeit.

»Deswegen also haben sie dich laufen lassen«, brummte er, drehte sich um und marschierte davon.

Catalina hätte heulen mögen, als Mikel sie einfach stehen ließ. Und wie abschätzig er sie angesehen hatte, als sei sie Abschaum! Sie stampfte mit dem Fuß auf. Wenn überhaupt, dann gehörte er zum Abschaum dieser Stadt! Schließlich hatte er keinen Herrn, sie aber schon, und wahrscheinlich hatte sie ihre Freilassung tatsächlich allein seinen Verbindungen zu verdanken. Er mochte sie eben. Und deswegen brauchte sie auch keinen dahergelaufenen Straßenjungen, so verheißungsvoll grün seine Augen auch waren!

Catalina blickte sich um, hatte dann ihre Orientierung

wiedergefunden und schlug den kürzesten Weg nach Hause ein.
Als der Hausbursche die doppelflügelige Haustür öffnete, nickte Catalina ihm kurz zu und strebte gleich weiter zum Arbeitszimmer des Doktors, doch der Bursche verstellte ihr mit grimmigem Blick den Weg.
»Was soll das?«, empörte sich Catalina. »Ich will mich doch nur beim Doktor bedanken.«
Statt etwas zu erwidern, streckte der Bursche ihr die geöffnete Hand hin. Catalina fasste an die Brusttasche ihres Wamses; man hörte ein Knistern.
»Keine Sorge!« Sie grinste den Burschen an. »Ehe der Mob mich zum Gefängnis gebracht hat, habe ich dem Kerl den Brief wieder abnehmen können.«
Der Doktor trat aus seinem Arbeitszimmer. Catalina schlüpfte an dem Burschen vorbei und ergriff die Hand des Doktors.
»Ach Doktor, ich ... Ich weiß gar nicht, wie ich das wiedergutmachen soll! Ich bin Euch ja so dankbar, dass Ihr mich da rausgeholt habt!«
Angewidert schüttelte der Doktor ihre Hand ab.
»Den Brief!«, rief er heiser.
Catalina starrte ihn an.
»Den Brief!«, forderte er noch einmal.
Catalina schob ihre Hand in die Brusttasche und zog den Brief heraus. Als sie sah, wie lehmverschmiert er war, rieb sie ihn über ihr Wams, um ihn zu säubern.
Sie erzählte dem Doktor, mit welchem Einsatz sie ihn verteidigt hatte, doch statt ihr zuzuhören, machte er seinem Hausburschen ein Zeichen. Mit spitzen Fingern nahm der Bursche Catalina den Brief ab und reichte ihn dem Doktor.

»Lass dich nur ja nie wieder hier blicken!«, knurrte der Doktor Catalina an.
»Aber ich …«
Der Doktor ging zurück in sein Arbeitszimmer und drückte die Tür hinter sich ins Schloss.
»Aber ich habe das doch nicht gewollt!«, rief Catalina mit erstickter Stimme. Als sich die Tür nicht wieder öffnete, wandte sie sich an den Hausburschen. »Ich wollte das nicht, wirklich nicht. Und ich kann auch gar nichts dafür!«
Ungerührt öffnete der Bursche die Haustür, und Catalina sah ihm an, dass es nur das Unbehagen war, ihre schmutzigen Kleider zu berühren, das ihn davon abhielt, sie eigenhändig vor die Tür zu setzen. Betroffen senkte sie den Kopf und ging.

6

Bis zum Abend war Catalina in jeder Häusergasse Vitorias mindestens dreimal gewesen, ohne auch nur einen Hemdzipfel von Mikel erspäht zu haben. Als die Sonne unterging und sie noch immer keine Spur von ihm gefunden hatte, fürchtete sie, dass er die Stadt verlassen haben könnte. Ihr fiel ein, dass er schon in Burgos im Gefängnis gesessen hatte. Vielleicht war das ja seine Art zu leben: von Stadt zu Stadt … Catalina seufzte. Das würde ihr auch gefallen!

Für den Moment aber begann ihr Magen missvergnügt zu knurren und ihr wurde bewusst, dass sie derzeit dringlichere Probleme hatte, als einen verschollenen Straßenjungen zu suchen. Wo sollte sie um diese späte Stunde noch etwas Essbares auftreiben und wo sollte sie schlafen? Schon längst war der Sommer zu Ende, und die Nächte wurden entsprechend kühl. In der Hoffnung, außerhalb der Stadt zumindest einen Stall zu finden, in dem sie unterkommen konnte, ließ Catalina die engen Gassen hinter sich. Schon bald stieß sie auf einen kleinen Bauernhof. Sie schlich zum Stall. Sein Tor war unverschlossen. Froh schlüpfte sie hinein, klopfte den beiden Pferden, die an einem Balken angebunden waren, auf die Flanke und freute sich, als sie im hinteren Teil des Schuppens einen großen Haufen Heu entdeckte. Auf einmal schoss aus dem Heu ein Jungenkopf heraus. Obwohl die Öllampe neben dem Eingang nur ein sehr diffuses Licht in den

Schuppen warf, erkannte Catalina den Jungen sofort wieder: Es war Koldo. Und da plärrte er auch schon los: »Der Mörder, der Mörder, der Mörder ist da!«
Augenblicklich schossen seine Kameraden aus dem Heu heraus. Grimmig traten sie Catalina entgegen, die sich bei weitem nicht mehr so sicher wie am Morgen war, dass sie tatsächlich allein mit ihnen allen fertig werden konnte. Sie wollte mit ihnen reden, sie beschwichtigen, ihnen alles erklären, aber ihre Zunge lag wie ein Stück Holz in ihrem Mund. Schritt um Schritt wich sie zurück, den Blick fest auf die Jungen gerichtet. Da stieß sie mit dem Rücken gegen etwas. Erschrocken sprang sie zur Seite, drehte sich um und sah den großen Kerl in dem halbgeöffneten Tor: Aitor, den Toten, der nicht tot war und sie trotzdem um alles gebracht hatte. Er schob die Ärmel hoch und grinste.
»Jetzt bist du dran!«
Voller Panik hasteten Catalinas Augen zwischen ihren Feinden hin und her, dann schätzte sie ihre Entfernung zum Scheunentor ab. Nie würde sie das schaffen! Da zerriss ein Pfiff die Luft, und etwas Großes krachte zwischen die Pferde. Wiehernd bäumten sie sich auf, und im gleichen Moment riss jemand Catalina in Richtung Scheunentor. Ein Faustschlag traf ihren Rücken, ein weiterer ihren Kopf, sie taumelte, doch die Hand zog sie weiter, und jetzt erkannte Catalina auch, wer sie da zog. Sie traute ihren Augen nicht. »Mikel? Bist du es wirklich?«
»Renn!«
Catalina rannte, so schnell sie konnte, trotzdem erwischte sie einer der Jungen am Wams. Mikel schlug ihn nieder.
»Los, weiter!«, schrie er, und kurze Zeit später: »Da vorn scharf rechts und über die Mauer!« Er sprang auf eine

Karre, zog sich an der Mauer hoch, wollte schon auf der anderen Seite hinunterspringen, sah dann aber, dass Catalina nicht heraufkam. Er reichte ihr die Hand, zog sie auf den Mauersims und auf der anderen Seite gleich wieder herunter.

Catalinas Aufprall war heftig. Sie knickte mit dem Fuß um, schlug sich das Knie auf, knallte mit dem Kopf gegen etwas Hartes, doch Mikel trieb sie weiter.

»Hoch mit dir, los, hoch mit dir!«, keuchte er und riss sie auf die Füße. »Die machen uns fertig!«

Und so rannte Catalina weiter, bis Mikel sie in einen Hauseingang riss, die Tür hinter ihnen zuschlug, einen Riegel vorschob und sie durch einen Gang drängte. Sie kletterten durch ein Fenster, jagten noch ein, zwei Straßenzüge weiter und fielen schließlich auf einer abgelegenen Pferdekoppel hinter ein paar Büschen ins Gras. Catalina stöhnte. Sie hatte das Gefühl, ihr müsse der Brustkorb bersten.

Als sich Catalinas Atem beruhigt hatte, drehte sie den Kopf zu Mikel und grinste, als hätte sie einen Sieg errungen.

»Ich weiß nicht, was es da zu grinsen gibt!«, schimpfte Mikel. »Das hätte übel ausgehen können – für uns beide!« Er setzte sich auf, verfing sich mit seinen Locken in ein paar Zweigen und schimpfte weiter, während er sich zu befreien versuchte: »Hätte ich dich doch bloß nie kennen gelernt. Nichts als Ärger brockst du mir ein. Ich frage mich wirklich, wie du dich bis zum heutigen Tag allein hast durchschlagen können, so blöd, wie du dich bei allem anstellst!«

Catalina ließ ihn reden. Hauptsache, er war bei ihr – und er blieb es.

»Wo bist du eigentlich so plötzlich hergekommen?«, fragte sie ihn eine Weile später und setzte sich ebenfalls auf. »Ich habe dich den ganzen Tag über gesucht, aber du warst wie vom Erdboden verschluckt!«
»Sag ich doch: Blöd bist du! Du merkst nichts, siehst nichts, bist nichts! Sonst wäre dir aufgefallen, dass ich die ganze Zeit über hinter dir war und – ach, vergiss es!« Mikel stand auf. »Los, komm, gehen wir schlafen.«
»Hinter mir? Du warst hinter mir? Aber warum das denn? Du hast doch gesagt, du wolltest nichts mehr mit mir zu tun haben!«
Er winkte ab und lief los. Catalina stolperte ihm nach. »Jetzt renn doch nicht schon wieder so!«
Mikel sah zu ihr, knurrte etwas, das wie »Warum ich Idiot mich auch immer für alle verantwortlich fühlen muss« klang, aber ganz sicher war sich Catalina nicht. Doch sie wagte nicht nachzufragen. Überhaupt war es sicher klüger, wenn sie jetzt erst einmal den Mund hielt, ehe er es sich wieder anders überlegte und sie doch noch zurückließ. Trotzdem hätte sie nur allzu gern gewusst, was es damit auf sich hatte, dass er die ganze Zeit über hinter ihr gewesen war …

Zielstrebig verließ Mikel die Koppel, überquerte ein abgeerntetes Maisfeld und führte Catalina zu einem *horreo,* einem auf Pfählen gebauten Getreidespeicher, wie er typisch für das regenreiche Baskenland war. Der Einstieg lag einen guten Meter über dem Erdreich. Mikel machte einen Klimmzug und schwang seine langen Beine hinein. Catalina versuchte das Gleiche, erreichte mit ihren Füßen aber noch nicht einmal annähernd die Einstiegshöhe. Entschlossen legte sie ein paar Steine übereinander und konnte sich von dieser Erhöhung aus auch hochziehen. Nachdem sich ihre Augen an die Dunkelheit in dem kleinen Raum gewöhnt hatten, entdeckte sie Mikel in einer Ecke. Er hatte sich schon zum Schlafen hingelegt, das Gesicht zur Wand.

»Da vorn liegt Stroh, nimm dir, was du brauchst!«, brummte er ihr zu.

Catalina nahm sich einen dicken Bund und machte sich ihr Bett neben Mikel. Eine Weile lagen sie stumm nebeneinander. Dann drehte sich Mikel noch einmal zu ihr um und murmelte: »Irgendwie bist du ein komischer Junge. In manchen Dingen erinnerst du mich echt mehr an meine Cousine Raquel als an sonst wen.«

Catalina erwiderte nichts und zwang sich, sich nicht mehr zu rühren. Erst eine ganze Weile später drehte sich Mikel wieder zur Wand. Noch lange lauschte sie auf seine Atemzüge. Sie hätte schwören können, dass auch er nicht schlief.

Als Catalina am nächsten Morgen aufwachte, ging ihr Mikels Satz noch immer durch den Kopf: *... erinnerst mich an meine Cousine ...* Ihr war klar, dass Mikel sie auf der Stelle stehen lassen würde, wenn er je herausfinden würde, dass sie ein Mädchen war, und nahm sich vor, in der nächsten Zeit noch vorsichtiger zu sein. Mikel hat einen schärferen Blick als andere, sagte sie sich. Sie wollte ihn nicht noch einmal verlieren.

Auf einmal flogen drei grüne Geschosse in den *horreo*. Erschrocken rollte sich Catalina zur Seite, doch die Geschosse zielten auf Mikels leeres Strohlager. Im gleichen Moment hörte sie sein Lachen.

»Das waren Birnen!«, rief er ihr vom Einstieg aus zu.

»Greif zu! Sie sind zwar noch nicht reif, aber etwas anderes habe ich nicht auftreiben können.«
Catalina wühlte eine der Birnen aus dem Stroh, grub ihre Zähne in das steinharte Fruchtfleisch und verzog das Gesicht.
»Wenn du etwas Besseres hast, dann her damit!« Mikel sah sie vielsagend an, setzte sich ihr gegenüber in den Schneidersitz und aß selbst auch eine Birne. Nach einer Weile wagte Catalina zu fragen: »Wohnst du hier?«
Mikel schüttelte den Kopf. Nach ein paar weiteren Bissen meinte er: »Du taugst nicht für ein Leben auf der Straße.«
Catalina musste husten.
»Meine Herren, noch nicht mal essen kannst du, ohne dich in Gefahr zu bringen.« Mikel schlug ihr auf den Rücken. Catalina hob den Arm. »Schon gut, schon gut.«
Sie nahm sich vor, gründlicher zu kauen, auch wenn sie wusste, dass dies nicht der Grund für ihren Hustenanfall gewesen war. Ein paarmal musste sie sich noch räuspern, dann presste sie ein »Du bildest dir auch mächtig was ein!« hervor.
Gleichmütig suchte Mikel im Stroh nach einer weiteren Birne. Seine Überheblichkeit reizte Catalina, aber die Angst, ihn gegen sich aufzubringen und erneut von ihm verlassen zu werden, zähmte ihre Zunge.
»Wie lange lebst du denn schon so?«, fragte sie stattdessen.
»Lange genug.«
»Und deine Eltern?«
Er warf seine angegessene Birne zum Einstieg hinaus.
»Abgesehen davon, dass du nichts als Ärger machst, fragst du auch zu viel.« Er erhob sich. »Komm, ziehen wir weiter.«

Er lief los, drehte sich am Einstieg aber doch noch einmal zu ihr um. »Vom Dankesagen hältst du auch nicht viel, was?«
»Doch, natürlich, ich hatte nur noch keine Gelegenheit dazu. Mir ist sehr wohl klar, dass ich da letzte Nacht ohne dich nie wieder rausgekommen wäre und …«
»So viele Worte musst du auch nicht wieder machen!« Mikel sprang aus dem *horreo*. Catalina hastete ihm nach.

Sehr bald wurde Catalina klar, was Mikel mit »weiterziehen« gemeint hatte, denn statt auf die Stadt hielt er auf das Umland zu.
»Du könntest mir zumindest sagen, wo wir hingehen«, maulte sie nach einer Weile.
»Nach Pamplona«, erwiderte er.
»Nach Pamplona?« Catalina schob die Unterlippe vor. Sie hatte sich etwas Abenteuerlicheres und weiter Entferntes vorgestellt. »Und was wollen wir da?«
Mikel grinste. »Das wirst du schon noch früh genug erleben!«
Zunächst aber erlebte Catalina eine Woche mit Mikel – und sie genoss jede Minute. Allein wie zielstrebig Mikel in den für sie alle gleich aussehenden Wäldern voranging … Immer wieder fragte sie ihn, ob er denn keine Angst habe, sich zu verlaufen, woraufhin Mikel nur lachte und meinte: »Ich bin ja kein solcher Anfänger wie du!«
Während ihres langen Weges erzählte er ihr oft von seinen Erlebnissen: wie er letztes Jahr in Madrid ein paar Monate bei dem königlichen Weinhändler gearbeitet hatte und dem König bei einer Weinprobe so nahe gekommen war, dass er seinen Mantel hätte berühren können, wenn er es nur gewollt hätte. Und wie er vor zwei Jahren als Matrose

angeheuert hatte und das Schiff in Seenot geraten war. Von Erzählung zu Erzählung erschien Catalina seine Art zu leben begehrenswerter, und sie hätte zu gern erfahren, wann und warum er angefangen hatte, durch die Welt zu ziehen, doch über die Jahre vor seinem Vagabundenleben schwieg sich Mikel hartnäckig aus – ebenso hartnäckig, wie sich Catalina über ihr bisheriges Leben ausschwieg, um sich nur ja nicht durch ein unbedachtes Wort zu verraten. Sie gewöhnte sich an Mikels Verschlossenheit, machte sich seinen Lieblingssatz »Im Hier und Heute muss man leben!« zu eigen, wie sie auch alles andere von ihm übernahm und von ihm lernen wollte: wie man mit einem Degen umging und wie man eine Muskete abfeuerte, oder auch, wie man den höchsten Lohn bei einem Arbeitgeber für sich herausschlug oder im Wald etwas zu essen fand. Fürs Erste zeigte Mikel ihr vor allem, wie man mit einem Stock, einem Faden und einem Köder Fische fing – und bald war sie darin ebenso gut wie er.

»Damit kannst du im Wald zumindest schon einmal nicht mehr verhungern«, meinte er und fügte mit einem Grinsen hinzu: »Vorausgesetzt, du entwickelst jetzt auch noch eine Nase dafür, wo Fischweiher zu finden sind.«

Viel zu schnell für Catalinas Geschmack tauchte eine Woche später Pamplona mit dem mächtigen Palacio de Olite, der ehemaligen Residenz der Könige von Navarra, vor ihnen auf. Catalina war begeistert.

»Soldat des Königs müsste man werden«, seufzte sie.

Mikel tippte sich an die Stirn. »Ausgerechnet so ein Tollpatsch wie du!«

Am Stadttor zog er sie in einem geeigneten Moment an den Wächtern vorbei ins Innere der Stadt. Die edlen Kutschen, vornehmen Häuser und prächtig gekleideten Menschen veranlassten Catalina immer wieder dazu, stehen zu bleiben und sich umzuschauen, doch Mikel zog sie weiter. Nachdem er bei einem Bäcker ein Brot für sie hatte mitgehen lassen, steuerte er das Viertel der Armen an. Immer tiefer drangen sie in enge, verwinkelte Gassen ein, Gassen, in denen die Häuser so dicht aufeinander klebten, dass es selbst am Tag nicht richtig hell wurde. Nicht viel anheimelnder wirkten die Gestalten, die sich dort herumdrückten: Männer mit hohlen Wangen und verlumpten Kleidern, die stumpf vor sich hinblickend in irgendwelchen Ecken hockten. Plötzlich stürmte ein dürrer Kerl aus einem Hauseingang, ihm hinterher eine nur mit einem Unterrock bekleidete Frau mit unnatürlich rotem Haar. Wütend kreischte sie dem Mann hinterher; das meiste waren Beschimpfungen, viele von ihnen hörte Catalina zum ersten Mal. Bis zur Straßenecke lief die Aufgebrachte ihm nach, dann gab sie auf. Als sie auf Mikel und Catalina aufmerksam wurde, übergoss sie sie mit unflätigen Ausdrücken. Verängstigt griff Catalina nach Mikels Ärmel, doch da schob er sie schon in eine Taverne.

Kerzen und Öllampen warfen ein unruhiges Licht in den von Menschen überquellenden und lärmerfüllten Raum. Mikel zeigte auf einen kleinen Tisch ganz hinten im Lokal, der als einziger noch frei war.

»Setz dich da hin«, rief er Catalina zu. »Und rühr dich nicht vom Fleck, bis ich wiederkomme!«

Catalina saß noch nicht, da war Mikel schon wieder verschwunden. An den Tischen um sie herum erhitzten sich die Männer beim Würfelspiel, weiter hinten spielte man Karten. Aus den Gesichtern der Männer sprachen Verzweiflung und Gier, ihre Kleider waren verlumpt, wenn auch hier und da ein Überbleibsel vergangenen Glanzes hervorblitzte: ein Degen aus Toledaner Stahl, ein Federbarett, ein Wehrgehänge aus feinem Korduanleder, eine hochherrschaftliche Krause. Auch am Tresen ging es lautstark zu, und auf einmal versetzte einer der Männer dort einem anderen einen so heftigen Stoß, dass der quer durch den Raum flog. Rasch machte der Wirt einem Schankmädchen ein Zeichen. Sie schlenderte zum Tresen, strich dem einen Mann über die Brust, zog den anderen mit lockendem Lächeln am Hemd, ließ den Nächsten ihren üppigen Busen am Arm spüren. Als der Weggestoßene zurückkam, hatte sie auch für ihn einen verführerischen Blick und strich mit hin- und herschwingenden Hüften um ihn herum, worauf er sich zu ihr hinabbeugte und ihr seine Zunge in den Hals stieß. Die Männer klatschten und johlten. Catalina rückte mit ihrem Schemel enger an die Wand.

»*Mon dieu,* kannst du nicht aufpassen, du verdammter Flegel!«, schimpfte sie da der Mann am Nebentisch aus.

Catalina sprang auf, hob ihren Schemel hoch und wischte den Mantelsaum des Nachbarn sauber. Sie wunderte sich, wo der auf einmal herkam.

»Verzeiht! Und seht, Eurem Mantel ist gar nichts passiert!«

Der kleine, spitzbärtige Mann entriss ihr den Mantelsaum, musterte ihn mit seinen flinken Fledermausäuglein und wischte auch selbst noch einmal darüber. Catalina fiel auf, dass er sorgfältiger als die übrigen Gäste der Taverne gekleidet war. Er trug einen hellen Gehrock, grüne Seidenculotten, feine Stiefel und an seiner rechten Seite blitzte ein eleganter Degen. »Ungehobeltes Pack, das ihr hier alle seid!«

Catalinas Augen wurden dunkler, doch dann fiel ihr Mikels Ermahnung ein, und sie setzte sich. Auch der Franzose nahm seinen Platz wieder ein. Er trank einen großen Schluck von seinem Wein und schüttelte missbilligend den Kopf. »*Mon dieu, mon dieu.* Schon die Jungen, schon die Jungen! Was für ein Land!«
Catalina sah ihn verständnislos an.
»Du brauchst dich doch nur selber anzusehen!«, zeterte er weiter. »Wie du herumläufst! Völlig verwahrlost und verdreckt! Wie alt bist du? Fünfzehn? Sechzehn? Was tust du am helllichten Tag in einer Taverne? Warum arbeitest du nicht? Oder studierst? Ein Land der Faulenzer seid ihr, ein Land der Faulenzer. Und welche Ausrede hast du dafür? Aber, ach, was frage ich überhaupt: Mit Sicherheit bist du auch einer dieser *hidalgos!* Ha! Ein *hijo de algo*, der Sohn von jemandem, ein Edelmann – zu edel, um zu arbeiten, das wohl vor allen Dingen!«
Catalina krallte die Hände um die Sitzfläche ihres Stuhls.
»Ja, guck du nur, aber ich weiß, wovon ich rede. Ich komme herum in diesem Land. Ich sehe, wie es zugeht. In ganz Spanien findest du nicht einen Wasserträger mehr, der kein Ausländer wäre, und die meisten Schneider, Maurer und Zimmerleute stammen ebenfalls nicht von hier. Nicht einmal euer Land bebaut ihr mehr selbst! Wie viele Bauern aus Béarn kommen zum Pflügen, Säen und Ernten nach Aragonien. Sie verdienen viel Geld damit, für die Spanier die Saat unter die Erde zu bringen und die Ernte einzufahren. Seit ihr auf das peruanische Gold schielt, habt ihr es ja nicht mehr nötig zu arbeiten. Ihr sitzt nur noch herum, sauft, spielt, gebt euch dem Laster hin! Und so manch einer von denen, die hier sitzen, ist auch noch ein ehemaliger Soldat und gar tatsächlich ein

Mann von Stand. Vorbild sollten sie sein, Vorbild! Und was tun sie?«

Catalina knirschte mit den Zähnen. Sicher, die Männer hier gefielen ihr auch nicht allzu sehr, aber dieser blasierte Franzose – welches Recht hatte der, sie zu kritisieren? Wenn es ihm hier nicht gefiel, sollte er doch dahin zurückgehen, wo er hergekommen war!

»König von Kastilien nennt sich euer Philipp III., König von Aragon, beider Sizilien, Jerusalem, Portugal, Navarra, Granada, Toledo, Valencia, Galicien, den Kanarischen Inseln, dem riesigen Ost- und Westindien in der Neuen Welt, den Atlantischen Inseln und der Tierra Ferma, Herzog von Österreich, Herzog von Burgund, Brabant und Mailand, Graf von Habsburg, Flandern, Tirol und Barcelona, Herr von Biscaya und Molina und weiß der Himmel von was noch allem. Ihr seid ein Königreich, in dem die Sonne niemals untergeht, so sagt ihr doch, nicht wahr? Aber trotz all eurer Länder und Ländereien seid ihr in Wahrheit zehnmal schwächer als Frankreich. Wir sind nur ein Land, ein einziges, ja, aber wir sind geeint und vereint und unserem König eine Zier. Im Gegensatz zu dem euren kann unserer frohen Herzens dabei zusehen, wie seine gehorsamen und ergebenen Untertanen ihm durch ihrer Hände Arbeit einen weit größeren und zuverlässigeren Schatz schenken als alle eure Reichtümer in der Neuen Welt. Aber was kann man schon erwarten von einem Land, in dem der König nichts weiter sucht als sein Vergnügen auf der Jagd und unter Weiberröcken und die Fürsorge für seine Länder einem ebenso korrupten wie machtgierigen Grafen von Lerma überlässt?«

Catalina sprang so heftig auf, dass ihr Schemel umfiel.

»Wie könnt Ihr es wagen!«, fuhr sie das dürre Männchen

an und fühlte sich im gleichen Moment durch eine eiserne Hand zurück auf einen der anderen Schemel an ihrem Tisch gedrückt.

»Verdammt noch eins, habe ich dir nicht gesagt, du sollst dich nicht vom Fleck rühren, bis ich wiederkomme!« Ärgerlich blickte Mikel auf sie herab. Dann umarmte er den kleinen Mann. »Georges, wie gut, dich zu sehen!« Catalinas Backen blähten sich vor Wut.

»Wer ist der Schafskopf?«, fragte der Franzose Mikel mit Blick auf Catalina. »Der gehört doch hoffentlich nicht zu dir?«

Mikel räusperte sich. »Erzähl mir doch erst einmal, wie es dir geht! Was machen die Geschäfte?«

Der Franzose lächelte breit und strich sich über sein Bärtchen. Mikel grinste. »Verstehe.«

»Wie hast du eigentlich herausbekommen, wo ich bin?«

Mikel grinste noch breiter und strich sich, Georges nachahmend, ebenfalls über das Kinn. Lachend stieß Georges ihn in die Seite. »Nun sag schon!«

»Ganz einfach: Ich war in Vitoria und habe erfahren, dass du erst kürzlich von dort nach Pamplona aufgebrochen bist. Und wo du hier gewöhnlich absteigst, weiß ich ja.«

Mikel zog den Franzosen zur Seite. Er schien etwas von dem Mann zu wollen, was diesem offensichtlich wenig behagte. Da sie immer wieder zu ihr blickten, vermutete Catalina, dass das Ganze etwas mit ihr zu tun hatte. Sie wollte eben wieder von ihrem Schemel hochschießen, als Mikel sich mit einem zufriedenen Lächeln zu ihr umwandte.

»Alles klar, Kleiner.«

»Klar was?«, knurrte Catalina ihn an. »Und nenn mich gefälligst nicht Kleiner!«

Ohne sich weiter um sie zu kümmern bestellte Mikel einen Krug Wein und setzte sich an den Tisch des Franzosen. Catalina rutschte auf ihrem Stuhl herum. Erst als der Wein kam, sah Mikel wieder zu ihr. Er reichte ihr ein Glas.
»Los, proste Georges zu«, verlangte er von ihr. »Und vertrag dich mit ihm! Georges ist eine Seele von Mensch, du hättest keinen besseren Lehrherrn finden können.«
»Keinen besseren *was?«* Nun schoss Catalina doch noch hoch. »Ich glaube, du spinnst. Ich brauche keinen Lehrherrn!«
»Ach, nicht?« Mikel machte eine Handbewegung durch den Raum. »Dann willst du also so wie die hier enden oder was?«
»Du ziehst doch auch nur herum!«
Mikel stieß mit Georges an. »Du wirst dir den Kleinen schon zurechtbiegen!«
Auch Catalina nahm ihr Glas in die Hand. Aber sie trank nicht. Ihre Finger schlossen sich fest um das kühle, glatte Material. Mikel sah noch immer nicht wieder zu ihr. Er behandelt mich wie einen verfilzten Köter, den er am Wegrand aufgelesen hat und der ihm lästig ist, schoss es ihr durch den Kopf.
Als die beiden Männer nach einer Bemerkung Mikels auflachten, warf sie ihr Glas auf den Boden. Ungerührt machte Mikel dem Wirt ein Zeichen, ihr einen Besen und einen Lappen zu bringen.

Eine halbe Stunde später erhob sich Mikel. Catalina ließ er keine Wahl: Entweder sie blieb bei Georges und ließ sich von ihm in die Kunst des Tuchhandels einführen, oder er würde sie in dieser zweifelhaften Gegend hier sich selbst überlassen. »Du bist nicht dafür geschaffen, allein durch die Welt zu ziehen.«

»Wenn du mich mitnehmen würdest, wäre ich ja nicht allein«, gab Catalina trotzig zurück. Statt als Vagabund mit Mikel als Gehilfe eines ältlichen Tuchhändlers durchs Land zu ziehen war gewiss nicht das, was ihr Herz begehrte, vor allem, nachdem sie nun eine Woche lang an Mikels aufregendem Leben teilgehabt hatte.

Mikel schüttelte den Kopf. »Glaub mir, es ist besser so. Du kannst bei Georges viel lernen.«

»Und wenn ich dir verspreche, immer nur zu tun, was du sagst? Du würdest mich gar nicht bemerken, ehrlich!« Flehend heftete sie ihre Augen auf Mikel und hoffte, dass er ihren innigsten Wunsch erspüren könnte. Einen Moment lang schien es, als würde sein Entschluss ins Wanken geraten, doch dann schüttelte er erneut den Kopf. Er verabschiedete sich von Georges mit einem Schulterschlag. »Pass gut auf den Kleinen auf!«

Georges nickte. »Du kennst mich doch.«

Mikel boxte Catalina kameradschaftlich gegen den Arm, dann verließ er das Lokal. Als die Tür hinter ihm zufiel, biss sich Catalina auf die Lippen.

7

»Die Füße, *mon dieu,* wie oft muss ich dir denn noch sagen, dass du beim Fechten in der Ausgangsstellung den vorderen Fuß im rechten Winkel vor den hinteren Fuß stellen musst? Und der Abstand zwischen den Füßen – höchstens zwei Fußlängen darf der betragen! Außerdem musst du den Schwerpunkt deines Körpers senkrecht über die Stützfläche verlagern; die Hauptlast tragen die Fußballen! Solange du nicht das Gewicht deines Köpers einbringst, wird das nie was mit dir.« Georges versetzte Catalina mit der linken Hand einen Stoß gegen den Brustkorb, woraufhin sie prompt umfiel.

»Da siehst du es: ein kleiner Schubs und schon liegst du auf der Nase! Also, was nun, konzentrierst du dich oder lassen wir es? Schließlich warst du derjenige, der mich bedrängt hat, dass er fechten lernen will.«

Catalina sah auf ihre Füße und stellte sie so, wie Georges es verlangt hatte. Als er ihr einen neuen Stoß versetzte, hielt sie ihm stand.

»Und jetzt nimm den Degen so in die Hand, wie ich es dir vorhin gezeigt habe. Verdammt, ein Degen ist doch kein Schlachtermesser!«

Catalina korrigierte ihre Haltung.

»Und nun hebst du deinen linken Arm noch ein Stück höher, genau! Dein linker Arm hat die gleiche Funktion wie der Schwanz einer fallenden Katze: So bleibst du immer im Gleichgewicht.«

Georges trat zufrieden zurück. »Und jetzt greif mich an. Na los, mach schon!«
Catalina hob den Degen und preschte vor. Klirrend kreuzten sich ihre Klingen.
»Mehr Tempo, Tempo!«, feuerte Georges sie an. »Und denk an deinen linken Arm! Und an dein Gewicht! Die Füße! Beinarbeit! Die Beine, verdammt! Du stolperst ja über deine eigenen Füße!« – und schon lag Catalina der Länge nach im Gras. Georges raufte sich die wenigen Haare. »Kein Wunder, dass Mikel so einen Tollpatsch wie dich nicht mitnehmen wollte.«
Er reichte ihr die Hand, um ihr aufzuhelfen, doch Catalina blitzte ihn nur wütend an und sprang allein wieder auf die Füße. Sie riss den Degen hoch, stürmte auf Georges los und hieb mächtig auf ihn ein.
Einen Moment lang ließ er sie gewähren, dann setzte auch er seinen Degen zu mehr als zur reinen Abwehr ein und trieb sie gegen eine Gruppe von drei dickstämmigen Eichen. Grinsend setzte er ihr die Spitze seines Degens auf die Brust. »Jetzt wärst du tot!«
Mit glühenden Augen starrte Catalina Georges an. »Ich bin kein Tollpatsch!«
Georges senkte den Degen. »Nein, ich weiß«, murmelte er, und es klang, als wisse er noch viel mehr.

Während Catalinas Fechtlektion hatte das Karnickel, das sie am Morgen erlegt hatten und das seither über dem Lagerfeuer vor sich hin brutzelte, Farbe angenommen. Georges wies Catalina an, aus dem Planwagen, der nun schon seit zwei Wochen auch ihr Zuhause war, die Blechteller und den Wein zu holen. Danach huschte sie in die Büsche, um ein Geschäft ganz anderer Art zu erledigen.

Georges hatte sich über ihre Scheu, sich einfach am nächsten Baum zu entleeren, schon des Öfteren lustig gemacht. Deshalb versuchte sie, ihr Geschäft dann zu erledigen, wenn er mit anderen Dingen beschäftigt war. Zudem hatte sie derzeit ihre Tage und es war an der Zeit, ihre Stoffbinde zu wechseln. Sie hoffte, dass sie später Zeit finden würde, sie im Fluss auszuwaschen, damit sie vor ihrem Aufbruch im Gebüsch trocknen konnte. Kaum war sie zurück, da schickte Georges sie schon wieder zum Wagen.

»Wir haben die Tomaten vergessen.«

Kurz darauf saßen sie am Feuer, rieben die Schnittflächen ihres Brotes mit einer saftigen Knoblauchzehe und einer hälftig aufgeschnittenen Tomate ein und aßen es zu dem zarten Fleisch.

Catalina hatte sich mittlerweile eingestanden, dass sie es mit Georges nicht schlecht getroffen hatte: Das Herumziehen gefiel ihr, der Handel mit Stoffen war bei weitem nicht so uninteressant, wie sie es sich zunächst vorgestellt hatte, an seine Lästereien über Gott und die Welt und die Spanier im Besonderen hatte sie sich längst gewöhnt, etwas Warmes zu essen gab es auch jeden Tag – und seit gestern nun auch noch Fechtunterricht! Wenn jetzt noch Mikel da wäre ... Catalina sah zu Georges. »Wo habt Mikel und du euch eigentlich kennen gelernt?«

»Wo, nun ja ...« Georges knabberte einen Beinknochen ab.

»Nun sag doch schon!«

Er blickte sie an. »Eigentlich ist das keine Geschichte, die man beim Essen erzählt. Außerdem wirst du ja immer gleich ärgerlich, wenn man etwas Kritisches über dein Land sagt!«

»Was sollen meine Landsleute denn nun schon wieder verbrochen haben?«

Georges nahm den Knochen und warf ihn ins Feuer. Augenblicklich roch es nach verbranntem Fleisch.

»Feuer«, murmelte Georges und blickte düster in die Flammen. »Feuer machen sie, deine Landsleute!«

»Willst du damit sagen, jemand hätte Mikels Elternhaus angezündet und du hättest ihn …«

»Nein, sein Elternhaus brannte erst später.« Er sah sie an. »Zunächst haben sie nur seinen Vater in Flammen aufgehen lassen. Bei einem Autodafé, vor acht Jahren.«

»Einem …« Catalina schluckte. Die Nonnen hatten ihnen erklärt, was ein Autodafé war: die festliche Vollstreckung eines Inquisitionsurteils nach einem Gottesdienst. Der Tod in den Flammen galt als Akt der Rettung der sonst zur ewigen Verdammnis verurteilten Seele. Vor allem Schwester Asunción hatte ihnen oft von solch verirrten Seelen erzählt. Damit ihre Seelen nie vom rechten Weg abkamen …

»Was hat man Mikels Vater vorgeworfen? Und warum hat er sich nicht bekehren lassen?«

Georges lachte bitter. »Was bist du für ein Tropf! Wen das Heilige Offizium einmal in den Fingern hat, den lässt es doch nicht wieder los!«

»Und wie ist Mikel zu dir gekommen?«

»Es war an einem schrecklich heißen Tag in Bilbao. Die Luft stand, selbst auf dem weiten Marktplatz regte sich kein Lüftchen, und es wimmelte nur so von Soldaten. Auf einmal kam eine Frau zu mir. Ich kannte sie vom Sehen; sie hatte schon einige Male Stoffe bei mir gekauft. Weißt du, sie war eine sehr schöne Frau, eine, die man so schnell nicht wieder vergisst – allein ihre Augen: Sie waren genauso grün wie die von Mikel, man konnte sich in ihnen verlieren … Sie drängte sich zu mir, den Jungen an der Hand. Acht war er da. Seid Ihr ein gottesfürchtiger Mann?, fragte sie mich. Ich wollte scherzen, aber dann sah ich die Todesangst in ihren Augen. Ich nickte. Und sie sagte: So nehmt dieses Kind und hütet es wie Euer eigenes! Ich nahm die Hand des Jungen. Ich konnte nicht anders. Niemand hätte diesen Augen etwas abschlagen können. Sie drückte ihren Sohn noch einmal kurz und ging. Sie hatte noch nicht die andere Seite des Platzes erreicht, da nahm man sie auch schon fest.«

»Und sie hat Mikel nie wieder abgeholt?«

»Nur eine Woche nach ihrer Verhaftung ist sie im Gefängnis gestorben. Gefoltert hat man sie wohl nicht, aber es gibt genug andere Dinge, die sie den Frauen in den Gefängnissen antun, und nicht jede will oder kann danach weiterleben. Ich habe über sie und ihre Familie Erkundigungen eingezogen. Ihren Mann hatte man ein paar Monate zuvor verhaftet. Die erste Zeit hat er wohl beharrlich geschwiegen, aber letztlich haben sie ihn mit ihren Folterinstrumenten doch zum Reden gebracht, und er hat alles gestanden, was sie hören wollten – und dazu gehörte auch, dass er seine Familie belastete. Freunde hatten Mikels Mutter gewarnt, doch sie hat nicht versucht zu fliehen. Sie wollte nur den Jungen retten. Keine Ahnung, warum sie gerade auf mich verfallen ist.«

»Und Mikel weiß …«

Georges sah sie an. »Nur wenn man weiß, wie ein Wolf aussieht, kann man sich vor ihm in Acht nehmen!«

In den nächsten Wochen entlockte Catalina Georges immer mehr Informationen über Mikel. Sie hatte schnell herausgefunden, dass er am gesprächigsten war, wenn sie vorn auf dem Kutschbock saßen und von Georges' gutem alten Pferd durch die Landschaft geschaukelt wurden. Sie erfuhr, dass auch Mikel bei ihm den Handel mit Stoffen gelernt, vor zwei Jahren aber beschlossen hatte, von nun an allein durch die Welt zu ziehen.

»Ich habe es ihm nicht übel genommen. Manchmal braucht man Zeit für sich allein. Außerdem kommt er ja immer wieder. Obwohl ich ständig weiterziehe, weiß er irgendwie immer, wo er mich finden kann.« Er sah sie nachdenklich an. »Weißt du, er ist wie ein Sohn ...«

Ein paar Tage später erzählte Georges Catalina beim Abendessen, was genau man Mikels Vater vorgeworfen hatte: Er hatte Bücher über den protestantischen Glauben gelesen.

»Und nur deswegen hat man ihn verbrannt?«

Georges nickte. »So mancher hat schon für weniger sein Leben lassen müssen.« Er warf ihr einen raschen Blick zu, als wäge er ab, ob er ihr das Folgende wirklich erzählen sollte, und sprach dann eindringlich weiter. »Denk an unsere Jeanne d'Arc. 1429 hat sie Orléans von den verfluchten Engländern befreit, ein Jahr später ist sie in ihre Hände gefallen. Sie haben unsere Jungfrau in einen Eisenkäfig gesteckt, sie an Hals, Füßen und Händen an einen schweren Block gekettet und sie wie einen Schwerverbrecher von fünf Kriegsknechten bewachen lassen. Sechzig Geistliche waren bei dem Inquisitionsgericht zugegen, drei Monate lang haben sie die Arme Tag für Tag, Nacht für Nacht verhört. Als Hexe haben sie das Kind bezeichnet, weil es dank irgendwelcher Stimmen, die es gehört hatte, unser schönes Orléans gerettet hat. Aber wirklich das Genick gebrochen hat Jeanne ihr Aufzug: diese skandalöse Männerkleidung, die sie ständig getragen hat, und die Haare, die sie nach Art der Sklaventreiber immer ganz kurz geschnitten hatte. Nur eine vom Teufel Besessene würde sich so zurechtmachen, war die Ansicht der Geistlichen, und so haben sie Jeanne zum Tod auf dem Scheiterhaufen verurteilt.«

»Sie kam für das Tragen von ...« Catalina versagte die Stimme; sie tastete nach ihrem fingerlangen Haar.

Georges musterte sie schweigend. Dann stocherte er mit einem Stock in der Glut, bis das Feuer wieder aufloderte, und wiederholte, was er auch vor ein paar Wochen schon einmal gesagt hatte: »Nur wenn man weiß, wie ein Wolf aussieht, kann man sich vor ihm in Acht nehmen!«, und sah sie dabei ebenso ernst wie nachdrücklich an. Catalina wurde bewusst, dass er sie durchschaut hatte. Sie musste wieder an Jeanne und ihren Tod auf dem Scheiterhaufen denken und stürzte in die Büsche.

»Schade um das schöne Ragout«, murmelte Georges.

In den nächsten Tagen verrichtete Catalina ihre Arbeit schweigsam und in sich gekehrt. Die Geschichte von Jeanne ging ihr nach. Natürlich hatte sie geahnt, dass das Tragen von Jungenkleidern nicht ganz korrekt war, aber dass es ein so schreckliches Verbrechen sein könnte, dass man sie dafür auf den Scheiterhaufen bringen würde, hatte sie nicht gedacht. Nacht für Nacht überfielen sie im Traum Bilder von brennenden Körpern, und auch wenn Georges kein Wort über ihre nächtlichen Schreie verlor, war ihr doch klar, dass ihm ihre Albträume nicht verborgen bleiben konnten, und gerade die Tatsache, dass er kein Wort darüber verlor, zeigte ihr, dass er ihr nicht zufällig von Jeanne erzählt hatte. Auf einmal schien Catalina ihr Leben nur noch ein einziges Wagnis zu sein. So wie Georges würden eines Tages auch andere hinter ihr Versteckspiel kommen, und die würden sicherlich nicht beide Augen zudrücken, sondern sie der kirchlichen Gerichtsbarkeit zuführen. Dann würde sie enden wie Mikels Mutter. Wenn sie Glück hatte. Ansonsten wie Mikels Vater. Und Jeanne.

Noch Wochen später litt Catalina unter Albträumen. Immer wieder erwog sie, Georges zu verlassen und sich doch lieber als Mädchen durchzuschlagen, aber dann musste sie an das Schankmädchen in der Taverne in Pamplona denken und an diese Frau im Unterrock, die ihrem Freier nachgelaufen war. Würde sie nicht zwangsläufig wie diese enden, wenn sie ihre Jungentarnung aufgab? Selbst über eine Rückkehr ins Kloster dachte Catalina nach, fand aber, dass dies auch nicht besser als der Tod sei – womit ihr als letzte Alternative nur noch ihre Familie blieb. Mit ihrer Unterstützung hätte sie sicher eine bessere Stelle denn als Schankmädchen finden können. Vielleicht, wenn sie ihre Mutter bat … Immerhin war eine Cousine ihrer Mutter auch unverheiratet geblieben. Den Grund dafür wusste Catalina nicht, nur, dass sie bei ihrer Schwester lebte und deren Kinder betreute. Kinder, nun, die würde man ihr nach all dem sicher nicht anvertrauen, aber irgendetwas musste es doch geben, wo auch sie unterkommen konnte …

Die Wochen verstrichen, ohne dass Catalina sich zu etwas durchringen konnte und daher weiter mit Georges durch das Land zog. Über eine Woche hielten sie sich in Logroño auf, anschließend reisten sie nach Huesca und Saragossa. Dort verkaufte Georges so viel Stoff, dass er bei einem Freund, der Stoffe in großen Mengen aus Frankreich einführte, neue Ware kaufen musste. Er nahm den Umweg zum Anlass, wieder einmal über die Spanier zu lästern: »Bis nach Frankreich muss man fahren, um sich neu mit Stoffen eindecken zu können, und das von einem Land aus, in dem es mehr Schafe als Bäume gibt! Feinste Wolle produzieren eure Merinoschafe, aber statt sie wie früher selbst zu verarbeiten, schickt ihr sie nach Holland, Frankreich und England, damit man daraus Tuch webt und euch das Ganze zu horrenden Preisen zurückverkauft! Aber was rede ich denn da: Mir kann eure Faulheit doch nur recht sein. Schließlich verdiene ich daran!«

Einen Monat später fuhren sie mit dem bis unters Dach beladenen Wagen weiter. Georges versprach Catalina, dass sie bald nach Valladolid fahren würden, wo seit kurzer Zeit der Hof des Königs untergebracht war. »Dann kannst du deinen geliebten König vielleicht sogar einmal mit eigenen Augen sehen!«

Diese Aussicht beflügelte Catalina, doch es sollte noch besser kommen: Ein paar Tage später trafen sie jemanden, der ihnen erzählte, dass Mikel sich auf dem Weg nach Sevilla befand.

»Oh, Georges, bitte!« Catalina warf ihm einen flehenden Blick zu.

Er schmunzelte und nickte. »Na, von mir aus. Wenn dir Mikel noch wichtiger als der König ist …«

Auf dem Weg nach Sevilla fiel Georges zu Catalinas großem Verdruss ständig noch ein neuer Ort ein, den sie zuvor noch passieren könnten, und schließlich kam ihm gar die Idee, in San Sebastián Halt zu machen. Als er sah, wie Catalina erblasste, lachte er. »Nun hab dich mal nicht so. Du wirst deinen Mikel schon noch wiedersehen! Und ich verspreche dir: Nach San Sebastián halten wir nur noch in Santander und fahren von dort schnurstracks weiter nach Sevilla. In spätestens drei Monaten sind wir dort. *Promis!*«

Doch die Verzögerung an sich war es nicht, die Catalina so aus der Fassung brachte.

8

Es war die Chance und das Risiko. Die Hoffnung und die Angst.
Die Chance, mit ihren Eltern zu reden und so vielleicht doch noch einen Weg zu finden, wieder als Catalina leben zu können, und das Risiko, dass ihre Eltern sie schneller zurück ins Kloster verfrachteten, als Schwester Asunción Amen sagen konnte. In manchen Momenten war Catalina zuversichtlich, zumindest ihre Mutter auf ihre Seite ziehen zu können. Bestimmt hatte sie sich in diesen Monaten Sorgen um sie gemacht und war nun, ebenso wie sie, zu dem einen oder anderen Kompromiss bereit. Aber wenn sie dann an die dicke, dunkle Zornesfalte dachte, die sich auf der Stirn ihres Vaters bilden konnte, fiel ihr bisschen Mut schnell wieder in sich zusammen.
Die Albträume kamen wieder. Nacht für Nacht marterten sie Catalina, mitsamt der Hitze, dem Geruch von verbranntem Fleisch, dem Gejohle des Mobs. Als sie acht Tage später durch das Tor von San Sebastián fuhren, war Catalina beinahe erleichtert. Jetzt würde sie Klarheit gewinnen.
Am Nachmittag wollte Georges zu einem Privatkunden, am Abend einen alten Freund besuchen, und während er bei ihm war, sollte Catalina neue Halteseile kaufen gehen. Catalina war dies recht: So konnte sie ihre Mutter aufsuchen, ohne Georges zuvor etwas erklären zu müssen.
»Ja, schläfst du oder was?«, knurrte Georges sie an. »Wie

viele Aufforderungen brauchst du denn noch, bis du endlich absteigst und mir beim Abladen hilfst?«

Catalina sah auf und stellte fest, dass sie längst vor dem prächtigen Haus der Urreas in der Calle del Preboste del Rey angekommen waren. Rasch sprang sie vom Kutschbock und half Georges, die Plane hochzurollen, die Halteseile der Stoffballen zu lösen und die Stoffe in den Salon zu tragen. Kaum hatten sie alles bereit, stürmten die drei halbwüchsigen Töchter des Hauses herein, gefolgt von ihrer immer noch sehr attraktiven Mutter, einer nie erblühten Tante und der streng in Schwarz gekleideten Grande Dame des Hauses. Die üppigen Farben von Georges' Stoffen brachten die Mädchen zum Jubeln.

»Endlich einmal etwas anderes als das ständige Schwarz der spanischen Händler!«, rief Virginia, die Älteste, und wirbelte mit ihrer jüngsten Schwester zwischen den Stoffballen umher, während sich ihre andere Schwester auf der Stelle in eine jadegrüne Seide verliebte und nicht mehr von ihr wegzubringen war. Georges wickelte drei Ellen von einem rubinroten Samt ab und hielt ihn Virginia vor.

»Als mir mein Händler in Toulouse diesen Stoff gezeigt hat, dachte ich, dass der wie geschaffen für Euch ist! Habt Ihr je einen edleren Stoff gesehen?«

Hingerissen strich Virginia über den schimmernden Stoff. »Er ist wirklich einzigartig!«

Georges ließ Catalina den goldfarbenen Seidenstoff neben den Samt halten und zeigte den Mädchen Zeichnungen mit den neuesten französischen Schnitten.

»In Paris unterlegt man die Ärmel der Kleider jetzt mit kontrastfarbigen Falten«, erklärte er ihnen und führte ihnen den Effekt mit den beiden Stoffen vor. Begeistert bestürmten die Mädchen ihre Mutter, von beiden Stoffen eine größere Menge zu erstehen. Sie willigte ein und bat Georges, ihrer jüngsten Tochter einen hübschen Kontraststoff für die jadegrüne Seide zu zeigen. Georges legte ihnen verschiedene vor, die Mädchen wiesen auf weitere, dann entdeckte auch die Mutter noch einen, der passen könnte, und schließlich ließ sich sogar die Tante vom allgemeinen Jagdfieber anstecken. Einzig die Grande Dame des Hauses, die in dem hochlehnigen Stuhl am anderen Ende des Zimmers thronte, zeigte sich unbeeindruckt und mahnte die Mädchen in regelmäßigen Abständen mit einem *»Calmaros, hijas mias, calmaros, por favor!«* um Mäßigung.

Mitten im schönsten Trubel öffnete sich die Tür zum Nebenzimmer. Ein eleganter Herr Mitte vierzig trat ein. Der Vater der Mädchen wurde von ihnen sofort zu ihren Lieblingsstoffen gezogen. Lachend ließ er sie gewähren. Die heiter verspielte Szene versetzte Catalina einen Stich. Wie anders war es im Haus ihrer Eltern zugegangen … Niemals hätte sich ihr Vater von ihr oder ihren Schwestern so herumziehen lassen, nie diese Nähe, diese Leichtigkeit, diese Zärtlichkeit zugelassen. Wenn er überhaupt einmal das Wort an sie gerichtet hatte, so nur, um zu fragen, ob sie ihre Aufgaben ordentlich verrichtet hatten. Und auch ihre Mutter … Aus streng katholischem Haus kommend und eigentlich für ein Leben im Kloster bestimmt, hatte sie nach dem Tod ihrer älteren Schwester doch den Ehering nehmen müssen und dies nie wirklich verwunden. Ihr einziger Trost war gewesen, dass sie später vier Töchter bekommen hatte, die sie statt ihrer dem Leben für Gott zuführen konnte. Nähe hatte auch sie nie zugelassen. Wichtiger war ihr gewesen, dass ihre Töchter ihre Gebete nicht vergaßen. Und trotzdem, da war sich Catalina sicher,

hatte sie ihre Kinder geliebt. Auf ihre eigene stille, zurückhaltende Art.
Nachdem die Mädchen ihrem Vater ihre Lieblingsstoffe vorgeführt hatten, fand der endlich die Gelegenheit, Georges zu begrüßen. »Ihr könnt Euch nicht vorstellen, mit welcher Ungeduld die Damen Euch erwartet haben!«
Georges verbeugte sich und das gleich noch einmal, als er hörte, dass Don Urrea ihm zwei Freunde vorstellen wollte, deren Familien seine Dienste ebenfalls gern in Anspruch nehmen würden. Don Urrea ging zurück zur Tür zum Nebenzimmer. »Der französische Tuchhändler ist jetzt da! Don Franco, Don de Erauso – wenn ich Euch nun miteinander bekannt machen darf?«
Als der Name ihres Vaters fiel, erblasste Catalina. Ein Stuhl fiel hinter ihr zu Boden. Hastig richtete Georges ihn wieder auf.
»Was ist denn heute los mit dir?«, zischte er sie an, aber noch ehe sie antworten konnte, traten die angekündigten Herren ein. Mit seiner mächtigen Gestalt überragte Don de Erauso Don Urrea und Don Franco um eine gute Haupteslänge. Seine markanten Gesichtszüge, das dicke, widerspenstige Haar, das Catalina von ihm geerbt hatte, und die Entschiedenheit seiner Gesten unterstrichen seine Dominanz. Don Urrea machte ihn und Don Franco mit Georges bekannt. Sie vereinbarten, dass er morgen bei ihnen vorbeikäme, und wandten sich anschließend den Damen zu, die sich nach dem Befinden der werten Gattinnen erkundigten und versicherten, dass man sich am kommenden Wochenende beim Ball der Mendozas treffen würde. Catalina stand wie erstarrt an die Wand gepresst. Don de Erauso bemerkte sie erst, als er sich schon wieder zum Gehen wandte. Gleichmütig glitt sein Blick über sie

hinweg, dann stutzte er. Doch da schallte die helle Stimme der alten Dame durch den Raum.
»Ach, Don de Erauso, was ich Euch fragen wollte: Habt Ihr eigentlich noch immer keine Nachrichten über den Verbleib Eurer Tochter?«
Augenblicklich verfinsterte sich Don de Erausos Miene. »Nein, gar keine«, erwiderte er grimmig. »Und wenn ich daran denke, welch schlimmen Zusammenbruch meine Frau nach den skandalösen Nachrichten aus dem Kloster erlitten hat, weiß ich auch gar nicht, ob ich diesem undankbaren Geschöpf wirklich wünschen soll, dass ich je wieder etwas von ihm höre! Ganze drei Monate hat es gedauert, bis meine Frau sich zumindest so weit erholt hatte, dass sie den Trost der Kirche wieder aus eigener Kraft hat aufsuchen können. Ihr könnt Euch nicht vorstellen, wie sehr sie gelitten hat!«
»Und wurde Eure älteste Tochter aus Kummer nicht sogar so krank, dass man ihr schon die Letzte Ölung spenden wollte?«, fragte die Tante.
Catalinas Vater bestätigte es. Don Urrea legte ihm die Hand auf die Schulter. »Jetzt lasst Euch nicht in Euren Kummer zurückreißen, zumal es inzwischen ja auch Mari-Juan wieder gut geht. Erzählt meiner Schwiegermutter lieber von Eurem ältesten Sohn.« Er sah die alte Dame an. »Unser guter Don de Erauso hat heute früh grandiose Nachricht aus Peru erhalten: zum Hauptmann ist er aufgestiegen, der junge Miguel, und das, wo er erst ein paar Monate von hier fort ist!«
Die alte Dame warf ihrer ältesten Enkelin einen beredten Blick zu, worauf diese errötete und alle lachten. Don de Erauso sah wieder zu Catalina. Erneut furchte sich seine Stirn. Catalina spürte, dass es nicht mehr lange dauern

würde, bis er verstand, wieso ihm der »Bursche« da so bekannt vorkam. Verzweifelt sah sie zu Georges, der zwar die Angst in ihrem Blick bemerkte, ihr aber nicht helfen konnte, zumal sich im gleichen Moment Catalinas Vater an ihn wandte.

»Euer Bursche hier … Er erinnert mich an jemand!«

»Mein Bursche erinnert Euch an jemand?« Georges lachte auf. Es klang nicht wirklich heiter. »Aber wisst Ihr, das höre ich nicht zum ersten Mal über einen meiner Burschen. Ich denke, das liegt an der kurzen Schur, die ich ihrem Haar verpasse: Mit diesem Igelkopf sehen die jungen Burschen irgendwie alle gleich aus, findet Ihr nicht? Aber das Letzte, was ich mir erlauben kann, ist, dass mir einer von den jungen Kerlen Läuse in den Wagen schleppt!«

Für einen Moment schien es, als habe er Catalinas Vater damit beruhigt, zumindest wandte er sich erneut zum Nebenzimmer, aber auf halbem Weg drehte er sich noch einmal um und meinte: »Und wie lange habt Ihr diesen Burschen schon? Und wie heißt er überhaupt?«

»Francisco. Und bei mir ist er seit drei Jahren«, log Georges.

Don de Erauso winkte Catalina zu sich.

»Komm her, Bursche!«, forderte er sie auf. »Und sag mir deinen Namen selbst! Ich möchte deine Stimme hören.«

Die Urrea-Mädchen stießen sich kichernd in die Seiten, auch ihre Mutter und ihre Tante sahen auf und blickten zu Catalina, die bleich an der Wand klebte.

»Was ist denn, guter Freund?«, mischte sich Don Urrea ein. »Gibt es ein Problem? Hat sich der Bursche etwas zuschulden kommen lassen?«

Catalina schluckte und sah zu Georges, der nicht weniger ins Schwitzen geriet als sie.

»Was ist nun, Bursche?«, hakte Catalinas Vater nach. »Stumm wirst du ja wohl nicht sein!«
Er ging auf Catalina zu, worauf der endgültig die Nerven durchgingen. Sie riss die Zimmertür auf, stürmte die Treppe hinunter und rannte aus dem Haus. Sie hörte, wie sie hinter ihr die Treppe runterpolterten und ihr Vater immer wieder rief: »Sie ist es, sie ist es, es ist meine Tochter! So haltet sie doch!«
In Panik rannte Catalina die Straße entlang, flitzte um die nächste Ecke und überlegte verzweifelt, wie sie ihre Verfolger hier, mitten in der Stadt, wo sich eine Hausmauer nahtlos an die nächste reihte, abhängen sollte. Catalina blickte zurück, sah, wie zwei Burschen näher kamen, die sicher für den Fall ihres Ergreifens auf eine hübsche Belohnung hofften, prallte gegen einen Mann, stürzte, rappelte sich wieder hoch und rannte weiter. Aus einer Seitenstraße kamen zwei Kutschen. Catalina huschte direkt vor den Gespannen über die Straße – und als die Kutschen weiterfuhren, war sie verschwunden. Verwirrt blickten sich die beiden Burschen an. Inzwischen waren auch Don de Erauso und Don Urrea dazugekommen. Sie befragten ein paar Passanten, die ihnen aber auch nicht weiterhelfen konnten.

Drei Straßenzüge weiter sprang Catalina von der fahrenden Kutsche ab. Obwohl von ihren Verfolgern nichts mehr zu sehen war, eilte sie weiter. Eine halbe Stunde später erreichte sie das Stadttor. Sie lehnte sich an eine Hauswand und wollte sich in einem geeigneten Moment im Sichtschutz einer Kutsche an den Torwächtern vorbeistehlen, aber dann bemerkte sie einer der Männer und machte seinen Kollegen mit aufgeregten Gesten auf sie

aufmerksam. Catalina ahnte, dass sie schon erwartet wurde, als ehemaliger Bürgermeister dieser Stadt verfügte ihr Vater schließlich über beste Verbindungen.
Noch ehe die Torwächter den Büttel herbeigerufen hatten, war Catalina wieder im Gassengewirr verschwunden. Sie ging jetzt langsamer, da sie nicht die Aufmerksamkeit der Leute auf sich ziehen, ein Junge von vielen sein wollte …
Ein Junge von vielen … Je länger Catalina lief, desto heftiger hallten diese Worte in ihr wider. Ihr wurde bewusst, dass ihre Chance, je wieder Catalina sein zu dürfen, nach der Reaktion ihres Vaters kleiner denn je geworden war.
»Das ist nicht gerecht, verdammt, das ist einfach nicht gerecht!«, zischte sie zwischen zusammengepressten Zähnen hervor. »Soll ich denn mein ganzes Leben lang immer weglaufen müssen, nur weil ich keine Nonne werden wollte?«
Ihr kamen die Worte ihres Vaters in den Sinn: Zusammengebrochen sei ihre Mutter, als sie die Nachrichten aus dem Kloster erhalten hatte … Durfte Catalina daraus nicht schließen, dass ihre Mutter sie trotz allem noch liebte? Catalina biss sich auf die Lippen. Da erklang Kirchengeläut. Es rief zur Messe und kam ganz aus der Nähe …
Die Messe! Catalina schlug sich gegen die Stirn. Nirgends sonst konnte sie ihre Mutter gefahrloser treffen als in der Kirche! Schnell lief Catalina weiter.

Es war nicht mehr weit bis zur Kirche San Vincente, der bevorzugten Kirche ihrer Mutter. Als sie den großen Vorplatz erreichte, strömten gerade die ersten Kirchgänger herbei. Die meisten waren ältere Frauen in hochgeschlossenen, schwarzen Kleidern, viele von mürrisch wirkenden Zofen begleitet. Je mehr Menschen in die Kirche ström-

ten, desto unruhiger blickte sich Catalina um. Ihre Mutter war doch sonst immer bei den Ersten gewesen!
Doch da kam sie. Aufrecht und mit zielstrebigen Schritten trat sie aus der Calle Santa Eugenia hinaus und steuerte das Kirchenportal an. Ihr knöchellanger Umhang umwehte ihre hohe Gestalt und gab den Blick auf ein schwarzes Seidenkleid mit edlen Spitzen und Perlenstickerei frei. Catalina fand sie sehr blass, die Nase allzu spitz, die Schultern noch schmaler als früher.
Zunächst bemerkte ihre Mutter sie nicht. Catalina sah, dass sie in der rechten Hand einen Rosenkranz hielt und ihre Lippen sich bewegten. *Mutter Gottes, die du bist im Himmel …*, betete die Mutter, während ihre Tochter stumm flehte: So sieh mich doch endlich an!
Bald lagen nur noch wenige Meter zwischen ihnen, aber ihre Mutter hob noch immer nicht den Blick. Entschlossen trat Catalina ihr in den Weg. Erstaunt sah ihre Mutter auf – und erblasste.
Der abweisende Blick ließ Catalina unwillkürlich einen Schritt zurückweichen. Da hob ihre Mutter die Hand. Catalina dachte, dass sie ihr über die Wange streichen wollte, doch ihre Mutter ließ die Hand sogleich wieder sinken, und im nächsten Moment wandte sie sich um, als hätte jemand sie gerufen.
Bitte, Mutter, hämmerte es in Catalinas Kopf. So verzeih doch wenigstens du mir!
Endlich wandte ihre Mutter den Kopf. In ihrem Schmerz erschienen ihre Augen Catalina schöner denn je. Doch auch jetzt sagte sie nichts. Sie hob nur wieder die Hand, schloss sie um das goldenen Kreuz, das sie zeit ihres Lebens um den Hals trug, und schritt mit entschlossenen Schritten zum Kirchenportal.

Catalina wusste nicht, wie lange sie ihrer Mutter hinterhergestarrt hatte, aber irgendwann wurde ihr bewusst, dass sie längst allein auf dem Platz stand, das hohe Kirchenportal geschlossen und drinnen ein Loblied für den Herrn angestimmt worden war. Selbst in dem Kerker bei den Nonnen hatte sie sich nicht so einsam gefühlt.
Sie erwog, Georges zu suchen, wollte ihn aber nicht noch tiefer in ihre Schwierigkeiten hineinziehen und verwarf den Gedanken. Die Stadttore waren ihr verschlossen, also blieb ihr nur der Hafen, um aus der Stadt hinauszukommen.
Die Schreie der Silbermöwen klangen Catalina wie die Stimmen von altvertrauten Bekannten im Ohr. Sie sah den Vögeln zu, wie sie sich mit kräftigen Flügelschlägen über das Gewusel von Matrosen, Händlern, Arbeitern, Sklaven und Reisenden hinwegschwangen und sich vom Wind zu den Schiffen und aufs Meer hinaustragen ließen. Auf einmal bekam sie einen solchen Stoß versetzt, dass sie beinahe hingefallen wäre. Sie fuhr herum. Statt sich zu entschuldigen rollte ihr der Matrose fast sein Wasserfass über die Füße. Catalina sprang zur Seite und bekam gleich den nächsten Knuff. Wieder wandte sie sich um – und blickte in die schmalsten Augen, die sie je gesehen hatte.
»Was glotzt du denn so?«, herrschte der Chinese sie an. »Mach lieber, dass du aus dem Weg kommst! Du siehst doch, wie schwer ich zu tragen habe.«
Catalina trat zur Seite. Der Chinese kämpfte sich mit einem mächtigen Sack an ihr vorbei. Catalina eilte ihm nach.
»He, warte, ich helfe dir!«
Verwundert blickte sich der Chinese zu ihr um, wobei sein taillenlanger Zopf über die Schulter fiel.

»Hast du heute deinen großzügigen Tag oder bist du schlicht zu dumm, um einen armen Schiffskoch von einem zahlungskräftigen Kapitän unterscheiden zu können?«
Catalina ahnte, dass sich hinter seiner barschen Art viel Gutmütigkeit verbarg. Sie lächelte ihn freundschaftlich an. »Das Erste!«
Sie hob den zum Bersten gefüllten Jutesack von hinten an. Mit einem erleichterten Stöhnen ließ der Chinese den Sack von der Schulter gleiten und schleppte ihn nun mit Catalina zusammen.
»Hier vorn entlang, zur Santa Maria«, erklärte er ihr und warf ihr immer wieder misstrauische Seitenblicke zu. »Bilde dir bloß nicht ein, dass du von mir zum Dank auch nur das winzigste Realchen kriegst!«
Catalina nickte; viele Worte hätte sie ohnehin nicht machen können. Von Meter zu Meter wunderte sie sich mehr, dass der Chinese, der kaum kräftiger als sie selbst wirkte, den schweren Sack allein hatte tragen können. Endlich erreichten sie die Santa Maria, und wie Catalina gehofft hatte, nahm der Chinese ihr Angebot, ihm den Sack mit aufs Schiff zu tragen, gerne an. Doch kaum hatten sie den Fuß auf das Deck der imposanten, viermastigen Galeone gesetzt, rannte der Erste Offizier auf sie zu.
»Wo treibst du dich denn so lange herum, Schlitzauge!«, donnerte der gewichtige Mann den Chinesen an. Vor Wut blähten sich seine Nasenflügel. Catalina verbarg sich hinter ihrer Traglast.
»Die Extrarationen für die Offiziersmesse solltest du besorgen gehen, aber nicht schon einen Landgang abfeiern, bevor die Reise auch nur begonnen hat!«, polterte der Offizier weiter. »Als ob du nicht genau wüsstest, dass wir noch bei Flut auslaufen müssen.«

Der Chinese murmelte ein sonores »Aye, aye, Sire« und lief dann so unvermittelt weiter, dass Catalina beinahe hinfiel. Kurz darauf ertönte hinter ihnen ein gellender Schmerzensschrei. Erschrocken fuhr Catalina herum und sah, wie der Erste Offizier einen krummbeinigen Matrosen schlug.

»Spatzenhirn, verdammtes!«, brüllte er den Mann an und knallte ihm das Endstück seiner Peitsche auf den Kopf. »Dir werde ich es geben, Fässer unbefestigt aufs Deck zu stellen! Sollen wir von denen auf See alle plattgerollt werden?«

Der Chinese zeigte auf eine Luke, die sie in den Laderaum führte. Catalina stieg noch vor ihm nach unten und hoffte, auch nicht so bald wieder hochkommen zu müssen.

Im Vorratsraum stapelten sich die Säcke bis zur Decke, daneben standen Fässer. Der Chinese erklärte ihr, dass darin Weizenmehl, Bohnen, Schiffszwieback, Trockenfisch, Pökelfleisch, Wasser, Wein und Rum transportiert wurden.

Catalina staunte. »Das sieht aber nicht danach aus, als ob ihr nur zum nächsten Hafen schippern wolltet.«

»Gut beobachtet. Wir müssen zwar erst noch nach Sevilla, aber unser eigentliches Ziel heißt Las Indias.«

Catalina starrte ihn an: Sevilla – da war doch Mikel! Der Chinese schloss den Verschlag auf und ließ sich von Catalina den Inhalt des Sackes anreichen. Etliche Kilo Äpfel waren darin, Birnen, Kartoffeln, Reis, Nüsse ... Catalina pfiff durch die Zähne. »Ihr lebt ja nicht schlecht auf eurem Schiff.«

»Hast du oben nicht zugehört? Die Sachen sind für die Offiziere und den Kapitän! Oder hast du geglaubt, die hohen Herren geben sich mit dem Fraß von unsereins zufrieden?«

Er nahm von Catalina drei Bündel Zwiebeln entgegen und hängte sie an einen Haken. »Und jetzt beeil dich; es wird Zeit, dass du vom Schiff runterkommst! In spätestens einer halben Stunde laufen wir aus.«

Catalina reichte ihm auch noch die anderen Lebensmittel und sah sich um. Hier unten waren etliche Verschläge und Kammern: für die Handelsware, die Tiere, die zum Verzehr gedacht waren, für Segel, Taue und anderes Material. Es wäre leicht, sich hier unten zu verstecken – wenn der Chinese mitspielte. Als sie als Nächstes etliche Bund Kräuter aus dem Sack zog, von denen sie einige aus Schwester Euralias Apothekengarten kannte, versuchte sie, den Schiffskoch ins Gespräch zu ziehen. »Das sind Heilkräuter, nicht wahr?«

»Kennst du dich damit etwa aus?« Der Chinese musterte sie. »Also los, spuck's schon aus. Du hast mir doch nicht aus purer Nächstenliebe geholfen. Was willst du von mir?«

Catalina sah ihn bittend an.

Der Koch schüttelte den Kopf. »Vergiss es!«

»Ich würde alles dafür tun.«

Der Chinese legte den leeren Sack in den Vorratsraum und schloss die Tür hinter sich ab. »Los, hoch mit dir, und dann runter von Bord!«

»Aber ich könnte dir beim Kochen und beim Abwaschen und beim Herstellen von Medikamenten helfen.«

»Ich habe dir doch vorhin schon gesagt, dass ich hier nur der Schiffskoch bin. Und ich habe keine Lust, wegen eines blinden Passagiers am Mast zu baumeln.«

»Und wenn du mit dem Ersten Offizier redest?«

»Reden? Mit dem?« Der Chinese zeigte ihr den Vogel.

»Oder mit dem Kapitän«, beharrte Catalina.

Sie war ihrem Ziel so nahe, dass sie jetzt unmöglich aufgeben konnte.
Der Koch schob sie zur Leiter. »Los, hinauf mit dir, ehe wir noch beide von Bord fliegen.«
»Aber ich … ich muss weg von San Sebastián.« Sie warf ihm einen flehenden Blick zu. »Und in Sevilla wärst du mich auch sofort los. Ich habe da einen Freund. Der hilft mir dort weiter.«
»Nichts da, und nun mach schon, los, ab mit dir!« Der Chinese fluchte. »Verdammt noch eins, was bin ich für ein Trottel. Eine Hilfe, die man umsonst kriegt, kommt einen hinterher immer besonders teuer zu stehen.«
Er schien so wütend, dass Catalina nun doch die Leiter hochstieg. Oben an Deck zerrte der Chinese sie zum Landungssteg. Auf einmal stand der Erste Offizier vor ihnen. Er ließ die Peitsche gegen seine Stiefel knallen.
»Das habe ich doch vorhin schon gerochen, dass hier etwas faul ist«, knurrte er den Chinesen an. »Wolltest einen blinden Passagier an Bord schmuggeln und musstest feststellen, dass er nicht zahlt, was du dir vorgestellt hast, was?«
»Nach all den Jahren solltet Ihr mich besser kennen!« Der Schiffskoch erwiderte ruhig seinen Blick. »Der Bursche hat mir beim Tragen geholfen, und jetzt geht er wieder, und das ist alles.«
»So war es wirklich, aber ich … ich suche allerdings eine Passage nach Sevilla.« Was hatte sie schon zu verlieren? »Bitte, wenn Ihr mich an Bord lassen könntet …«
»Du weißt, was man bei uns mit blinden Passagieren macht, oder?« Wieder knallte der Erste Offizier die Peitsche gegen die Stiefel. Trotzdem wagte Catalina noch einen Versuch. »Ich … ich würde auch arbeiten für zwei.«

Mitten in ihrem Satz kam dem Ersten Offizier wieder der krummbeinige Matrose in den Blick. Augenblicklich wurde seine Miene noch dunkler. »Du stinkende Landratte! Wer, bei allen Seeteufeln, hat dir gesagt, du sollst die Taue da wegnehmen?«
Wütend schoss er auf den Tollpatsch zu, packte ihn am Hosenbund und warf ihn über Bord.
»Kannst seinen Job haben!«, bellte er Catalina anschließend an. »Aber sieh dich vor, dass du nicht genauso endest wie er!«

Catalinas erste Aufgabe bestand darin, das Deck zu schrubben. Ein kleiner, drahtiger Mann, dessen spanisch-portugiesisch-italienischem Sprachgemisch sie entnahm, dass er Adriano hieß, drückte Catalina einen Eimer Meerwasser und eine Bürste in die Hand.
Catalina zuckte verständnislos mit den Achseln. Da bückte sich Adriano und machte ihr vor, was sie tun sollte. Seinem Beispiel folgend kniete sich Catalina hin, kippte einen Schwall Wasser über die Planken und begann zu schrubben.
Adriano nickte und kehrte an seine Arbeit zurück. Eine halbe Stunde später schrubbte Catalina noch immer. Sie wischte sich den Schweiß vom Gesicht und massierte sich die Arme, die allmählich höllisch brannten. Auch ihre Knie schmerzten. Sie setzte sich auf und blickte sich um, ob sie nicht einen alten Sack finden konnte, um ihn sich unter die Beine zu legen. Auf einmal spürte Catalina einen scharfen Schmerz auf dem Rücken. Sie schrie auf, fuhr herum – und blickte direkt in die zornigen Augen des Ersten Offiziers.
»Das nennst du arbeiten?«, herrschte er sie an und holte

schon wieder mit der Peitsche aus. Hastig begann Catalina wieder zu schrubben.
Inzwischen hatte das Schiff den Hafen verlassen. Ruderboote hatten es an Tauen hinaus auf die offene See geschleppt, jetzt rafften sie die Segel und nahmen Fahrt auf. Wie sehr hatte Catalina sich auf den Moment des Ablegens gefreut und bekam jetzt kaum etwas davon mit. Noch immer hing sie schrubbend über den Planken und versuchte, weder an ihre Arme noch an ihre Knie zu denken, und überdies befürchtete sie, dass ihr gleich der Rücken durchbrach. Erst als eine weitere Stunde vergangen war, orderte der Chinese sie zum Kartoffelschälen ab. Catalina sah ihn unsicher an. »Und der Erste Offizier …?«
»Der Befehl kam von ihm. Für den restlichen Abend sollst du dich bei mir in der Küche nützlich machen.« Er reichte ihr die Hand, um ihr aufzuhelfen. »Übrigens brauchst du dir nicht einzubilden, dass er Mitleid mit dir hatte. Er will nur einfach früher essen.«
Catalina folgte dem Chinesen in die Küche. Er gab ihr ein Messer, das ihre schmerzenden Finger kaum zu halten vermochten. Da schob er ihr die Hemdsärmel hoch, massierte mit seinen kräftigen Händen ihre Arme und bearbeitete dabei verschiedene Punkte mit besonderem Druck. Catalina wunderte sich, wie schnell die Schmerzen nachließen.
»Kannst du zaubern?«
»Schön wär's!« Der Koch lachte. »Mit meinen Akupunkturnadeln könnte ich noch viel mehr ausrichten, aber dafür haben wir jetzt keine Zeit.«
»Von wem hast du das gelernt?«
»Von meinem Vater. Leider habe ich vieles von dem vergessen, was er mir beigebracht hat.« Während er mit

seiner Behandlung noch eine Weile fortfuhr, erzählte er Catalina von ihm. Ein großer Arzt sei er gewesen und habe vielen Menschen mit seinen Akupunkturnadeln und Kräutern das Leben gerettet. Doch dann sei er krank geworden, und gerade bei ihm selbst habe seine Kunst versagt. Seine Mutter hatte ihn und seine sieben Geschwister nicht allein durchbringen können und deswegen ihn auf einem Schiff und seine beiden jüngeren Brüder bei Händlern untergebracht, damit sie für den Unterhalt der Familie sorgten. Schon seit zehn Jahren fuhr er nun zur See, drei Jahre auf dieser Galeone.

»Was ist denn?«, fragte Catalina verunsichert, als er plötzlich verstummte.

Statt zu antworten, bearbeitete der Chinese noch zwei neue Punkte an ihrem Arm. »Was machen die Schmerzen jetzt?«

Catalina bewegte die Arme, Hände und Finger und nickte froh. »Tausendmal besser! Wie heißt du eigentlich?«

»Tao Te Chen.« Er legte die Hände vor dem Gesicht zusammen und verbeugte sich. »Und wie lässt du dich nennen?«

»Was ... wie meinst du das?«, stammelte Catalina. Tao Te Chen ging zum Kombüsenschrank und zog aus einer der Schubladen einen langen Baumwollstreifen hervor.

»Ich nehme an, du willst dieses Versteckspiel noch eine ganze Weile weiter betreiben?«

Catalina errötete bis zum Haaransatz.

»Keine Angst«, murmelte Tao Te Chen. »Von mir erfährt niemand etwas. Aber wenn du nicht willst, dass die anderen es von allein herausfinden, solltest du unbedingt anfangen, dir die Brust zu umwickeln. Je fester du sie schnürst, desto weniger wird sie sich entwickeln. Bei uns in China hindert man damit die Füße der Mädchen am Wachsen. Bei einem baskischen Busen funktioniert es sicher auch.« Er reichte Catalina den Baumwollstreifen und verließ die Kombüse. Kurz bevor die Tür hinter ihm zufiel, hörte Catalina ihn noch brummen: »… wusste ich doch, dass mich diese Gefälligkeit noch teuer zu stehen kommen würde, und ich befürchte, dass das hier noch längst nicht alles gewesen ist!«

9

Die herrlichen Butterkartoffeln, die marinierten Rinderfilets und die geschmorten Bohnen durfte Catalina wohl in die komfortabel eingerichtete Offiziersmesse tragen, davon kosten oder sich auch nur mit der Hand auf einen der dick gepolsterten Stühle aufstützen durfte sie jedoch nicht. Sie und Tao Te Chen mussten genau wie die anderen fünf Dutzend Matrosen, die gerade dienstfrei hatten, zum Essen nach unten in den engen, nur notdürftig von ein paar Petroleumlampen erhellten Mannschaftsraum hinabsteigen. Tao Te Chen drückte Catalina und einem anderen Matrosen einen Stapel Schüsseln und Löffel in die Hand und folgte ihnen mit seinem großen Suppentopf nach unten. Der Gestank, der ihnen dort entgegenschlug, nahm Catalina den Atem. Nach billigstem Rum roch es, nach schweißigen Füßen, fauligen Zähne, gärigen Darmwinden … Am liebsten hätte sich Catalina die Nase zugehalten, aber sie sah ja, dass sie offenbar die Einzige war, die sich an den Gerüchen hier unten störte. Tao Te Chen sagte ihr, dass sie sich auf eine der Kisten setzen könne, die gleich neben dem Eingang standen. Sie dienten den Seeleuten zur Aufbewahrung ihrer Habseligkeiten. Weiter hinten in der Ecke stand ein Tisch mit Stühlen für die rangältesten Matrosen. Mit viel Getöse und Gebrüll spielten sie Karten.

»Schluss damit, jetzt wird gegessen!«, murrte Tao Te Chen sie an und knallte ihnen ihre Schüsseln auf den Tisch.

»Schließlich will ich heute auch noch mal mit dem Spülen fertig werden!«

Keiner der vier Männer ließ sich von Tao Te Chens Gebrumm beeindrucken. Stattdessen begannen sie, Witze über ihn zu reißen. Von allen Seiten ertönte schadenfrohes Gelächter, das noch lauter wurde, als einer der Matrosen Tao Te Chen am Zopf zog. Ohne eine Miene zu verziehen gab dieser die Suppe aus. Als Catalina die gräuliche Brühe sah, die er in ihre Schlüssel gab, sah sie ihn entsetzt an.

»Jetzt glotz nicht so, sondern schaufel die Suppe runter, solange sie heiß ist!«, knurrte Tao Te Chen. »Aus den drei Zutaten, die sie mir zubilligen, lässt sich nichts Besseres kochen!«

Notgedrungen schob sich Catalina einen Löffel voll in den Mund – und blies die Backen auf.

Wenig später war in dem engen Raum nur noch vereinzelt das Kratzen der Löffel in den Blechschüsseln zu hören. Die meisten hatten sich schon voller Neugier um den Neuen versammelt.

»De dónde vienes, chico?«, fragte Antonio, ein kleiner dürrer Mann mit runzligem Gesicht und tiefschwarzen Knopfaugen. Kaum hatte Catalina ihm gesagt, dass sie Baske sei, schwoll ein lautes Buhen an. Nur einer der Matrosen stammte ebenfalls aus dem Baskenland, drei kamen aus dem Aragon, ein gutes Dutzend aus der Extremadura, auch zwei Flamen waren dabei, die Catalina allein deswegen unsympathisch waren – das Gros von ihnen aber stammte aus Südspanien und erging sich in Schmähreden gegen die Basken. Einzig Tao Te Chen nahm sie in Schutz:

»Jetzt lasst den Jungen schon in Ruhe!«, forderte er sie auf. »Und wagt nicht, mit ihm die gleichen makabren

Spielchen wie mit dem Letzten zu treiben, wenn ihr es nicht mit mir zu tun kriegen wollt!«

»Pass bloß auf, dass du es nicht mit uns zu tun kriegst, *coño!«*, konterte ein beinahe zahnloser Andalusier, und der feiste Kerl neben ihm beschimpfte Tao Te Chen als *»maldito hijo de puta!«* – als dreckigen Hurensohn. Unbeeindruckt sammelte Tao Te Chen die Schüsseln ein. Bevor er sie nach oben brachte, warnte er Catalina, sich mit den Matrosen einzulassen. »Je freundlicher sie tun, desto Übleres haben sie im Sinn, und jetzt bringst du mir sowieso erst einmal den Suppentopf hoch!«

Kaum war Tao Te Chen gegangen, bestürmten die Matrosen Catalina mit Fragen. Catalina genoss es, im Mittelpunkt zu stehen, und verstand nicht, was Tao Te Chen gegen sie hatte. Schließlich sagte sie sich, dass er einfach eifersüchtig sein müsste. Ihm mit seinen chinesischen Schlitzaugen würde die Mannschaft auch in hundert Jahren noch nicht so viel warmes Interesse wie ihr entgegenbringen.

»Wenn das hier deine erste Seefahrt ist, bist du sicher noch nicht getauft worden?«, fragte sie jetzt Julio, ein glatzköpfiger Sevillaner mit großflächigen Tätowierungen auf der Brust. Die anderen johlten begeistert. »Taufe, Taufe, ja, taufen wir ihn!«

»Und wie geht so eine Seetaufe vor sich?«, fragte Catalina.

Wieder johlten alle. Julio brüllte ihr über den Lärm hinweg zu, dass sie ihr das schon noch verraten würden. »Aber jetzt bring erst einmal den Topf hoch, sonst haben wir das verflixte Schlitzauge gleich wieder hier unten und der Spaß ist zu Ende, bevor er angefangen hat!«

»Aber was soll Tao Te Chen denn dagegen haben, dass ihr mich tauft?«, fragte Catalina verwundert.

»Das weiß doch jeder, dass die verflixten Gelbhäute an nichts glauben«, erwiderte Julio. »Aber wir sind gute Christen, und deswegen können wir so einen braven Burschen wie dich nicht ungetauft übers Meer schippern lassen!«
Catalina trug den Topf nach oben, half Tao Te Chen beim Abwasch und eilte zu ihren neuen Kameraden zurück.
Die meisten saßen jetzt um den Holztisch, nur diejenigen, die später Nachtdienst hatten, lagen in den Hängematten.
Erwartungsvoll setzte sich Catalina zu ihnen.
»Na und«, rief sie. »Nun sagt schon: Wie läuft so eine Seetaufe ab?«
Grinsend schob Julio ihr ein Glas zu. Catalina roch daran. Enttäuscht sah sie ihn an. »Was ist das? Das riecht ja nach gar nichts!«
»Das trinkst du jetzt.«
Catalina roch noch einmal daran. »Erst will ich wissen, was das ist!«
»Meerwasser.«
»Meerwasser?«
»Haste gedacht, du kriegst Weihwasser?«, rief ein stämmiger Kerl aus den hinteren Reihen und lachte sich halbtot über seinen Witz.
»Jeder wahre Seemann muss einmal in seinem Leben ein Glas Meerwasser trinken«, erklärte ihr Julio. »Das schützt ihn vor dem Ertrinken!«
Catalina sah ihn zweifelnd an.
»Na los, nun mach schon! Das haben wir alle schon hinter uns.«
Auch die anderen sahen sie auffordernd an. »Wer zu uns gehören will, muss sich auch an unsere Gesetze halten!«

Catalina zuckte mit den Achseln. Ein Glas Wasser trinken – das lohnte wohl nicht, sich deswegen den Unmut der neuen Kameraden zuzuziehen, auch wenn sie sich eine Taufe spannender vorgestellt hatte. Sie hob das Glas.
»Je mehr du in einem Zug herunterbringst, umso besser!«, riet der drahtige Kerl gleich neben ihr.
Catalina nahm sich vor, seinen Rat zu beherzigen, und setzte das Glas an. Sie fand den Geschmack zwar ekelhaft, wollte sich aber keine Blöße geben und leerte das Glas in einem Zug. Anschließend stellte sie es auf den Tisch und wunderte sich, wieso sie alle so erwartungsvoll ansahen.
»Was ist?« Sie grinste unsicher.
Und dann rumorte und gluckerte es ganz grauenhaft in ihrem Magen.
Catalina schaffte es nicht mehr rechtzeitig bis hoch an die Reling, und auch wenn die Männer sie schubsten und stießen, damit sie sich nicht schon im Mannschaftsraum erbrach – der größte Teil ihres Mageninhalts ergoss sich dort auf den Boden, aber auch oben an Deck kam noch so einiges aus ihr heraus. Der Erste Offizier grinste, als er sie in diesem Zustand sah.
»Noch nicht ganz seefest, wie?«, meinte er. »Aber dem ist leicht Abhilfe zu schaffen!«
Er winkte Antonio zu sich, der Catalina gefolgt war, um zu sehen, ob sie Hilfe brauche.
»Ich glaube, wir sollten den Neuen bitten, für ein paar Stunden unser Marsgast zu sein! Du bist gleich dran, oder?«
Antonio nickte.
»Dann lass ihm das Vergnügen bis zwei. Danach löst du ihn ab!«
»Zu Befehl, Sire!«

Catalina dankte dem Ersten Offizier mit einem matten Lächeln. Also war er doch kein so herzloser Kerl. Marsgast – das klang nett. Da würde sie sich sicher schnell erholen.

Catalina wollte gleich mit Antonio mitgehen, aber da krampfte sich ihr Magen erneut zusammen. Wieder musste sie sich über die Reling beugen. Anschließend nickte sie Antonio zu.

»Ich glaube, jetzt können wir los.«

»Immerhin ist es kein allzu anstrengender Dienst«, tröstete er sie.

Erstaunt sah Catalina ihn an. »Dienst? Wieso Dienst? Ich denke, ich bin Gast?«

Er grinste. »Marsgast! Das heißt, dass du ins Krähennest gehst.«

Catalina verstand noch immer nicht.

Da zeigte er zu dem höchsten Mast des Schiffs. »Da hoch in den Ausguck sollst du!«

Ungläubig blickte Catalina nach oben und musste schon wieder zur Reling stürzen.

Allein der Gedanke an den Aufstieg über die Wanten, die untereinander mit waagerechten, sprossenartigen Webleinen verbundenen, seitlich die Masten stützenden Verseilungen, erfüllte Catalina schon mit Grauen, aber noch unerträglicher war ihr die Vorstellung, in diesen winzigen Ausguck klettern zu müssen.

»Na los, vorwärts jetzt!«, trieb Antonio sie an und fügte kurz darauf etwas freundlicher hinzu: »Sieh einfach nicht nach unten, wenn du nicht schwindelfrei bist!«

Obwohl Catalina seinen Rat befolgte, spürte sie die mit jeder Sprosse zunehmende Tiefe unter ihr. Endlich hatte sie das Krähennest erreicht. Seitlich befand sich das Einstiegsloch, das Catalina sehr eng und überdies recht weit von den Wanten entfernt fand.

»Na los, nun mach schon, oder ich lasse dich bis zum Sonnenaufgang da oben ausharren!«, donnerte die Stimme des Ersten Offiziers zu ihr hoch. Mit Tränen in den Augen stieg Catalina auf die letzte Sprosse, krallte eine Hand um die Holzumrandung des Krähennests, stieß sich mit den Füßen ab und gelangte in den Mastkorb. Keuchend drückte sie sich mit dem Rücken gegen den hinteren Rand, klebte die Hände an den Boden und versuchte, nichts als den Horizont zu sehen. Doch in dieser luftigen Höhe schwankte es noch um einiges mehr als unten auf Deck, so dass es Catalina sofort wieder übel wurde.

Sie versuchte, tief und ruhig durchzuatmen, und sagte sich, dass ihr Magen längst leer sei, aber sie musste sich doch wieder übergeben. Ekelerregende, ihr den Hals verätzende Säure kam in ihr hoch. Anschließend weinte sie, worüber der grauenhafte Brechreiz wenigstens für eine Weile nachließ.

Bald machte Catalina auch die Kälte hier oben zu schaffen. Der eisige Wind fuhr ihr in die Knochen, und die ätzende Leere ihres Magens tat das ihrige dazu, dass sie ganz jämmerlich fror. Wieder einmal sagte sie sich, dass das Klosterleben auch seine Vorteile gehabt hatte – derartige Torturen waren ihr dort erspart geblieben. Ihre Gedanken glitten weiter zu Ainoa. Ob diese sie wohl vermisste? Und ob Schwester Euralia ihr verziehen hatte, dass sie aus dem Kloster geflohen war? Auch an Georges musste Catalina denken und wie gern sie bei ihm geblieben wäre. Zwangsläufig kam ihr nun auch Mikel in den Sinn. Sie ahnte, was für ein Gesicht er machen würde, wenn er sie so sehen würde. Ja, sie war ein Tölpel, und zwar einer mit dem ausgeprägten Talent, sich stets selbst in Schwierigkeiten zu bringen. Sie sagte sich, dass sie schleunigst lernen musste, besser auf sich aufzupassen, sonst würde sie Sevilla kaum lebend erreichen und ihr Wiedersehen mit Mikel nichts als ein schöner Traum bleiben ...

Als um zwei Uhr früh endlich Antonios Kopf in dem Einstiegsloch auftauchte, war Catalina mehr tot als lebendig und Antonio sah auf den ersten Blick, dass sie nicht allein hinabsteigen konnte.

»Na komm, Kleiner, ich helfe dir, zusammen packen wir das schon«, redete er beruhigend auf sie ein.

Sprosse um Sprosse führte er Catalina nach unten. Kaum waren sie auf dem Deck angekommen, sackte Catalina in sich zusammen.

»Du wirst das Gehorchen schon noch lernen!«, schimpfte Tao Te Chen sie aus, als sie wieder zu sich kam. Catalina blinzelte und stellte fest, dass sie in der Kombüse lag. Tao Te Chen hatte einen alten Kartoffelsack unter sie und zwei über sie gebreitet und flößte ihr heißen Tee ein. »Wofür habe ich dich eigentlich gewarnt?«

Catalina zog kleinlaut die Schultern hoch und schluckte den Tee.

»Ich hoffe, du hast jetzt kapiert, dass du künftig vorsichtiger sein musst.«

Catalina nickte.

»Ach, und nur damit du dich schon gleich darauf einstellst: Morgen hast du Hundewache.«

»Das ist doch bestimmt wieder so etwas Gemeines, oder?«

Tao Te Chen nickte. »Das bedeutet, dass du morgen von Mitternacht bis vier Uhr früh in dem Ausguck Wache zu schieben hast.« Tao Te Chen strich ihr das Haar aus der

Stirn. »Keine Sorge. Morgen wirst du es besser überstehen. Ich mache dir einen Tee gegen die Übelkeit und gebe dir einen dicken Pullover von mir. Und so dumm, vorher Meerwasser zu trinken, wirst du ja sicher nie wieder sein.«

Matt schüttelte Catalina den Kopf.

Als sie in der folgenden Nacht pünktlich um zwölf das Krähennest enterte, zitterten ihr die Knie nicht weniger als am Vortag, aber nachdem sie ein paar Minuten in dem Ausguck zugebracht hatte, merkte sie, dass ihr dank Tao Te Chens Kräutertee tatsächlich nicht übel wurde, und auf einmal konnte sie dem Hochsitz durchaus auch Angenehmes abgewinnen. Allein dieser Blick über das silbrig im Mondschein glitzernde Meer. Wie weit entfernt sie jetzt von allem war ... Die Menschen auf Deck schienen nicht mehr zu ihr zu gehören, ein Eindruck, der noch dadurch verstärkt wurde, dass ihre Stimmen nur gedämpft zu ihr drangen. So vernahm sie zwar ein kehliges Gebrumm, als der Steuermann die Richtungsänderung wiederholte, die der Erste Offizier vorgegeben hatte, aber die meisten Worte wurden vom Donnern der Wellen und dem Krachen der Segel übertönt. Seufzend lehnte Catalina den Kopf gegen die Umbrüstung und wünschte sich, einfach nur immer so dasitzen zu können ...

Schon am nächsten Tag sollte Catalina erleben, dass auch mit Tao Te Chens Kräutertees nicht alle höheren Regionen des Schiffs gute Plätze waren. Sie war gerade mit dem Aufrollen von ein paar Tauen beschäftigt, als der Erste Offizier sie, Giuseppe, Antonio und noch drei andere Matrosen herbeiwinkte. Außer Antonio kannte Catalina inzwischen auch Giuseppe recht gut. Er war einer der größten Männer an Bord und bekannt für seine Bärenkräfte. Von den anderen Matrosen unterschied er sich vor allem durch sein gepflegtes Erscheinungsbild. Trotz der knapp bemessenen Süßwasserrationen an Bord wirkte er immer sauber und gepflegt, und wenn er lächelte, blitzten seine schönen Zähne auf. Giuseppe war damals, an ihrem ersten Tag an Bord, der einzige Matrose unten im Mannschaftsraum gewesen, der sie nicht zu der Seetaufe ermuntert hatte.

Donnernd riss sie die Stimme des Ersten Offiziers aus ihren Gedanken: »Der Wind hat gedreht. Das Rahsegel muss gerafft werden, los, schnell, beeilt euch, ehe es reißt!«

Während sich die anderen Matrosen schon an den Wanten hochhangelten, blickte Catalina noch skeptisch zu der in schwindelerregender Höhe hängenden Rahe hoch, woraufhin der Erste Offizier so dicht vor sie trat, dass sie den Knoblauch riechen konnte, mit dem am Mittag sein Lammkotelett gespickt gewesen war.

»Wenn du nicht augenblicklich deinen Arsch bewegst …«, zischte er sie an, und schon flitzte Catalina los. Bis sie oben ankam, hatten sich die anderen Matrosen längst über das unter der Rahe entlanglaufende Tau zu ihren Plätzen vorgearbeitet. Es fehlte nur noch Catalina, um das sich immer heftiger blähende Segel hochzuziehen. Endlich stand auch Catalina auf diesem Tau und umfasste mit beiden Händen das dicke Rundholz der Rahe, als sich das Schiff plötzlich weit nach Steuerbord legte. Catalina, die auf diesen Schwenker nicht gefasst gewesen war, versuchte, sich an der Rahe festzuklammern, aber je weiter sich das Schiff zur Seite neigte, desto mehr rutschten ihre Hände an dem glatten Holz ab, bis sie schließlich ganz den Halt verlor und nach hinten wegkippte. Catalina schrie, doch statt in die Tiefe zu stürzen, wurde sie auf einmal durch einen harten Schlag auf den Rücken wieder nach vorn zur Rahe geworfen. Giuseppe packte sie am Wams und drückte sie noch einen weiteren Moment gegen die Rahe, um ihr Zeit zu geben, ihr Gleichgewicht wiederzufinden und die Rahe sicher zu umfassen. Sekunden später hatte Catalina den Schrecken so weit überwunden, dass sie sich zu ihm umdrehen konnte. Giuseppe zwinkerte ihr zu. »Das passiert einem nur einmal. Danach ist man entweder tot oder hat kapiert, wie man sich festhalten muss!«

Catalina nickte und schlang ihre Arme noch fester um die Rahe.

»Ja, wird das heute noch mal was?«, schimpften die anderen Matrosen, und auch der Erste Offizier schleuderte wüste Drohungen nach oben.

Giuseppe nickte ihr zu. »Schau, was ich mache, und mache es genauso. Du musst mitziehen – ohne dich kriegen wir das Segel nicht hoch! Geht es jetzt?«

Catalina nickte, und Giuseppe machte ihr vor, wie sie gleichzeitig am Tau ziehen und sich festhalten konnte. Zögerlich schob Catalina ihren linken Arm vor, ergriff das Hisstau und führte schließlich alle anderen Handgriffe nach Giuseppes Anleitung aus. Als sie wieder sicher unten an Deck war, zitterten ihr die Knie. Sie schielte nach dem Ersten Offizier, sah, dass er in der Kapitänskajüte verschwand, und setzte sich auf den Boden. Giuseppe ging vor ihr in die Hocke und legte ihr die Hand auf die Schulter.

»Alles nicht so einfach, was?« Er zwinkerte ihr zu.

»Du … du hast mir das Leben gerettet«, stammelte Cata-

lina. Giuseppe strich ihr übers Haar. Die Geste verwunderte Catalina, aber sie war noch viel zu durcheinander, um sich etwas dabei zu denken.
Im gleichen Moment drängte sich Tao Te Chen zwischen ihnen hindurch.
»Warum latschst du denn nicht außen herum?«, fuhr Giuseppe ihn ärgerlich an. Noch mehr als der ruppige Ton erstaunte Catalina der drohende Blick, den Tao Te Chen Giuseppe zuwarf, und der Hass, mit dem Giuseppe ihn erwiderte. Was war nur vorgefallen zwischen den beiden?, fragte sie sich.

Erst am Abend beim Spülen fand sie Gelegenheit, Tao Te Chen auf den Zwischenfall anzusprechen.
»Die Art, wie du Giuseppe angerempelt hast, war nicht gerade nett. Du hast doch gesehen, dass er mir kurz zuvor das Leben gerettet hat, oder nicht?«
»Und du meinst, das hätte nicht auch jeder andere an seiner Stelle getan?« Tao Te Chen warf fünf Teller gleichzeitig in die Spülschüssel. Das Wasser spritzte in alle Richtungen.
»Was bist du denn so wütend?« Catalina trocknete sich das Gesicht mit dem Ärmel. »Und was hat dir Giuseppe getan? Ich kann wirklich nichts gegen ihn sagen, und außerdem ist er der Einzige, der mir auch einmal was erklärt und mich damit davor bewahrt, einen Fehler nach dem anderen zu machen und am Ende wieder die Peitsche des Ersten Offiziers zu spüren zu bekommen!«
»Antonio würde dir auch was erklären!«
»Der?« Catalina lachte auf. »Der guckt mich doch noch nicht mal mit dem Hintern an!«
»Ein bisschen um ihn bemühen muss man sich schon.

Und was das Thema Hintern betrifft …« Tao Te Chen warf einen neuen Schwung Teller in die Schüssel. Diesmal schwappte das Wasser so hoch, dass seine ganze Hose nass wurde. Er fluchte und knurrte auf Chinesisch. Aber mittendrin zwischen all den fremdländischen Lauten klang doch immer wieder auch ein vertrautes Wort auf: Giuseppe …

Trotzdem hielt dies Catalina nicht davon ab, in den nächsten Tagen immer mehr Zeit mit Giuseppe zu verbringen. Sie ließ sich von ihm den Achterknoten, den Palstek, den Roringstek und die Affenfaust zeigen, hörte ihm aufmerksam zu, als er ihr den Gebrauch der verschiedenen Segel erklärte, und lernte von ihm, dass das Plankenputzen keine Schikane, sondern notwendig sei, damit das Holz nicht austrocknete und dadurch rissig wurde. Von Tag zu Tag fasste Catalina mehr Vertrauen zu ihm, und wenn er vorn am Bug neben ihr stand, ihr den Arm um die Schulter legte und sie mit der anderen Hand auf ein Rudel Delfine aufmerksam machte, war ihr auch das nicht unangenehm.

An diesem Abend half Catalina Giuseppe beim Ausbessern eines Segels. Schon seit einer Stunde saß sie neben ihm auf dem Deck und bemühte sich eifrig, den Flicken ebenso sorgfältig einzusetzen, wie er es ihr gezeigt hatte, als Tao Te Chen zu ihr kam und sie anknurrte, dass sie den Abwasch noch nicht zu Ende gemacht hätte.

Catalina sah zu Giuseppe, der gleichmütig die Achseln hob. Sie legte ihre Nadel und den Faden beiseite, erhob sich und folgte Tao Te Chen nach unten.

Als sie in die Kombüse kam, sah sie, dass er schon alles gespült hatte.

»Warum scheuchst du mich hier runter, wenn du doch schon alles gemacht hast?«
»Damit du wenigstens noch die Schüsseln wegräumst«, gab Tao Te Chen brummig zurück.
Catalina zeigte ihm den Vogel. »Für den einen Handgriff lotst du mich zwei Stockwerke weit unter Deck?«
»Wenn mir danach ist, ja. Schließlich bist du *mir* als Gehilfe zugeteilt!« Tao Te Chen sah sie mit wütend blitzenden Augen an.
»Tao, was ist denn los?«
Tao Te Chen sah sie nur weiter an.
»Nun sag doch mal endlich, was los ist!«
Tao Te Chen zeigte auf die Schüsseln. Catalina stöhnte und räumte sie weg. »Und? Kann ich jetzt wieder gehen?«
»Erst wenn du mir sagst, was du auf einmal ständig mit diesem italienischen Gockel hast.« Tao Te Chen packte sie am Arm und zwang sie, ihn anzusehen. »Hast du denn gar keine Angst, dass er bei dem ganzen Rumgegrabsche mal auf deinen Brustwickel aufmerksam wird? Was willst du ihm denn antworten, wenn er dich fragt, was du unter deinem Hemd verbirgst?«
Catalina wurde über und über rot. Tao Te Chen ließ sie los und lief in der Kombüse auf und ab. Dann blieb er wieder vor ihr stehen und sah sie ernst an. »Es gibt so vieles, was du noch nicht weißt. Und ich will nicht derjenige sein, der dich als Erster damit bekannt macht. Ich habe dich schon einmal gewarnt und du hast nicht gehört und dir hinterher die Seele aus dem Leib gekotzt. Giuseppe ist verderblicher als Meerwasser!«
Catalina verdrehte die Augen. »Kann es sein, dass du Giuseppe nur deswegen schlechtmachst, weil du eifersüchtig

bist? Und zwar eifersüchtig darauf, dass ich an Bord den Anschluss gefunden habe, den du hier nie finden wirst?«
Augenblicklich verhärtete sich Tao Te Chens Miene. Catalina merkte, dass sie zu weit gegangen war. »Tut mir leid, ich … ich habe das nicht so gemeint.«
Tao Te Chen wandte sich ab. »Es muss wohl jeder seine eigenen Erfahrungen machen, aber einen Rat will ich dir trotzdem noch geben: Achte darauf, mit Giuseppe nie allein in irgendwelche dunklen Winkel zu gehen!«
Dann verließ er die Kombüse. Catalina sah ihm noch lange nach.
Kaum war Catalina wieder bei Giuseppe, erschienen ihr Tao Te Chens Worte noch absurder. Diese haselnussbraunen Augen, das waren doch nicht die Augen eines Strolchs! *Verderblicher als Meerwasser …* Nichts als die wirren Auswüchse eines gelben Hirns waren das! Catalina beschloss, Tao Te Chens Mahnung zu vergessen, und half Giuseppe weiter beim Flicken der Segel. Als sie damit fertig waren, schickte der Erste Offizier Catalina zum Füttern der Hühner und Giuseppe bot ihr an, sie zu begleiten.
»Ach, nicht nötig.« Catalina lachte. »Es ist ja nicht das erste Mal, dass ich mich um die Hühner kümmern muss.«
Giuseppe ging trotzdem mit ihr mit. Als Catalina nach ihm die Leiter in den Laderaum hinabstieg, spürte sie seine Hand über ihr Bein streichen. Es war ihr nicht unangenehm. Sie empfand die Berührung als warm und fürsorglich. Im Unterdeck nahm Giuseppe eine Petroleumlampe und ging ihr voran zu dem Verschlag der Hühner, der am Ende eines düsteren Ganges lag. Vor dem Verschlag schippte Catalina einen Krug voll Mais aus einem Fass, das wegen der Ratten auf dem Schiff immer sorgsam

mit einem Deckel verschlossen sein musste. Sie öffnete den Verschlag und warf den Hühnern ihre Ration hin. Dann schloss sie die Tür, bückte sich nach dem Deckel, und im gleichen Moment packte Giuseppe mit beiden Händen ihre Hüften und drückte sie an sich. Catalina spürte etwas sehr Hartes an ihrem Po.
»He, was machst du?«, rief sie unbehaglich. Giuseppe drückte sie noch fester an sich und stöhnte. Unwillig versuchte Catalina, sich zu befreien.
»Jetzt lass mich schon los!«
»Nun stell dich nicht so an, du kleiner Mistkerl! Du willst es doch genauso wie ich. Ständig suchst du meine Nähe, atmest tiefer, wenn du meine Hände spürst, und jetzt sollst du sie überall spüren, und mein bestes Teil dazu.«
Entsetzen überkam Catalina. Giuseppes Stöhnen wurde immer heftiger, und er versuchte, seine Hand in ihre Hose zu schieben. Als er merkte, dass Catalinas Gürtel zu eng geschnürt war, um ans Ziel seiner Wünsche zu gelangen, packte er ihr mit der anderen Hand brutal zwischen die Beine und drehte sie zu sich um. Catalina wand sich in seinen Armen, sie schrie, trat und biss und flutschte Giuseppe dann wirklich für einen Moment aus den Händen. Als sie zurückwich, stieß sie gegen die Petroleumlampe, die im Herunterfallen erlosch. Jetzt war es so dunkel, dass sie von Giuseppe nur noch Umrisse sehen konnte. Wieder packte er sie, aber dann zischte auf einmal etwas an ihrem Kopf vorbei, ein dumpfer Schlag ertönte – und Giuseppe wich zurück. Catalina sprang zur Seite, sah, wie etwas Dunkles auf Giuseppes Brustkorb zuflog und ihn zu Fall brachte. Giuseppe fluchte, sprang aber gleich wieder auf die Beine. Er und sein Angreifer umliefen sich wie Katzen, den anderen nicht für eine Sekunde aus dem Blick

lassend. Da schnellte der rechte Fuß des Unbekannten hoch und traf Giuseppe an der Stirn – und im gleichen Moment wurde Catalina klar, wer sie verteidigte.
»Tao, Tao Te Chen!«, rief sie mit bebender Stimme. Tao Te Chen wandte sich zu ihr um – und Giuseppe landete einen Kinnhaken. Der Koch taumelte, musste noch einen Kinnhaken einstecken und fiel hin. Sofort war Giuseppe über ihm. Er trat ihm in die Nieren, den Magen, gegen den Kopf ... Catalina hob den Deckel des Fasses mit dem Hühnerfutter auf und hieb ihn Giuseppe mit all ihrer Kraft auf den Kopf. Giuseppe schwankte und fiel dann um wie ein Baum.
Tao Te Chen war schnell wieder auf den Beinen und wollte nichts hören von Catalinas Entschuldigungsgestammel.
»Warum bist du denn auch nicht deutlicher geworden?«, jammerte Catalina. »Dann hätte ich doch ...«
»Hätte, hätte, hätte!« Tao Te Chen gab ihr den Schlüssel vom Vorratsraum und hieß sie Rum holen. »Irgendwie müssen wir den Scheißkerl wieder auf die Beine bringen. Wenn der Erste Offizier sieht, dass wir einen seiner besten Männer außer Gefecht gesetzt haben, macht der Haifischfutter aus uns!«
Rasch holte Catalina den Rum. Schon kurz darauf kam Giuseppe wieder zu sich.
»Verpiss dich!«, fuhr Tao Te Chen ihn an. »Und wage nicht, dem Ersten auch nur ein Wort über unsere kleine Auseinandersetzung zu verraten – und noch weniger, Francisco je wieder zu nah zu kommen!«
»Na warte nur, Schlitzauge, irgendwann erwische ich dich allein, und dann bist du reif – und dein geiles Früchtchen hebe ich mir zum Nachtisch auf!«, zischte Giuseppe zurück, schleppte sich aber doch davon. Als er weg war,

umarmte Catalina Tao Te Chen. »Das werde ich dir nie vergessen!«
Tao Te Chen strich ihr über den Rücken. »Schon gut, Kleine, schon gut.«
Es war das erste Mal, dass er Catalina gegenüber ein Wort benutzte, das er nur zu einem Mädchen sagen konnte. Die Vertrautheit und der Schutz, den er ihr damit gewährte, machten sie für ein paar Minuten wirklich wieder zu einem Mädchen. Sie fing an zu weinen, wie nur unschuldige, siebzehnjährige Mädchen weinen können. Und auch in Tao Te Chens Augen glitzerten Tränen.

10

Catalina war bewusst, dass Giuseppe seine Drohung ernst gemeint hatte, und hielt sich von nun an, wann immer sie konnte, bei Tao Te Chen auf. Ihren Weg von der Kombüse in ihre Hängematte im Mannschaftsraum zögerte sie von Abend zu Abend länger heraus. Auch bisher war ihr nie wirklich wohl dabei gewesen, als einzige Frau in einem Raum voller Männer zu schlafen. Da die Matrosen sich aber praktisch nie umzogen – viele besaßen noch nicht einmal Kleider zum Wechseln –, sondern sich zum Schlafen in ihren Arbeitskleidern in ihre Hängematte legten, hatte sie zumindest nie befürchten müssen, in Kalamitäten zu geraten. Mit Giuseppes Drohung im Nacken sah das jetzt anders aus. Wie leicht konnte er ihr nachts die Hand auf den Mund drücken und sie in einen dunklen Winkel des Schiffes ziehen. Catalinas Angst wuchs von Nacht zu Nacht, bis sie schließlich Tao Te Chen darum bat, nachts bei ihm in der Kombüse schlafen zu dürfen. Es war das erste Mal, dass sie ihn verlegen werden sah.

»Ich … es ist ja nur, weil ich solche Angst habe …«, stammelte Catalina, aber Tao Te Chen hatte ihre Bitte keineswegs falsch aufgefasst. Es war ihm schlicht unangenehm, dass er nicht selbst auf diese Idee gekommen war. Augenblicklich erhob er sich, ging hinunter in den Laderaum und holte ihr einen alten Sack, auf dem sie schlafen konnte. Catalina war eine große Angst genommen und sie genoss ihre Abende mit Tao Te Chen noch mehr.

Stundenlang ließ sie sich von seinen Reisen erzählen. Vor allem seine Erzählungen über die Antillen und seine Ausflüge in deren Unterwasserwelt hatten es ihr angetan.
»So ein Meer hast du noch nie gesehen«, schwärmte er ihr vor. »Im hellsten Türkis schimmert es in dieser unglaublich hellen Sonne, und es ist so klar, dass du selbst zwanzig Fuß unter Wasser noch sehen kannst. Und die Farben und Formen, die es dort unten zu entdecken gibt … Es ist, als öffne man eine Tür und erblicke anstelle der gewohnten, ein wenig dämmrigen Stube einen kristallfunkelnden Saal mit einer einzigartigen Wunderwelt!«
Die Sehnsucht, die in diesen Momenten in seine Augen trat, machte Catalina bewusst, dass Tao Te Chen und sie mehr als nur die Ausgeschlossenheit von der Mannschaft und ihre gegenseitige, täglich wachsende Zuneigung verbanden. Es war auch ihre Suche nach einer Welt, in der sie sich nicht mehr bedroht, sondern heimisch und aufgehoben fühlen würden.
Tao Te Chens Berichte über Peru fesselten Catalina nicht minder. Er selbst war zwar noch nie in dem »Goldland« gewesen, aber er kannte einige Männer, die dort reich geworden waren.
»Wenn du auf eine Goldader stößt, bist du ein gemachter Mann«, erklärte er ihr und erzählte von Spaniern, die mit nichts als den Kleidern, die sie auf dem Leib trugen, nach Potosí gegangen und mit Kisten voller Gold zurückgekehrt waren.
»Es muss dort einfach so zwischen den Flusssteinen herumliegen«, sagte er. Das Leben dort sei viel freier als in dem starr geordneten Spanien. »Da fragt dich keiner, ob du ein Grande oder ein Hidalgo bist. Mut will man dort sehen, Ideen und Durchsetzungskraft, und wenn du das

mitbringst, kannst du binnen kürzester Zeit bis ganz nach oben aufsteigen!«

Auch wenn Tao Te Chen immer nur von Männern sprach, dachte Catalina doch, dass Peru sicher auch für Frauen mehr Möglichkeiten bot. Außerdem wäre sie dort sicher vor den Nachforschungen ihres Vaters – und in der Nähe ihres Lieblingsbruders.

»Wenn wir in Sevilla sind und ich Mikel finde, bringe ich ihn zu dir, und dann musst du auch ihm von Peru erzählen. Ganz sicher fährt er mit mir dorthin!«

»Mit dir?« Tao Te Chen riss seine Augen so weit auf, dass sie beinahe die Größe von Catalinas Augen bekamen. »Aber du kannst doch nicht nach Peru reisen!«

»Und warum nicht?«

»Weil ... weil das nicht geht! Allein die Fahrt über den Atlantik – das ist doch kein Sonntagsausflug! Wenn du auf dem offenen Meer in einen Orkan gerätst, kannst du nur noch zu deinem komischen dreigeteilten Gott beten. Ich schwöre dir: Ich habe schon Kapitäne sich vor Angst in die Hosen scheißen sehen, weil ihnen der Sturm den Hauptmast gefällt und ihn ins Achterkastell hat durchschlagen lassen. Und dann das Leben an Bord: Es gibt weitaus schlimmere Erste Offiziere als den unseren – und Männer vom Schlage Giuseppes findest du ebenfalls auf jedem Schiff.«

»Aber wenn Mikel ...«

»Auch dein Mikel kann keine Wunder vollbringen«, fiel Tao Te Chen ihr ins Wort. »Mensch, Mädchen, jetzt gebrauch doch endlich mal deinen Verstand! Wie soll dein Mikel dich denn verteidigen, wenn er im Krähennest Dienst schiebt, während du unter Deck arbeiten musst?«

»Dann muss ich eben lernen, auf mich selber aufzupassen, und wenn ich mich von der Mannschaft fernhalte …«
»Willst oder kannst du nicht kapieren, was ich dir zu sagen versuche? Die Männer auf einem Schiff stehen ständig unter Strom, und auf einer so langen Fahrt wie der nach Las Indias erst recht. Jeder junge Bursche ist ihnen da angenehm, und einer mit einem so weichen Gesicht wie dem deinen schon gleich zweimal. Wenn denen die Hose zu eng wird, denken die doch an nichts anderes mehr, als wie sie ihren Druck loswerden können!«
»Ihren Druck?« Catalina sah Tao Te Chen verwirrt an, aber dann zeigte Tao Te Chen so deutlich auf seinen Schoß, dass Catalina nun doch verstand. Ihre Hüften und ihr Schritt brannten bei der Erinnerung an Giuseppes brutale Hände.
»Und das sage ich dir: Wenn Giuseppe nicht dermaßen dummgeil gewesen wäre, wäre ihm sicher nicht entgangen, dass sein Jüngling eine Nixe ist – und wenn er das herumerzählt hätte, wäre auch noch so manch anderem Mann die Hose geplatzt!«
»Aber der Erste Offizier …«
»Der Erste Offizier?« Tao Te Chen lachte auf. »Hier in der Nähe des Mutterlands mag er sich gegen die Horde ja noch durchsetzen können, aber auf hoher See, weit weg von jeder Gerichtsbarkeit, mit Männern, die schon seit Monaten keine Frau mehr zwischen den Beinen gehabt haben …« Tao Te Chen schüttelte den Kopf.
Auch als er schon lange schlief, dachte Catalina noch über seine Worte nach.

11

Sevilla voraus!«

Als Antonio ihnen vom Krähennest den Anblick der wirtschaftlich wichtigsten Stadt des Landes meldete, lief Catalina an den Bug. Vor vier Stunden hatten sie den Atlantik verlassen, anschließend die übrigen zwanzig Seemeilen, die Sevilla vom offenen Meer trennten, auf dem Guadalquivir zurückgelegt, und sahen nun endlich die Perle Andalusiens vor sich auftauchen. *»Quien no ha visto Sevilla, no ha visto maravilla«*, hieß es in einem spanischen Sprichwort: »Wer Sevilla nicht gesehen hat, hat noch kein Wunder gesehen« – und als Catalina diesen überwältigenden Wald von Segeln und Masten im Hafen der Stadt erblickte, mochte sie es schon allein deshalb glauben.

Tao Te Chen lachte über ihr ungläubiges Staunen. »Viele der Schiffe, die du hier siehst, gehören zur Westindienflotte, mit der auch wir in ein paar Tagen auslaufen. Man nennt sie auch die Silberflotte, weil sie auf dem Rückweg das Gold und Silber Perus mitbringt. 1595 haben sie hier in Sevilla 332 Karren mit Silber, Gold und kostbaren Perlen abgeladen, und im Jahr darauf sogar 583 Karren! Niemals zuvor hat ein menschliches Auge einen größeren Schatz in der Casa de Contratación gesehen! Das muss ein unglaubliches Schauspiel gewesen sein: Allein um das Admiralsschiff abzuladen, brauchten sie schon volle sechs Tage!«

»Und was ist die Casa de Contratación?«
»Die Königliche Westindische Handelskammer, die hier ihren Sitz hat. Sie achtet darauf, dass der König von allen Edelmetallen und -steinen den *quinto*, den fünften Anteil, erhält.«
»Und die ganzen Kriegsschiffe da?«
»Die gehören zu der Flotte. Kein Schiff darf die Überfahrt nach Las Indias allein antreten. Vor allem die Engländer überfallen unsere Flotten immer wieder, und außerdem lauern auch überall Piraten.«
»Und die Schiffe fahren direkt rüber nach Peru?«
Tao Te Chen schmunzelte. »So direkt nun auch wieder nicht. Der Weg über die Magellanstraße ist für die Schifffahrt verboten. Sie fahren nach Cartagena de las Indias, und von da geht es weiter nach Porto Bello am Isthmus von Panama, wo die Fracht auf Karren, Wagen und Maultierrücken geladen und nach Panama Stadt transportiert wird. Am pazifischen Ufer der Landenge warten die Schiffe, die den Handel mit dem Südmeer abwickeln: Sie holen die Waren ab und bringen sie nach Callao, dem Hafen von Lima.«
»Aber die ganzen Schiffe hier, die können doch unmöglich alle voll mit Waren sein!«
»Und ob sie das sind! In Spanisch-Westindien wird kaum etwas hergestellt. Unsere Leute dort hängen voll und ganz von unseren Lieferungen ab. Andalusien exportiert dorthin sein Öl, seinen Wein, Seife, farbige Kacheln und Seidenstoffe, und aus den Minen von Almadén in der Sierra Morena werden große Mengen von Quecksilber herübergeschifft. Sie brauchen es dort zur Silbergewinnung durch Amalgamieren.«
Tao Te Chen machte sie auf eine Vielzahl von Schiffen mit

ausländischer Flagge aufmerksam. »Die hier kommen aus Rouen und Saint-Malo mit Tuch aus der Normandie und mit Leinen aus Angers und Laval. Die italienischen Schiffe haben sicher kostbare Brokatstoffe und andere Luxusartikel geladen, die Schiffe aus Hamburg und Lübeck Holz und Hanf für den Schiffbau und getrockneten Kabeljau und Heringe für die Verpflegung der Mannschaften. Sie alle dürfen nicht direkt mit den Neuen Ländern handeln, weil sich Spanien das Exklusivrecht auf den Handel mit seinen Kolonien vorbehalten hat. Und hier, sieh nur!« Tao Te Chen zeigte auf das Arenal, den Strand, der sich zwischen der Stadtmauer und dem linken Ufer des Guadalquivirs erstreckte: Berge von Kisten und Fässern türmten sich dort am Ufer.

»Das alles muss noch bis nächste Woche verladen werden! Dabei helfen die kleine Segelboote, Schaluppen, Feluken und Tartanen, die du hier siehst. Sie bringen die Waren zu den großen Schiffen. Und wenn alles beladen ist, kommen die Angestellten der Casa de Contratación, lassen sich die Ladeliste vorlegen und kontrollieren die Übereinstimmung mit der Ladung. Und als Letzte durchstöbern die Kommissare der Inquisition die Schiffe, um sich davon zu überzeugen, dass keine vom heiligen Offizium verbotenen Bücher mitgeführt werden.«

Die Erwähnung der heiligen Inquisition ließ Catalina erschauern. Tao Te Chen entging das nicht. Er schüttelte den Kopf. »Du kannst dich nicht dein ganzes Leben lang verstecken! Irgendwann werden auch andere hinter dein Geheimnis kommen.«

Catalina hob trotzig den Kopf. »Ich werde schon auf mich aufpassen!«

»So wie neulich mit Giuseppe?«

Im gleichen Moment legte das Schiff an, und der augenblicklich ausbrechende Tumult unter der Mannschaft enthob Catalina einer Antwort. Sie sah, wie zwei Matrosen zum Kai hinübersprangen, das Schiff vertäuten und Antonio eine Planke zum Kai hinüberschob.
»Zeit zum Abschiednehmen!« Tao Te Chen nahm ihre Hand und drückte sie kurz an sein Herz. Da trat der Erste Offizier zu ihnen. Catalina erschrak. Sollte sie zum Abschied noch einmal seine Peitsche zu spüren bekommen? Doch seine Augen blickten ausnahmsweise einmal hell und freundlich in die Welt. Er schlug Catalina auf die Schulter.
»Hast dich gar nicht so schlecht gemacht für ein Landei«, brummte er. »Wenn du wieder mal Seeluft schnuppern willst, kannst du dich gern bei mir melden!«
Bevor sich Catalina von ihrer Verblüffung erholt hatte, drückte er ihr auch noch ein paar Münzen in die Hand. Catalina sah auf die Münzen, zeigte sie Tao Te Chen und brachte ihren Mund nicht wieder zu. Und je länger sie die Münzen in ihrer Hand spürte und je öfter sie in Gedanken die Worte des Ersten Offiziers wiederholte, desto strahlender wurden ihre Augen.
Entsetzt schüttelte Tao Te Chen den Kopf. »Jetzt fang nicht schon wieder damit an! Die Überfahrt nach Panama dauert Wochen, und du weißt, was dir blüht, wenn einer der Männer hinter dein Geheimnis kommt. Zum Donner noch eins! Ich hoffe, wenigstens dein Mikel hat Verstand genug, um dich von solchen Verrücktheiten abzubringen.«
Catalina hörte ihm gar nicht zu. Sie vergrub die Münzen tief in ihren Hosentaschen, umarmte Tao Te Chen kurz und lief von Deck.

»Wundere dich nicht, wenn wir uns bald wiedersehen!«, rief sie ihm vom Kai aus zu und verschwand in dem Gewirr von Menschen und Waren.

Catalina hoffte, in dem Viertel der Basken etwas über Mikel herauszufinden, und fragte den erstbesten Passanten nach dem Weg.

Er schickte sie durch die Alcaicería, das reiche Geschäftsviertel Sevillas, dessen bunte Vielfalt an die ferne Heimat all jener Schiffe erinnerte, die jahraus, jahrein den Guadalquivir hinauffuhren. Noch nie hatte Catalina eine solche Anhäufung von Silberschmieden, Bildhauern, Juwelieren, Seiden- und Leinwandhändlern gesehen, und es wunderte sie wenig, als sie dem Gespräch zweier Händler an einer Straßenecke entnahm, dass der ungeheure Reichtum der Geschäfte hier der Aufsicht eines eigenen *Alcalden* und einer ganzen Kompanie von Wächtern unterstellt war. Sie blieb stehen, lauschte dem Gespräch weiter und erfuhr, dass die Tore des Viertels nachts verriegelt und mit engmaschigen Patrouillen für seine Sicherheit gesorgt wurde.

Ein paar Straßenzüge weiter kam Catalina durch die Calle de Francos, in der sich die Händler angesiedelt hatten, die sich auf Kristallarbeiten, Schmuck, Schminke und Parfüms spezialisiert hatten, während sich in der Calle de Castro und in der Calle Sierpes die Schreiner, Tischler, Schmiede, Waffenschmiede und Sticker ausgebreitet hatten. Auch die pompösen Paläste der großen, reichen Familien, die sich zuhauf in Sevilla niedergelassen hatten, beeindruckten Catalina. War dies womöglich ein Vorgeschmack auf das, was sie in Peru erwartete?

Die wichtigste Bevölkerungsschicht Sevillas aber waren

die bürgerlichen Geschäftsleute, die dank ihres Unternehmergeists in dem umfangreichen Seehandel ein Vermögen verdient hatten und diesen Reichtum offen zur Schau trugen. Überall sah man sie durch die Straßen eilen, im Gefolge eine Traube von schwarzen oder maurischen Sklaven. Catalina fiel ein, dass Tao Te Chen einmal über Sevilla gesagt hatte, es erinnere ihn an ein Schachspiel, weil es dort ebenso viele schwarze wie weiße Einwohner gebe.

Endlich hatte Catalina das Viertel der Basken erreicht. Gleich den ersten Mann, der ihr über den Weg lief, begrüßte sie mit *»Egunon«*, dem baskischen Wort für »Guten Tag«.

In seinen Augen blitzte ein freundliches Lächeln auf. »Womit kann ich helfen, Landsmann?«

»Ich suche eine baskische Taverne, in der Leute verkehren, die sich hier gut auskennen. Ich suche jemanden. Einen … Freund.«

Er musterte sie und wies in eine kleine Gasse. »Hier am Ende der Straße findest du Diegotxes Taverne. Sie ist ein Umschlagplatz für alles, was umschlagbar ist. Auch für Menschen!«, fügte er nach einem Augenzwinkern hinzu. Catalina bedankte sich und eilte weiter.

Diegotxes Taverne war brechend voll. Catalina ging zum Tresen. Beim Anblick der goldgelb glänzenden Tortillas ihres Nebenmanns lief ihr das Wasser im Mund zusammen.

»Für mich bitte auch eine Portion!«, rief sie dem Wirt zu. »Und einen Krug Wein!«

Wenig später schob ihr der Wirt das Bestellte zu und verlangte prompte Bezahlung. Sie reichte ihm eine ihrer Münzen. Es war das erste Mal, dass sie etwas mit selbstverdientem Geld bezahlen konnte. Als der Wirt ihr das Wechselgeld reichte, rückte sie mit ihrer Frage heraus: »Einen Mikel aus dem Baskenland kennt Ihr wohl nicht?«

Der Wirt zeigte auf den Schankraum. »Hast du eine Ahnung, wie viele Männer hier im Jahr ein- und ausgehen? Und wie viele davon Mikel heißen?«

Catalina musste an die große Anzahl Schiffe im Hafen denken. Sie biss sich auf die Lippen.

»Mikel und wie weiter?«, fragte sie ein kleiner, schmächtiger Kerl.

»Weiter weiß ich nicht«, erwiderte Catalina mit bedauerndem Schulterzucken. »Er ist etwa zwei Jahre älter als ich, ein gutes Stück größer, recht kräftig ...« und hat die wunderschönsten grünen Augen der Welt, hätte sie beinahe noch hinzugefügt, bremste sich aber gerade noch rechtzeitig.

Der zahnlose Kerl starrte auf ihre Tortilla. Catalina schob sie ihm hin. Hungrig griff er zu.

»Und?«, drängte Catalina ihn.

»Nun lass mich doch erst mal nachdenken!«, gab er zurück und schob sich hastig den nächsten Bissen in den Mund. Catalina zog ihm den Teller weg, hatte dann aber doch keine Lust, das von ihm angefangene Stück weiterzuessen, und drehte sich wütend von ihm weg. Blöd, würde Mikel jetzt sagen, ja, sie war wirklich blöd. Jeder dahergelaufene Trottel konnte sie aufs Kreuz legen. Da trat ein anderer Mann auf sie zu. Er trug einen bis zur Brust reichenden grauen Bart, überragte sie um mehr als zwei Köpfe und hatte Hände wie Grabschaufeln. Catalina schluckte, doch als er zu reden begann, beruhigte sie sich. Seine tiefe Stimme klang freundlich und warm.

»Mikel? Ein Baske? Um die achtzehn? Dicke, dunkle Locken? Grüne Augen? Ein verdammt fixer Kerl?«
Catalina nickte heftig.
Er winkte ihr zu. »Komm mit!«, und lief los. Hastig stolperte Catalina hinterher.

12

Die Gassen, durch die der Hüne sie führte, wurden immer dunkler. Catalina beschlich das Gefühl, erneut einen Fehler gemacht zu haben. Gleich würde sie außer ihrer Tortilla auch die drei ihr noch verbliebenen Münzen loswerden – und ihr Leben dazu. Beklommen sah sie sich um und wollte gerade durch eine Seitengasse entwischen, als der Hüne vor einem kleinen, halbzerfallenen Haus stehen blieb und dreimal schnell und dreimal langsam an die Tür klopfte. Eine aparte junge Frau mit langem, dunkelbraunem Haar und auffallend blauen Augen öffnete ihnen.

»*Egunon*, Adame!«, begrüßte sie Catalinas riesigen Begleiter und nickte auch ihr freundlich zu.

»Grüß dich, Aiala, ich bringe einen Freund von Mikel.«

»Unserem Mikel?«

Der Hüne nickte.

Von innen wirkte das nur ein Zimmer große Häuschen nicht wohnlicher als von außen. Was Catalina beim zweiten Hinsehen außerdem wunderte, war, dass es in dem Raum zwar etliche Stühle, zwei Tische und einen Schrank, aber keine Schlafmöglichkeit gab. Was war das hier? Ein Treffpunkt? Aber wofür?

Aiala bot ihr einen Stuhl an, schob ihr ein Glas Wein hin und meinte zu Adame: »Ist der Bursche vertrauenswürdig?«

Adame hob die Achseln. »Manchmal muss man sich auf

sein Gefühl verlassen. Als er nach Mikel fragte, hatte ich den Eindruck, ihm liegt etwas an ihm.«

Aiala warf Catalina einen langen Blick zu. »Woher kennst du Mikel?«

Kaum hatte Catalina angefangen, von ihrem ersten Zusammentreffen im Gefängnis zu erzählen, lachte Aiala auf. »Ja, Mikel hat von dir erzählt. Aber hat er dich nicht in der Obhut von Georges gelassen? So wie ich Georges kenne, lässt er einen jungen Burschen doch nicht allein durch ein so dunkles Viertel wie das unsere ziehen!«

Für einen Moment erwog Catalina, diesen beiden Menschen, die ihr sofort vertraut hatten, ihre ganze Geschichte zu erzählen. Doch falls Mikel herausfand, dass sie ein Mädchen war, würde er sie noch nicht einmal bis zur nächsten Straßenecke, geschweige denn bis nach Peru mitnehmen, was doch ihr größter Wunsch war. Wie aber sollte sie begründen, dass sie nicht mehr bei Georges war? Catalina wurde heiß. Adames Grinsen verriet ihr, dass sie zugleich errötet war.

»Weibergeschichten, was?«, lachte er. »Na, das ist wirklich das Letzte, was Georges vertragen kann!«

»Wei… Weibergeschichten, ja«, erwiderte Catalina und atmete auf. »Genau! Und da hat er mich stehen lassen, in … in Burgos, und später bin ich mit dem Schiff weiter, weil mir jemand erzählt hat, Mikel sei hier, und ich gehofft habe, er könne mir noch einmal weiterhelfen.«

»Weibergeschichten?« Aiala sah Catalina skeptisch an. »Bist du dafür nicht noch ein bisschen jung?«

»War ja auch die Erste!«, gab Catalina zurück und spürte, dass ihr Kopf noch heißer wurde.

»Mikel ist hier, oder zumindest war er es«, erklärte ihr Adame. »Er …«

Aiala unterbrach ihn. »So gut kennen wir den Burschen nun auch wieder nicht. Du weißt, was uns droht, wenn sie uns erwischen!«
»Ich verrate niemandem etwas!«, rief Catalina schnell. »Ach bitte, es ist so wichtig für mich, Mikel zu finden.«
»Ist er denn schon …?« Adame sah Aiala vielsagend an.
Sie nickte. »Klar. Gestern.«
»Ist er was?«, fragte Catalina dazwischen. »Bitte, so redet doch endlich!«
Aiala hob die Schultern. »Du kommst ohnehin zu spät. Er ist schon an Bord.«
»An Bord? Wo will er denn hin?«
Adame stieß Aiala an. »Bei der großen Anzahl an Schiffen wird er Mikel ohnehin nicht finden. Diese Auskunft kannst du ihm also ruhig auch noch geben.«
»Er ist auf einem der Begleitschiffe der Silberflotte.«
»Und auf welchem?«
Aiala schüttelte den Kopf. Catalina sah ihr an, dass sie bei ihrem Nein bleiben würde.

Zwei Stunden später war Catalina wieder im Hafen und kurz darauf an Bord der Santa Maria. Tao Te Chen stöhnte auf. »Genau das habe ich befürchtet.«
»Tao, bitte, du musst mir helfen.«
»Ich denke, das übernimmt ab Sevilla dein phantastischer Mikel?«
»Mikel ist auf einem der Schiffe hier, aber die Leute, von denen ich das erfahren habe, wollen mir nicht verraten, auf welchem.«
Tao Te Chen lachte auf. »Die werden schon ihre Gründe haben. Mit Sicherheit haben sie ihm falsche Papiere besorgt.«

»Was für Papiere denn?« Catalina sah ihn fragend an.
»Na, Ausreisepapiere natürlich! Ohne die kommt schon lange niemand mehr über das große Meer.« Tao Te Chen nickte nachdrücklich. »Und da Mikel nun in die Neue Welt aufbricht und du hier bleibst, trennen sich eure Wege jetzt endgültig – und unsere übrigens auch!«
»Aber wenn diese Leute Mikel Papiere besorgen konnten, dann können sie das doch auch für mich tun.«
»Wenn du Geld hast, sicher.«
»Du meinst: viel Geld?« Catalina kratzte sich am Kopf. »Der Erste Offizier hat gesagt …«
»Von hier nach San Sebastián oder sonst wohin mag er dich sicher noch mitnehmen, aber doch nicht über den Atlantik. Was meinst du, was dem blüht, wenn ein Passagier ohne Ausreisegenehmigung auf dem Schiff entdeckt wird?«
»Wer wird sich schon für einen so farblosen Burschen wie mich interessieren?«
»Die Casa de Contratación! Die Landflucht in Spanien hat einfach überhandgenommen. In Peru lockt das Gold – hier nur noch die Armut. Spanien ist auf dem absteigenden Ast.«
»Ich muss aber trotzdem mit«, beharrte Catalina. »Oder zumindest Mikel vorher sprechen!«
»Meinst du, der wirft seine teuren Papiere ins Meer und bleibt nur wegen deiner hübschen Nase hier? Oder schwimmt er so im Geld, dass er auch für dich noch eben schnell Papiere kaufen kann? Und hast du dir schon einmal überlegt, dass es für deinen Mikel ganz schön gefährlich werden kann, wenn du hier im Hafen so viele Fragen über ihn stellst? Immerhin sind seine Papiere gefälscht.«
Catalina musste ihm Recht geben, aber aufgeben konnte

sie trotzdem nicht. Wenn Mikel abfuhr, ohne dass sie ihn noch einmal gesprochen hatte, würde sie ihn nie mehr wiederfinden.
»Dann fahre ich eben als blinder Passagier mit.«
»Aber nicht auf der Santa Maria!« Tao Te Chen stemmte die Hände in die Hüften.
Catalina blitzte ihn an. »Dann eben auf einem anderen Schiff.«
Tao Te Chen blickte sie an. Catalina sah, wie er mit sich rang. Schnell stopfte sie ihre Hände in die Hosentaschen und drückte sich die Daumen.
Nach einer Weile nickte Tao Te Chen. Überglücklich fiel Catalina ihm um den Hals, doch Tao Te Chen löste ihre Arme.
»Zuerst sind da noch gewisse Dinge zu klären«, sagte er streng. »Und ich habe meine Bedingungen.«
»Klären, was denn klären?«, rief Catalina voller Ungeduld.
»Nun, zunächst einmal müssen wir mit dem Ersten Offizier reden, ob er dich wirklich mitnehmen würde.«
»Aber du hast eben doch selbst gesagt, ohne Papiere …«
»Und dann«, fiel ihr Tao Te Chen ins Wort, »müssen wir herausfinden, was die Papiere kosten. Den Kontakt hast du ja schon.«
»Aber kein Geld.«
Enttäuscht sackte Catalina auf einen Schemel. Tao Te Chen nahm ein langes Messer, ging hinter die Kochstelle, schob die Schneide des Messers unter eine Planke, hob sie an, bis er mit seiner Hand darunter fassen konnte, und zog einen Stoffbeutel heraus.
»Wenn du irgendwem von diesem Versteck oder dem Geld erzählst, drehe ich dir den Hals um!«

Catalina bekam einen Kloß in den Hals. »Warum tust du das für mich?«
»Das frage ich mich allerdings auch!«, knurrte Tao Te Chen. Er schob sie aus der Küche. »Nun mach schon, lass es uns hinter uns bringen! Um diese Uhrzeit ist der Erste Offizier meist in seiner Kajüte.«
Noch nie war Catalina einer seiner Aufforderungen schneller gefolgt.
Nachdem der Erste Offizier Catalina erst nur erstaunt angesehen hatte, nickte er schließlich und wollte ihre Papiere sehen. Tao Te Chen erklärte ihm, dass Catalina sie bis zum Abend haben würde.
»Verstehe.« Der Erste Offizier reichte Catalina die Hand und sagte ihr, dass sie sich am Abend mit den Papieren beim Kapitän einfinden solle. »Bis dahin werde ich mit ihm geredet haben. Bist du mit einer Monatsheuer von fünfzig Maradevis einverstanden?«
»Ei… einer Monatsheuer von …« Catalina blieb der Mund offen stehen.
Der Erste Offizier grinste. Es war das erste Mal, dass Catalina seine Mundwinkel sich heben sah.
»Keine Sorge: Du wirst jeden Real davon abarbeiten! Die Fahrt von San Sebastián hierher wird dir wie eine Kutschfahrt erscheinen. Es gibt noch andere Schiffe, die Seeleute suchen und auch nicht weniger bezahlen, aber weniger Einsatz verlangen als ich. Wenn du dich lieber erst noch einmal woanders umhören willst …«
Catalina verneinte und schüttelte dem Ersten Offizier mit einem solchen Strahlen in den Augen die Hand, dass dieser seine Mundwinkel tatsächlich noch einmal hob.
Vor der Kajüte des Ersten Offiziers schwor Catalina Tao Te Chen, dass sie ihm ihre ganze Heuer zur Begleichung

ihrer Schulden geben würde. »Und falls das nicht reicht, schicke ich dir den Rest von Peru aus.«
Tao Te Chen wedelte mit der Hand. »Jetzt gehen wir erst einmal zu deinen Freunden.«
»Aber du … Du kannst doch nicht … Ich meine, die werden einem Chinesen doch keine …«
»Du glaubst doch nicht etwa, ich lasse dich Grünschnabel in einer Stadt wie Sevilla allein mit meinen sämtlichen Ersparnissen herumziehen?«
Catalina erkannte, dass er sich auf keine Diskussion einlassen würde. Notgedrungen lief sie voraus.

Als Aiala ihnen die Tür öffnete und Tao Te Chen an Catalinas Seite sah, wollte sie die Tür tatsächlich gleich wieder schließen, doch Tao Te Chen hatte schon den Fuß in den Spalt gestellt.
»Bitte, Aiala«, rief Catalina. »Ich muss noch einmal mit dir reden, und ich kann doch nicht hier draußen …« Sie hob vielsagend die Augenbrauen. Seufzend ließ Aiala sie eintreten. »Also los, was willst du?«
»Du brauchst keine Angst zu haben: Tao Te Chen wird genauso schweigen wie ich. Wir kommen wegen der Papiere – ich brauche auch welche.«
»Papiere? Was für Papiere?« Aiala sah sie verwundert an.
»Aber … aber ihr habt Mikel doch auch …« Nervös knetete Catalina den Stoff ihrer Hose. »Und ich muss nach Peru, ich muss Mikel wiederfinden.«
»Das glaube ich dir ja, aber ich kann trotzdem keine Papiere beschaffen.« Aiala machte eine weite Handbewegung durch den Raum. »Wir teilen hier Essen an bedürftige baskische Seeleute aus. Das ist alles.«
»Essen?«, krächzte Catalina. »Nur Essen?«

»Aber natürlich.« Aiala lächelte Catalina an. »Ich weiß wirklich nicht, wie du auf eine andere Idee kommen konntest.«
Verzweifelt sah Catalina zu Tao Te Chen. Der zuckte gleichmütig die Achseln. »Gut. Dann gehen wir.«
»Aber …« Catalina ergriff Aialas Hände. »Bitte, selbst wenn ihr wirklich nicht mit Papieren handelt, so kennt ihr doch sicher jemand, der mir welche besorgen kann. Ich muss nach Peru! Wenn Mikel jetzt abfährt, finde ich ihn nie wieder.«
Die junge Frau schüttelte bedauernd den Kopf. »Tut mir leid, aber ich kann dir wirklich nicht helfen.«
Tao Te Chen warf seinen Stoffbeutel auf den Tisch. Das dunkle Klirren sagte alles über seinen Inhalt. Aiala sah ihn an.
»Das ist mehr als genug«, sagte Tao Te Chen. »Aber dafür brauchen wir die Papiere noch heute.«
Aiala öffnete den Mund, um zu widersprechen, doch da nahm Tao Te Chen den Beutel und ließ einen Teil der Münzen herausgleiten. Es waren reine Goldmünzen. Aiala nahm eine davon in die Hand, biss auf den Rand, prüfte eine zweite und erhob sich.
»Bleibt hier. Und macht niemandem auf! Niemandem, hört ihr!«
An der Tür drehte sie sich noch einmal um und sah Catalina an. »Wie ist dein vollständiger Name?«
»Francisco Loyola Merendón.«
Aiala nickte und lief los.

Die Zeit verstrich. Schon längst glaubte Catalina nicht mehr, dass Aiala wiederkommen würde, und hatte Tao Te Chen schon mehr als einmal um Verzeihung gebeten, dass

sie ihn um sein mühsam zusammengespartes Geld gebracht hatte.
»Ich hätte dich da nie mit hineinziehen dürfen.«
Tao Te Chen erwiderte nichts. Stattdessen stand er auf, setzte sich in einer Ecke in den Lotossitz und schloss die Augen, während Catalina wie ein Tiger im Käfig hin- und herlief.
Zwei Stunden später kam Aiala wieder. Sie machte einen gehetzten Eindruck und drückte sofort die Tür hinter sich zu. Sie reichte Catalina einen Stapel Papiere und den um einiges leichter gewordenen Stoffbeutel und zog sie zu einem Schrank an der gegenüberliegenden Wand.
»Los, helft mir, ihn beiseite zu schieben. Ihr müsst verschwinden! Ich glaube, mir ist jemand gefolgt!«
Tao stand schon hinter ihnen. Mit vereinten Kräften schoben sie den Schrank zur Seite, hinter dem eine Tür auftauchte.
»Mach's gut, Francisco!«, rief Aiala Catalina hinterher. »Und grüß Mikel von mir. Und sag ihm, dass ich auf ihn warte und ihn liebe.«
Catalina starrte sie an. »Warte? Liebe?«
Im gleichen Moment hämmerte es an der Vordertür. Rasch zog Tao Te Chen Catalina weiter, doch sie starrte immer weiter auf die inzwischen wieder verschlossene Tür.
»Nun mach schon, los, sonst war alles umsonst«, knurrte Tao Te Chen. Aber das Gefühl hatte Catalina ohnehin.

13

Noch nie hatte sich Tao Te Chen so hilflos gefühlt. Wenn einer der Matrosen ein gebrochenes Bein hatte, konnte er es schienen, wenn sie mit Wunden zu ihm kamen, konnte er Verbände machen und Nadeln gegen die Schmerzen setzen, aber gegen diese Verzweiflung, mit der Catalina seit ihrer Abfahrt aus Sevilla herumlief, war er machtlos. Er hatte es mit Späßen versucht und mit Erzählungen darüber, was sie in diesem riesigen Goldland alles erwarten würde, aber Catalina winkte stets nur ab, und genau wie an ihren anderen freien Abenden hockte sie auch jetzt in ihrem Eckchen hinter der Kochstelle und starrte vor sich hin.

»Catalina, bitte, so geht das doch nicht!« Tao Te Chen hockte sich vor sie und nahm ihre Hände in die seinen. Catalina zuckte mit den Achseln.

»So iss wenigstens was!« Tao Te Chen stellte ihr ihren Teller auf den Schoß. Er hatte vom Offiziersessen frische Bohnen und eine dicke Scheibe Speck abgezweigt. »Iss wenigstens mir zuliebe, und wenn es nur ein paar Bissen sind.«

Catalina nahm die Gabel in die Hand und stocherte in den Bohnen herum. »Du sollst nichts für mich klauen! Das machst du doch nicht einmal für dich selber. Und mach dir auch nicht so viele Gedanken um mich! Das lohnt nicht.«

»Ach, und das liegt an dir, das zu entscheiden?« Tao Te

Chen sprang auf die Füße, lief zur Tür und kam wieder zurück. »Nein, so geht das nicht. Ich verbrate doch nicht meine gesamten Ersparnisse, nur weil du unbedingt nach Peru willst, und sehe hernach zu, wie du in meiner Kombüse vor die Hunde gehst. Und das alles nur, weil sich dein ach so fabulöser Mikel mit dieser Aiala eingelassen hat.«
Catalina stellte den Teller weg und nahm ihre alte Haltung wieder ein. Allmählich wirklich böse, packte Tao Te Chen sie am Kinn und zwang sie, ihn anzusehen. »Zum Donner noch eins, warum wartest du nicht erst einmal ab? Vielleicht ist Mikel diese Aiala gar nicht so wichtig, wie du denkst. Ich würde die Liebe meines Lebens jedenfalls nicht über Monate allein lassen, nur weil ich mal Peru sehen will.«
»Du, ja, du.« Catalina schob seine Hand weg.
»Auch dein Mikel würde das nicht tun«, beharrte Tao Te Chen.
»Das kannst du doch gar nicht wissen. Vielleicht wollen sie sich mit dem Geld, das er auf dieser Reise verdient, eine Existenz aufbauen. Außerdem ist sie hübsch, Tao, sie ist so verdammt hübsch.«
»Hübsch!« Tao Te Chen machte eine wegwerfende Handbewegung. »Mit dem Herzen muss man die Menschen sehen, nicht mit den Augen.«
»Ach, Tao, du verstehst das nicht.«
»Aber du, du Küken, du verstehst alles, wie?« Tao Te Chen klapste ihr auf den Kopf. »Außerdem verstehe ich sehr wohl: Dich genieren deine rattenkurzen Haare und die Schwielen an deinen Händen und Füßen und die Muskeln an deinen Armen und Beinen.«
»Sehr anziehend wirkt das ja wohl tatsächlich nicht auf

einen Mann!«, konterte Catalina. »Und das schon gleich zweimal nicht, wenn man Aiala neben mir sieht. Allein ihr porzellanfarbener Teint und ihre zarten Hände.«
»Aber deine Schwielen und Muskeln bringen dich nach Peru – dich, und nicht Aiala. Jetzt gib doch nicht gleich auf! Finde Mikel, rede mit ihm, und wer weiß: Vielleicht gefällt er dir ja auch gar nicht mehr. Immerhin habt ihr euch jetzt schon sehr lange nicht mehr gesehen. Und vielleicht findest du dann auch endlich einmal die Gelegenheit, ihm zu sagen, dass du eine Frau bist, dann wirst du ja sehen, ob du ihm wirklich nicht gefällst.«
Catalina musterte ihn nachdenklich. »Warum tust du das eigentlich alles für mich?«
Statt ihr zu antworten stand Tao Te Chen auf und drückte ihr das Abtrockentuch in die Hand.
Tao Te Chens Standpauke rüttelte Catalina tatsächlich auf. Sie begann wieder zu essen, und je mehr ihr Gesicht zu seiner alten Frische zurückfand, desto öfter blitzte auch wieder ein Lächeln in ihren Augen auf. Trotz der Angst vor Läusen, die sie von Georges übernommen hatte, ließ sie ihre Haare bis über die Ohren wachsen. Tao Te Chen gefiel die neue Frisur.
»Da siehst du, dass du sehr wohl hübsch bist, wenn du nur ein bisschen was aus dir machst! Aber treibe deine Verweiblichung nicht zu weit: Schließlich willst du keine schlafenden Hunde wecken – und Giuseppe nicht noch mehr reizen, als du es ohnehin schon tust.«
Dass Giuseppe die Niederlage, die Tao Te Chen und sie ihm auf der Fahrt nach Sevilla beigebracht hatten, noch längst nicht vergessen hatte, war auch Catalina bewusst: Wann immer sich ihre Wege auf dem Schiff kreuzten, warf er ihr dunkle Blicke zu, und als sie einmal nicht pünktlich

zur Hundewache erschien, verpfiff er sie beim Ersten Offizier. Fünf Peitschenhiebe musste Catalina zur Strafe über sich ergehen lassen. Zeit für weitere Rachegedanken hatte in den nächsten Tagen niemand von ihnen: Ihr Schiff geriet in einen schweren Sturm. Der ununterbrochen niederprasselnde Regen machte das Arbeiten an Deck unmöglich, so dass der Erste Offizier den überwiegenden Teil der Mannschaft unter Deck schickte und mit Flickarbeiten beschäftigte. Als ein Toppsegel riss, mussten ein paar von ihnen doch nach oben und beim Hissen helfen. Einer brach sich dabei den Arm, der andere riss sich das halbe Bein auf. Zwei Tage später schien der Sturm endlich nachzulassen. Vorsichtig wurden wieder Segel gesetzt, aber dann ging erneut sintflutartiger Regen über ihnen nieder. Wieder mussten die Männer unter Deck, aber schon wenige Stunden später scheuchte sie die Donnerstimme des Ersten Offiziers nach oben.
»Alle diensthabenden Männer an Deck!«, brüllte er. »Der Wind wird wieder stärker! Das Rahsegel muss eingeholt werden! Los, bewegt eure Ärsche!«
Die Männer stürmen nach oben, aber an Deck wurden sie sofort langsamer, denn durch den Regen waren die Planken glatt wie Schmierseife. Von allen Seiten spritzten meterhohe Wellen über die Reling, und eine hätte Catalina beinahe über Bord gespült, doch dann hatte sie sich im letzten Moment an einem Tau festhalten können. Währenddessen kletterte Ramón, der zu den erfahrenen Matrosen gehörte, zum Ausguck über der Rahe hoch, um die nötigen Befehle zum Streichen des sich immer heftiger im Wind aufblähenden Segels zu geben. Dem Sturm zum Trotz arbeitete er sich an den Webleinen nach oben. Plötzlich krachte eine besonders heftige Bö in das Segel hinein.

Bis zum Anschlag blähte sich das durch den Regen tonnenschwere Tuch, und als gleich darauf die nächste Bö hineinfuhr, riss es mit einem ohrenbetäubenden Knall. Die losen Segelteile streckten ihre gierigen Finger bis hin zu Ramón aus. Entsetzt sahen die Männer, wie sie Ramón am Bein und am Arm erwischten und sich um seine Taille schlangen. Immer wieder trat Ramón die Segelfetzen weg, dann endlich war er im Krähennest, und gerade als jeder aufatmen wollte, wurde das Schiff so heftig zur Seite geworfen, dass Ramón wie eine Stoffpuppe an den Mast und von dort über die Brüstung geworfen wurde. Sein gellender Schrei trieb den Männern die Gänsehaut auf den Rücken, und es war nicht einer unter ihnen, der den dumpfen Schlag, mit dem er aufs Deck krachte, nicht bis in die eigenen Knochen hinein gespürt hätte. Ramóns Blut spritzte ihnen gegen die Beine. Catalina schrie vor Entsetzen, der Steuermann übergab sich, viele bekreuzigten sich – und der Erste Offizier ließ die Peitsche schwingen.
»Los, weiter, hoch mit euch! Das Segel muss runter, oder wollt ihr, dass das Schiff kentert? Du, Alex, übernimmst Ramóns Platz im Krähennest. Nun mach schon!«
Auch Alex gehörte zu den Besten. In den zwanzig Jahren, die er zur See fuhr, hatte er es noch nie an Mut fehlen lassen, doch der Anblick seines zerschmetterten Kameraden lähmte ihn. »Bitte, Sire, ich habe Frau und Kinder …«
»Hoch mit dir, hab ich gesagt!« Der Erste Offizier zog ihm die Peitsche quer übers Gesicht. Alex presste die Hand auf die klaffende Wunde, umlief seinen toten Kameraden und hangelte sich die Wanten hoch. Sobald er im Krähennest angekommen war, brüllte er die nötigen Befehle zum Niederlassen der Rahe nach unten.
Die Matrosen schnitten das zerrissene Rahsegel ab und

befestigten ein neues, doch bis sie es hochziehen konnten, hatte sich auch jenes so mit Regenwasser vollgesogen, dass es mehr als ein Dutzend Männer brauchte, um es mitsamt der Rahe hochziehen zu können.
Der Erste Offizier zeigte auf die sechs vor ihm stehenden Männer. »Ihr geht hoch!«
Als sie nicht sofort reagierten, zog er auch ihnen die Peitsche über.
»Und du, Francisco, gehst auch mit. Na los, mach schon!«
Tao Te Chen schob sich vor sie. »Bitte, Sire, lasst mich für ihn gehen!«
Augenblicklich knallte der Erste Offizier ihnen die Peitsche über. Hastig rannte Catalina los, rutschte auf den nassen Planken aus, fing sich wieder und ergriff die erste Wante …

Noch in derselben Nacht ereignete sich das nächste Unglück: Ein Poltern und Krachen im Unterdeck riss sie aus dem Schlaf, und kurz darauf rief der Maat jeden verfügbaren Mann nach unten.
»Im Laderaum sind mehrere Taue gerissen. Beeilt euch, wir müssen die Ladung wieder festmachen!«
Zunächst kamen alle willig mit, doch dann sahen sie, dass die losgerissene Ladung Katapulten gleich im Schiffsbauch herumflog.
»Ich lasse mich da drin doch nicht erschlagen!«, begehrte ein Aragonese auf, der daraufhin vom Offizier als Erster in den Laderaum geschubst wurde.
»Sichert die Kisten und die Fässer neu!«, brüllte er und stieß noch weitere Männer in den Raum hinein. »Vorwärts, vorwärts, nun macht schon!«
Giuseppe und drei anderen Männern gelang es, zwei

große Fässer aufzuhalten. Sie schafften sie an den Rand, als ein anderes Fass auf Antonio zuschoss. Es warf ihn gegen die Schiffswand. Antonio blieb bewusstlos liegen, das Fass rollte zurück und gleich noch einmal auf ihn zu. Der Erste Offizier und ein kompakter, kleiner Kerl aus Granada warfen sich dem Fass entgegen und konnten es aufhalten.

»Francisco, komm her und zieh Antonio raus!«, brüllte der Erste Offizier. »Und dann holst du das verdammte Schlitzauge, damit er sich um ihn kümmert. Aber er soll sich nicht lange mit ihm aufhalten. Es werden ihn hier sicher noch mehr Leute brauchen!«

Erst Stunden später hatten sie die Ladung wieder sicher vertäut, und außer Antonio, der einen gequetschten Arm und zwei gebrochene Rippen hatte, waren auch noch drei andere Matrosen schwer verletzt worden. Der Erste Offizier schwor, dass er den Verantwortlichen für diese Schlamperei finden und ihn eigenhändig mit der neunschwänzigen Katze zu Tode prügeln würde, doch dann zeigte ihm Giuseppe eines der zerrissenen Taue. »Das war kein Messer. Da waren Ratten am Werk!«

Augenblicklich herrschte Totenstille.

»Was haben die denn auf einmal alle?«, hauchte Catalina Tao Te Chen zu.

»Wenn die Ratten die Taue annagen, ist das ein schlechtes Omen!«

Catalina überlief es kalt. Tatsächlich ereignete sich schon vor dem Morgengrauen das nächste Unglück: Die Sicht war durch den ununterbrochen niedergehenden Regen so eingeschränkt, dass sich zwei der direkt neben ihnen segelnden Schiffe rammten. Das kleinere versank in den Fluten. Nur sieben der ursprünglich achtundsiebzig Männer zählenden Besatzung konnten gerettet werden. Als der Erste Offizier das Ende der Rettungsaktion bekannt gab, weinte Catalina. Rasch zog Tao Te Chen sie in die Kombüse.

»Nun hör schon auf zu heulen, du dummes Weib!«, herrschte er sie an. »Ich habe dich gewarnt, dass das hier kein Sonntagsausflug wird, aber du musstest ja unbedingt mitkommen!«

Erst drei Tage später tauchte die Sonne hinter den schwarzen Wolken auf, und schließlich beruhigte sich auch das Meer. Lautlos glitt die Santa Maria nun dahin, die Männer atmeten auf, doch Zeit zum Ausruhen ließ der Erste Offizier ihnen nicht.

»Wir müssen jetzt erst einmal Ordnung machen. Wer weiß, wann wir in den nächsten Sturm geraten. Antonio, du überprüfst jedes einzelne Tau, mit deinen Verletzungen kannst du sowieso keine andere Arbeit übernehmen. Francisco soll dir dabei helfen.«

Da die beiden noch etliche angenagte Taue fanden, wurden fünf Matrosen zur Jagd nach den gefräßigen Nagern abgestellt. Bis zum Abend hatten die Männer ein Dutzend von ihnen erschlagen. Eigenhändig warf der Erste Offizier die toten Nager über Bord.

In den nächsten Tagen wurde die Stimmung an Bord deutlich besser. Die einfachen Matrosen waren davon überzeugt, dass mit dem Töten der zahlreichen Ratten auch der Fluch von dem Schiff genommen sei. Doch Tao Te Chen war anderer Meinung.

»Ich spüre, dass noch immer eine Bedrohung in der Luft liegt«, erklärte er und bat Catalina, in den nächsten Tagen besonders vorsichtig zu sein.

»Vorsichtig wobei?«, fragte sie, doch das konnte Tao Te Chen nicht sagen. »Bei allem, verdammt, bei allem!«

Wie meist seit ihrer Abreise saß Catalina auch an diesem Nachmittag in ihrer freien Stunde auf dem Vordeck, hielt ihr Gesicht der Sonne entgegen und wickelte dabei gedankenverloren eine Haarsträhne um den Zeigefinger. Plötzlich tauchte Tao Te Chen vor ihr auf und befahl ihr, auf der Stelle in die Kombüse zu kommen.

Träge sah Catalina zu ihm hoch. »Tao, jetzt mach keinen Wind, wo das Wetter auch keinen mehr macht! Was ist denn? Ich sitze hier gerade so gemütlich.«

»Wenn ich sage: Runter in die Kombüse, dann meine ich: Runter in die Kombüse!«, bellte er sie an, und als Catalina noch immer nicht spurte, packte er sie am Arm und zog sie mit.

»Du tust mir weh.« Catalina rappelte sich hoch. Als sie sich umdrehte, wurde ihr schnell klar, warum Tao Te Chen sie vom Deck weghaben wollte. Giuseppe stand nicht weit von ihr. Er lehnte rauchend an der Reling und hatte sie wohl schon länger im Blick gehabt.

In der Kombüse musste Catalina eine lange Strafpredigt über sich ergehen lassen und war in den nächsten Tagen um einiges vorsichtiger. Statt sich auf dem Vordeck in der Sonne zu aalen, verkroch sie sich in ihrer Freizeit in ihr Eckchen hinter der Kochstelle und mied Giuseppe auch während ihrer Arbeit, aber trotzdem kreuzte er ständig ihre Wege.

»Der plant was, den juckt es, verdammt, den juckt es!«, schimpfte Tao Te Chen, und als Catalina meinte, dass er sich gegen die Läuse nur die Haare abschneiden müsste, fuhr Tao Te Chen sie so böse an, dass Giuseppe nicht der

Kopf, sondern sein verdammter Schwanz jucke, dass Catalina noch Minuten später feuerrot war.
Schließlich wagte Tao Te Chen noch nicht einmal mehr, Catalina allein zum Vorratsraum zu schicken, weil der in einem abgelegenen Teil des Schiffes lag. Als an diesem Tag das Wasserfass leer wurde, wollte Tao Te Chen wiederum selbst hinuntergehen. Er bat Catalina, auf den Eintopf aufzupassen, doch dann platzte der Adjutant des Ersten Offiziers herein. »He, Schlitzauge, du sollst sofort zum Ersten kommen!«
Unwillig hob Tao Te Chen den Blick. »Muss das ausgerechnet jetzt sein?«
»Na los, mach schon. Der Erste ist heute sowieso so geladen wie eine Kanone zu Kriegszeiten.«
Catalina wollte Tao Te Chen den Schlüssel zum Vorratsraum abnehmen, doch der schüttelte den Kopf. »Du weißt, dass ich das nicht will.«
Da der Adjutant ihn weiter bedrängte, gab er unwillig nach. »Aber komm sofort wieder hoch, hörst du?«
Catalina verließ kurz nach Tao Te Chen die Kombüse. Immer wieder sah sie sich um, ob ihr jemand folgte. Sie zog den Schlüssel aus der Hosentasche, öffnete die Vorratskammer und fuhr herum. War da nicht ein Geräusch gewesen? Angestrengt lauschend starrte Catalina in den dämmrigen Gang hinein.
»Allmählich sehe ich Gespenster!«, schalt sie sich schließlich, stellte das frische Wasserfässchen auf den Boden und schloss sorgfältig wieder hinter sich ab. Da presste sich eine Hand auf ihren Mund und eine andere krallte sich in ihren Schritt.
Voller Wut rammte Catalina dem Angreifer, in dem sie sogleich Giuseppe erkannte, den Ellenbogen in den

Magen, kratzte, schlug und trat nach ihm, doch alles, was sie erreichte, war, dass dieser sie noch fester packte.
»Jetzt bist du reif, mein Früchtchen«, stöhnte er ihr ins Ohr. »Diesmal entwischst du mir nicht!«
Mit einem wütenden Schrei gelang es Catalina, sich loszureißen. Sie rannte zur Treppe, aber schon nach wenigen Metern holte Giuseppe sie ein und stieß sie mit voller Wucht gegen die Wand. Benommen sank Catalina zu Boden.
Als sie kurz darauf wieder zu sich kam, hatte Giuseppe sie zurück zum Vorratsraum gebracht und ihr mit ihrem Gürtel die Hände auf den Rücken gebunden. Er bog ihren Kopf nach hinten und bohrte ihr die Zunge in den Mund. Als Catalina ihn zu beißen versuchte, lachte er.
»Du wirst dich daran gewöhnen, mein Kleiner, und mich hernach anflehen, es wieder und wieder mit dir zu tun!«
Catalina spuckte ihn an. Giuseppe trocknete sich mit der Hand das Gesicht, wobei er den Gürtel losließ, mit dem er sie bisher so mühelos unter Kontrolle gehalten hatte. Sofort zog Catalina ihre Hände aus den Schlingen, schnappte sich das Wasserfass und knallte es ihm auf den Kopf. Giuseppe ging in die Knie.

Diesmal gelang es Tao Te Chen nicht sofort, Giuseppe wieder ins Leben zu holen. Er schlug ihm auf die Wangen, flößte ihm Rum ein, schlug ihm erneut auf die Wangen – doch Giuseppe regte sich nicht.
»Wir müssen ihn hoch in die Kombüse schaffen. Die Kopfwunde muss gesäubert und verbunden werden.«
Tao Te Chen bat Catalina, Antonio zu holen. »Der wird uns nicht verraten – und hat trotz seiner kleinen Statur Bärenkräfte!«

In der Kombüse entfernte Tao Te Chen akribisch Holzsplitter um Holzsplitter aus Giuseppes Kopfwunde. Anschließend legte er ihm blutstillende Kräuter auf und befahl Catalina, den Eintopf zu beaufsichtigen. Eine Viertelstunde später war das Essen fertig – aber Giuseppe rührte sich noch immer nicht.
»Dann musst du das Essen heute allein austeilen«, entschied Tao Te Chen. Unter keinen Umständen wollte er Giuseppe unbeaufsichtigt lassen. »Wir können die Männer auf keinen Fall warten lassen, sonst schaut am Ende noch einer von denen hier rein und stellt uns unangenehme Fragen.«
Und so schleppte Catalina den schweren Topf allein in den Mannschaftsraum.
Sobald Catalina das Essen verteilt und den anderen Tao Te Chens Abwesenheit grinsend mit »Dünnschiss!« erklärt hatte, lief sie wieder hoch. Als sie die Kombüse betrat, lag statt Giuseppe Tao Te Chen am Boden und hielt sich stöhnend den Kopf. Erschrocken beugte sich Catalina über ihn und entdeckte die große Platzwunde an seinem Hinterkopf.
»Was hat dieser verdammte Mistkerl mit dir gemacht?« Catalina reinigte Tao Te Chens Wunde. Dieser schimpfte wie ein Rohrspatz. »Was für ein Scheißkerl! Eine Sekunde nur habe ich mich von ihm abgewandt, und in der hat er sich die Pfanne geschnappt. Ich habe das verfluchte Ding noch auf mich zukommen sehen, aber es war zu spät. Ich nehme an, er war schon eine ganze Weile nicht mehr ohnmächtig und hat auf eine günstige Gelegenheit gewartet!«
Sie hörten schwere Schritte, dann flog die Tür auf.
»Da ist er ja, der Dieb!«, brüllte Giuseppe und zeigte auf Catalina.

Verwirrt fuhr sie herum. Außer Giuseppe standen der Erste Offizier und zwei breitschultrige Matrosen an der Tür. Sofort krakeelte Giuseppe weiter: »Ich hatte die beiden schon länger im Verdacht, dass sie Lebensmittel beiseite schaffen, aber bislang habe ich ihnen nie etwas nachweisen können. Heute früh jedoch habe ich ein Gespräch von ihnen belauschen können! Francisco sollte einen Diebstahl vortäuschen und dafür den Vorratsraum aufbrechen. Ein Rum-, ein Wasserfass und Trockenfleisch sollte er stehlen und es hinter den Hühnerställen verstecken. Leider ist er früher runtergegangen, als ich dachte, so dass er die Tür schon aufgebrochen hatte, bis ich dort war. Als er mich sah, hat er mir das Wasserfass auf den Kopf gehauen!«
»Er lügt!«, rief Catalina empört, doch der Erste Offizier wies die Matrosen trotzdem an, sie und Tao Te Chen festzunehmen.
»Hoch aufs Hauptdeck mit ihnen!«
»Aber Giuseppe lügt, verdammt, er lügt!«, rief Catalina noch einmal. »Ich wollte das Wasser zum Kochen holen, und ich habe den Vorratsraum ganz normal mit dem Schlüssel aufgeschlossen. Wir brauchen nur nach unten zu gehen: Dann seht Ihr selbst, dass Giuseppe sich die Geschichte aus den Fingern gesogen hat.«
Der Erste Offizier überlegte und wies die Matrosen an, Catalina und Tao Te Chen zum Vorratsraum zu bringen. Giuseppe lief ihnen mit einer Laterne voran. Schon von weitem sah Catalina die halb heraushängende Tür des Vorratsraums. Sie wurde blass.
»Aber … aber das kann doch nicht sein. Ich habe die Tür mit dem Schlüssel aufgeschlossen.«
Doch der Erste Offizier glaubte nur, was er sah.

»Hoch mit ihnen!«, befahl er. »Und alle Mann an Deck. Nur die, die nachher Nachtdienst haben, können unten bleiben. Die anderen sollen zusehen, wie wir sie kielholen!«

Catalina blickte zu Tao Te Chen. Sie hatte keine Ahnung, was kielholen bedeutete. Als sie sah, wie bleich Tao Te Chen bei den Worten des Ersten Offiziers wurde, wurden ihre Knie weich.

»Aber wir haben nichts getan«, schrie sie noch einmal. »Wir haben doch gar nichts getan!«

Der Matrose schlug ihr mit einem Gewehrkolben gegen den Kopf. Catalina sank zu Boden.

Als sie wieder zu sich kam, waren sie und Tao Te Chen an einen Mast auf dem Vordeck gefesselt.

Direkt vor ihnen rotteten sich die Matrosen zusammen. Längst hatte es sich herumgesprochen, was Tao Te Chen und Catalina vorgeworfen wurde. Wüste Beschimpfungen wurden laut. Die meisten wollten mit den Dieben kurzen Prozess machen.

»Werft sie den Haien vor!« Die Rufe waren nicht zu überhören. Ein Matrose schlug vor, zumindest den Chinesen zu verschonen. »Wer soll denn dann kochen? Und Brüche schienen und Wunden versorgen kann das Schlitzauge auch!«

Die Meute rückte näher auf sie zu. Ängstlich rutschte Catalina unter den Seilen hin und her. Der Erste Offizier, hämmerte es in ihrem Kopf, verdammt, wo steckte er denn? Zwar hatte er ihnen mit Kielholen gedroht, aber zum einen wusste Catalina noch immer nicht, was das bedeutete, und zum anderen dachte sie, dass jede Strafe besser sei, als der blanken Wut dieser Meute überlassen zu werden.

Da endlich entdeckte sie ihn. Er stand auf dem Hauptdeck und redete heftig auf den Kapitän ein. Dieser hörte ihm zu, nickte, nickte wieder und schlug ihm schließlich zustimmend auf die Schulter. Catalina drehte den Kopf zu Tao Te Chen und rief seinen Namen. Erst als sie ihn noch zweimal gerufen hatte, erwiderte er leise: »Was ist?«
»Was geschieht jetzt mit uns?«
»Das wirst du schon erleben.«
»Sag mir doch, was Kielholen bedeutet!«
Tao Te Chen schwieg und schloss die Augen.
Da kam Giuseppe auf sie zu. Er hatte die Hände in den Hosentaschen und ein zufriedenes Lächeln um die Lippen. »Nun erklär deinem Schützling schon, was euch erwartet!«, forderte er Tao Te Chen auf. »Die Angst davor ist doch das Schönste dabei.«
Tao Te Chen spuckte aus.
»Dann erkläre ich es ihm eben.« Giuseppe baute sich vor Catalina auf. »Kielholen ist schon seit Jahrhunderten die Strafe für Wasserdiebe auf See! Das Prinzip ist sehr einfach. Ein Tau wird an der Rahe befestigt und dann unter dem Kiel durchgeführt. Das andere Tauende wird dir um den Leib gebunden. Auf den Befehl des Ersten werfen wir dich ins Wasser und ziehen dich unter dem Schiff durch. Wenn du dabei nur ertrinkst, kannst du froh sein. Schlimmer ist es, wenn du dir an dem scharfkantigen Muschelbewuchs am Kiel die Haut aufreißt und die Haie dein Blut riechen. In diesem Fall ziehen wir später ein leeres Seil hoch ...«
Catalina glaubte ihm kein Wort. Sie wandte sich wieder an Tao Te Chen.
»Tao Te Chen, bitte, sag, dass er lügt.«
Doch Tao Te Chen schwieg.

»Tao Te Chen?«, rief Catalina noch einmal, aber dann erübrigte sich Tao Te Chens Antwort, denn Catalina sah, wie einer der Matrosen zur Rahe hochkletterte und dort ein Tau befestigte …

»Wenn du noch etwas zu sagen hast, solltest du es jetzt tun.«

Der Erste Offizier sah Catalina abwartend an.

»Ich wollte das Wasser nicht stehlen«, erwiderte Catalina mit fester Stimme. »Wirklich nicht!«

Der Matrose, der zu ihrer Bewachung abgestellt war, schlug ihr mit dem Handkanten ins Gesicht. Kurz darauf schmeckte sie Blut.

Sie ahnte, dass der Matrose erneut zuschlagen würde, wenn sie sich weiter verteidigte, aber sie fand, dass es einerlei war, ob dieser Klotz hier sie totschlug – oder ob sie ihr Leben unter dem Schiff ließ.

»Ich sage die Wahrheit!«, schrie sie daher. »Fragt doch Antonio! Der kann bestätigen …«

Diesmal hob der Erste Offizier die Hand. Als Catalina verstummte, ließ er sie wieder sinken.

»Die aufgebrochene Tür ist mir Bestätigung genug!«

Seine Stimme klang so mild, dass Catalina ihn verwundert ansah. Als sich ihre Blicke trafen, sah sie die Enttäuschung in seinen Augen.

»Aber ich …«

Der Erste Offizier schnitt ihr das Wort ab und fragte einen Matrosen, ob alles bereit sei.

»Aye, aye, Sire! Das Seil ist unter dem Schiff durchgeführt!«

Der Erste Offizier wies ihn an, Catalina an das Seil zu binden. Während Catalina zur Reling gezerrt wurde, grinste Giuseppe von einem Ohr zum anderen.

»Keine Sorge: Du kommst auch noch dran«, zischte Catalina ihm zu. »Antonio hat alles gesehen!«
Giuseppes Grinsen erstarb.
Der Matrose zog Catalina weiter und band ihr das Seil um den Bauch.
Catalina blickte zu Tao Te Chen. Sie wollte ihm noch etwas zurufen, aber ihr versagte die Stimme. Der Matrose schob sie auf die Planke, von der sie ins Meer gestoßen werden sollte. Verzweifelt sah sich Catalina um. Nur Antonio hätte sie retten können, doch er war nirgends zu sehen.
Der Matrose drückte sie weiter; die Planke unter Catalina bog sich, der Erste Offizier rief: »Bei drei stößt du sie hinunter!«
Auf einmal rief jemand: »Was ist denn hier los?«
Catalina wandte den Kopf und sah Antonio. Sie schrie seinen Namen, woraufhin er schnell näher kam und noch einmal rief: »Was ist los?«
»Was geht das dich an, Itaker?«, knurrte der Erste Offizier und begann zu zählen.
»Hat das was mit dem Wasserfass zu tun?«, fuhr Antonio dazwischen.
»Da hört Ihr es!«, schrie Catalina. »Antonio kann es bestätigen.«
Der Erste Offizier drehte sich zu Antonio um. »Was kannst du bestätigen?«
»Vielleicht erklärt mir erst einmal jemand, worum es hier eigentlich geht?«
»Nein!«, donnerte ihn der Erste Offizier an. »Du erklärst, und zwar alles, was du gesehen hast.«
Antonio erzählte, dass Catalina ihn geholt habe, um Giuseppe nach oben zu tragen. »Er war ohnmächtig und sie

und Tao Te Chen brauchten jemanden, der ihnen beim Tragen half!«
»Da hört Ihr es!«, unterbrach ihn Giuseppe. »Francisco hat mich niedergeschlagen ...«, doch Catalina sah die Angst in seinen Augen.
»Aber die Tür«, rief sie zu Antonio. »Die Tür des Vorratsraums, war die ...«
»Die Fragen stelle ich!«, donnerte der Erste Offizier. »Also, nun rede schon, Antonio: In welchem Zustand war die Tür des Laderaums?«
»Sie war abgeschlossen.« Antonio zuckte mit den Achseln. »Und auf dem Boden lag ein zerbrochenes Wasserfass. Francisco hat Giuseppe damit niedergeschlagen, als er ihn bedrängt hat.«
Mit geballten Fäusten stürzte Giuseppe auf Antonio los. »Du verdammtes Lügenmaul steckst doch mit den beiden unter einer Decke! Wie viel von dem Wasser und dem Rum haben sie dir dafür versprochen?«
Drei Matrosen packten ihn und warfen ihn nieder. Der Erste Offizier wies einen Matrosen an, Catalina von der Planke herunterzuholen. Eine halbe Stunde später fiel ein neues Urteil: »Giuseppe wird gekielholt!«

Als der Matrose Giuseppe in die Fluten stieß, konnte Catalina keine Genugtuung empfinden. Stattdessen empfand sie Grauen und Angst.
»Leer!«, schrie der Matrose, der Giuseppe auf der Backbordseite wieder hinaufholen sollte. »Den haben sich die Haie geholt!«
Catalina rannte auf die andere Seite der Reling und übergab sich.

14

Dreiundvierzig Tage später und nachdem sie sich auf den Dominikanischen Inseln neu mit Trinkwasser und Lebensmitteln bevorratet hatten, erreichte die Santa Maria ihren Zielhafen in Panama: Porto Bello! Tiefe Wolken hingen über den dicht bewachsenen Bergen, und auch die durch hohe Mauern und zahllose Kanonen geschützte Festung, die der kleinen Stadt vorgelagert war, wirkte wenig einladend, aber das Jubeln und Jauchzen der Menschen im Hafen zeigte ihnen, dass nicht sie, sondern Piraten abgeschreckt werden sollten.

Tao Te Chen erklärte Catalina, dass Porto Bello die Ankunft der Silberflotte nicht nur mit diesem riesigen Begrüßungskomitee, sondern auch mit einem mehrere Tage währenden Fest feierte, das dem der Sevillaner in nichts nachstehe.

»Du darfst nicht vergessen, welche Schätze wir ihnen bringen: Was dem spanischen König sein peruanisches Gold, sind den Leuten hier flandrische Kupferstiche, kalabrische Seide, persische Teppiche, türkische Gewürze und was die Schiffe noch so alles mitführen. Volle sechs Monate müssen deine Landsleute immer warten, bis neue Ware kommt, und sich in der Zwischenzeit mit den Dingen begnügen, die hier hergestellt werden – was bislang, zum großen Leidwesen all der Reichen hier, so gut wie nichts ist. Was nutzt einem schließlich alles Geld und Gold, wenn es nichts gibt, was man sich dafür kaufen kann? Es ist tatsächlich so, dass man nirgends sonst in der Welt so schnell reich werden kann wie hier. Die einen werden es durch ihre Silberminen, andere suchen Gold und Edelsteine oder verdienen sich als Großgrundbesitzer oder in einem der hier so locker vergebenen kirchlichen und staatlichen Ämtern eine goldene Nase – und mit genau der gleichen Leichtigkeit, mit der die Leute hier ihr Vermögen machen, geben sie es nachher auch wieder aus. Wart nur mal ab, wenn du nach dem Löschen der Schiffe durch die Geschäfte oder über die Märkte gehst! Selbst Sevillas Alcaicería wird dir danach ärmlich erscheinen. Und wenn du dann auch noch siehst, mit welcher Pracht sich die Menschen hier kleiden, was für aufwändige Kutschen sie fahren und in was für phantastischen Palästen sie leben, wirst du aus dem Staunen gar nicht mehr herauskommen.«

Catalina konnte es kaum noch erwarten, alles mit eigenen Augen zu sehen. »Und wann können wir von Bord gehen?«

»Von Bord?«, grollte der Erste Offizier. »Niemand geht hier von Bord. Und die niederen Matrosen schon gleich zweimal nicht!«

Catalina und Tao Te Chen fuhren herum.

»Da braucht ihr gar nicht so zu glotzen!«, polterte er weiter. »Das letzte Mal sind in diesem beschissenen Hafen dreißig Matrosen nicht von ihrem Landurlaub zurückgekommen, und diesmal geht mir kein Einziger von euch durch die Lappen.«

Fassungslos starrte Catalina den Ersten Offizier an. Nicht von Bord gehen … Aber sie hatte doch aus keinem anderen Grund angeheuert, als um von hier aus nach Peru weiterreisen zu können! Der Erste Offizier wandte sich ab. Catalina wollte ihm hinterherlaufen, doch Tao Te Chen hielt sie zurück.

»Lass es gut sein«, beschwor er sie mit leiser Stimme. »So machst du alles nur noch schlimmer. Komm, gehen wir in die Kombüse und reden.«

Catalina ging voraus. Im Unterdeck wankte sie auf einmal, wie sie in diesen Wochen in keinem Unwetter und bei keiner Gefahr gewankt hatte.

Tao Te Chen fasste sie um die Taille und führte sie weiter. In der Kombüse legte Catalina den Kopf gegen Tao Te Chens Brust und weinte.

»Meine arme Kleine!« Tao Te Chen beugte den Kopf, bis seine Lippen ihr Haar berührten. Es zu küssen, wagte er nur in seinen Gedanken.

»Mein Gott, ich habe das alles hier doch nicht auf mich genommen, um jetzt wieder zurück nach Sevilla zu fahren«, schluchzte Catalina. Erschrocken hielt Tao Te Chen ihr erneut den Mund zu. »Leise, so sei doch leise! Man weiß doch nie, wer da draußen rumlungert. Wir werden schon eine Lösung finden, aber nur, wenn du jetzt leise bist.«

Catalina nickte und schluckte ihre weiteren Tränen herunter. Tao Te Chen sann über verschiedene Fluchtmöglichkeiten nach, verwarf sie aber wieder, weil sie ihm zu gefährlich erschienen.

»Und wenn ich einfach über Bord springe?«, meinte Catalina schließlich.

»Du glaubst doch nicht, dass der Erste Offizier ein solches Verbot ausspricht, ohne zugleich Vorkehrungen zu treffen? Mindestens sechs Mann wird er Wache schieben lassen, und glaub bloß nicht, die hätten Skrupel, scharf zu schießen!«

Als der Erste Offizier später die Matrosen zusammenrief und ihnen mitteilte, dass niemand von ihnen Landurlaub bekommen würde, murrten und schimpften die Männer, doch kaum hatten die Ersten in ihrer Wut einen Schritt auf den Ersten Offizier zu gemacht, hoben Antonio und die anderen wachhabenden Matrosen mit entschlossenem Blick die Musketen. Murrend wichen die Männer zurück.

»Über zwei Monate haben wir keinen Frauenhintern in den Händen gehalten!«, schimpfte ein kahlköpfiger Andalusier, und der Katalane neben ihm presste ein unheilvoll klingendes »Das werden wir ja noch sehen, ob ich hier eine Frau zwischen die Beine kriege oder nicht!« durch die Zähne.

Von allen Seiten ertönten ähnliche Kommentare, Verwünschungen und Drohungen. Der Erste Offizier ließ Claudio einen Warnschuss abgeben. Danach war es so still, dass man die Wellen gegen den Bug schlagen hören konnte.

»Weiber sollt ihr haben, und Rum dazu!«, versprach er ihnen. »Und zudem wird es euch keinen Maradevis kosten – denn die Weiber und den Rum zahlt der Kapitän!«

Pfiffe und Johlen erklangen. Die meisten schienen bereit, auf das Angebot einzugehen. Catalina kaute weiter nervös auf der Lippe herum und entfernte sich nun langsam von den anderen. Als sie die Reling erreicht hatte, packte Tao Te Chen sie am Arm.

»Mach jetzt bloß keinen Unsinn!«, warnte er sie.

»Aber wenn ich jetzt sofort …«, flüsterte Catalina und schaute sehnsüchtig zum Land, doch da verteilten sich Claudio und die anderen bewaffneten Matrosen schon die Reling entlang.

»Ich habe dir doch gesagt, dass es so nicht geht!«, herrschte Tao Te Chen sie an.
Verzweifelt trat Catalina gegen eine Rolle Taue.
Später, in der Kombüse, lief Catalina wie ein Tiger im Käfig hin und her.
Nach einer Weile stellte sich ihr Tao Te Chen in den Weg. »So latschst du vielleicht die Planken durch, aber runter vom Schiff kommst du damit nicht!«
»Ach, was du nicht sagst.« Catalina blitzte ihn an. »Aber wahrscheinlich gönnst du es mir ja auch noch, dass ich hier festsitze. Und wer weiß: Vielleicht hast du sogar von Anfang an gewusst, dass das so ausgehen wird.«
Tao Te Chen erwiderte nichts. Aber er sah sie an. Catalina wurde rot.
»Ach, Mensch«, jammerte sie. »Es ist ja nur, weil ich ...« Tränen erstickten ihre weiteren Worte. Hilflos fuhr sie sich mit dem Ärmel über das Gesicht. »Herrgott noch eins, es muss doch irgendetwas geben, das ich tun kann, um von diesem verdammten Kahn runterzukommen. Ich kann nicht zurück nach Sevilla. Dann finde ich Mikel ja nie mehr wieder!«
Tao Te Chen hob die Achseln.
Catalina sah ihn an. »Aber du wärst wirklich alles andere als unglücklich, wenn ich wieder mit zurückfahren müsste, stimmt's?«
Tao Te Chen lächelte. Es war ein kleines, feines Lächeln, das nichts bestätigte und nichts bestritt. »Ich nehme mich nicht so wichtig, und das weißt du.«
Catalina strich ihm über den Arm. »Ach, Tao, ich ... Ich werde dich ja auch vermissen, aber ich muss Mikel wiederfinden! Ich muss einfach!«
Tao Te Chen sah sie an und sagte sehr langsam: »Vielleicht

musst du das wirklich«, und dann setzte er sich im Lotossitz auf seine Schlafstelle und schloss die Augen.

Tao Te Chen meditierte eine volle Stunde, dann sah er zu Catalina auf und sagte: »Wir werden dich als Frau verkleiden und unter die Prostituierten mischen!«

»Unter die ...« Tao Te Chens Idee verschlug Catalina die Sprache.

»Nein, so sehr darunter mischen nun auch wieder nicht«, lachte Tao Te Chen und erklärte ihr seinen Plan im Detail. »Wie jedem Vollmatrosen hier an Bord steht auch mir eine Frau zu. Und die muss uns helfen: mit Frauenkleidern und einer Perücke. Ich kann mir nicht vorstellen, dass es irgendwem auffällt, ob im Morgengrauen vierzehn oder fünfzehn Frauen das Schiff verlassen. Das Ganze hat nur einen Nachteil ...« Tao Te Chen seufzte. »Für die Kleider und die Bestechung der Hure wird mein letztes Geld draufgehen – und ich hatte eigentlich vorgehabt, dir dieses Geld als eiserne Reserve mitzugeben. Womit wirst du dich nun über Wasser halten?«

»Oh Tao, und ich habe dir vorgeworfen ...« Catalina fiel ihm um den Hals. »Du bist der Beste, Tao, der Allerbeste! Das alles hier, das werde ich dir niemals vergessen!«

Tao Te Chen nickte und drückte sie. Es war das erste Mal, dass er sie so in den Armen hielt. Und es fiel ihm schwer, sie wieder loszulassen.

Eine Stunde später erfuhren sie, dass Antonio den Männern die Huren zuteilte. Tao Te Chen drückte ihm einen Maradevis in die Hand und bat ihn, dass er sich dafür selbst eine Frau aussuchen dürfe und gleich heute an die Reihe käme. Antonio grinste. »Na, dich juckt es aber gewaltig, was?«

Tao Te Chen ließ ihn in dem Glauben. Als die Frauen an Bord waren, sah er sie sich lange an, ehe er sich für eine schon ältere Frau mit gutmütigen Augen entschied, die sich mit leiser Stimme als Conxita vorstellte. Kaum sahen die anderen Männer, dass er statt in Richtung des Mannschaftsraums zur Kombüse ging, begannen sie zu johlen. »Lass sie nicht anbrennen, Schlitzauge! Wir wollen nachher auch noch was von ihr haben und uns dabei nicht die Schwänze verkohlen!«

Die Frau wich zurück. Tao Te Chen ahnte, was in ihr vorging. Die Sprüche der Männer, dazu war er Chinese ... Ruhig erklärte er ihr, dass er sie nicht für sich, sondern für seinen jungen, spanischen Freund ausgesucht habe. »Er hat noch nie, weißt du, und da geniert er sich halt vor den anderen!«

Da lachte Conxita und stieg bereitwillig mit ihm die Stiege hinab.

Catalina erwartete sie aufgeregt. Conxita sah sich sofort nach einem Liegeplatz um, entdeckte Catalinas Schlafplatz in der Ecke und hob ihre Röcke hoch. Verlegen strich Tao Te Chen sie ihr wieder herunter.

»Die Hilfe, die mein junger Freund braucht, ist etwas delikaterer Art.«

Sofort wurde Conxita wieder misstrauisch. »Wenn ihr hier irgendwelche Sauereien von mir wollt, schreie ich das ganze Schiff zusammen.«

Tao Te Chen beruhigte sie und hielt ihr zwanzig Maradevis hin. »Du sollst uns nur etwas aufs Schiff bringen. Frauenkleider, morgen, wenn ihr wiederkommt. Und eine Perücke und Schuhe brauchen wir auch!«

Die Frau schaute zwischen ihnen hin und her und nahm das Geld an sich. »Was habt ihr vor?«

Catalina blickte fragend zu Tao Te Chen. Als er nickte, erzählte sie Conxita, dass der Erste Offizier keinen der Matrosen von Bord lasse, weil er nicht riskieren wollte, dass ihm noch einmal die halbe Mannschaft türmte. »Aber ich muss unbedingt von Bord!«

Conxita zeigte sich wenig beeindruckt, bis Tao Te Chen leise hinzufügte: »Es geht um ihr Leben!«

»Um *ihr* Leben?« Conxita sah ihn erstaunt an, musterte dann Catalina und nickte begreifend.

»Also, was ist?«, fragte Tao Te Chen. »Können wir auf dich zählen?«

Conxita nickte. »Das könnt ihr. Morgen Abend bringe ich alles mit, versprochen.« Sie strich Catalina über die Wange. »Wir werden dich hübsch machen, mein Püppchen. Kein Mensch wird dich wiedererkennen, selbst dein gelber Freund hier nicht!«

Dankbar drückte Catalina ihr die Hand.

Nachdem Tao Te Chen Antonio noch einmal einen Maradevis in die Hand gedrückt hatte, versprach der, Conxita am nächsten Abend für Francisco zu reservieren.

»Der Kleine will auch mal!«, hatte Tao Te Chen ihm grinsend erklärt und dass die Alte seiner Ansicht nach gerade die Richtige für einen Anfänger sei. »Der Kleine soll doch auch in die Geheimnisse der Liebe eingeführt werden und nicht an eine geraten, die nichts weiter draufhat, als die Beine zu spreizen!«

Überdies bat er Antonio, Francisco als einen der Ersten an die Reihe zu lassen. »Seit ich ihm von den Liebeskünsten Conxitas erzählt habe, kann er es kaum noch erwarten!«

Um zehn Uhr abends ging endlich die Kombüsentür auf. Conxita huschte herein, befahl Tao Te Chen sich umzudrehen und winkte Catalina herbei, damit sie ihr aus dem Kleid half. Lächelnd stellte Catalina fest, dass Conxita zwei Kleider übereinander trug. Schnell zog Catalina das Kleid und Conxitas zweiten Unterrock über, schlüpfte in die Schuhe, die Conxita in ihrer Handtasche mitgeschmuggelt hatte, und fühlte sich in dem weich von ihrer Taille hinabfallenden Kleid so eigenartig, dass sie immer wieder mit den Händen über ihre Hüfte streichen musste.

»Es ist so lange her ...«

Conxita setzte ihr noch die Perücke auf, schminkte sie und erlaubte Tao Te Chen schließlich, sich wieder umzudrehen. Als Tao Te Chen Catalina in dem hübschen blauen Baumwollkleid und mit den langen, braunen Haaren sah, die ihr nur dezent geschminktes Gesicht umspielten, huschte ein wehes Lächeln über sein Gesicht.

»So habe ich mir dich immer vorgestellt«, sagte er leise und bemühte sich, seinen Blick nicht allzu lange auf ihrem Dekolleté verweilen zu lassen. »Genau so!«

Catalina hob den Rock ein Stück an. »Und du meinst wirklich, die Männer erkennen mich nicht wieder?«

»Und ob ich das meine!« Tao Te Chen nickte. »In diesem Aufzug würde dich noch nicht einmal dein Mikel wiedererkennen. Mensch, Mädchen, und du wollest mir einreden, du seist nicht hübsch!«

Die Freude über sein Kompliment zauberte eine feine Röte auf Catalinas Gesicht. Conxita musste los, denn der nächste Freier wartete schon. Catalina würde in der Kombüse warten und Tao Te Chen dafür sorgen, dass sie dort niemand entdeckte. Um vier Uhr früh klopfte Conxita an die Tür.

»Los, komm! Wir gehen jetzt von Bord!«
Catalina umarmte Tao Te Chen noch ein letztes Mal, dann nahm Conxita sie an die Hand und zog sie mit. Oben an Deck johlten ihnen die Männer entgegen. »He, ihr zwei Süßen, wollt ihr nicht noch ein bisschen länger bei uns bleiben? Es gibt da so einiges, was wir noch nicht mit euch angestellt haben!«
Conxita kraulte einen der Männer keck am Bart, woraufhin er ihr ins Kleid griff. Auch nach Catalina streckten sich Hände aus, eine tatschte ihr gar an die Brust. Erschrocken flüchtete Catalina zu Conxita. Der Matrose kam ihr lachend nach.
»He, was bist denn du für eine? So jungfräulich schüchtern – und das bei dem Gewerbe!« Er lachte und klatschte Catalina auf den Hintern. Diesmal unterdrückte sie den Aufschrei. Conxita drängte sich mit schwenkenden Hüften an den zudringlichen Matrosen heran.
»Jetzt lass die Kleine schon in Ruhe! Kannst dir doch denken, dass sie müde ist, so hart, wie ihr uns rangenommen habt. Wenn du willst, kannst du sie dir ja morgen vornehmen, und dann wirst du schon sehen, wie wenig jungfräulich sie ist.«
»Und ob ich die mir vornehmen werde!«, freute sich der Matrose und wollte erneut nach Catalina greifen, doch Conxita hielt seine Hand fest und drückte sie auf ihren Busen.
»Aber vielleicht gefällt dir ja auch jemand mit etwas mehr Erfahrung?«, säuselte sie und sah dem Matrosen tief in die Augen. Er langte in ihren Ausschnitt. Conxita klopfte ihm auf die Finger.
»Treib es nicht zu weit, Seemann, sonst platzt dir noch die Hose. Wir sehen uns heute Abend.«

Bis sie endlich den Landungssteg erreichten, musste Catalina noch so manch lüsterne Männerhand auf ihrem Körper ertragen. Auf dem Kai sah sich Catalina um. Rechts neben einer der Laternen, die das Deck des Schiffs erhellten, entdeckte sie Tao Te Chen. Catalina winkte ihm zu und spürte zum ersten Mal in ihrem Leben einen tiefen, heißen Trennungsschmerz in ihrem Herzen.

15

Die nächtliche Stille des Hafens war Catalina unheimlich. In ihren hochhackigen Schuhen fiel es ihr nicht leicht, den Prostituierten zu folgen. Sie kamen an der *aduana*, dem Zollhaus, vorbei, unter dessen Arkaden ein müder Zöllner auf- und ablief. Als er ihr Grüppchen sah, winkte er sie durch. Er kannte sie und wusste, dass sie um diese frühe Stunde nicht der Schmuggel, sondern ihr Gewerbe in den Hafen trieb, das auch er bisweilen in Anspruch nahm. Da sie ihn für ihre Dienste nicht bezahlen ließen, gab es für ihn keinen Grund, die Damen zu kontrollieren.

Nicht weit vom Zollhaus tauchten die ersten Wohnhäuser auf.

Catalina war erstaunt, wie sehr die schlichten, einstöckigen Häuser denen in Andalusien glichen.

»Wo musst du eigentlich hin?«, fragte Conxita.

Catalina hob die Achseln.

»Aber du musst doch eine Adresse haben!«

Catalina sah sie nur an.

»Aber Kind, du meine Güte, du musst doch wissen, wo du hin willst.«

Catalina schluckte. »Nun … nein, also, ich meine, wenn Ihr mir sagen könntet, wo ich um diese Uhrzeit einen Platz finde, an dem ich noch ein bisschen schlafen kann … Und bei Tag sehe ich mich dann nach einer Arbeit um …«

Ihre Antwort verblüffte Conxita so, dass sie stehen blieb.

»Einen Schlafplatz? Und Arbeit? Ja, willst du denn nicht erst einmal deine Leute hier aufsuchen?«

»Leute?« Catalina strich sich eine Haarsträhne der Perücke aus dem Gesicht. »Aber ich habe hier niemand. Ich will weiter nach Peru. Ein Freund von mir ist auch auf dem Weg dorthin.«

»Ach, dein Freund ist auch auf dem Weg dorthin, na, in dem Fall ist ja alles bestens!« Conxita schüttelte fassungslos den Kopf.

Auch die anderen Frauen waren inzwischen stehen geblieben und sahen Catalina ungläubig an. Conxita hatte ihnen zwar erzählt, dass sie eine junge Frau von Bord schmuggeln sollte, aber erst jetzt wurden sie neugierig.

»Aber du kannst doch nicht allein nach Peru gehen!«, rief eine Blonde, und die hübsche Brünette gleich neben ihr: »Ja, weißt du denn nicht, wie weit das ist? Und dass du dafür durch den Dschungel musst? Alle Arten wilder Tiere gibt es da, und dann die Wegelagerer und die Indios. Niemals kannst du da allein durchkommen, niemals!«

Catalina wurde es mulmig. Auf dem Schiff war ihr alles so einfach erschienen, aber wenn sie die Frauen jetzt so reden hörte … Catalina tastete über ihre rechte Hüfte. Der kleine Beutel war noch da. Dreißig Maradevis waren darin, Geld, das sich Tao Te Chen von Antonio geliehen hatte und alles war, worauf sie in den nächsten Tagen oder sogar Wochen zählen konnte.

»Kindchen!«, stöhnte Conxita und sagte ihr geradeheraus, dass sie sie nie mit von Bord genommen hätte, wenn sie geahnt hätte, wie blauäugig sie war. »Ja, ist dir denn nicht klar, was dich hier als alleinstehende Frau erwartet?«

Susanna, eine Frau mit herben Gesichtszügen und offen-

sichtlich die Älteste von ihnen, drängte sich an ihren Kolleginnen vorbei, musterte Catalinas Gesicht und Dekolleté und drehte sie im Kreis.
»Ach, das wird schon gehen«, murmelte sie anschließend. »Doch, ich kann mir durchaus vorstellen, dass Juan Interesse an dir hat. Frischfleisch ist ihm eigentlich immer willkommen – wenn es nur nicht zu mager ist!«
Erschrocken wich Catalina zurück. Conxita schob sich vor sie und blitzte ihre Kollegin an. »Lass bloß die Finger von dem Mädchen. Und wag es nicht, Juan auch nur von ihr zu erzählen. Ich habe das Mädchen von Bord gebracht, und ich werde mich auch darum kümmern, dass es irgendwo unterkommt. Dir ist doch jedes Mittel recht, um mal wieder Juans Interesse an dir zu wecken, aber dieses Mädchen benutzt du dafür nicht!«
Sie legte den Arm um Catalina und zog sie mit eiligen Schritten weiter. Catalina wurde es warm ums Herz. Sie hatte das Gefühl, eine Freundin gefunden zu haben.

Und tatsächlich bot ihr Conxita an, fürs Erste auf der Couch in ihrem Schlafzimmer zu schlafen, und als das junge Mädchen ein paar Stunden später aufwachte, stellte sie ihr verführerisch duftenden Kaffee und ein dick mit Marmelade bestrichenes Brot hin, beides Dinge, von denen Catalina an Bord des Schiffs nur hatte träumen können.
Conxita bewohnte ihr nicht allzu großes Zimmer nicht allein. Außer mit Susanna, die Catalina an Juan hatte verkuppeln wollen, teilte sie sich das Zimmer noch mit der rundlichen Rosa und mit Julia, die kaum älter als Catalina war. Susanna und Conxita waren auch in Spanien schon Prostituierte gewesen und hatten gehofft, hier in Panama,

wo es einen so großen Mangel an weißen Frauen gab, auch trotz ihres Alters noch gut verdienen zu können. Mangel an männlichem Zulauf hatten sie tatsächlich nicht, das große Geld daran aber verdiente Juan. Ohne männlichen Beistand konnten sie ihr Gewerbe hier nicht ausführen, und nachdem sie die Zuhälter von anderen Frauen hier erlebt hatten, hatten sie schnell eingesehen, dass sie es mit Juan noch nicht einmal so schlecht getroffen hatten.
Julia war ursprünglich auf Geheiß ihres Mannes nach Panama gekommen. Sie hatte ein hübsches, offenes Gesicht und verträumte Augen. »Leider konnte ich, als ich hier ankam, nur noch Ricardos Begräbnis ausrichten: Ein Puma hat ihn zerrissen, kaum eine halbe Legua von Porto Bello!« Die große Liebe war Ricardo nie gewesen, das fremde Land war ihr unheimlich, und so wäre sie leichten Herzens zurück nach Spanien gereist, wenn sie nicht bei einem ihrer vielen Besorgungswege für die Ausreisepapiere und eine neue Passage überfallen und bis auf den letzten Maradevis ausgeraubt worden wäre. »Und ohne Geld saß ich hier natürlich erst einmal fest.«
Juan las sie buchstäblich aus dem Straßengraben auf. »Er nahm mich mit, hüllte mich in elegante Kleider, sagte mir, wie schön ich sei, und strich mir dabei mit seinen langen, schlanken Fingern über den Arm. Ich schwöre dir: So hatte mich noch nie ein Mann berührt, und als Juan mich mit seinen warmen, vollen Lippen küsste, war es endgültig um mich geschehen.« Julia seufzte tief. »Dass er mich zu anderen Männern schickt, gefällt mir zwar nicht, aber ich würde für Juan auch noch mehr als das tun!«
Mit glänzenden Augen erzählte sie weiter, dass Juan sie sehr oft zu sich holte. Conxita zeigte Julia den Vogel. »Die Beine machst du für ihn breit wie die meisten von uns –

und bildest dir auch noch was drauf ein, dass du bei ihm öfter als alle anderen ran musst.«
Die rundliche Rosa war mit ihren Herren als Dienstmädchen hergekommen, doch dann waren erst ihre Herrin und kurz darauf ihr Herr am Sumpffieber gestorben. Sie machte auf Catalina einen sehr stillen und selbstgenügsamen Eindruck.
»An Essen fehlt es einem bei Juan nie, und gut ist es außerdem«, erzählte sie Catalina mit rosigen Wangen.
»Du siehst, so schlecht geht es uns nicht«, schloss Susanna die Runde. »Und an die Freier gewöhnt man sich schnell.« Sie lachte auf. »Außerdem musst du sie noch nicht einmal ansehen, wenn du nicht willst: Machst einfach die Augen zu, und wenn du ab und an ein Stöhnen ertönen lässt, glauben die Männer, ihr Gejuckel würde dich in die höchsten Sphären der Entrückung bringen, und lassen dir hinterher ein hübsches Trinkgeld da.«
Catalina wandte sich zu Conxita um, konnte sie aber nirgends entdecken. Susanna bemerkte ihren suchenden Blick. »Sie wird dich nicht immer beschützen können. Sie nicht und auch sonst niemand. Und Juan ist wirklich nicht der Schlechteste. Sag es mir, wenn du deine Meinung änderst – ich stelle dich ihm gern vor.«
Catalina schüttelte hastig den Kopf. Susanna lachte nur.

Obwohl die Arbeit der Frauen Catalina mit Abscheu erfüllte, blieb sie zunächst bei ihnen. Schließlich drängte sie selbst Susanna nicht, es ihr gleichzutun, und nachdem sie Conxita von Mikel und ihrer Hoffnung erzählt hatte, ihn in Peru wiederzufinden, fing diese an, sich für sie bei den kürzlich in Porto Bello eingetroffenen Familien umzuhören, ob sie nach Peru weiterreisten und ein spanisches

Mädchen in ihre Dienste nehmen wollten. Schon drei Tage später fand sie eine solche Familie: Die Kinderfrau einer aus Córdoba stammenden Familie war bei der Überfahrt an einem heftigen Fieber gestorben. Obwohl Catalina weder Erfahrung mit Kindern noch Empfehlungen früherer Arbeitgeber vorlegen konnte, wollten sie es mit ihr versuchen.

Einen ganzen Nachmittag über überlegten Catalina und Conxita, wie sie den Leuten erklären sollte, dass sie ganz allein hier in Porto Bello war und keinerlei Papiere hatte – denn die auf Franciscos Namen ausgestellten Papiere konnte sie ihnen natürlich nicht vorlegen. Sie waren noch mitten im Erfinden einer herzerweichenden Geschichte über ein gestrandetes Schiff, als Susanna ins Zimmer platzte und Conxita zurief, dass Juan einen neuen Kunden für sie hätte. »Ein Händler aus Cádiz. Er sucht was Festes – so was magst du doch. Und großzügig soll er auch noch sein. Er erwartet dich bei Juan.«

Conxita zog ihr schönstes Kleid an und verabschiedete sich von Catalina mit einem zuversichtlichen Lächeln. »Mir wird schon noch etwas einfallen, keine Sorge.«

Kaum war Conxita aus dem Zimmer, warf Susanna Catalina eines ihrer Kleider zu. »Hier, probier das mal an. Ich denke, das müsste dir passen!«

Catalina sah fragend zu ihr auf.

»Jetzt guck nicht so! In dem simplen blauen Kleidchen da wirst du dich morgen ja wohl nicht vorstellen wollen, oder?«

»Du willst mir …« Catalina wunderte sich, aber letztlich lockte es sie so sehr, wenigstens einmal in eines der prächtigen Kleider der Frauen zu schlüpfen, dass sie ihr Misstrauen überwand und das Angebot annahm. Anschließend setzte Susanna ihr eine Perücke auf, schminkte sie ein wenig, drehte sie einmal im Kreis und nickte dann zufrieden.

»Wir sind uns sehr ähnlich, wir zwei, viel ähnlicher, als du denkst.« Sie lachte. Ihr Lachen klang dunkel, so dunkel, dass sich Catalina in dem Kleid auf einmal unwohl fühlte. Als sie es wieder ausziehen wollte, hielt Susanna ihr die Hände fest.

»Nein, lass es an. Du siehst so hübsch darin aus.« Sie tat, als würde sie überlegen. »Wenn ich mir dich jetzt so ansehe, fällt mir ein, dass auch ich jemanden kenne, der dich mit nach Peru nehmen könnte.«

»Und wen?«, fragte Catalina zögerlich.

»Es handelt sich um ein älteres Ehepaar.« Susanna nickte ihr aufmunternd zu. »Wenn du willst, gehen wir bei ihnen vorbei.«

»Aber Conxita hat mir doch gesagt, ich soll mich nicht aus dem Zimmer rühren.«

»Conxita, Conxita ...« Susanna machte eine wegwerfende Geste. »Eigentlich machst du auf mich nicht den Eindruck, als ob du bisher in deinem Leben immer nur brav befolgt hättest, was dir andere vorgeschrieben haben. Übrigens habe ich gehört, dass Conxitas Familie noch eine ganze Weile in Porto Bello bleiben will. Das Ehepaar, von dem ich rede, wird aber schon in wenigen Tagen aufbrechen.«

Catalina zögerte noch immer. Susanna zupfte sich vor dem Spiegel ihre Locken zurecht. »Ich hätte dich für eifriger gehalten. Oder hast du nicht verstanden, was ich gesagt habe? Du könntest noch diese Woche nach Peru reisen. Aber wenn du partout nicht willst ...« Sie trat zum Fenster. Im gleichen Moment kamen Rosa und Julia ins

Zimmer und wunderten sich über Catalinas Aufzug. Susanna erzählte ihnen, dass sie jemanden gefunden habe, der Catalina mit nach Peru nehmen würde, aber Catalina das Ehepaar noch nicht einmal kennen lernen wolle. Die beiden Frauen schüttelten verständnislos den Kopf. »Hingehen und gucken kannst du doch mal.«
Catalina sah zwischen den Frauen hin und her. »Was … was müsste ich denn für sie machen?«
»Du wärst so eine Art Gesellschafterin.« Susanna sah auf ihre Uhr. »Aber wenn wir jetzt nicht bald losgehen, kannst du das Ganze sowieso vergessen. Schließlich muss ich in einer Stunde selbst zur Arbeit, und heute Abend stellt sich noch ein anderes Mädchen bei ihnen vor.«
Sie verließ das Zimmer. Catalina blickte zu Rosa und Julia, sah, wie jene ihr zunickten, und rannte Susanna eilig hinterher.

16

So ein großes Haus hatte Catalina in Porto Bello noch nicht gesehen, die Fassade war frisch gestrichen, die Eingangstür aus edlem Holz, der Klopfer, den Susanna bediente, aus poliertem Messing. Ein gedrungener, schwarzer Sklave in karminroter Livree öffnete ihnen. Als er Susanna sah, verbeugte er sich und ließ sie eintreten.

»Der Herr wartet schon!«, sagte er in gebrochenem Spanisch und führte sie in einen großen, geschmackvoll eingerichteten Empfangsraum. Zum Patio hin öffneten sich zwei breite Türen, die den Blick auf blühende Orangen- und Zitronenbäume freigaben. Der Sklave wies ihnen zwei Plätze auf einer aufwändig gearbeiteten Bank aus Tropenholz zu; Catalina blieb jedoch lieber stehen. Kurz nachdem der Sklave verschwunden war, betrat ein elegant gekleideter Mann Anfang vierzig den Raum. Sein kinnlanges, braunes Haar war über die Stirn zurückgestrichen, was seine tiefschwarzen Augen besonders zur Geltung brachte.

Er begrüßte Susanna mit einem galanten Handkuss und meinte nach einem kurzen Blick auf Catalina: »Das hast du ganz wunderbar gemacht, meine Liebe. Aber ich hatte ohnehin keinen Zweifel, dass ich mich auf dein Urteil verlassen kann. Erinnere mich bei Gelegenheit daran, dass du etwas gut bei mir hast.« Er machte Susanna ein Zeichen, woraufhin sich diese sofort erhob und das Zimmer verließ. Als auch Catalina Anstalten machte zu gehen, drückte er sie mit einem liebenswürdigen, aber unnachgiebigen Lächeln auf die Bank. »Wir hatten doch noch gar keine Zeit, uns kennen zu lernen.«

Catalina spürte die harte Lehne der Bank in ihrem Rücken und schluckte.

»Du willst nach Peru, hat Susanna mir erzählt ...«

Sie nickte.

»Und das möglichst schnell und bequem?«

Catalina nickte erneut. Der Mann lächelte, hob die Hand und strich ihr mit seinen langen, schlanken Fingern über die Wange.

»Schade, dass du so sonnenverbrannt bist.« Er hob ihre Hände, betrachtete sie von beiden Seiten und legte sie mit einem leichten Hochziehen der Augenbrauen zurück auf den Schoß. »Schade, wirklich schade.«

Catalina vergrub ihre Hände in dem üppigen Stoff ihres Kleids.

»Jetzt guck nicht so!« Der Mann lachte auf. »Es ist nur einfach so, dass dein Marktwert erheblich höher wäre, wenn du wirklich weiß wärst.«

Catalina rückte auf dic vordere Kante der Bank. »Wenn ich jetzt bitte gehen dürfte ...«

Da lachte der Mann noch lauter. »Susanna hat dir nichts gesagt, wie?«

Catalina schüttelte den Kopf. Er bat sie aufzustehen und ließ seine Blicke auf eine Art über ihren Körper gleiten, dass Catalina sich regelrecht ausgezogen fühlte. Wieder machte sie einen ersten Schritt in Richtung Tür, doch da packte der Mann ihre Hände und drückte sie gegen sein Geschlecht, das Catalina hart und riesengroß erschien. Sie wich vor ihm zurück, doch da warf er sie schon auf einen Sessel und drückte sie nach unten.

»Carlos! Sergi!«
Zwei Sklaven kamen herbei.
»Los, bereitet alles vor!«
Der Kleinere von ihnen schloss die Türen zum Patio, der Größere ging zum angrenzenden Zimmer. In der Mitte des ganz in Rot gehaltenen Zimmers stand ein großes Himmelbett. Catalina sah, wie der Sklave den Bettüberwurf abnahm und sorgfältig zusammenlegte, ehe er ihn auf eine Kommode legte und sich wieder zurückzog.
»Bitte, bitte nicht«, keuchte Catalina und versuchte, sich dem Mann zu entwinden.
Der Mann leckte sich über die Lippen. »Ich kann dich dem Kunden doch nicht mitgeben, ohne dich auf deine Aufgaben vorbereitet zu haben.«
Wieder versuchte Catalina, sich zu befreien, doch der Mann war stärker als sie. Er packte sie an den Handgelenken und zog sie auf die Füße.
»Nun zier dich nicht so. Nach einer Weile wirst du es mögen. Hat dir etwa auch Julia nicht von mir erzählt?«
Da wusste Catalina auf einmal, wer er war, und hätte sich ohrfeigen können vor Wut. Sie straffte sich. Juan bemerkte es und nickte erfreut. »Na also, eine Amazone wie du verkriecht sich doch nicht wie ein Waschweib in der Ecke.«
Er ließ sie los, erst mit der einen, dann auch mit der anderen Hand, behielt sie aber im Blick. Catalina blieb ganz ruhig stehen. Juan lächelte. »Na prima, herrlich, so gefällst du mir.«
Er trat wieder auf sie zu, strich mit der Hand über ihr Dekolleté, streifte ihren Busen – und spürte in der nächsten Sekunde recht empfindlich die Spitze seines eigenen Degens an seinem besten Teil.

»Und jetzt nehmt Ihr auf der Stelle Eure dreckigen Pfoten von mir!«
Juan hob die Hände. »Immer mit der Ruhe. Ich will dir doch nur helfen.« Seine Miene blieb ruhig, er lächelte sogar noch. Catalina ließ den Degen ein Stück sinken, und im gleichen Moment sprang Juan zur Seite, riss einen Degen aus einem Wandgehänge und sprang mit gezückter Klinge auf sie zu. Catalina parierte, stach nach dem Arm, mit dem er den Degen führte, verfehlte ihn und entkam seinem Gegenhieb nur dank einer Pirouette. Als Juan sah, wie gut sie zu fechten verstand, wurde er listiger. Von allen Seiten griff er sie nun an, und zunächst musste Catalina tatsächlich zurückweichen, aber dann entdeckte sie Schwachstellen in seiner Verteidigung und nutzte sie aus. Wütend darüber, von einer Frau so in Bedrängnis gebracht zu werden, erhitzte sich Juan immer mehr und hieb zunehmend unkontrolliert auf Catalina ein, wobei er seine Deckung vernachlässigte und sie ihn schließlich am Bein erwischte. Brüllend hieb Juan zurück, woraufhin Catalina ihm gleich noch eine Stichwunde im Arm beibrachte. Juan sank zu Boden. Catalina warf ihre Klinge weg, rannte zur Zimmertür, von dort zur Haustür und hinaus auf die Straße …
Obwohl sich Catalina immer wieder umsah, konnte sie niemanden entdecken, der ihr folgte. Sie nahm an, dass Juan erst einmal mit seinen Verletzungen beschäftigt war, aber sobald er jene versorgt hatte, würde er ihr sicher seine Sklaven nachhetzen. Sie musste also hinaus aus Porto Bello, je schneller, desto besser – aber wie? Die Stadt war von einem Dschungel umgeben, in den sie sich nicht ohne ausreichenden Proviant und Begleitung hineinwagen konnte, wenn sie nicht wie Julias Ehemann enden

wollte. Catalina ließ sich gegen eine Hauswand sinken. Sie fühlte sich wie eine Maus, vor deren Höhle eine Katze lauert. Wenn ich jetzt wenigstens meine Jungenkleidung hätte, dachte sie und trat vor Wut gegen einen Stein. Zwei Damen, die auf der gegenüberliegenden Straßenseite flanierten, sahen befremdet zu ihr hinüber.
Catalina erschrak. Diese beiden Frauen würden sich jetzt an sie erinnern können, wenn jemand sie nach ihr fragte! Ihr Blick fiel auf ihre Schuhe. Ihr war gar nicht bewusst gewesen, dass sie diese, um schneller laufen zu können, in die Hand genommen hatte. Sie ahnte, dass auch auf ihrem Kopf nicht mehr alles so war, wie es sein sollte. Sie zog die Schuhe an, rückte die Perücke gerade und knickste den Damen zu. Pikiert schüttelten sie den Kopf und setzten ihren Weg fort. Auch Catalina ging weiter. An der nächsten Straßenecke verstellten ihr zwei betrunkene Matrosen den Weg.
»Na, Püppchen, allein unterwegs?« Der Jüngere von ihnen, ein unmäßig nach Rum stinkender Portugiese, wankte auf sie zu. Erschrocken wechselte Catalina die Straßenseite. Die beiden stießen sich an und lachten, kamen ihr aber nicht nach. Schnell lief Catalina weiter, bog an der nächsten Kreuzung nach rechts und kam kurz darauf zu einer Taverne. Catalina huschte hinein. Erst als sich augenblicklich sämtliche Männeraugen auf sie richteten und ein wildes Johlen und Pfeifen erklang, wurde ihr bewusst, in welcher Aufmachung sie vor ihnen stand. Sofort ging sie wieder hinaus und eilte weiter, bis sie zwei Straßenzüge weiter über die Beine eines Mannes stolperte, der stöhnend in einem Hauseingang lag. Catalina beugte sich über ihn. An seiner Schläfe klebte frisches Blut, am Arm hatte er Schürfwunden, und seine Kleider sahen aus, als sei er

heute schon mehr als einmal in einer Pfütze gelandet. Catalina wollte sich die Wunden genauer ansehen, doch er stank so stark nach Alkohol, dass sie zurückwich. Es war leicht zu erraten, was dem Mann widerfahren war: Gesoffen hatte er und hinterher die Zeche nicht bezahlen können. Das fand man in Porto Bello wohl genauso wenig amüsant wie anderswo.

Catalina sprach ihn an. Er grunzte und lallte Unverständliches, woraus Catalina schloss, dass er vor allem an den Folgen seines Alkoholkonsums litt. Sie erhob sich und wollte schon weitergehen, als ihr plötzlich eine Idee kam – und in der gleichen Sekunde zog sie den Mann auch schon in einen Hauseingang, riss ihm die Perücke vom Kopf, schlängelte sich aus Susannas Kleid und zerrte dem Hilflosen die Stiefel, die Hose und das Hemd vom Leib. Er knurrte, grunzte und schlug um sich, war aber viel zu betrunken, um sich wehren zu können. Schnell zog Catalina seine Sachen an. Die allzu weite Hose schnürte sie sich mit dem Gürtel auf den Leib, die Stiefel waren so groß, dass sie diese gleich wieder auszog, und auch das Hemd nutzte ihr nichts: Gerade am Ausschnitt war es eingerissen, und das so tief, dass man ihren Busen sehen konnte. Catalina riss sich Stoffstreifen aus Susannas Unterrock, wickelte sie sich wie einen Verband um die Brust und beschmierte den Bereich, den man am Ausschnitt sehen konnte, mit dem Blut des Mannes. Anschließend zog sie das Hemd wieder über und fand, dass das Ganze wie eine verbundene Verletzung aussah. Dann hörte sie näher kommende Stimmen. Catalina warf noch einen Blick auf den Mann, fand, dass der sein Schicksal selbst verschuldet hatte, und rannte davon.

Sie wollte zum Hafen mit der Hoffnung, dort einen

Händler oder Kaufmann zu finden, der in den nächsten Tagen Porto Bello verließ und einen flinken Burschen zu seiner Unterstützung brauchen konnte. Immer wieder blickte sich Catalina auf ihrem Weg dorthin um, um festzustellen, ob Juans Sklaven ihr schon auf den Fersen waren.

Als sie den Hafen erreichte, erkannte sie den in der Nacht so geisterhaft leeren Platz vor dem zweistöckigen Zollhaus kaum wieder: Zahllose Menschen liefen umher, brüllten, schleppten Fässer, Säcke und Kisten, von allen Seiten erklangen andere Sprachen, Weiße trieben Indios an, Indios Sklaven, dazwischen sprangen Hunde umher, ein durchgegangenes Pferd preschte durch die Menge, Schreie ertönten, Flüche, das Krachen von splitterndem Holz, und im gleichen Moment herrschte ein Mann Catalina an: »Bursche, nun fass doch mal mit an! Du siehst doch, dass mir gleich die ganze Ladung vom Wagen kracht.«

Catalina half, die ins Rutschen geratenen Kisten neu aufzuladen und die Halteseile zu verschnüren. Als der Mann sah, dass sie Seemannsknoten machte, grinste er.

»Da sieht man wieder einmal, dass es nichts gibt, was man auf einem Schiff lernt, was einem an Land nicht auch von Nutzen wäre.« Er schlug Catalina so fest auf die Schulter, dass sie fast in die Knie ging. »Ich bin selbst drei Jahre zur See gefahren. Gefällst mir, Junge, ehrlich!«

»Ich fand es auf See auch nicht schlecht, aber jetzt …« Catalina räusperte sich. Der Kaufmann lachte auf. »Arbeit suchst du, was? Na, sag das doch gleich! Immer raus mit der Sprache, ist meine Devise, ehe sie einem im Hals stecken bleibt.«

Catalina sah den Mann an und fand alles an ihm unmäßig

groß und breit: seine Statur, die Hände, die Nase, der Mund, alles war überdimensioniert – nur seine Augen waren klein, winzig fast. Aber sie blickten gutmütig, und da Catalina keine Alternative hatte, nickte sie. »Ja, ich suche allerdings eine Arbeit, aber eine, die mich nach Peru bringt.«

Der Mann grinste. »Kommst mir wie gerufen, Junge. Siehst ja, welchen Schaff ich hier mit dem Wagen habe. Aber ich erwarte ordentliche Arbeit, hörst du, und du musst gleich morgen aufbrechen können: Da reise ich mit einem Treck nach Trujillo!«

»Trujillo – das klingt phantastisch!«, erwiderte Catalina, obwohl sie nicht die geringste Ahnung hatte, wo dieser Ort lag. Letztlich aber war derzeit jeder Ort ein gesünderer Aufenthaltsort für sie als Porto Bello.

»Bis Trujillo musst du mir vor allem die Ladung sichern helfen«, erklärte er ihr. »Im Dschungel wimmelt es nur so von Wegelagerern und aufsässigen Indios! Schon mal eine Muskete in der Hand gehabt?«

»Das nicht, aber ich kann fechten!«

Der Mann grunzte zufrieden. »Und in Trujillo brauche ich wen fürs Geschäft. Wenn du dich also auf der Fahrt gut machst …«

»Das werde ich, und ob ich das werde!«, rief Catalina und erzählte ihm, dass sie schon einmal für einen Händler gearbeitet habe. »Ich habe viel bei ihm gelernt, sogar Bücher führen kann ich!«

»Na, das scheint heute ja mein Glückstag zu sein.« Der Mann reichte ihr die Hand. »Ich heiße Marco. Und du?«

»Francisco.« Catalina schlug ein.

»Dann mal los, Francisco. Lauf und schnapp dir dein Bündel!«

»Mehr als ich auf dem Leib trage, besitze ich eigentlich nicht ...«
»In dem Fall kannst du sofort aufsteigen! Los, hoch mit dir! Je früher wir am Ortsrand sind, desto besser wird unser Stellplatz sein. Am Westausgang von Porto Bello sammeln sich die Wagen für den Treck nach Peru. Gleich morgen früh geht es los!«
Behende kletterte Catalina neben ihn auf den Kutschbock. Kaum saß sie dort, erblickte sie Susannas rotes Haar in der Menschenmenge. Mit herrischen Gesten scheuchte sie Juans Sklaven mal nach rechts, mal nach links, und blickte sich auch selbst nach allen Seiten um. Catalina drückte ihren Kopf gegen die Plane und betete, dass die drei sie nicht noch im letzten Moment entdeckten, als sie in dem Menschengewimmel auf einmal noch auf ein anderes Gesicht aufmerksam wurde, ein Gesicht, das sie frösteln ließ. Nein, diese kalten, stumpfen Augen würde sie allerdings nie wieder vergessen, und die breite Narbe über seinem Jochbein nicht minder.
Nun fahrt doch schon, fahrt endlich!, drängte Catalina ihren neuen Herrn in Gedanken, und als erhöre er sie, schnalzte er nun mit der Zunge und ließ die Zügel auf das Hinterteil seiner beiden Mulis knallen. Behäbig setzten sich die Tiere in Gang, und kurz darauf konnte Catalina aufatmen: Ja, sie war aus dem Sichtfeld ihrer Verfolger. Aitors Gesicht verfolgte sie trotzdem noch lange.

Zweiter Teil
Peru 1609

I

Die langen Wochen ihrer Reise nach Trujillo wurden für Catalina ein unvergleichliches Erlebnis. Nie würde sie die gigantischen, in den Himmel wachsenden Bäume des Regenwalds vergessen, zwischen denen sie sich ihren Weg oft mit Äxten und Macheten freischlagen mussten. Nicht weniger faszinierten sie die Tiere: Faultiere, Gürteltiere, Ameisenbären – noch nie hatte sie so eigenartige Wesen gesehen. Von den farbenprächtigen Papageien und den drolligen Affen hätte sie am liebsten je einen mitgenommen.

Marco gefiel sich in der Rolle des erfahrenen Reisenden, der nun schon seit vier Jahren auf diesem Erdteil lebte, aber Catalina stellte rasch fest, dass sein Wissen eher oberflächlicher Natur war. Tatsächlich war er vor allem an seinem Geschäft, gutem Essen und nicht zuletzt seiner Bequemlichkeit interessiert. Er war lange nicht so aufmerksam und neugierig wie Georges, so dass Catalina kaum fürchten musste, dass er hinter ihr Geheimnis kam. Es wäre ihm beispielsweise nie in den Sinn gekommen zu fragen, warum sie so oft in den Büschen verschwand.

Neben all dem Schönen und Neuen warteten auf Catalina auch Beschwerden und Gefahren: Die feuchte Wärme, die Moskitos und die Unwegsamkeit ihrer Pfade setzten ihr nicht weniger als den anderen Reisenden zu. Pumas, Jaguare und giftige Schlangen waren eine ständige Bedrohung. Beim Durchschreiten eines Flusses wurde der Treck sogar von Krokodilen angegriffen, ein Mann und ein Junge verloren ihr Leben. Die Schreie gellten Catalina noch Stunden später in den Ohren. Und eines Nachmittags stürzte der vor Catalina und Marco reitende Mann wie vom Schlag getroffen vom Pferd.

»Kopf runter, Indios!«, brüllte Marco, drückte Catalina auf den Kutschbock und ging auch selbst in Deckung. Im gleichen Moment sprangen hinter den Bäumen mit leuchtenden Farben bemalte Indios hervor und schossen aus Blasrohren giftbestrichene Pfeile auf sie ab. Drei Reisende ließen ihr Leben, bis es den anderen gelang, die Angreifer mit donnernden Musketenschüssen zu verjagen.

Am wohlsten fühlte sich Catalina, wenn sie abends am Lagerfeuer mit anderen Reisenden zusammensaß und von ihnen all das über das Vizekönigreich Peru und seine Geschichte erfuhr, was sie so brennend interessierte. Von Woche zu Woche bekam sie ein klareres Bild von diesem Land, in das sie so große Hoffnungen setzte. Erst 1526 hatten die beiden Spanier Don Francisco Pizarro und sein Mitstreiter Don Diego de Almagro damit begonnen, die südamerikanischen Länder zu erkunden, und waren zunächst wie Halbgötter verehrt worden. Den Ureinwohnern hatte eine Weissagung das Erscheinen der »Kinder der Sonne« angekündigt. Weiße, bärtige Männer seien sie, von der Küste her würden sie das Land betreten und die Herrschaft der Inka mit deren zwölftem König beenden – und in der Tat ließ der Untergang des Inkareichs nach ihrem Eintreffen nicht lange auf sich warten. Nachdem Pizarro herausgefunden hatte, welch unermessliches Goldvorkommen es in diesem Land gab, ließ er sich 1529 von Karl V. zum Statthalter und Generalkapitän seines »Eldorados« ernennen und machte sich die Neue Welt

hernach im Namen Gottes und seines katholischen Königs untertan.
Auch über ihr Reiseziel Trujillo hörte Catalina viel: 1534 habe Almagro auf dem Weg nach Pachacamac im Tal des Flusses Moche Halt gemacht und sei so begeistert von den klimatischen und strategischen Vorzügen dieses an der Nordküste gelegenen Gebiets gewesen, dass er dort sofort eine Stadt gründen ließ, der er den Namen von Pizarros spanischer Geburtsstadt gab: Trujillo.
Doch Pizarro sollte sich Almagros Ergebenheit nicht als würdig erweisen: Von Jahr zu Jahr drängte sich der ehrgeizige Spanier mehr in den Vordergrund und sicherte sich große Gebiete, während Almagro zumeist leer ausging. 1538 pochte Almagro schließlich mit Waffengewalt auf seinen Anteil am eroberten Land: Bei Cuzco standen sich die beiden inzwischen völlig zerstrittenen Eroberer mit ihren Anhängern gegenüber. Almagro verlor den Kampf und geriet in Gefangenschaft. Pizarro verurteilte ihn zum Tode durch Erdrosseln mit der Garotte.
»Trujillo kann man nicht beschreiben, Trujillo muss man erleben«, erzählte Catalina einmal der graubärtige Teppichhändler, der den Treck führte. Seine Eltern waren schon vor sechzig Jahren in das Städtchen gezogen. »Es ist ein Ort voller Gegensätze«, fuhr er fort. »Allein die Reise dorthin: Tagelang siehst du nichts als Wüste, und dann taucht wie aus dem Nichts diese fruchtbare Oase vor dir auf. Gott selbst muss seine Hand darüberhalten – wie sonst sollte ein solches Wunder möglich sein?«
Am nächsten Tag sah Catalina die knapp sechstausend Einwohner zählende Stadt endlich mit eigenen Augen: rot und blau, weiß und gelb – in allen Farben leuchteten ihnen die Häuser im Licht der strahlenden Sonne entgegen und

gaben Catalina ob ihrer reich blühenden Gärten und dem aromatischen Duft der riesigen Algarrobobäume das Gefühl, in den ewigen Frühling einzufahren. Fröhlich fand sie die Stadt, leicht, jung, reich und elegant. Die Insignien der Macht waren auf dem Plaza de Armas, dem Waffenplatz, der das Zentrum jeder von den Spaniern in Peru gegründeten Stadt bildete, nicht zu übersehen: Auf der einen Seite des Platzes erhob sich der *Cabildo,* der Stadtrat und damit der Sitz der weltlichen Macht, dessen weiß getünchte Mauern heller als die Schneegipfel erstrahlten, die Catalina auf ihrem Weg hierher überquert hatte; auf der anderen Seite thronte die nicht minder weiße Kathedrale als Sitz der geistlichen Autorität. Erst als Marco sie darauf aufmerksam machte, dass auch das düstere Gerüst des Hinrichtungsplatzes nicht weit entfernt war, und er ihr erzählte, dass der Stadtherold dort regelmäßig Urteile verlas, die hernach vom Henker ausgeführt wurden, schwand ihre in den letzten Stunden gewachsene Zuversicht. Angesichts dieser farbenfrohen Pracht hatte sie beinahe vergessen, dass die Arme des heiligen Offiziums auch nach Peru reichten. Einige der Mitreisenden hatten ihr davon schon hinter vorgehaltener Hand erzählt. Auch in Peru wurden Hexen und Ketzer und noch lieber Juden verbrannt, Juden, die sich von Spanien zunächst nach Portugal und später, als sie auch dort verfolgt wurden, in die Neue Welt geflüchtet hatten. Und junge Frauen, die sich erdreisteten, mit kurz geschorenem Haar und in Männerkleidern herumzulaufen, würde mancher sicher auch gerne auf dem Scheiterhaufen brennen sehen …

Es dauerte eine ganze Weile, bis sie den weiten Platz mit seinem schier endlosen Strom von Ochsenfuhrwerken, Maultierkarawanen und Pferden hinter sich gelassen hatten und in eine der in alle Himmelsrichtungen kerzengerade von hier abgehenden Straßen einbiegen konnten. An prächtigen Palästen fuhren sie vorbei, deren kunstvoll aus Eisen geschmiedete Fenstergitter und Tore als die schönsten Perus galten und von den Wappen der hochherrschaftlichen Familien Spaniens und Perus geziert wurden. Marco erzählte Catalina, dass die Besitzer dieser Häuser umso wohlhabender waren, je näher ihr Anwesen an der Plaza de Armas lag. Er hingegen wohnte in einem der Vororte Trujillos, in einem einfachen, von Indios mit Lehmziegeln errichteten und mit Schilf gedeckten Haus, das außer zwei Schlaf- und einem Esszimmer noch einen kleinen Patio und einen *huerto*, einen Gemüsegarten, besaß. Als sie sein Haus erreicht hatten, rief Marco nach seinen Sklaven: »Luis, Felipa, die Zeit des Faulenzens ist vorbei!«

Die niedrige Holztür öffnete sich einen Spalt, und ein Paar Augen, die Catalina fast nur aus Weiß zu bestehen schienen, lugten hinaus. Dann erspähten sie Marco – und die Tür flog auf.

»Don Marco, endlich!« Eine beleibte, kaum mehr jung zu nennende Schwarze mit einer dicken Knubbelnase kam aus dem Haus, umwogt von einem feuerroten Hängerkleid. Vor Freude, ihren Herrn wohlbehalten zurück zu sehen, klatschte sie immer wieder in die Hände. »Don Marco, ach, Don Marco!«

Ihr Geschrei lockte ihren Mann herbei.

»Don Marco, endlich!«, rief auch er und beugte sich auf eine Art und Weise vor und zurück, dass es fast wie ein Eingeborenentanz aussah, wobei ihm das Paar Beinlinge, das sein einziges Kleidungsstück war und von einem Strick um die mageren Hüften gehalten wurde, lustig um die Beine schlackerte.

»Das sind meine Sklaven, ja, guck sie dir nur an!«, rief Marco mit einem Stolz, als präsentiere er Catalina ein paar hoch prämierte Zuchtpferde. »Sind beide kerngesund und fleißig und können noch viele Jahre arbeiten. Gleich zwei Sklaven haben hier nicht viele.«
Catalina hatte gehört, dass Sklaven in Peru teurer als Pferde seien, weil kaum noch welche eingeführt werden durften, und wunderte sich deswegen nicht über Marcos Imponiergehabe.
»Na kommt schon, ihr zwei, steigt auf«, rief Marco ihnen zu. »Ich will den Wagen noch vor Einbruch der Dunkelheit abladen. Mein Geschäft steht doch hoffentlich noch?«
Eilfertig nickten die beiden, kletterten auf den Kutschbock und blickten neugierig zu Catalina – und Catalina nicht minder neugierig zu ihnen …
Schon wenige Straßenzüge weiter kamen sie in das große Geschäftsviertel der Stadt, in dem sich auch Marcos Kolonialwarenhandel befand. Mit vereinten Kräften verluden sie die Waren in den Laden. Anschließend führte Marco Catalina in das Hinterzimmer.
»Wenn du willst, kannst du hier wohnen.«
Das Zimmer war klein, aber trocken und wies neben einem Bett auch eine Truhe auf. Catalina strahlte ihn an. »Ich … ich kann bei Euch bleiben?«
»Sicher, warum nicht? Hast mir auf der Reise doch keinen Grund zu Beschwerden gegeben und immer gut mit angepackt.« Er nickte ihr freundlich zu. »Dafür, dass ich dir das Zimmer gebe, erwarte ich, dass du immer ein Auge auf den Laden hast – und vom Gehalt ziehe ich dir auch was ab.«
Catalina lachte und nickte. Geld, Arbeit, ein eigenes Zimmer! Endlich würde sie sich an- und ausziehen können,

ohne Angst davor haben zu müssen, entdeckt zu werden, und wenn ihre Albträume wiederkamen, brauchte sie nicht länger zu befürchten, sich durch ein unbedacht im Schlaf gesprochenes Wort zu verraten.

Marco warf ihr eine Decke zu. »Kann kalt werden nachts!« Er reichte ihr außerdem einen Degen und einen Dolch. »Es gibt viele Strolche hier in Peru, und jetzt, wo das Geschäft frisch mit Waren gefüllt ist …«

Catalina versprach, immer aufmerksam zu sein. Marco zeigte ihr noch, wie sie den Laden von innen verriegeln konnte, ließ ihr Brot, Wasser, Obst und Trockenfleisch da und nickte ihr zum Abschied zu. »Bis morgen!«

Catalina verriegelte die Tür hinter ihm, ging in ihr Zimmer, setzte sich auf das Bett und blickte sich begeistert in dem kleinen Raum um.

»Ein eigenes Zimmer, ich habe ein eigenes Zimmer«, flüsterte sie dabei, und ihre Augen strahlten, als hätte sie ihren Goldschatz schon gefunden.

2

Die Arbeit bei Marco ging Catalina leicht von der Hand, und je mehr der sah, wie geschickt Catalina mit den Kunden umging, wie flink sie rechnen konnte und wie sauber sie seine Bücher führte, desto öfter ließ er sie mit dem Laden und den beiden Sklaven allein, um »einer reizvolleren Beschäftigung« nachzugehen.

»Marco gehen zu Laia«, flüsterte Felipa Catalina zu, und als sie noch mehr Zutrauen zu Catalina gefasst hatte, verriet sie ihr außerdem, dass es gut sei, dass Marco jetzt so oft zu Laia ging. Als Catalina nicht gleich verstand, grinste Luis sie an.

»Marco viel Laia, Marco viel gute Laune!«, meinte er und ließ dazu mit keckerndem Lachen seine Hüfte vor- und zurückschwingen. Verlegen beugte sich Catalina über die Bücher, woraufhin nun auch Felipa lachte und das so sehr, dass letztlich auch Catalina lachen musste und sich auf einmal so leicht und frei fühlte wie seit ihrer Flucht nicht mehr.

Da Marco den Laden aus Angst vor Überfällen immer bei Einbruch der Dunkelheit schloss und von Catalina nichts weiter erwartete, als dass sie ab Mitternacht im Haus war, hatte sie in den nächsten Wochen reichlich Zeit, durch die zahlreichen Tavernen der Stadt zu ziehen. Schnell hatte sie sich so ein Netz von Bekannten aufgebaut und hoffte, bald etwas über Mikel herauszufinden.

Nach einem Monat stieß sie auf die erste konkrete Spur.

Ein baskischer Händler erzählte ihr, dass Mikel vor ein paar Wochen mit ihm herumgereist sei. »Mir war gleich klar, dass er nicht lange bei mir bleiben würde. Dafür war der Kerl zu helle. Der wollte nur sehen, wie hier alles funktioniert, und dann auf eigene Rechnung losziehen. Ich nehm's ihm nicht übel. Hab's vor ein paar Jahren selber so gemacht!«

Er fragte Catalina, was sie von Mikel wolle.

»Wir … wir sind Freunde«, erwiderte Catalina nach kurzem Zögern und fragte, ob er sich vorstellen könnte, wo Mikel nun herumzog.

»Da er wie die meisten von uns für neue Waren regelmäßig nach Porto Bello reisen muss, ist Trujillo ideal, um ihn abzufangen: Schließlich kommen wir hier alle immer wieder durch. Gerade vor sechs Wochen habe ich in eben dieser Taverne noch ein Glas Wein mit ihm getrunken.«

»Eskerrik asko«, strahlte Catalina. »Danke.«

Auf einmal konnte sie kaum mehr stillsitzen. Mein Gott, wenn das stimmte, dass sie einfach nur hier bleiben musste und Mikel so automatisch wiederfinden würde! Die Auskunft des Basken machte Catalina auch noch in anderer Hinsicht Mut: Tao Te Chen hatte Recht gehabt – die aparte Sevillanerin bedeutete Mikel nichts. Es musste so sein. Würde er sich sonst hier eine Existenz aufbauen wollen?

»Falls Ihr Mikel wieder einmal seht, könntet Ihr ihm dann sagen, dass … dass ich ihn suche?«, fragte Catalina mit klopfendem Herzen. Ihr Landsmann versprach es.

»Wie kann er dich denn finden – falls er überhaupt Lust dazu hat. Ehrlich gesagt wundert es mich ein bisschen, dass er einen Freund hat. Auf mich hat er einen ziemlich eigenbrötlerischen Eindruck gemacht. Aber wenn du meinst, dass er dich sehen will …«

Catalina nannte ihm die Adresse von Marcos Laden. »Oder hier in der Taverne. Schließlich bin ich fast jeden Abend hier!«
Der Baske nickte, und Catalina wusste schon jetzt, dass sie ab sofort *jeden Abend* hier sein würde.

In den nächsten Tagen saß Catalina noch oft bei dem Basken und spendierte ihm zum Dank dafür, dass er ihr noch so manches von Mikel erzählte, einen Krug Wein nach dem anderen. An diesem Abend meinte er, dass Mikel sicher einen Handel mit Toledaner Degen und Dolchen aufbauen würde. »Wo immer wir waren, hat er die Leute über die Preise, die Nachfrage und die Herkunft von Degen und Dolchen ausgefragt, und die Toledaner Ware ist nun einmal die beste – und ein Typ, der sich mit Mittelmäßigem abgibt, ist Mikel nicht.«
»Und wann, denkt Ihr, wird Mikel hier wieder durchkommen?«, fragte Catalina ihn nun schon zum wiederholten Mal.
»Wann, nun wann …« Ihr Gegenüber zuckte mit den Achseln. »Wie ich schon gesagt habe, spätestens nach der Ankunft der nächsten Silberflotte, denke ich. Mikel wird dann sicher wieder nach Porto Bello reisen, denn direkt vom Schiff bekommt man die Waren doch um einiges günstiger als bei den Händlern.«
Zwei Tage später musste ihr neuer Bekannter weiter, und Catalina blieb zurück mit einem Kopf voll phantastischer Hoffnungen, so dass sie schon fast damit rechnete, Mikel in den nächsten Tagen über den Weg zu laufen.
Kurz bevor die nächste Silberflotte erwartet wurde, füllte sich Trujillo mit Händlern und Reisenden, und Catalina intensivierte ihre Suche, doch obwohl sie so eifrig war,

fand sie niemanden mehr, der Mikel kannte oder auch nur von ihm gehört hatte. Ihre Zuversicht schwand zusehends, sie glaubte kaum noch daran, ihn wiederzufinden, vermutete ihn schon wieder in Spanien bei seiner schönen Aiala.

Immer öfter saß Catalina, die bislang immer so eifrig bei der Arbeit gewesen war, jetzt nur da und blickte trübsinnig vor sich hin, was Marco nicht entging. Er begann, sich seine Gedanken zu machen, und hatte bald eine Idee, wie er Francisco aufmuntern konnte.

»Der Frühling treibt einem die Sehnsucht ins Herz, was?«, meinte er an diesem Tag mit einem breiten Lächeln zu Catalina. Unwillig schüttelte sie den Kopf, schnappte sich den Besen und begann, das Geschäft auszufegen. Marco sah ihr zu – und lächelte noch breiter.

»Doch, das wird gehen«, brummte er und rieb sich die Hände. »Und wie das gehen wird!«

Catalina hielt mit dem Kehren inne. »Gehen? Was wird gehen?«

»Das wirst du schon sehen. Vorausgesetzt, du hältst es aus, heute Abend einmal zu Hause zu bleiben.«

Catalina blickte Marco fragend an und dachte dann, was soll's, wenn es ihm Spaß macht, bleibe ich heute Abend eben zu Hause.

»Jetzt guck nicht so miesepetrig!«, grummelte Marco. »Wirst diesen Abend zu Hause nicht bereuen.«

Catalina stellte den Besen auf und musterte Marco argwöhnisch, worauf der auf einmal so spitzbübisch grinste, dass Catalina plötzlich ein Gedanke kam, der ihr ebenso abwegig wie wunderbar erschien: Vielleicht waren Marco ja ihre Nachforschungen über Mikel zu Ohren gekommen? Und er wusste, wo Mikel steckte und … und …

»Du … du hast … also, du weißt …?« Catalina drückte den Besen an sich, als sei sie in einen Strudel geraten und könne sich nur mit seiner Hilfe vor dem Ertrinken retten.
»Na also, wusste ich doch, dass ich dich damit zum Strahlen bringen kann!« Marco zwinkerte ihr zu und machte sich auf den Heimweg. Und Catalina war so froh und aufgedreht, dass sie den Laden gleich noch einmal kehrte.

Den restlichen Tag verbrachte Catalina in hellster Aufregung. Als es abends klopfte, schoss sie sofort zur Eingangstür, und obwohl Marco ihr hundertmal eingeschärft hatte, dass sie nach Einbruch der Dunkelheit niemals öffnen sollte, bevor sie sich nicht sicher war, wer geklopft hatte, riss sie die Tür doch augenblicklich auf. Aber nicht Mikel stand vor ihr, sondern eine junge Mestizin.
»Tut mir leid, aber wir haben schon geschlossen.« Catalina wollte die Tür wieder schließen, doch die Mestizin trat einen Schritt vor und lächelte sie an. »Du bist doch Francisco, nicht wahr?«
»Ja, sicher. Warum?«
»Nun, weil ich dann hier richtig bin.« Lächelnd schlängelte sie sich an Catalina vorbei in den Laden.
»He, halt! So wartet! Ihr könnt doch nicht einfach …« Doch die Mestizin lief zielbewusst bis zum Hinterzimmer.
Verwirrt schloss Catalina die Tür und folgte ihr. Als sie in ihr Zimmer kam, lag die Mestizin auf ihrem Bett. Ihr seidig glänzendes, tiefschwarzes Haar umgab sie wie ein Fächer. Auch alles andere zog Catalinas Blicke auf sich: die mandelförmigen Augen, die sinnlichen Lippen, der reine, milchkaffeebraune Teint … Schön, dachte Catalina,

ja, diese Frau war wunderschön, und mit welchem Selbstbewusstsein sie sich auf ihrem Bett ausstreckte …

»Was … was wollt Ihr hier?«

»Na was schon?« Sie winkte Catalina, sich zu ihr zu setzen. Als Catalina sie nur weiter ansah, lachte sie. »Willst du es lieber im Stehen machen?«

»Im Stehen?« Catalina verstand nicht. Die Mestizin rekelte sich, wobei sich ihr hübsches, rotes Kleid unübersehbar über ihrem üppigen Busen spannte. Im gleichen Moment wurde Catalina feuerrot. Diese Frau … Sie konnte doch nicht allen Ernstes gekommen sein, um mit ihr …

»Ich, also, irgendwie scheint das hier alles ein riesiges Missverständnis zu sein«, stammelte Catalina.

Die Mestizin rollte sich auf die Seite und stützte ihren Kopf auf die Hand. »Du bist ja tatsächlich so schüchtern, wie Marco gesagt hat.« Sie klopfte neben sich. »Na komm schon! Ich beiße nicht.«

Doch Catalina blieb, wo sie war.

»Sollte Marco wirklich Recht damit haben, dass du noch nie mit einer Frau geschlafen hast?« Sie sah Catalina prüfend an. »Aber du bist doch mindestens schon achtzehn, oder?«

»Achtzehn, ja, aber … also …« Catalina war klar, dass kein normaler Mann ein solch reizvolles Angebot ausschlagen würde, und wie verdächtig sie sich machte, wenn sie es doch tat.

»Und … und überhaupt weiß ich noch nicht einmal deinen Namen«, presste sie in ihrer Not hervor.

»Ich heiße Laia«, erwiderte die Schöne und versetzte Catalina damit noch mehr in Erstaunen: Marco schickte ihr seine eigene Geliebte?

Laia erhob sich, trat vor Catalina und strich ihr zärtlich

über die Schultern, die Arme und die Hände. Die Berührung war Catalina nicht unangenehm, und auch als Laia ihre Arme um sie legte, ihre Augen voll Zärtlichkeit über ihr Gesicht gleiten ließ und ihr mit ihren kühlen Händen über die Stirn strich … Es tat gut, die Nähe eines anderen Menschen zu spüren – und auch so weh. Catalina kämpfte gegen das Bedürfnis, sich anzulehnen, sich gehen, sich fallen zu lassen …

Laia fuhr ihr mit dem Finger über die Wange. »Aber warum weinst du denn?«, sagte sie. »Ich will dir doch nur eine Freude machen.«

»Es ist nichts, wirklich nicht.« Catalina wischte sich bewusst jungenhaft derb mit dem Handrücken quer übers Gesicht.

Laia nahm Catalinas Hand, zog sie sanft zum Bett und begann, ihr das Hemd aufzuknöpfen.

»Bitte nicht!« Catalina hielt Laias Hand fest. »Ich … ich will das nicht.«

Doch Laia griff schon nach dem nächsten Knopf. In Panik sprang Catalina auf, stotterte etwas davon, dass sie vergessen habe, einen wichtigen Auftrag für Marco auszuführen, und gleich wiederkäme, und war dann auch schon zur Tür heraus. Über Stunden trieb sich Catalina in den Gassen um das Haus herum, beständig darauf wartend, dass die Mestizin endlich ging und sie in ihr Bett zurückkonnte. Doch die Mestizin verließ das Haus nicht. Erst als sie sich vor Müdigkeit kaum noch auf den Beinen halten konnte, schlich Catalina zurück. Laia war auf ihrem Bett eingeschlafen. Seufzend hockte sie sich ans Fußende des Bettes, bettete ihren Kopf darauf und war im Nu eingeschlafen.

Am nächsten Morgen wurde Catalina von zärtlichen Küssen geweckt.
Erschrocken öffnete sie die Augen und blickte direkt in die der Mestizin.
»Laia, bitte, nicht!« Sie schob die Mestizin von sich weg.
»Aber warum denn nicht?« Sie sah sie betroffen an. »Findest du mich nicht attraktiv genug? Bist du deswegen letzte Nacht weggelaufen und nicht wiedergekommen?«
Catalina schüttelte den Kopf und erhob sich.
»Dann ist es wegen deiner Tränen?«, fragte Laia hoffnungsvoll. »Sie waren dir peinlich! Aber das müssen sie nicht! Mich hat das sehr berührt. Einen so empfindsamen Geliebten hatte ich noch nie. Und Marco kriegt von mir natürlich nur zu hören, wie forsch du mich genommen hast. Das wirst du schon noch.« Sie küsste Catalina noch einmal, diesmal sinnlicher, sehnsüchtiger und ließ zugleich ihre Hände tiefer und tiefer über Catalinas Bauch hinabgleiten.
»Ich, also, das nächste Mal, ja, das nächste Mal ...«, stotterte Catalina. Sie drückte Laia und ihre allzu forschen Hände beiseite und sprang aus dem Bett. Als es im gleichen Moment an der Ladentür polterte und Felipas »Francisco, wir sind's« erklang, lief sie erleichtert zur Tür und öffnete. Kurz darauf trat Laia aus dem Hinterzimmer. Ungezwungen richtete sie ihr Haar und warf Catalina einen Handkuss zu. Luis stieß Felipa kichernd in die Seite.
»Was gibt es da denn zu grinsen?« Hüftschwingend trat Laia auf Luis zu. »Ob du es deiner Felipa noch ebenso gut besorgen kannst wie Francisco mir, wollen wir doch einmal dahingestellt sein lassen!«
Sie schenkte Catalina ein warmherziges Lächeln und küsste sie auf den Mund. Im gleichen Moment betrat

Marco den Laden. Mit einem brummigen »Na, na, na!« zog er Laia von Catalina weg.
»Eine nette Nacht solltest du ihm bereiten, habe ich gesagt, damit ihn seine Säfte nicht noch um den Verstand bringen und er weiß, was ihm bisher entgangen ist, mehr nicht! Gibt ja schließlich genug Mestizinnen in Trujillo. Soll er sich doch selber eine suchen.«
Schnurrend rieb Laia ihren Körper an Marco. »Keine Sorge, gegen dich kommt sowieso keiner an.« Sie küsste ihn so begierig, dass ihm der Schweiß auf die Stirn trat. Felipa und Luis sahen zu ihr hin, und auch Catalina konnte den Blick nicht von ihr wenden …
»Ich erwarte dich zu Hause«, raunte Laia Marco ins Ohr und warf ihm ein lockendes Lächeln zu. Bevor sie ging, streifte sie Catalina.
»Ich komme wieder«, flüsterte sie ihr zu.
Catalina sah ihr nach. Einerseits hatte sie Angst davor, dass sie wiederkam, andererseits spürte sie ein starkes Sehnen …

Als es wenige Tage später abends an der Tür klopfte, ahnte Catalina, dass es Laia war. Ihr Klopfen war ebenso leicht und lockend wie sie. Statt zu öffnen setzte sich Catalina aufs Bett und vergrub den Kopf in den Händen.
Es klopfte erneut. Catalina musste an die Wärme und Geborgenheit denken, die sie in Laias Armen empfunden hatte. Sie hatte sogar darüber nachgedacht, ihr alles zu erzählen. Es wäre so schön, jemanden zu haben, mit dem sie reden konnte und vor dem sie sich nicht verstellen musste. Gleichzeitig hatte sie Angst, dass Laia nicht eigentlich an ihr, sondern vielmehr an Francisco und dem Liebesspiel mit ihm interessiert war und die junge Mestizin sie

aus Enttäuschung darüber, dass sie ihr nicht geben konnte, was sie suchte, verraten könnte.
Es klopfte wieder. Diesmal drängender.
»Na komm schon, Francisco, mach auf! Oder sollen sämtliche Nachbarn mitbekommen, dass ich hier bin?«
Catalina zögerte noch immer, worauf Laia so laut ihren Namen rief, dass sie ihr dann doch die Tür öffnete.
Kaum war Laia im Laden, nahm sie Catalina in die Arme und küsste sie mit hungrigen Lippen. Catalina brauchte beide Hände, um Laia daran zu hindern, ihr gleich hier im Laden die Kleider vom Leib zu reißen.
»Laia, wenn dich jemand gesehen hat oder wenn Marco noch einmal vorbeischaut oder wenn …«
Laia verschloss ihr mit Küssen den Mund und zog sie ins Hinterzimmer. Ihre Hände und Arme liebkosten Catalina an so vielen Stellen gleichzeitig, dass ihr die Knie weich wurden.
»Was ist denn?«, stöhnte Laia und fuhr Catalina mit gespreizten Händen über den Bauch. »Findest du mich kein bisschen begehrenswert?«
»Doch, doch schon!«, rief Catalina. »Aber ich … ich …«
Verzweifelt überlegte sie, wie sie sich diesmal herausreden sollte, während Laia sie weiterküsste: auf ihre Augen, ihre Wangen, ihre Lippen, überall drückte sie ihre heißen Lippen hin. Erst als sie versuchte, die Zunge in Catalinas Mund zu drängen, wich diese zurück.
»Das … das geht nun aber wirklich zu weit«, stotterte Catalina und wischte sich über den Mund.
»Aber das war doch nur ein ganz normaler Zungenkuss!«, lachte Laia. »Du meine Güte, du kennst ja wirklich überhaupt nichts!«
Catalina fragte sich, ob Mikel seiner Sevillanerin auch

Zungenküsse gegeben hatte – und wie die ihr gefallen hatten.
Laia nahm Catalinas Hand und fuhr damit über ihren Körper. Catalina spürte Laias Brust, die viel voller als ihre eigene war, Laias Hüfte, weich und wohlgerundet, ihren Bauch, der sich ihrer Hand entgegenstreckte, und dann schob Laia Catalinas Hand noch tiefer, bis in ihren Schoß hinein …
»Laia, bitte nicht!«, rief Catalina gequält, doch Laia ließ ihre Hand nicht los, sondern zog sich ihren Rock hoch und schob sich Catalinas Hand zwischen die Schenkel. Immer wieder führte sie Catalinas Hand über ihr Geschlecht, das warm und weich und feucht war, und stöhnte vor Wollust.
»Aber Marco, wenn Marco dahinterkommt! Der … der vierteilt uns!«, jammerte Catalina.
»Er wird schon nicht dahinterkommen. Keine Sorge.« Laia zog sie zum Bett.
»Laia, bitte, ich will das nicht!«
Doch Laia hatte sich mit Catalinas Hand so sehr in Erregung versetzt, dass sie nichts mehr bremsen konnte. Mit heißem Verlangen rieb sie ihren Körper an Catalina, während die vor lauter Verzweiflung am liebsten aufgeschrien hätte.
»Ich … ich kann das nicht, Laia, bitte, so versteh doch!« Flehend heftete Catalina ihre Augen auf die Mestizin.
»Natürlich kannst du das«, stöhnte Laia. »Lass dich nur fallen, dann schwemmen auch dich deine Gefühle gleich hinweg.«
»Oh, Laia, bitte.«
Da nahm Laia wieder Catalinas Hand in die ihre. Sie küsste sie. Finger um Finger.

Und ließ ihre kleine Zunge darüberfahren.

»So lass mich dir wenigstens zeigen, wie du eine Frau glücklich machen kannst – damit aus dir nicht ein ebensolcher Dummrammler wie aus den meisten anderen Männern wird!«

Behutsam führte sie Catalinas Hand über ihren Körper, glitt mit ihr über ihr Dekolleté, schob sie unter den Stoff zu ihrem Busen, dessen Brustwarzen erwartungsvoll aufgerichtet waren, und führte sie dann wieder zu ihrem Geschlecht, das inzwischen noch feuchter geworden war.

»Oh mein Gott!«, stöhnte Catalina. Da klopfte es auf einmal an der Tür …

3

»Francisco, ich bin's, Felipa.«
Wie von der Tarantel gestochen schoss Catalina vom Bett hoch und machte Laia Zeichen, sich in der Truhe zu verstecken. Dann rannte sie zur Tür und öffnete.
»Felipa, du, so spät noch?« Catalina gähnte so herzhaft, als hätte sie schon geschlafen.
Felipa schob sich an ihr vorbei in den Laden. »Señor Marco toben! Laia nicht zu Hause. Schon drei Mal Señor Marco ist bei ihr gewesen, und keine Laia da. Wie Puma rennen durch Haus. Jetzt will essen. Und Felipa besser machen gutes Essen!« Die Sklavin ließ die Augen rollen und holte sich eine ordentliche Portion Trockenfleisch. »Fleisch Mann sanft machen. Fleisch Señor Marco sanft machen!« – und schon ging sie wieder davon. Hastig verriegelte Catalina die Tür, lief zurück ins Hinterzimmer, öffnete die Truhe und trieb Laia an, ihre Kleider und ihre Frisur in Ordnung zu bringen.
»Marco wird uns köpfen, wenn er dahinterkommt, dass du noch mal hier gewesen bist.«
Laia aber grinste nur. »Marco ist wie ein Kätzchen in meinen Händen, mach dir keine Sorgen!«
Als sie Catalina noch einmal küssen wollte, schob diese sie kurzerhand zur Tür. »Du gehst jetzt, und zwar sofort!«
Catalina öffnete die Tür, spähte hinaus und schob Laia auf die Straße.

»Nun lauf schon los! Und bitte komm nicht wieder!«
Voll ungestilltem Verlangen rieb sich Laia noch einmal an Catalina.
»Auch du wirst noch ein Kätzchen in meinen Händen«, prophezeite sie. »Bis jetzt sind noch alle Männer nach mir süchtig geworden.«
Mit diesen Worten huschte sie davon. Catalina schloss die Tür hinter ihr, setzte sich aufs Bett und grübelte. Je länger sie über Laia nachdachte, desto klarer wurde ihr, dass diese keine Ruhe geben würde und sie, wenn sie außer ihrem Zimmer nicht auch noch ihr Leben verlieren wollte, besser schleunigst von hier verschwand.
Catalina dachte an Mikel und gestand sich ein, dass sie sich keinerlei Hoffnung mehr machen konnte, ihn hier in Trujillo zu treffen. Selbst wenn der Baske ihr die Wahrheit gesagt und Mikel tatsächlich einen Handel mit Toledaner Degen aufgezogen hatte – wer sagte ihr, dass er noch immer damit handelte? Mikel konnte überall und nirgends sein, selbst wieder in Sevilla bei der aparten Aiala … Catalina verbot sich, weiter über ihn nachzudenken. Um mich geht es jetzt, sagte sie sich, um mich und meine Sicherheit!
Sie seufzte und zog unter ihrer Matratze ein kleines Stofftäschchen hervor. Sowohl das Geld, das sie von Tao Te Chen bekommen hatte, als auch ein großer Teil dessen, was sie bei Marco verdient hatte, war darin eingenäht, aber damit würde sie nicht weit kommen. Schon allein der Führer, ohne den sie in diesem ebenso unwegsamen wie schluchtenreichen Land kaum eine größere Strecke zurücklegen konnte, würde sie sicher dreißig Maradevis kosten, und so viel Glück, noch einmal von jetzt auf gleich jemanden zu finden, mit dem sie mitfahren konnte, würde

sie sicher nicht haben. Und in einer neuen Stadt würde sie Geld zum Wohnen und Essen brauchen. Catalina warf einen Blick in die Kasse. Hundertzwanzig Maradevis lagen darin. Catalina nahm die Münzen heraus, wog sie in ihrer Hand – und ließ sie mit bedauerndem Seufzen zurück in die Kasse klimpern …

Ihre wenigen Habseligkeiten hatte Catalina schnell gepackt: Nichts als eine Hose, ein Hemd zum Wechseln und einen dicken Wams konnte sie ihr eigen nennen, und auch diese Sachen besaß sie nur dank Marcos Großzügigkeit. Die Kleider waren ihm zu eng geworden, und so hatte er sie Felipa zum Umarbeiten für sie gegeben. Unschlüssig blickte Catalina zu ihrer Bettdecke. Die hatte Marco ihr nicht geschenkt. Aber in den Bergen würde es kalt sein, eiskalt sogar! Einen Moment lang zögerte Catalina noch, rollte die Decke schließlich doch zusammen und stopfte sie zusammen mit ihren Kleidern in einen Stoffbeutel. Nachdem sie das Täschchen mit dem Geld in ihren Stiefeln verstaut hatte, packte sie sich auch noch etwas zum Essen ein, wischte sich ein paar Tränen von den Wangen und trat auf die Straße. Sie wollte die Tür schon wieder hinter sich absperren, als sie doch noch einmal zurück in den Laden lief, die Kasse öffnete und sich das Geld in die Taschen steckte. Auch als sie schon etliche Straßen weitergegangen war, klopfte ihr das Herz noch bis zum Hals.

4

Obwohl ihre Füße schwerer als Blei waren, zwang Catalina weiter einen Fuß vor den anderen, um ihren stoisch voranschreitenden indianischen Führer in dem Schneegestöber nicht aus den Augen zu verlieren. Schon seit Wochen schleppte sie sich hinter ihm her durch die peruanischen Kordilleren. Eigentlich hatte sie nicht geplant, sich so weit von Trujillo zu entfernen, aber in der Nacht nach Laias Erscheinen hatte sie auf die Schnelle nur diesen Führer auftreiben können, der in der Nähe einer Stadt namens Caxamalca seine Familie besuchen wollte. Für ein entsprechendes Entgelt war er bereit gewesen, Catalina mitzunehmen.

Seit diesem Morgen lief Catalina nun hinter ihrem Führer her. Der Indio verstand nur Quechua, die Sprache der Eingeborenen, und schien auch nicht daran interessiert, sich mit Gesten zu verständigen. Catalina war es recht, zumal sie mit ihren Gedanken ohnehin meist woanders war. Je weiter sie sich von Trujillo entfernte, desto mehr schmerzte sie, ihre Hoffnung auf ein Wiedersehen mit Mikel ein für alle Mal begraben zu müssen.

Mit den Tagen wurden die Wege immer schmaler, bis man kaum mehr zwei Füße nebeneinander setzen konnte. An den Seiten ging es so steil hinab, dass ein Fehltritt den sicheren Tod bedeutet hätte. Es schien ihr symbolhaft für ihr Leben: Jede falsche Bewegung konnte den Tod bringen, den Tod auf dem Scheiterhaufen. Diese erneute

Flucht hatte Catalinas Glauben in eine gute, sichere Zukunft von Grund auf erschüttert. Sie war sich so sicher gewesen, in Peru Mikel wiederzufinden und endlich eine Art Heimat zu finden. Aber auch hier schien es keinen Platz für sie geben, würden Flucht und Einsamkeit ihr Leben bestimmen. Wenn diese Gedanken überhand nahmen, ertappte sie sich bei manchem sehnsüchtigen Blick in die tiefe Schlucht. Ein falscher Schritt, nur ein falscher Schritt ... Angenehmer als der Tod auf dem Scheiterhaufen wäre der sicherlich.

Doch sie stapfte weiter und weiter, zwar ohne Hoffnung und ohne Ziel, aber mit sturer Verbissenheit. Endlich erreichten sie an diesem Nachmittag den letzten Kamm der Cordillera, eine karge, von gelbem Gras bewachsene Ebene. Der Wind, der ihnen entgegenwehte, war so eisig, dass die regenfeuchten Decken um ihre Schultern hart wie Bretter wurden. Der Führer machte Catalina Zeichen, dass es von nun an nur noch bergab ging. Sie warf einen Blick auf den Weg, der vor ihnen lag, und bezweifelte, dass ihr Marsch deswegen leichter werden würde. Stumpf stiefelte sie weiter hinter ihm her, bis er nach endlosen Kurven und Windungen stehen blieb und auf ein fruchtbares Tal wies, das sich unter ihnen auftat. Weithin erstreckten sich bebaute Felder, die von einem breiten Fluss mit abzweigenden Kanälen in zwei große Bereiche zerteilt wurden, dahinter erhob sich eine Stadt mit weiß in der Sonne blitzenden Lehmhäusern. Zum ersten Mal seit Tagen zog der Indio seine Decke so weit vom Gesicht, dass Catalina seinen Mund sehen konnte.

»Caxamalca, Caxamalca!«, rief er und strahlte sie an.

Catalina zuckte mit den Achseln. Selbst dass sie angekommen waren, war ihr inzwischen gleichgültig.

Catalina gab dem Indio seinen restlichen Lohn, woraufhin der sich gleich auf zu seiner Familie machte. Einen Moment lang sah Catalina ihm noch nach, dann marschierte sie allein weiter. Obwohl sie nun auf einer noch von den Inkas ausgebauten und sehr gut instand gehaltenen Straße lief, wurde ihr jeder Schritt schwer. Catalina sah zu dem Ort, sagte sich, dass er doch recht einladend aussah, aber etwas in ihr sträubte sich gegen ihn. Letztlich hatte sie keine Wahl, und so marschierte sie weiter.

Schon am Ortsrand stieß Catalina auf eine Taverne. Nach der Totenstille der Cordillera gellte ihr das lärmende Durcheinander von spanischen, katalanischen und baskischen Stimmen schmerzhaft in den Ohren, und nicht minder stieß sie der Schmutz auf den Tischen und dem Boden und der Geruch von essigsaurem Rotwein, billigem Tabak und allzu ölig Gebratenem ab. Trotzdem ging sie zum Tresen. Sie hatte Hunger. Morgen würde sie schon einen angenehmeren Ort finden.

Sie bestellte eine Tortilla und ein großes Glas Bier. Während sie aß, beobachtete sie die Leute. Die meisten schienen Händler, Handwerker und ehemalige Soldaten zu sein. Sie saßen hier, um die Zeit bis zum Schlafengehen mit Karten- und Würfelspielen totzuschlagen. Auch an dem Tisch direkt neben Catalina würfelte man. Die vier Burschen waren in ihrem Alter. Sie trat näher und sah ihnen zu. Auf dem Schiff hatte sie mit Tao Te Chen manchmal um Trockenerbsen gespielt. Als einer von den Jungen aufbrach, fragten sie Catalina, ob sie einsteigen wolle. Gleichmütig nahm Catalina den angebotenen Platz an.

Der Älteste von ihnen reichte ihr den Würfelbecher.

»Das Geld muss immer auf dem Tisch liegen. Kredit gibt es bei uns nicht!«, erklärte er ihr. Folgsam holte Catalina

ein paar Münzen aus der Hosentasche und stapelte sie vor sich auf. Dann machte sie ihren ersten Wurf.
Catalina gewann, und das gleich fünfmal hintereinander. Sie selbst war darüber nicht weniger erstaunt als die drei Burschen, die längst bereuten, sie eingeladen zu haben. Als sie den dreien schließlich gar zwölf Maradevis auf einmal abluchste, weigerten sie sich, weiter mit ihr zu spielen.
»So viel Glück ist ja nicht normal«, maulte einer und nahm ihr den Würfelbecher ab. »Spiel weiter, mit wem du willst, uns jedenfalls reicht es!«
Catalina schob ihren Gewinn von der Tischkante in ihre Hand, doch noch ehe sie ihn in ihre Hosentasche stecken konnte, sprach sie einer der Männer vom Nebentisch an.
»Nicht so hastig, Freundchen!«, rief er. »Wollen doch mal sehen, ob du bei uns auch so viel Glück hast.« Und so hielt Catalina gleich den nächsten Würfelbecher in der Hand.
An diesem Tisch war das Glück Catalina zunächst nicht hold, aber bis der Wirt die Taverne schloss, hatte sie alles, was sie an die Männer verloren hatte, wieder zurückgewonnen und immerhin noch einmal acht Maradevis mehr als zuvor in der Tasche. Auf einmal fand sie den Ort gar nicht mehr so übel. Als sie den Wirt nach einem Zimmer fragte, bot er ihr an, sie bei seinem Bruder unterzubringen.
»Der wohnt direkt nebenan. Den Preis musst du mit ihm selber verhandeln, aber nach dem, was du gerade gewonnen hast, dürfte Geld dein geringstes Problem sein.«
Das Zimmer war winzig, hatte aber immerhin eine Tür, die man abschließen konnte, und dafür nahm Catalina gern in Kauf, dass die Küche, die sie sich mit der Familie ihres Vermieters und vier anderen Mietern teilen musste,

kaum sauberer als der Kneipenfußboden war. Lange, sagte sie sich auch jetzt wieder, würde sie doch nicht hierbleiben, und sie wiederholte diesen Satz in ihrem steinharten Bett noch etliche Male.

Am nächsten Tag sah sich Catalina in dem Ort nach einer Arbeit um. In drei Läden und bei vier Händlern stellte sie sich vor, erntete aber überall nur Absagen. Entmutigt kehrte sie gegen Mittag in die Taverne zurück. Sie aß einen Spieß, dicke Bohnen und ein Stück Brot. Zwei Männer wollten wissen, ob sie der Bursche sei, der am Vorabend so unverschämt viel Glück beim Spiel gehabt habe. Catalina sah zu ihnen auf. »Denke schon …«

»Na, dann hast du ja vielleicht Lust, auch gegen uns ein Spielchen zu wagen?«, fragten sie weiter. »Einer, der so viel Glück hat – das reizt einen doch. Aber wir spielen mit unseren eigenen Würfeln.«

Catalina setzte sich zu ihnen. Die ersten beiden Spiele verlor sie, woraufhin die Männer grinsten und meinten, dass es heute mit ihrer Glückssträhne wohl nicht sehr weit her sei, aber die nächsten sieben Runden gingen an Catalina, und da grinste sie. Und sie fühlte sich gut – zum ersten Mal, seit sie Trujillo verlassen hatte. Je öfter sie den Würfelbecher in die Hand nahm, je nervöser ihre Mitspieler wurden, je höher das Türmchen mit dem Spieleinsatz wuchs, desto besser fühlte sie sich.

»Bist wohl ein professioneller Spieler?«, meinte schließlich einer der Männer und musterte sie mit misstrauischen Krähenaugen.

Catalina schüttelte den Kopf. »Ich habe bisher nur selten gespielt, und wenn, bloß zum Spaß.«

Die Männer glaubten ihr nicht. Nachdem sie noch drei

Runden verloren hatten, gaben sie auf, doch wieder fanden sich andere, die sie an ihren Tisch baten.
»Los, komm, setz dich zu uns!«, riefen sie und bestellten eine neue Karaffe Wein. »Wollen wir doch mal sehen, ob wir deine Glückssträhne nicht knacken können.«
Auch sie verloren einen Maradevis nach dem anderen an Catalina. Als der Wirt um zwei Uhr die Taverne schloss, war Catalina wiederum um zehn Maradevis reicher.
Das Würfelspiel fesselte Catalina immer mehr. Dieses Kribbeln, diese Spannung in der Sekunde, bevor die Würfel in ihre endgültige Position fielen und es um alles oder nichts ging. Jeden Abend saß sie nun an einem Spieltisch. Ihr Glück sprach sich herum und ließ immer mehr Menschen in die Taverne strömen. Man wollte ihn sehen, den baskischen Hans im Glück, wollte miterleben, wie er gewann, und glauben, dass man auch selbst eines Tages eine solche Glückssträhne erwischen könnte. Obwohl Catalina vielen das letzte Geld aus der Tasche zog, mangelte es ihr nie an Mitspielern. Es reizte die Leute, gegen den Glückspilz zu spielen. Die *cervezas* und der *vino* flossen reichlich an diesen Tischen, die hochprozentigen *chupitos* nicht minder, und bald war dies für Catalina untrennbar miteinander verbunden: das Kribbeln des Spiels und der warme, herrlich wattige Taumel in ihrem Kopf. Endlich nicht mehr nachdenken müssen, keine Angst mehr spüren und stattdessen in der Akzeptanz, ja, Bewunderung ihrer Mitspieler und Zuschauer baden – das tat so unglaublich gut. Und letztlich war doch ihr ganzes Leben nicht mehr als ein Spiel. Nur war der Einsatz dort höher …

Auch an diesem Abend war das Glück Catalina hold. Schon achtmal hintereinander hatte sie den Spieleinsatz

zu sich ziehen können. Wie immer standen auch heute wieder viele Menschen um sie herum: Die einen warteten darauf, gegen sie zu spielen, die anderen begnügten sich damit zu wetten, wie viele Runden der baskische Hans im Glück noch am Stück gewinnen würde – und über all dem strahlte das breite Gesicht des Wirts: Umsätze wie in den letzten Wochen hatte er sein Lebtag noch nicht gemacht.
Nach den nächsten beiden gewonnenen Spielen schoben sich zwei Männer an den anderen vorbei an ihren Tisch. Ganz in Schwarz waren sie gekleidet, weswegen die roten Federn, mit denen ihre Flanellhüte geschmückt waren, besonders ins Auge stachen. Der eine war kaum größer als Catalina, untersetzt und hatte eine schlecht verheilte Narbe auf der rechten Wange, der andere war schlanker und größer, blickte jedoch nicht weniger grimmig als sein Kompagnon drein. Mit unbeweglichen Mienen sahen sie Catalina und ihren Mitspielern zu. Als einem von diesen das Geld ausging, setzte sich der Narbige sofort auf seinen Platz. Kepo, ein schmächtiger, allseits beliebter und immer gut gelaunter Baske in Catalinas Alter, der schon einige Male sein Glück gegen sie versucht hatte, machte ihn darauf aufmerksam, dass er nicht an der Reihe sei.
»Ich warte schon über zwei Stunden, Gevatter, und ein paar andere auch!«
Der Narbige gönnte ihm keinen Blick.
»Jetzt steh schon auf! Du bist nicht an der Reihe!«
Ohne den Kopf zu wenden riss der Narbige die Faust hoch und traf Kepo direkt unter der Nase. Von allen Seiten erklang feindseliges Murren. Der Narbige blickte sich fragend um, und das mit einem Grinsen im Gesicht, das nicht zum Mitlachen einlud. Da verstummten die Umstehenden. Er warf seine Würfel auf den Tisch.

»Na los, fangen wir an«, knurrte er Catalina an. Sie sah zu Kepo, dem das Blut aus der Nase lief, und zögerte.
»Ich dachte eigentlich, es sei jetzt allen klar, dass ich nicht gern warte«, fuhr der Narbige sie an.
Catalina hob den Würfelbecher und machte ihren ersten Wurf.
Catalinas Zahlenkombination war nicht schlecht. Als Nächstes war die Reihe an dem Mann zu ihrer Linken, dann an dem dritten Mitspieler und schließlich an dem Narbigen. Er machte den schlechtesten Wurf. Catalina rieb sich den Hals. Ausnahmsweise hätte sie einmal gern verloren.
Auch die nächsten Runden gewann sie, und von Sieg zu Sieg erwärmten sich die Männer hinter ihr mehr für sie: Der Narbige hatte sich bei seiner Einführung allzu unbeliebt gemacht.
Als Catalina bei einem einzigen Spiel sechs Maradevis auf einmal gewann, ging ein Raunen durch die Menge. Alle gönnten dem Narbigen die Niederlage.
Beim nächsten Spiel setzte dieser von Anfang an sieben Maradevis und verlangte von Catalina, dass sie mithielt. Catalina erwog aufzuhören und ihm die sieben Maradevis einfach zu schenken, aber sie bezweifelte, dass er darauf eingehen würde – und auch die Männer um sie herum würden sich damit nicht zufriedengeben: Zu hoch waren die Wetten, die sie auf sie abgeschlossen hatten.
»Gut, ich halte mit«, erwiderte Catalina. Sie schob das Geld auf den Tisch und legte noch einmal drei Maradevis dazu. Die beiden anderen Mitspieler stiegen aus. Jetzt gab es nur noch den Narbigen und sie.
»Das schaffst du!«, flüsterte ihr jemand zu, andere nickten ihr ermunternd zu oder hoben die Daumen.

Der Narbige biss in eine ihrer Münzen, warf sie wieder auf den Tisch und legte sein Geld dazu. Dann würfelte er. Als er sah, wie schwierig es für Catalina werden würde, seinen Wurf zu überbieten, hellte sich sein Blick auf. Catalina atmete tief durch. Ihr Verstand sagte ihr, dass es gesünder für sie wäre, wenn sie wirklich verlor, doch tief in ihr drängte trotzdem alles nach Sieg: Siebzehn Maradevis waren einfach eine zu große Menge Geld.

Als Catalina den Becher entgegennahm, um ihren Wurf zu machen, wurde es in dem Raum so still, dass man eine Maus hätte herumhuschen hören können. Catalina schüttelte den Becher, hörte das vertraute Klappern – und ließ die Würfel über den Tisch schießen. Die Menschen jubelten: Sie hatte gewonnen – siebzehn Maradevis auf einen Schlag! In der nächsten Sekunde spürte sie die Spitze eines Degens an ihrem Hals.

Catalina stieß sich vom Tisch zurück. Ihr Stuhl fiel nach hinten, die Menschen wichen zurück. Nach einer Rückwärtsrolle stand sie wieder auf den Füßen und hatte ihren Degen in der Hand, doch noch ehe sie ihn einsetzen konnte, stach ihr der Narbige schon in den Arm.

»Verdammter Betrüger!«, zischte er sie an und hieb erneut auf sie ein. Catalina parierte, erwischte ihren Gegner an der Hand und sah auf einmal noch einen Degen vor sich aufblitzen: Der hochgewachsene Begleiter des Narbigen kam diesem zu Hilfe.

Schreiend wichen die Leute zurück. Einen Moment lang belauerten sie sich nur: die beiden Männer in Schwarz auf der einen, Catalina auf der anderen Seite. Dann schoss der Begleiter des Narbigen vor, ritzte Catalina am Bein, zielte auf ihre Brust – doch Catalina sprang zur Seite und warf ihnen ihren Spieltisch entgegen. Alles Geld flog durch den

Raum. Catalina fand, dass ihr Leben dieses Opfer wert gewesen war. Rufe wurden laut, dass man den Büttel holen solle. Zwei junge Burschen rannten los. Niemand stand Catalina bei.
Wieder hieb der Begleiter des Narbigen auf Catalina ein. Ihre Degen kreuzten sich, er drückte Catalinas Schneide so tief herunter, bis sich ihre Schultern berührten. Im gleichen Moment sah Catalina den Degen des Kleineren auf sich zukommen. Die Angst vervielfältigte ihre Kräfte. Mit einem Aufschrei schleuderte sie ihren Gegner zurück, duckte sich unter dem Stahl des Narbigen, musste dann beide Degen gleichzeitig abwehren und sah bald kaum noch, wohin sie stach und hieb – bis ihr Degen in den Bauch des Begleiters des Narbigen sank. Der Mann brach zusammen. Erschrocken zog Catalina ihren Degen zurück: Eine Fontäne dicken roten Bluts ergoss sich über seine Kleider. Mit einem wütenden Aufschrei stürzte der Narbige auf Catalina.
»Du hast meinen Bruder getötet!«, schrie er mit blinder Wut. Klirrend trafen sich ihre Degen, dann donnerte ein »Aufhören, im Namen des Königs: sofort aufhören!« durch den Raum. Drei Soldaten fuhren zwischen sie und drängten Catalina an die eine und den Narbigen an die andere Wand.
»Der Mistkerl hat meinen Bruder erstochen!«, brüllte der Narbige wieder und zeigte auf Catalina.
Catalina blickte zwischen ihm und den Soldaten hin und her, dann zu den Männern hinter ihr, wartete, dass jemand sie verteidigte, doch alle senkten den Blick.
»Hinter den Tresen!«, rief Kepo Catalina auf Baskisch zu. »Nun mach schon.«
Catalina erkannte, dass sie dort herum tatsächlich ent-

kommen konnte, und stürmte los. Keiner der Männer hielt sie auf, und die Soldaten waren viel zu verblüfft, um reagieren zu können. Catalina folgte Kepo in die Küche, prallte dort gegen das dicke Spülmädchen, stolperte weiter zum Hinterausgang, rannte durch den kleinen Patio, über die Mauer, durch die Straße und schließlich ihrem Retter hinterher in eine Kirche hinein. Kepo zerrte sie hinter den Altar, und als die Soldaten ihnen nachkamen, schrie er: »Wagt nicht, gegen das Kirchenasyl zu verstoßen, sonst straft euch Gott mit ewiger Verdammnis!«, woraufhin die Soldaten tatsächlich wie angewurzelt stehen blieben.

»Das werdet ihr euch doch nicht gefallen lassen«, tobte der Narbige. Er schob sich an den Soldaten vorbei, um sich Catalina selbst zu holen, doch die Soldaten hielten ihn auf.

»Der Bursche wird sich schon nicht für den Rest seines Lebens hier drin aufhalten.«

Der Narbige knirschte mit den Zähnen, wagte aber nicht, gegen den Befehl der Soldaten zu handeln.

»Ich kann warten«, zischte er Catalina zu. »Und gerade dann, wenn du mich am wenigsten erwartest, werde ich kommen und dich holen.«

Die Soldaten bestanden darauf, dass er die Kirche mit ihnen verließ. Als das Kirchenportal hinter ihnen zufiel, sank Catalina auf die Stufen vor dem Altar.

»Danke«, keuchte sie ihrem Landesvetter entgegen. »Das vergesse ich dir nie!«

»Der Narbige wahrscheinlich auch nicht!«, erwiderte Kepo und grinste schief.

Noch lange saß Kepo bei Catalina und überlegte mit ihr, wie es weitergehen sollte.

»Wenn du willst, kannst du dich natürlich stellen: Schließlich hast du den Kerl in Notwehr niedergestochen, und das haben alle gesehen. Mit ein bisschen Glück lassen sie dich nicht länger als die drei, vier Tage im Gefängnis schmoren, die sie brauchen, um den Hergang zu untersuchen. Allerdings ist der *Alcalde* von Caxamalca nicht eben baskenfreundlich. Du wärst nicht der Erste, der hier nur deswegen gehängt wird, weil er aus dem falschen Landesteil Spaniens stammt.«

»Aber den Rest meines Lebens hier in der Kirche zu verbringen, erscheint mir auch nicht besonders reizvoll«, erwiderte Catalina.

Kepo lachte auf. »Ich bringe dich schon hier raus, keine Sorge.«

Er erzählte Catalina, dass er schon seit zwei Jahren in Caxamalca lebte.

»Ich handle mit Degen und Dolchen. Da hat man hier ein ganz gutes Auskommen.«

»Mit Degen und Dolchen?« Catalina richtete sich auf. »Und du kennst nicht zufällig einen anderen Basken, einen gewissen Mikel, gut zwei Jahre älter als ich, der auch mit Degen und Dolchen handelt?«

»Aber sicher!« Kepo strahlte auf. »Im Herbst sind wir zusammen nach Porto Bello gereist. Erst vor ein paar Tagen ist er weitergezogen.«

»Mikel war … hier?« Catalina riss die Augen auf. »Hier in Caxamalca?«

Kepo nickte. »Bevor er ging, hat er mir seine Reste an Degen und Dolchen überlassen. Der Handel stand ihm bis hier.« Kepo hielt den Zeigefinger unter die Nase und lachte. »Jetzt sucht er etwas Aufregenderes, was genau, wusste er selber noch nicht.«

»Und … und wo ist Mikel jetzt?«

Kepo zuckte mit den Achseln. »Möglich, dass er noch in der Gegend ist. Möglich aber auch, dass er schon weitergezogen ist.«

»Und du … du könntest ihn nicht für mich suchen gehen? Ich würde dich auch dafür bezahlen!« Catalina zog ihr Stofftäschchen heraus, doch Kepo drückte ihre Hand weg. »Lass mal, unter uns Basken braucht es das nicht.«

Er erhob sich. »Schlaf jetzt eine Runde. Morgen früh komme ich wieder und sage dir, was ich herausgefunden habe. Auch etwas zu essen bringe ich dir dann mit. Es wird schon alles gut werden.«

Catalina sah ihm nach. Und ihre Augen strahlten wie schon lange nicht mehr.

5

Catalinas Zuversicht hielt sich nicht lange; dafür war der Kirchenboden zu hart und die Stille um sie herum zu bedrückend. Aus Angst, dass der Narbige wiederkommen könnte, wagte sie nicht zu schlafen, und wenn sie die Augen doch einmal schloss, zogen vor ihr die Bilder des Toten auf. Sie sah, wie ihr Degen im Bauch des Mannes versank und wie er zusammenbrach, dann das viele Blut … Wie leicht es war, einen Menschen zu töten, wie endgültig. Catalina sagte sich, dass sie nur aus Notwehr gehandelt hatte, aber das Grauen über das, was sie getan hatte, wich nicht von ihr.

Als sie schließlich doch eingenickt war, schreckte sie bei jedem Knacken im Holz der Kirchenbänke wieder hoch. Endlich, als die Sonne hoch genug stand, um die farbigen Glasfenster zum Leuchten zu bringen, erschien Kepos brauner Wuschelkopf am Kirchenportal. Catalina sprang auf und lief zu ihm.

»Kepo, endlich!«

Der Baske tippte seine Fingerspitzen ins Weihwasser, bekreuzigte sich und warf Catalina eine dicke Decke zu. Catalina fing sie auf. »Das soll ja hoffentlich nicht heißen, dass ich mich hier auf einen längeren Aufenthalt einrichten soll?«, fragte sie bang.

»Immer eins nach dem anderen.« Kepo drückte ihr ein dick belegtes Schinkenbrot in die Hand und ließ sich auf eine Kirchenbank fallen. »Viel wichtiger ist im Moment, dass wir den Priester auf unserer Seite haben. Er hat mir versichert, dass er sich auf keinen Fall von den Oberen der Stadt unter Druck setzen lassen wird. Eher exkommuniziert er die Bande, als dass er zulässt, dass dir in diesen heiligen Mauern auch nur ein Haar gekrümmt wird.« Kepo zwinkerte ihr zu. »Dass auch er Baske ist, brauche ich jetzt wohl nicht mehr zu erwähnen.«

»Und Mikel?«, fragte Catalina ungeduldig dazwischen. »Hast du den auch schon gesprochen?«

Kepo hob die Augenbrauen. »Wenn du Mikel kennst, dann weißt du ja, wie leicht der sich in Luft auflösen kann, und das scheint er gerade mal wieder getan zu haben.«

»Das darf doch nicht wahr sein!« Catalina schlug sich gegen die Stirn. »Jetzt habe ich endlich eine heiße Spur, und da kann ich ihr nicht nachgehen, weil ich in dieser verdammten Kirche festsitze.«

»Tja, und hier wieder hinauszukommen wird leider um einiges schwieriger werden, als es gestern noch ausgesehen hat.« Kepo wies auf das Kirchenportal. »Drei seiner besten Soldaten lässt der *Alcalde* da draußen Wache schieben, und überdies flaniert der Narbige auf dem Kirchplatz auf und ab – und das ist noch nicht einmal das Schlimmste.« Er warf Catalina einen langen Blick zu. »Dieser brutale Mistkerl hat jedem, der auch nur ein Wort zu deiner Verteidigung vorbringt, Vergeltung angedroht!«

Catalina wurde blass. »Das heißt, wenn die mich letzte Nacht ins Gefängnis gesteckt hätten …«

»Wäre dein Todesurteil jetzt schon unterschrieben.« Kepo nickte und schürzte die Lippen.

»Trotzdem habe ich nicht vor, den Rest meines Lebens in dieser Kirche zu verbringen.«

»So weit wird es schon nicht kommen«, beruhigte Kepo

sie. »Aber ein bisschen mehr Geduld, als wir zunächst gedacht haben, wirst du schon brauchen.«
»Geduld …« Catalina schüttelte den Kopf.

Eine Woche später saß Catalina immer noch in der Kirche fest. Inzwischen hatte sie den Pfarrer kennen gelernt. Der kleine, drahtige Mann bestätigte ihr, dass sie hierbleiben könne, solange es nötig war, und musterte sie daraufhin eindringlich.
»Wovor hast du solche Angst?«, fragte er sie.
Catalina biss sich auf die Lippen.
»Aber du hast keine Schuld«, sagte der Pfarrer verständnisvoll. »Du hast aus Notwehr gehandelt und wirst dich für den Toten deswegen auch nicht vor dem Jüngsten Gericht verantworten müssen.«
Er nickte ihr noch einmal aufmunternd zu und meinte, dass sie sich in der Kirche frei bewegen könne, bat sie allerdings, dass sie sich während der Messe – sofern sie ihr nicht mit ganzem Herzen beiwohnen wolle – in die Sakristei zurückzog, und auch während der Beichtnachmittage möge sie sich dort aufhalten.
Auch nach diesem Gespräch fand Catalina keine Ruhe, zumal ihr klar war, dass ihre Chance, Mikel wiederzufinden, mit jedem Tag, den sie hier zum Herumsitzen verdammt war, geringer wurde. Schließlich kam noch ein schwerwiegenderes Problem auf sie zu: Sie näherte sich dem Ende ihres Zyklus. In wenigen Tagen müsste ihre Periode wieder einsetzen, und ihre Stoffbinden lagen unter dem doppelten Boden ihrer Tasche, und die befand sich im Haus des Bruders des Tavernenwirts.
Zuerst wollte Catalina Kepo bitten, ihr die Tasche zu holen, dann aber bekam sie Angst, dass man ihn dabei stellen

und eine Untersuchung der Tasche sie beide um Kopf und Kragen bringen würde. Und selbst wenn Kepo die Tasche unbemerkt herbeischaffen könnte: Wo sollte sie die Binden in der Kirche auswaschen und trocknen? Ihr Zufluchtsort war zur Sackgasse geworden.

Als Kepo am Abend in die Kirche kam, hätte Catalina ihn vor Verzweiflung am liebsten geschüttelt.

»Aber du hast doch gesagt, dir würde einfallen, wie du mich hier herausbringen kannst. Kepo, ich ... mir rennt die Zeit davon.«

»Nun mach doch nicht so einen Wirbel! Mir fällt schon noch was ein.« Kepo schob ihr einen Teller Kartoffelsuppe hin.

»Die Wachen!«, beschwor ihn Catalina. »Wir müssen doch nur einen Weg finden, wie wir die Wachen ausschalten können. Der Rest findet sich schon irgendwie.«

Kepo hielt ihr den Suppenteller direkt unter die Nase, Catalina drückte seine Hand weg. »Kepo, ich muss hier wirklich raus. Und wenn dir nicht bald etwas einfällt, dann ... dann kämpfe ich mich eben allein nach draußen.«

Kepo tippte sich an die Stirn. »Deine Fechtkunst in allen Ehren, aber drei Wachen sind drei Wachen. Und der Narbige ist auch noch da. Lass uns bis zum Ende der Woche warten. Da hat irgend so ein Sevillaner Grande seinen Besuch in unserer Stadt angekündigt. Er soll mit einer großen Parade empfangen werden. Vielleicht zieht der *Alcalde* zu diesem Anlass wenigstens eine der Wachen ab!«

»Ende der Woche?« Catalina schüttelte den Kopf. Ende der Woche war viel zu spät! Sie sah Kepo an, fand aber nicht den Mut, sich ihm anzuvertrauen, und beschloss, diese Nacht allein zu versuchen, hier herauszukommen. Zu verlieren hatte sie nichts mehr.

Als es zwei Uhr schlug, rollte Catalina ihre Decke zusammen, stopfte sich einen Kanten Brot in die Hosentasche und schlich ans Kirchenportal. Vorsichtig öffnete sie die Tür und sah die beiden Wachen, die unweit des Portals auf dem Boden hockten. Sie nutzten das fahle Mondlicht, um sich die Langeweile mit Kartenspielen zu vertreiben. Der dritte Soldat, das wusste sie von Kepo, stand vor der Sakristei.

Einfach raus und durch, sagte sich Catalina und holte tief Luft. Im Kampf zu sterben war allemal besser, als auf dem Scheiterhaufen in Flammen aufzugehen! Da sah sie einen Schatten auf die Kirche zuhuschen. Leise drückte Catalina die Tür wieder zu und verbarg sich hinter einer Kirchenbank.

Sie heftete ihre Augen auf das Kirchenportal. Schon wenige Augenblicke später wurde es geöffnet. Lautlos zog Catalina ihren Degen aus der Scheide. Ein in einen langen Mantel gehüllter Mann betrat die Kirche; den breitkrempigen Hut hatte er so tief in die Stirn gezogen, dass er sein Gesicht völlig verdeckte. So, wie er sich anschlich, konnte er kaum Gutes im Sinn haben. Catalina erwog für einen Moment, einfach aus der Kirche zu stürmen und sich irgendwo ein Pferd zu schnappen, aber dann wurde ihr klar, dass die Soldaten sie aufgespießt haben würden, ehe sie auch nur den Schweif eines Pferdes erspäht hätte. Die ganze Nacht mit diesem Mann Versteck zu spielen hielt sie aber auch für zu gefährlich. Sie umschloss den Griff ihres Degens fester und schlich dem Mann hinterher.

Meter um Meter näherte sich Catalina der dunklen Gestalt, war schließlich nur noch einen guten Schritt von ihr entfernt, hob den Degen, um ihn dem Kerl direkt ins Herz zu stoßen – da fuhr der Mann auf einmal herum und kreuzte mit Wucht ihren Degen, so dass er in hohem Bogen über die Kirchenbänke flog. In der nächsten Sekunde spürte Catalina die Spitze seines Degens an ihrem Hals und schloss die Augen. Dann zerriss ein helles Lachen die Stille der Kirchenhalle.

6

Catalina starrte Mikel so fassungslos an, dass der noch lauter lachte.

»Langweilig wird es einem mit dir nie, das ist sicher«, rief er, nahm die Spitze seines Degens von ihrem Hals und piekste ihr zum Spaß in den Arm. »Menschenskind, Francisco, mich so zu erschrecken! Ich hätte dir beinahe die Kehle durchgeschnitten.«

»Mikel …« Noch immer konnte Catalina nicht fassen, dass er wirklich vor ihr stand. »Aber wie und wo …«

»Für Frage- und Antwortspiele haben wir jetzt keine Zeit.« Mikel forderte sie auf, rasch ihre Sachen zusammenzupacken. »Wir haben die Wachen da draußen zwar schlafen geschickt, aber ihr Schlaf wird nicht ewig währen, und ich weiß nicht, wie lange Kepo sie allein in Schach halten kann, wenn sie zu sich kommen. Machen wir also lieber, dass wir wegkommen!«

Catalina schnappte sich ihre Decke und rannte mit Mikel zum Portal.

»Und der Narbige?«, fragte sie ihn. »Was habt ihr mit dem gemacht?«

»Den haben wir gefesselt und verpackt, keine Sorge.« Mikel öffnete das Portal und imitierte einen Käuzchenruf. Sofort kam Kepo um die Ecke.

»Alles klar!«, rief er. »Die Wachen schlafen noch.«

Er reichte ihnen eine Tasche mit Proviant. Mikel schulterte sie und machte Catalina Zeichen, ihm zu folgen.

»Auf jetzt, bevor noch jemand auf uns aufmerksam wird.«

Catalina warf Kepo einen besorgten Blick zu. »Aber wirst du keine Schwierigkeiten bekommen, weil du mir bei der Flucht geholfen hast?«

Kepo winkte ab. »Die Wachen hat Mikel matt gesetzt, und der Narbige weiß nicht, wer ihm die Weinflasche über den Kopf gezogen hat. Außerdem brauchen sie mich hier: Schließlich bin ich der Einzige weit und breit, bei dem sie neue Degen kaufen können.« Er klopfte Catalina auf die Schulter. »Viel Glück, mein Freund! Und halt dich künftig besser von Caxamalca fern!«

Schnell drückte Catalina Kepo noch einmal die Hand, dann rannte sie Mikel nach, der gerade hinter der nächsten Straßenecke verschwand.

Im Schutz der Nacht kamen sie ohne Schwierigkeiten aus der Stadt, doch auch auf den Feldern trieb Mikel Catalina zur Eile an. »Hier in der Ebene finden sie uns sofort. Erst in den Bergen können wir sie abschütteln.«

Er lief in einem Tempo weiter, das Catalina außer Atem brachte, aber sie hätte in ihrer Verwirrtheit ohnehin nicht gewusst, wo sie mit ihren Fragen anfangen sollte.

Erst zwei Stunden später blieb Mikel stehen und zeigte auf den Eingang einer Höhle. »Hier können wir uns ausruhen, bis es Tag wird.«

Catalina zog den Kopf ein und folgte ihm. Mikel zündete eine Kerze an. Als Catalina sah, dass sie in der Höhle bequem stehen konnte, richtete sie sich auf. Auf einmal erklang hinter ihnen ein Scharren. Erschrocken fuhr Catalina herum und erblickte zwei dunkelbraune Maultiere. Mikel ging zu ihnen und strich ihnen über die Nüstern.

»Das sind Klipp und Klapp, meine treuen Wegbegleiter.« Catalina atmete auf und klopfte den Tieren auf die Kruppe, während Mikel etwas Wachs auf einen Stein tropfen ließ und die Kerze aufstellte. Anschließend holte er aus der Gepäcktasche seine Decke und meinte zu Catalina, dass auch sie sich besser hinlege und ausruhe.
»Bei Sonnenaufgang müssen wir weiter, mach dich darauf gefasst, dass es ein anstrengender Marsch wird. Hier ist deine Tasche. Kepo hat sie mir gegeben, schon heute Mittag, als wir besprochen haben, wie wir dich da rausholen können. Ich hoffe, du hast sonst nichts bei deinem Wirt gehabt.«
Als Catalina ihre Tasche in Händen hielt, wusste sie, dass sie nun wirklich gerettet war.

Am nächsten Morgen saß Catalina bei ihrem kargen, nur aus einem Kanten Brot und ein wenig Wein bestehenden Frühstück Mikel gegenüber und strahlte über das ganze Gesicht.
»Eigentlich hatte ich gedacht, dass ich dich irgendwann in Trujillo aufstöbern würde«, erzählte sie ihm und dass es ihr dort sehr gut gefallen habe.
»Und warum bist du dann nicht in Trujillo geblieben, statt dich in Caxamalca in der Kirche festsetzen zu lassen?«
»Weil, nun weil ...« Obwohl ihr Mund noch längst nicht wieder leer war, biss Catalina noch einmal in ihr Brot.
»Ich sehe schon«, lachte Mikel. »Immer noch der gleiche alte Geheimniskrämer. Und warum du von Georges weg bist, frage ich wohl besser auch nicht, wie?«
Catalina errötete. »Bei Georges war ich schon sehr gern. Ehrlich! Er ist ein ganz besonderer Mensch!«

»Ich sag's ja: keine Antwort! Aber wie du willst. Außerdem haben wir jetzt ohnehin keine Zeit zum Weiterreden. Die Spanier haben verdammt gute Spürhunde mit äußerst beißfreudigen Kiefern. In der Regel setzen sie die Biester nur ein, wenn ihnen ein versklavter Indio entwischt ist, aber meinen Kopf würde ich nicht darauf verwetten, dass sie dich nicht auf die gleiche Art suchen.«

Mikel erhob sich und verstaute seine Habseligkeiten in den Gepäcktaschen der Maultiere.

»Deine Decke und deine Tasche kannst du auch draufpacken.«

Die Decke packte Catalina gern zu seinen Sachen, die Tasche aber trug sie lieber selbst.

Dank Mikels guten Landeskenntnissen konnten sie sich ohne Führer auf den Weg Richtung Süden machen. Mikel wollte nach Callao und von dort zur See fahren oder doch wieder einen Handel anfangen, so genau wusste er es noch nicht.

»Man sollte nicht immer so viel planen«, erklärte er Catalina. »Die besten Dinge im Leben ergeben sich sowieso von allein.« Auch für Catalina werde sich dort sicher eine Arbeit finden. Fürs Erste genügte Catalina vollkommen, dass Mikel nicht vorhatte, sie wieder an einen Freund abzuschieben, und sie stapfte ihm frohgemut über felsige Hügel, schwankende Hängebrücken und Wiesen hinterher, auf denen das Gestrüpp so hoch stand, dass es ihnen an manchen Stellen bis über die Köpfe reichte.

Sie genoss die Tage mit Mikel, vor allem das abendliche Zusammensitzen am Lagerfeuer. Mit glänzenden Augen hörte sie ihm zu, wenn er ihr von seinen Abenteuern erzählte: wie er im Amazonasgebiet mit seinem Boot gekentert und beinahe den Krokodilen zum Opfer gefallen war,

wie er sich in den Bergen mit bloßen Händen gegen einen Puma verteidigen musste und wie er in Túmbez von einer Verbrecherbande ausgeraubt worden war. Gleich am ersten Tag lernte sie von Mikel, wie man ein Lagerfeuer ohne Feuerstein anfachte, und in den nächsten, welche Pflanzen essbar und welche giftig waren oder wie man seinen Weg allein mithilfe des Sonnenstands und der Sterne fand. Er schenkte ihr eine Steinschleuder, wie die Indios sie benutzten, um Vögel und andere Kleintiere zu erlegen. Sie bestand aus einer knapp zwei Meter langen, geflochtenen Wollschnur und hatte in ihrer Mitte eine Verbreiterung.
»In diese Verbreiterung legst du einen Stein«, erklärte er Catalina. »Anschließend nimmst du die beiden Enden der Schnur und lässt sie über deinen Kopf kreisen. Die große Kunst besteht darin, ein Gefühl dafür zu bekommen, wann der richtige Moment zum Loslassen ist. Wenn du das erst einmal herausgefunden hast, kannst du ein Ziel noch in über hundert Meter Entfernung treffen – und ganz lautlos dazu.«
Mikel stellte sich hinter sie, um ihr dabei zu helfen, den richtigen Schwung zu finden, und kam ihr dabei so nah, dass sie seinen Atem in ihrem Nacken spürte. Noch Tage später überlief Catalina ein wohliger Schauer, wenn sie an diesen Moment zurückdachte …

Drei Wochen waren inzwischen vergangen, und Catalina und Mikel waren noch immer viele Tagesreisen von Callao entfernt. An diesem Tag war es Catalina zum ersten Mal gelungen, mit der Steinschleuder ein paar Vögel zu erlegen. Mikel lachte sie aus, weil sie so winzig waren. Catalina grillte sie trotzdem, und ihr Reisegefährte musste zugeben, dass sie hervorragend schmeckten.

»Klein, aber oho«, lobte er und nahm sich das nächste Bratvögelchen, um es genüsslich abzuknabbern.
Wieder einmal redeten sie über Georges. Mikel erzählte Catalina, wie viel er von ihm gelernt hatte, und brachte sie zum Lachen, als er ihr berichtete, wie Georges ihm einmal den Hintern versohlt hatte, weil er auf dem Markt eine Salami stibitzt hatte.
»Dabei hatte ich sie vor allem für ihn geklaut! Es waren harte Zeiten damals, und oft hatten wir tagelang nichts als trockenes Brot zu essen. Da wollte ich ihm eine Freude machen. Aber als ich ihm die Wurst hinhielt, verdunkelte sich seine Miene, da ihm sofort klar war, wo ich sie herhatte, und dann verdrosch er mir den Hintern, dass mir Hören und Sehen verging. Es war das erste und einzige Mal, dass er mir eine Abreibung verpasste. Mein Diebstahl hatte ihn in seinem Stolz getroffen. Er könne mich ernähren, mich und sich, schimpfte er, und so tief, dass er anderen ihr Essen stehlen müsse, werde er nie sinken. Um meine Strafe komplett zu machen, ließ er mich volle drei Tage ohne Essen. Das sei Hunger, erklärte er mir, und dass ich ja nie wieder etwas stehlen solle.«
»Aber später hast du es doch wieder getan«, grinste Catalina.
»Aber nur, weil ich Hunger hatte. Echten Hunger!« Mikel stocherte mit einem Stock im Lagerfeuer, um die Glut noch einmal anzufachen. Als er wieder zu Catalina aufsah, wirkte er ernst.
»Du hättest bei Georges bleiben sollen. Da hättest du immer dein Auskommen gehabt. Welcher Teufel hat dich bloß geritten, dich bis nach Peru durchzuschlagen?«
Catalina errötete bis über beide Ohren. Mikel brach in schallendes Gelächter aus.

»Nee, das glaube ich jetzt aber nicht! Du und Weibergeschichten? Du?« Er klatschte sich aufs Bein. »Das hätte ich dir echt nicht zugetraut. Francisco auf der Flucht vor einem Weib. Dabei machst du einen so unbedarften Eindruck.«
»Was soll denn das heißen?«, empörte sich Catalina, obwohl es ihr immer noch lieber war, dass Mikel sie für einen Weiberhelden hielt, als dass er die Wahrheit ahnte.
»Tut mir leid. Das ist mir so herausgerutscht.« Doch Mikel konnte nicht aufhören zu lachen. Entschuldigend rieb er Catalina über den Arm. Sie sah zu ihm auf, und plötzlich verfingen sich ihre Augen ineinander. Bis tief in ihren Bauch hinein spürte Catalina Mikels Blick und meinte, auf einmal einen Schwarm Schmetterlinge in sich zu haben.
»Mikel, ich …« Catalina biss sich auf die Lippen, als könne sie nur so sicherstellen, dass sie ihm nicht doch noch sagte, dass sie ihn liebte.
Mikel senkte den Blick. Erst eine ganze Weile später sah er wieder auf.
»Was ist das bloß mit dir?«, raunte er. »Irgendetwas ist doch mit dir.«
»Aber gar nichts ist«, erwiderte Catalina verlegen. »Gar nichts!« Sie erhob sich, ging zu ihrem Schlafplatz und vergrub sich tief unter ihrer Decke.

7

Als Catalina am nächsten Morgen erwachte, spürte sie gleich, dass etwas anders war. Sie setzte sich auf, blickte sich um, sah, dass das Lagerfeuer erloschen war und Mikel nicht mehr auf seinem Platz lag und auch seine Sachen verschwunden waren. Sie sprang auf, sah nach den beiden Maultieren, doch auch sie waren nirgends zu sehen. Wütend trat Catalina gegen einen Stein. Staub wehte auf. Als sie unwillkürlich zu Boden sah, entdeckte sie die Nachricht, die Mikel in die trockene Erde geritzt hatte.

»Eine Legua östlich von hier liegt ein Ort«, las sie. »Da wirst du unterkommen können.«

Catalina zerrieb die Wörter mit dem Fuß. Was bildete sich Mikel eigentlich ein?, schimpfte sie. Erst ließ er sie bei Georges zurück, jetzt in den Bergen …

Schnell rollte sie ihre Decke zusammen. »Aber diesmal hast du die Rechnung ohne mich gemacht«, grummelte sie. »Diesmal entwischst du mir nicht.«

Als Catalina ihre Sachen gepackt hatte, griff sie in ihre Tasche, um vor ihrem Aufbruch noch etwas zu essen, fand darin aber nichts weiter als einen kümmerlichen Rest Brot. Da wurde ihr klar, dass Mikel wieder gewonnen hatte.

Catalina fiel es nicht leicht, den Weg zu diesem Ort einzuschlagen, zumal ihr bewusst war, dass Mikel in die entgegengesetzte Richtung lief und sie den Abstand zu ihm daher mit jedem Schritt verdoppelte. Andererseits wusste sie, dass sie es nicht riskieren konnte, ihm durch diese unwirtliche Gegend ohne Essensvorräte zu folgen. Sie überlegte, womit sie ihn derartig verärgert haben könnte, dass er sie erneut hatte loswerden wollen, war sich aber keiner Schuld bewusst. Schließlich sagte sie sich, dass er einfach ein eigenartiger Kerl war. Trotzdem vermisste sie ihn schmerzlich.

Am späten Nachmittag tauchte der Ort vor ihr auf. Wie Caxamalca lag auch dieses Städtchen auf einer fruchtbaren Hochebene und war von etlichen, im südspanischen Stil errichteten Haziendas umgeben. Catalina beschloss, gleich die erste anzusteuern, sich dort mit Proviant zu versorgen und anschließend wieder in Richtung Callao zu gehen.

Das Eingangstor der Hazienda war einen Spalt geöffnet. Als Catalina einzutreten versuchte, hielt sie ein grimmig dreinblickender Indio auf, dessen geringe Größe durch die Dicke seiner Oberarme mehr als wettgemacht wurde. Catalina schätzte ihn auf Ende vierzig. Breitbeinig stellte er sich vor sie und knurrte sie an, sie solle verschwinden.

»Es gibt hier keine Arbeit, und für so einen Dahergelaufenen wie dich schon gar nicht! Sieh zu, dass du Land gewinnst!«

»Aber Manolo«, fiel ihm eine helle, deswegen aber nicht weniger energisch klingende Frauenstimme ins Wort. »Was ist denn das für ein Benehmen?«

Das Eingangstor öffnete sich bis zum Anschlag, und eine zierliche junge Frau trat heraus. Sie warf Catalina einen entschuldigenden Blick zu.

»Ich hoffe, Ihr denkt jetzt nicht, wir würden Reisende generell so unfreundlich empfangen, aber seit unser spanischer Vorarbeiter vor zwei Monaten bei einem Aufstand der Indios in der Nachbarhazienda getötet worden ist, weiß mein Vater vor lauter Arbeit kaum noch, wo ihm der Kopf steht – und das nutzen unsere Indios leider weidlich aus!«

Von solchen Indioaufständen hatte Catalina gehört. Obwohl die Spanier schon seit über siebzig Jahren die Herrschaft der Inkas in Peru zerschlagen hatten und seither viel gute Worte und noch mehr Gewalt angewandt hatten, um sich die Eingeborenen untertan zu machen, war ihr Widerstand noch immer nicht überall gebrochen, und daran änderte auch ihre immer intensiver vorangetriebene Zwangschristianisierung nichts. Auch eine Taufe und ein christlicher Name machten einen Indio eben noch nicht zu einem ergebenen Untertan eines Tausende von Meilen entfernt regierenden Königs.

Catalina registrierte, dass der Indio ihr immer noch feindselige Blicke zuwarf. Die junge Frau machte eine Bewegung mit dem Kinn, woraufhin der Indio widerspruchslos verschwand. Catalina imponierte das entschiedene Auftreten der Frau, und das umso mehr, als sie dabei noch keine Unze ihrer Weiblichkeit einbüßte. Ihre frisch geröteten Wangen und die sanft geschwungenen Lippen hätten die Blicke eines echten Mannes auf sich gezogen, und auch um die makellosen Hände und das prächtige, bis zur Hüfte reichende Haar beneidete Catalina sie.

»Ich will Euch nicht lange aufhalten«, meinte Catalina. »Ich möchte nur etwas Proviant für die Weiterreise kaufen.«

Die junge Frau musterte Catalina von Kopf bis Fuß, dann lächelte sie und bat sie einzutreten. »Ich bringe Euch zu meinem Vater.«

Auf dem Weg zu dem weitläufigen, einstöckigen Haupthaus erzählte sie Catalina, dass es in ihrer Region in der letzten Zeit häufig Probleme mit aufständischen Indios gebe und manchmal sogar die spanische Armee eingreifen müsse. Dann hatten sie das Arbeitszimmer ihres Vaters erreicht. Die junge Frau klopfte an, warf einen Blick hinein und bat Catalina ins Zimmer. Der Raum strahlte gediegenen spanischen Wohlstand aus. Der Hausherr war so angestrengt in seine Unterlagen vertieft, dass er ihr Eintreten gar nicht bemerkte. Erst als die junge Frau ihn direkt ansprach, sah er auf.

»Was ist denn, Montserrat?«, rief er. »Du weißt doch, dass ich in Arbeit ersticke, und da kommst du mir mit einem unangemeldeten Besucher!«

»Aber Vater, nun werdet doch nicht gleich grantig!« Montserrat umlief den Schreibtisch ihres Vaters, drückte ihm einen Kuss auf die Wange und flüsterte ihm etwas zu. Ihr Vater blickte zu Catalina und wirkte auf einmal sehr viel zugänglicher.

»Soso, ein junger Spanier seid Ihr. Tretet doch näher, ja, bitte, setzt Euch! Macht es Euch bequem!«

Catalina nahm auf dem weich gepolsterten Stuhl direkt vor seinem Schreibtisch Platz. Auf einem so bequemen Stuhl hatte sie zum letzten Mal in Vitoria bei Doktor Don Francisco de Geralta gesessen.

»Darf ich fragen, was Euch zu uns führt?«

»Ich bin auf dem Weg nach Callao. Ich hoffe, dort eine Arbeit zu finden.«

»Und welche Art Arbeit, wenn ich auch das noch fragen darf?«

Catalina fiel ein, was seine Tochter ihr über den Verwalter erzählt hatte, und ahnte, welche Idee die Stimmung des Hausherrn so plötzlich aufgehellt hatte … Catalina dachte an Mikel. Wie schwierig, wenn nicht sogar unmöglich, wäre es, ihn in Callao wiederzufinden. Und zugleich spürte sie unter ihrer Hand den guten, dicken Stoff, mit dem der Stuhl bezogen war. Auch alles andere hier machte den Eindruck von Wohlstand, Beständigkeit und Sicherheit …

Catalina blickte zu Montserrat und musste an Ainoa denken. Wie schön wäre es, wieder eine Freundin zu haben. Auf einmal fühlte sie sich müde. Ständig auf der Flucht zu sein, ständig in der Furcht zu leben, entdeckt zu werden … Vielleicht könnte sie ja hier, in der Abgeschiedenheit der Hazienda, in Ruhe leben. Don Alfredo sah sie abwartend an.

»Nun«, meinte Catalina, »eigentlich wäre mir jede Arbeit recht. Bisher habe ich für einen Händler, als Matrose und in einer Kolonialwarenhandlung gearbeitet, und Lesen, Schreiben und Rechnen kann ich auch.«

Don Alfredos Interesse nahm merklich zu. »Meine Tochter hat Euch ja schon von unserem Verwalter erzählt …«

Catalina nickte, sah noch einmal zu Montserrat und wollte auf einmal nichts mehr, als diese Stelle zu bekommen. »Das würde ich mir schon zutrauen. Ich lerne schnell, müsst Ihr wissen, sehr schnell sogar!«

Don Alfredo nickte. »Wenn Ihr meint, dass Ihr es schaffen könnt, will ich es gern mit Euch versuchen – allerdings muss ich Euch warnen: Auch wenn unsere Indios brave Leute sind, kriegen wir bisweilen doch die Auswirkungen von den Indioaufständen in der Umgebung zu spüren, was unseren letzten Verwalter das Leben gekostet hat.«

Catalina straffte sich und legte die Hand an ihren Degenknauf. »Den trage ich nicht zur Dekoration.«

»Nichts anderes wollte ich hören.« Don Alfredo nickte

zufrieden. »Niemals hätte ich gedacht, so schnell einen Ersatz zu bekommen, und zudem noch einen, der mir beim Führen der Bücher helfen kann. Was haltet Ihr von sechzig Maradevis bei freier Kost und Logis?«

Er hielt Catalina die Hand hin. Ohne zu zögern schlug sie ein.

8

Am nächsten Morgen sprang Catalina beim ersten Hahnenschrei aus dem Bett, das allein schon wert war, diese Stelle angenommen zu haben: Niemals zuvor hatte sie komfortabler geschlafen! Auch mit ihrem Zimmer – groß, hell und mit einer doppelflügeligen Tür zu dem mit Zitronenbäumen und Geranien bepflanzten Patio – war Catalina sehr zufrieden. Eigentlich gab es nichts, was ihr zu ihrem Glück noch fehlte. Fast nichts … Energisch schob sie den Gedanken an Mikel beiseite.
Sie sprang in ihre Kleider, spritzte sich ein bisschen Wasser ins Gesicht und lief ins Esszimmer, wo sich Don Alfredo gerade vom Frühstückstisch erhob. Eine kleine Indiofrau hielt Catalina einen Teller mit verschiedenen Kuchen hin. Sie wählte ein Stück mit dickem Schokoladenguss und biss mit gutem Appetit hinein.
»Oh, prima, Ihr seid ja auch schon auf!«, erschallte Montserrats helle Stimme.
Erstaunt drehte sich Catalina um. »Und ich dachte immer, die Töchter reicher Väter würden morgens ausschlafen.«
Montserrat lachte auf. »Meine Schwestern schlafen ja auch noch, aber mir hat Vater erlaubt, Euch in Eure Arbeit einzuführen.«
Vor Verwunderung ließ Catalina die Hand mit dem Kuchen sinken.
»Ich weiß, dass sich das eigentlich nicht gehört, und so ganz wohl fühlt sich mein Vater auch nicht dabei, aber da

er auf die Schnelle keinen neuen Verwalter finden konnte, habe ich in den letzten Wochen einen Großteil dieser Aufgaben übernommen, und wer könnte Euch jetzt also besser in diese Arbeit einführen als ich? Und so ganz nebenbei kann ich Euch gleich noch gestehen, dass ich jede Minute dieser Arbeit genossen habe.« Montserrat zwinkerte ihr verschwörerisch zu. »Ihr könnt Euch nicht vorstellen, wie langweilig es ist, ständig nur mit den Schwestern dazusitzen und nichts weiter tun zu dürfen, als Wandbehänge zu besticken oder irgendwelche Liedchen einzustudieren!«

Ein »Und ob!« lag Catalina schon auf der Zunge, aber im letzten Moment schluckte sie es hinunter.

»In Spanien würde er es Euch sicher trotzdem nicht gestatten«, meinte sie stattdessen. Montserrat nickte. »Ich bin ja schon hier geboren, aber die Mädchen von der Nachbarhazienda erzählen mir manchmal von Andalusien und wie streng überwacht sie dort waren. Das ist allerdings kein Vergleich zu hier.«

Montserrat trank einen Kaffee im Stehen, dann führte sie Catalina zu den Ställen, wo drei Indios mit dem Melken der Kühe beschäftigt waren. Catalina staunte über die große Menge Vieh. »Da sind ja mindestens zwei Dutzend!«

»Das ist nur ein Bruchteil«, erklärte ihr Montserrat. »Die meisten stehen draußen auf der Weide.«

Ein verspätet eintreffender Indio schnappte sich unter halbherzigem Entschuldigungsgemurmel seinen Eimer, einen Lappen und Melkschemel und hockte sich neben die erstbeste Kuh. Montserrat hub zu schimpfen an: »Ab jetzt hat das faule Leben ein Ende: Das hier ist der neue Verwalter, und wenn du keinen Ärger mit ihm haben willst, fängst du besser ab sofort wieder pünktlich mit deiner Arbeit an!«

Als sich auch Catalina einen Eimer nehmen wollte, legte Montserrat ihr lachend die Hand auf den Arm. »Aber Ihr sollt die Arbeit doch nur überwachen.«

»Ob ich mich beim Melken besonders geschickt angestellt hätte, wage ich ohnehin zu bezweifeln«, lächelte Catalina und ließ sich von Montserrat erklären, worauf sie zu achten hatte.

»Und all dieses Wissen habt Ihr Euch in nur wenigen Wochen selbst angeeignet?«, fragte sie anschließend verwundert.

»Nun, nicht so ganz ...« Montserrat musste lachen. »Wenn es irgendwie ging, bin ich auch früher schon aus den Mädchenzimmern entwischt, und unser Verwalter war immer froh über mein Interesse an seiner Arbeit. Ich hoffe, Ihr tretet auch in diesem Punkt in seine Fußstapfen.«

Catalina versprach es.

»Im Prinzip«, fuhr Montserrat fort, »wissen die Indios vom Ausmisten übers Füttern bis hin zu den Arbeiten auf dem Feld sehr genau, was und wie dies zu tun ist, aber wenn niemand von uns hinter ihnen steht, ist die Versuchung groß, sich in ein stilles Eckchen zurückzuziehen und die Kokablätter in den Mund zu stopfen, und wenn sie auf denen erst einmal eine Weile rumgekaut haben, kann man sie für den Rest des Tages vergessen. Ich schwöre Euch: eher kriegt Ihr einen Esel zum Tanzen als einen benebelten Indio zum Arbeiten!«

Sie gingen weiter zu den Pferdeställen. In einer Nebenkammer fettete ein Indio Sättel und Zaumzeug. Montserrat wies ihn an, zwei Pferde für sie vorzubereiten, und

zeigte Catalina in der Zwischenzeit die Schweine-, Hühner- und Hasenställe.
»Diese Tiere halten wir nur für den Eigenbedarf.«
Als sie zurückkamen, konnten sie gleich aufsteigen. Montserrats Pferd hatte einen Damensattel, was sie aber nicht davon abhielt, in rasantem Tempo vorneweg zu jagen. Catalina, die eher an gutmütige Mulis als an rassige Pferde gewöhnt war, hatte ihre liebe Mühe mitzuhalten.
Kurz darauf erreichten sie die Felder. Eine Gruppe Indios fing einen Hang mit Steinen ab und ebnete ihn ein.
»Von Jahr zu Jahr erweitern wir so unsere Felder«, erklärte Montserrat Catalina und machte sie auf eine Gruppe Indios aufmerksam, die rund um dieses neue Feld einen tiefen Graben zog. »Alle unsere Äcker sind an ein Bewässerungssystem angeschlossen, das in seinen Grundfesten auch unter den Inkas nicht viel anders ausgesehen hat.«
Montserrat stellte Catalina den Arbeitern vor.
»Ich hoffe, ihr werdet Don Francisco ebenso gut gehorchen wie seinem Vorgänger. Ansonsten wisst ihr sicher noch, wie sich eine Peitsche anfühlt.«
Einige murrten leise, aber als Montserrat ihnen den Befehl zum Weiterarbeiten gab, stießen sie ihre Grabstöcke doch willig in den Boden. Einzig Manolo sah weiter zu Catalina hin. Catalina hielt seinem Blick stand. Erst als Montserrat Manolo ermahnte, nicht Maulaffen feilzuhalten, wandte auch er sich wieder seiner Arbeit zu.
Anschließend führte Montserrat Catalina zu einem Feld, in dem drei Indios die Maispflanzen nach Schädlingen absuchten. Sie erklärte, worauf dabei zu achten war. Obwohl ihre Ausführungen nicht kompliziert waren, hatte Catalina Mühe, ihr zu folgen. Ein Stechen in ihrem Kopf ließ sie keinen klaren Gedanken mehr fassen. Schließlich

trieb der Schmerz ihr gar die Tränen in die Augen. Besorgt strich ihr Montserrat über den Arm
»Was habt Ihr denn?«, fragte sie. »Habt Ihr zu viel Sonne abbekommen?«
Sie ging mit Catalina in den Schatten eines Baumes und riet ihr, genau wie sie einen Hut zu tragen. »Die Sonne ist hier sehr intensiv, aber mit der Zeit werdet Ihr Euch schon daran gewöhnen.«
Obwohl Catalina bezweifelte, dass die Sonne der Grund für ihre Kopfschmerzen war, widersprach sie nicht. Im Laufe der nächsten Wochen verfestigte sich ihr Verdacht, dass Manolo dieses Stechen in ihrem Kopf auslöste. Wie er dies bewerkstelligte, wusste Catalina nicht, ihre Kopfschmerzen traten jedoch immer nur dann auf, wenn er sie zuvor mit diesem durchdringenden Blick angesehen hatte. Dennoch war sie zu stolz, um seinem Blick auszuweichen. Tao Te Chen hatte ihr beigebracht, dass es eine Sache war, vor jemandem Angst zu haben, aber noch einmal eine ganz andere, ihm dies auch zu zeigen. »Erst damit gewinnt der andere Macht über dich!«
Und diese Macht gönnte sie Manolo nicht.
Da Catalina nur selten mit Manolo zusammentraf, dachte sie nicht oft über ihn nach, wozu ihr die viele Arbeit auf der Hazienda ohnehin keine Zeit gelassen hätte, und ihre Abende waren nicht weniger ausgefüllt. Pünktlich um zwanzig Uhr erwartete Don Alfredo sie zum Abendessen, einer Aufforderung, der Catalina nur zu gerne nachkam, denn außer einem vorzüglichen Vier-Gänge-Menü erwartete sie auch die anregende Gesellschaft seiner Frau und seiner drei Töchter. Schnell bürgerte es sich unter den jungen Leuten ein, nach dem Essen in den Patio zu gehen, wo sie sich die Zeit mit Geschichtenerzählen, Spielen und

Musik vertrieben. Montserrat hatte eine liebreizende Stimme, und ihre zwei Jahre ältere Schwester Isabella begleitete sie ansprechend auf der Gitarre. Lisa, mit fünfzehn die Jüngste, hoffnungslos romantisch veranlagt und der Augapfel ihres Vaters, rezitierte lieber Liebesgedichte, denen Catalina so verzückt lauschte, dass die Schwestern sie deswegen aufzogen.

»Wie kann man als Mann nur so verrückt auf diese kitschigen Gedichte sein?«, hänselten sie Montserrat und Isabella, nicht ahnend, an wen Catalina in diesen Momenten dachte, und Catalina hütete sich natürlich, es ihnen zu erzählen. Ja, selbst Montserrat gegenüber wagte sie nicht, sich zu öffnen. Zu groß war ihre Angst, dass jene sie in einem unachtsamen Moment verraten könnte und sie erneut alles verlieren würde, was ihr gerade erst ans Herz gewachsen war: ein Platz, an dem sie sich willkommen und aufgehoben fühlte, wo sie Freundinnen zum Reden, ein behagliches Zimmer und eine interessante Arbeit hatte, wo sie keine Nachstellung von Männern befürchten musste. Und es gab noch einen Grund, warum sie unbedingt hierbleiben wollte: Es war die Hoffnung, dass Mikel sich doch noch besinnen und eines Tages kommen und sie holen würde.

»Warum sollen Männer denn nicht von Liebe träumen?«, gab Catalina auf ihr Hänseln zurück, woraufhin die Schwestern nur noch lauter lachten. Es dauerte eine ganze Weile, bis sie sich wieder beruhigt hatten und Lisa mit leiser Stimme zu fragen wagte: »Wenn Euch die Gedichte so gut gefallen, habt Ihr ja vielleicht auch Lust, mit uns Theater zu spielen?«

Dass Catalina abwehrend die Hände hob, minderte die steigende Begeisterung der drei Schwestern kaum.

»Das Stück kann ich schreiben«, schlug Isabella mit vor Aufregung geröteten Wangen vor, Lisa rief: »Und die Kostüme nähe ich«, und Montserrat freute sich, dass sie damit ein originelles Geburtstagsgeschenk für ihre Mutter hätten. »Die liebt das Theater doch so sehr.«
»Aber ich will kein Theater spielen!«, rief Catalina in ihren Jubel hinein. »Das liegt mir nicht.«
Doch das interessierte die drei jungen Damen nicht mehr, so froh waren sie, dass in ihrem Theaterstück nun endlich ein Mann auftreten würde. »Und zwar ein echter, versteht Ihr!«
Catalina sah ein, dass sie keine Chance hatte, den Mädchen ihre Idee wieder auszureden. Sie sank zurück in ihren Stuhl und ahnte, dass sie geradewegs ins Verderben ging …

9

Schon drei Wochen später legte Isabella ihr Theaterstück vor. Die Handlung war nicht kompliziert; es war eine turbulente Liebesgeschichte, dazu gab es einen Rivalen und die Freundin der weiblichen Hauptperson.

»Und?«, fragte Isabella. »Wie gefällt es euch?«

»Ich würde sagen: Lope de Vega lässt grüßen!«, grinste Montserrat, worauf Isabella beleidigt auffuhr, dass sie bei niemandem abgeschrieben habe und bei diesem in Spanien derzeit so berühmten Dichter, der Theaterstücke wie am Fließband schrieb, schon sowieso nicht. »Das habe ich auch gar nicht nötig.«

Montserrat ließ es auf sich beruhen, zumal die Zeit drängte. Als Catalina hörte, dass sie die Rolle von Lisas Geliebten übernehmen sollte, wurden ihr die Knie weich.

»Aber der umarmt und küsst Lisa doch dauernd, und dann diese innige Kussszene am Schluss!« Catalina brach der Schweiß aus. »Das geht nicht! Das geht auf gar keinen Fall!«

»Aber Ihr sollt Lisa doch nicht richtig küssen«, beruhigten sie die Mädchen. Isabella zeigte ihr, wie sie sich Lisa zuwenden könne, dass es für die Zuschauer wie ein echter Kuss aussah, er Lisa dabei aber nicht zu nahe trat.

Catalina ließ sich nicht beruhigen. »Eure Eltern werden mir den Kopf abreißen, ob der Kuss nun echt ist oder nicht.«

»Ach woher«, widersprachen ihr die Mädchen. »Unsere

Eltern wissen doch, dass man beim Theater nicht richtig küsst. Und jetzt lasst uns endlich mit der ersten Probe beginnen!«

Damit ihre Eltern nicht vorzeitig von dem Stück erfuhren, wollten sie in Lisas Zimmer proben. Sofort meldete Catalina Protest an. »Jetzt nehmt doch Vernunft an! Wenn Euer Vater mich in Lisas Zimmer erwischt, knüpft er mich am nächsten Baum auf!« Montserrat stimmte ihr zu. »Auch für Mutter hörte da sicher der Spaß auf.«

»Dann müssen wir eben Wachen aufstellen«, rief Isabella und holte ihre Zofen herbei. Sehr begeistert waren die drei Indiofrauen über die spätabendliche Sonderaufgabe zwar nicht, aber die Aussicht auf eine Sonderbelohnung ließ ihre Mienen wieder heller werden. Montserrat positionierte Isabellas Zofe im Flur und ihre und Lisas Zofe im Patio, unweit von Lisas Terrassentür.

»Wenn ihr Mama oder Papa seht, sagt ihr sofort Bescheid!«, schärfte sie den Frauen ein, woraufhin die nickten, sich Stühle herbeischafften und es sich bequem machten.

»Na, dann können wir jetzt ja endlich anfangen«, frohlockte Isabella und zog Catalina mit sich in Lisas Zimmer. Sie drückte Catalina auf Lisas Bett und erklärte ihr, dass dies ihre Kutsche sei. »Und mit der fahrt Ihr jetzt los, und auf dem Marktplatz fällt Euer Blick auf die Blumenverkäuferin, die Lisa spielt, und Ihr verliert Euer Herz an sie! Verzückt seht Ihr zu, wie sie mit ihrem lieblichen Lächeln Blumen verkauft. Ihr wollt zu ihr gehen, aber im gleichen Moment tritt ein anderer Mann an ihren Stand – und Ihr spürt sofort, dass sie auch ihm nicht gleichgültig ist!«

Catalina tat so, als treibe sie ihre Pferde an, blickte pflichtschuldig zu Lisa – und erntete heftiges Protestgeschrei von den Mädchen.

»Verliebt, Don Francisco, verliebt sollt Ihr zu Lisa sehen! Ihr aber schaut sie an, als hätte sie Euch gerade Zitronensaft in den Mund geträufelt!«
Catalina stöhnte, legte aber doch mehr Gefühl in ihren Blick, woraufhin sich die Mädchen ausschütteten vor Lachen.
»So guckt doch kein verliebter Mann«, kicherte Lisa, und Montserrat rief: »Tut mir leid, Don Francisco, aber jetzt seht Ihr wie eine Frau aus, die ihrem verschollenen Geliebten hinterhertrauert!«
Nun hatte Catalina endgültig genug und wollte davonstürmen, aber die Mädchen hielten sie zurück.

Auch an den nächsten Abenden ließen die Mädchen keine Ausflucht gelten und probten fleißig weiter, um sicherzustellen, dass sie das Stück bis zum Geburtstag ihrer Mutter aufführen konnten. Während die Mädchen von Tag zu Tag mit größerer Begeisterung bei der Sache waren, zog sich Catalina immer mehr in sich zurück. Ihre Angst wuchs, dass ihre Arbeitgeber ihr den Kuss der Schlussszene – echt oder nicht – nicht verzeihen würden. In ihren Albträumen sah sie Don Alfredo mit gezücktem Messer auf sie losstürmen, und wenn sie wach wurde, raste ihr Herz so, dass sie lange nicht wieder einschlafen konnte. Entsprechend müde kam sie am folgenden Tag ihren Aufgaben auf der Hazienda nach. Dabei hätte sie gerade jetzt dort ihre ganze Kraft gebraucht: Es war die Zeit der Maisernte, doch statt sich dieser Aufgabe zügig anzunehmen, machten die Indios ein großes Fest daraus und waren an keinem Morgen dazu zu bewegen, die Felder auch nur zu betreten, ehe sie nicht zahlreiche Zeremonien und Opferriten für ihre Pachamama, die Göttin von

Saat und Ernte, zelebriert hatten. Außerdem hatte Don Alfredo Catalina angewiesen, auf den oberen Hängen weitere Terrassen für Maisfelder anzulegen, wofür erst einmal Natursteinmauern errichtet und die Bewässerungssysteme erweitert werden mussten. Für diesen Auftrag musste Catalina nun täglich mit Manolo zusammenarbeiten, denn niemand wusste besser als er darüber Bescheid, wie die Terrassen gezogen, die Mauern errichtet und die Bewässerungssysteme ausgebaut werden mussten. So war sie seinen Blicken ausgesetzt, und oft dröhnte ihr der Kopf schon um die Mittagszeit so, dass sie sich kaum noch auf den Beinen halten konnte. Doch was blieb ihr übrig? Es war ihre Aufgabe, diese wichtigen Arbeiten zu überwachen.

10

Nach einer besonders schlimmen Nacht und einem mit Manolo an der Bewässerungsanlage verbrachten Vormittag bekam Catalina so starke Kopfschmerzen, dass sie sich setzen musste. Verzweifelt überlegte sie, womit sie Manolo beschäftigen konnte, damit sie wenigstens eine Weile aus seinem Blickfeld kam, und wurde auf zwei Männer aufmerksam, die damit beschäftigt waren, die Erde zwischen den Kartoffeln aufzuhacken. Catalina winkte Manolo zu sich.

»He, Manolo, geh rüber aufs Kartoffelfeld und lös Alexandro und Paco ab, denen werden die Arme schon lahm. Und du, Pedro«, rief sie einem anderen Indio zu, »gehst mit ihm.«

Während sich Pedro mit der ihm eigenen stoischen Gleichgültigkeit auf den Weg machte, hob Manolo empört den Kopf. »Feldarbeit ist Arbeit für die jungen Männer! In meinem Alter muss man nicht mehr im Dreck wühlen.«

»Die Erde aufzuhacken hat nichts mit Im-Dreck-Wühlen zu tun«, gab Catalina zurück und rieb sich die Schläfen.

Statt ihrem Befehl zu folgen sah Manolo ihr direkt in die Augen. In Catalinas Kopf pochte es heftiger denn je. Ärgerlich trat sie auf Manolo zu. »Bist du taub? Ich habe gesagt, du sollst auf dem Feld da drüben arbeiten!«

Manolo rührte sich noch immer nicht vom Fleck. Catalina hatte das Gefühl, von seinen Blicken durchbohrt zu werden.

»Du tust jetzt, was ich sage!«
Endlich setzte sich der Indio in Bewegung, aber dann drehte er auf einmal um und rannte zu seiner Hütte. Catalina merkte, dass sie angesichts der vielen auf sie gerichteten Blicke etwas unternehmen musste, wenn sie nicht riskieren wollte, dass ihr bald alle auf der Nase herumtanzten. Sie lief hinter Manolo her.
»Du sollst aufs Feld gehen und umgraben helfen!«
Ohne den Kopf umzuwenden schlüpfte Manolo unter dem Tuch hindurch, das vor der Türöffnung seiner Hütte hing. Wütend stürmte Catalina ihm nach, rauschte unter dem Tuch hindurch und spürte in der nächsten Sekunde eine Messerspitze an ihrer Kehle.
»Wage es nicht!«, zischte sie Manolo an. »Das würde dich deinen Kopf kosten.«
»Aber zuerst Euch den Euren«, gab Manolo unbeeindruckt zurück. »Es sei denn, Ihr seid klug genug, schleunigst von hier zu verschwinden.«
Catalina machte einen Schritt zurück; Manolo folgte ihr und drückte ihr weiter die Klinge gegen den Hals. Er grinste sie an. »Ab morgen habe ich hier das Sagen.«
Catalina wurde klar, dass Manolo nicht nur wollte, dass sie seine Hütte verließ.
»Du bist ja verrückt«, keuchte sie.
Manolo trat so nah an sie heran, dass sie seinen schlechten Atem riechen konnte. »Wenn Ihr hier nicht aufgetaucht wärt, wäre ich der neue Verwalter geworden. Ich hatte mit Don Alfredo schon alles abgesprochen. Und jetzt werde ich dafür sorgen, dass er doch noch Wort hält.«
Angesichts der Schneide an ihrem Hals hielt Catalina es für klüger, ihm nicht zu widersprechen.

»Ist ja schon gut«, meinte sie daher nur. »Nimm jetzt das Messer weg und ich verschwinde.«
Manolo rührte sich nicht.
»Du hast gewonnen: Noch heute packe ich meine Sachen und tauche hier nie wieder auf.«
Endlich ließ er das Messer sinken – und in der nächsten Sekunde bohrte ihm Catalina ihre Degenspitze in den Bauch. Eiserne Entschlossenheit spiegelte sich in ihrer Miene. Manolo ließ das Messer fallen.
»Wag das nie wieder!«, zischte Catalina ihn an. »Nie wieder, hörst du?«
Stumm starrte Manolo sie an. Catalina wurde klar, dass sie hier ab sofort keine ruhige Minute mehr haben würde. Es zuckte ihr in den Fingern, aber schließlich ließ sie den Degen doch sinken.
»Ich warne dich: Komm mir bloß nie wieder zu nah!«, knurrte sie ihn an. »Und jetzt mach, dass du auf das Kartoffelfeld kommst, und zwar ein bisschen plötzlich!«
Nach einem Catalina endlos lang erscheinenden Moment senkte Manolo den Blick, ging zur Tür und trat ins Freie. Catalina musste ein paarmal tief durchatmen, ehe sie ihm folgen konnte. Als sie hinauskam, drehte er sich noch einmal zu ihr um.
»Das werdet Ihr bereuen«, stieß er zwischen den Zähnen hervor. »Das werdet Ihr bereuen.«
Dann ging er weiter. Und begann auf einmal zu lachen.

In den nächsten Tagen rechnete Catalina ständig damit, dass Manolo aus irgendeiner dunklen Ecke hervorsprang. Die Katze saß vor dem Mauseloch – Catalina spürte es. Sie bemühte sich, nicht die Nerven zu verlieren, konzentrierte sich ganz auf ihre Arbeit, aß abends im Kreis der

Familie und ging anschließend mit den Mädchen in den Patio. Kaum hatte sich ihr Vater in sein Arbeitszimmer und ihre Mutter in den Salon zurückgezogen, drängten die Mädchen sie, mit den Theaterproben weiterzumachen.

Zwei Wochen vor dem Geburtstag vergewisserte sich Catalina vor der Probe wieder, dass die Zofen auf ihren Plätzen waren. Als sie sah, wie lustlos die drei Frauen auf ihren Stühlen hingen, nahm sie sich vor, ihnen morgen eine weitere Sonderbelohnung zu versprechen, damit sie sich wieder ein bisschen eifriger an ihre Aufgabe machten. Als sie Lisas Zimmer betrat, wurde sie dort schon erwartet.

»Ich dachte schon, Ihr kämt heute überhaupt nicht mehr!«, rief Montserrat, und dass sie sich heute unbedingt noch einmal an die Schlussszene machen müssten.

»Hier ist Eure Ausgangsposition!«, erklärte sie Catalina und zog sie am Arm in die Mitte des Raumes. »Und jetzt noch einmal, damit Ihr Euch endlich ein bisschen besser in die Szene hineinfühlt: Ihr steht hier an einer Hausecke und wartet auf Eure Geliebte. Als Ihr die Hoffnung gerade aufgeben wollt, huscht Lisa um die Ecke. Ihr seht, dass sie weint. Bestürzt fragt Ihr sie, was geschehen ist. Sie erklärt Euch, dass ihr euch nie wiedersehen dürft, weil ihr Vater sie mit Xavier verheiraten will. Entsetzt ruft Ihr Nein!, nehmt ihre Hand und zieht sie an Euch. Und dann sagt Ihr, dass Ihr mit ihr fliehen werdet, woraufhin sie Euch in die Arme fällt und Ihr sie innig küsst!«

»Auf die Wange«, erinnerte Catalina sie missmutig. »Nur auf die Wange, haben wir ausgemacht.«

Montserrat stöhnte auf. »Du meine Güte, ja. Aber nicht wieder wie gestern so weit seitlich, dass es für die Zuschauer aussieht, als wolltet Ihr Lisa das Ohr abbeißen!«

Die Mädchen prusteten los, Catalina aber fand das Ganze gar nicht komisch. »Also, Don Francisco, ist jetzt alles klar?« Montserrat sah sie abwartend an. Catalina nickte; Isabella und Montserrat zogen sich auf ihre Plätze hinter den Paravent zurück. Gegen Ende der Kussszene würde Isabella alias Xavier von dort heraustreten, Catalina alias Rodriguez in flagranti mit Lisa erwischen und mit gezücktem Degen auf ihn losgehen. Im letzten Moment würde Lisa ihren Rodriguez warnen, damit der seinen Rivalen in die Flucht schlagen konnte.

»Fangen wir also an!«, rief Montserrat. Catalina tat so, als warte sie, nach einer Weile kam Lisa um die gedachte Hausecke und weinte.

»Aber Geliebte, was ist denn geschehen?«, rief Catalina.

»Wir dürfen uns nie wiedersehen«, erwiderte Lisa und weinte noch heftiger. »Mein Vater will mich verheiraten – mit Xavier!«

Ganz wie es vorgesehen war, nahm Catalina Lisas Hand, zog sie an sich und erzählte ihr, dass sie ihre Flucht schon vorbereitet habe. »Im Morgengrauen komme ich und hole Euch, Geliebte, und dann fliehen wir in ein besseres Leben, ein Leben, in dem wir frei sein werden und nur uns gehören!«

Sanft strich Catalina ihrer Geliebten über die Wange und wollte sie eben küssen, als hinter ihr wütendes Gebrüll anschwoll: »Du nichtsnutziger Betrüger, verderbter Mädchenschänder, der du bist!«, zugleich bohrte sich eine Degenspitze in Catalinas rechten Oberarm. Catalina schrie vor Schmerz, zog mit ihrem linken Arm den Degen aus der Schneide und fuhr zu ihrem Angreifer herum und war so verblüfft, als sie sah, wer sie angriff, dass sie nicht zurückschlagen konnte.

»Aber Don Alfredo«, stotterte sie, und hinter ihr schrien die Mädchen, doch Don Alfredo war blind und taub vor Wut. Er griff Catalina wieder an. »Meiner Tochter nachstellen, sie entführen wollen – das werdet Ihr mir büßen!«

Don Alfredos Klinge schrammte an Catalinas Brust vorbei, was ihr bewusst machte, wie ernst es Don Alfredo war. Sie riss den Degen hoch und wehrte Don Alfredos nächsten Hieb ab, aber da schlug er erneut auf sie ein … Catalina brach der Schweiß aus. Auch wenn Georges ihr beigebracht hatte, den Degen mit beiden Händen zu führen, war ihre Linke doch weit schwächer als ihre Rechte, und Don Alfredo war ein ausgesprochen wendiger Fechter. Catalina sah sich gerade nach einer Fluchtmöglichkeit um, da spürte sie auch in ihrem Rücken eine Degenspitze.

»Lass die Klinge fallen!«

Catalina tat es und hob die Hände. Die Spitze bohrte sich trotzdem weiter in ihr Fleisch, ganz, ganz langsam, bis sie ihre Haut durchstoßen hatte und noch ein Stückchen tiefer. Catalina war klar: Das war die Rache, die schon allzu lange auf ihre Erfüllung hatte warten müssen …

»Vater, bitte, Ihr versteht das alles falsch!«

Mit flehenden Blicken eilte Lisa, die sich in ihrem ersten Schrecken auf die andere Seite des Bettes geflüchtet hatte, zu ihrem Vater, auch ihre Schwestern trauten sich hinter dem Paravent hervor und versuchten, ihren Vater zu beschwichtigen. Don Alfredo aber tobte weiter.

»Verschwindet, ihr Metzen, ihr verdorbenes Pack«, brüllte er sie an. »Geht mir aus den Augen, oder ich vergesse mich!«

»Aber, Vater, bitte, es ist doch alles ganz anders«, rief Montserrat. Don Alfredo schleuderte eine Blumenvase in ihre Richtung. Montserrat duckte sich und wurde von ihren Schwestern hinter das Bett gezogen. Schluchzend klammerten sich die zwei an sie.

»Und jetzt zu dir, du Mädchenschänder!« Don Alfredo schäumte vor Wut. Zu gern wäre Catalina zurückgewichen, aber Manolo bohrte ihr weiter seinen Degen in den Rücken und stieß jetzt sogar noch einmal nach. Catalina biss die Zähne zusammen. Eher hätte sie sich die Zunge abgebissen, als auch nur den winzigsten Schmerzensschrei herauszulassen.

»Los, bring ihn weg!«, donnerte Don Alfredo Manolo an. »Du weißt schon, wohin! Und ihr …« Er fuhr zu den Zofen um, die schaulustig an der Terrassentür klebten und jetzt mit spitzen Schreien zurückwichen. »Ihr seid mir dafür verantwortlich, dass sich die Mädchen nicht aus dem Zimmer rühren!«

Die Indiofrauen nickten hastig. Don Alfredo stieß Catalina aus dem Zimmer. Sie stolperte über den Teppich und stürzte. Manolo trat sie gegen das Bein. »Na los, raus hier, du Schwein, verschwinde aus dem Mädchenzimmer!«

Catalina hörte die Mädchen aufschluchzen. Manolo trat sie noch einmal gegen das Bein. Catalina rappelte sich auf und hinkte aus dem Zimmer. Kaum waren sie im Flur, knallte jemand die Tür hinter ihnen zu.

Jetzt kann mir niemand mehr helfen, dachte Catalina. Im gleichen Moment schlug Manolo ihr in die Nieren. Der Schmerz war so heftig, dass Catalina kaum noch Luft bekam …

Auch vor dem Haus trieb Manolo sie weiter mit Stößen und Tritten vor sich her. Erst als sie die Pferdeställe erreicht hatten, ließ er von ihr ab. Er befahl ihr, das Tor zu öffnen. Catalina gehorchte. Manolo stieß sie in den dunklen Raum. Catalina stolperte über eine Mistgabel und prallte mit dem Kopf gegen die Tür einer Pferdebox. Sie hatte Mühe, wieder auf die Beine zu kommen.

»Na was denn? Das war doch erst der Anfang!«, höhnte Manolo und zerrte sie in die Mitte des Stalls. »Und jetzt schön aufrecht stehen, wir haben schließlich noch mehr mit dir vor.«

Kaum stand Catalina wieder, schlug Manolo ihr in den Magen. Dem ersten Hieb hielt Catalina stand, unter dem zweiten ging sie in die Knie. Dann rief Don Alfredo: »Stopp, Manolo, hör auf! Der Scheißkerl gehört mir!«

Manolo zerrte sie wieder auf die Füße. Catalina hob den Kopf und sah ihrem Arbeitgeber direkt in die Augen. »Don Alfredo, bitte, so lasst mich doch erklären!«

Doch Don Alfredo schlug zu: in ihr Gesicht, in ihren Bauch, in ihre Rippen … Als Catalina die Beine wegsackten, brüllte Don Alfredo Manolo an, sie hochzuhalten, damit er ihr noch den Rest geben konnte. Nach dem dritten Schlag wurde Catalina ohnmächtig.

11

Als Catalina wieder zu sich kam, dröhnte ihr der Kopf und ihr Körper schien ein einziger Schmerz zu sein.

»Na, kehrst du allmählich zu den Lebenden zurück?«, hörte sie einen jungen Mann fragen.

Catalina konnte ihre Augen nicht öffnen und tastete mit den Fingern über die Lider: Sie waren dick geschwollen und verkrustet. In dem Moment fiel Catalina alles wieder ein …

»Oh mein Gott«, stöhnte sie.

»Immer mit der Ruhe! Das wird schon wieder«, sagte dieselbe Stimme. Jemand legte ihr einen nassen Lappen auf die Augen. Das Wasser brannte wie Salz in ihren Wunden. Catalina nahm den Lappen wieder weg.

»An deiner Stelle würde ich den Lappen benutzen – es sei denn, du hast eine bessere Idee, wie du deine Augen wieder aufbekommen kannst.«

Behutsam benetzte Catalina ihre Augen und konnte nach einer Weile zumindest ihr rechtes Auge ein Stück weit öffnen. Das Erste, was sie sah, war ein amüsiert dreinschauender Mann mit dunklen Knopfaugen.

»Hallo, ich bin Stefano.« Er lächelte sie an, wusch den Lappen aus und reichte ihn ihr wieder. Da trat ein zweiter, älterer, sehr reserviert wirkender Mann hinzu, der sie zu taxieren schien.

»Das wusste ich doch, dass du den wieder hinkriegst!«, brummte er in Stefanos Richtung.

»War ja auch Ihr ausdrücklicher Befehl, Herr Hauptmann!« Der Angesprochene verpasste Stefano einen Klaps auf den Kopf und gab ihm den Befehl, sich gut um den Neuzugang zu kümmern. »Schließlich ist es in unserem Interesse, dass er möglichst rasch wieder auf die Beine kommt.«

Noch bevor Catalina den Mund zu einer Frage öffnen konnte, war der Hauptmann schon wieder verschwunden. Catalina sah sich um und erkannte, dass sie in einem Zelt lag. Da auch Stefano eine Uniform der spanischen Armee trug, nahm sie an, dass sie in einem Soldatenlager gelandet war. Sie überlegte, wie sie wohl hierhergekommen sein mochte, und verlor darüber erneut das Bewusstsein.

Ein stechender Schmerz in ihrem Arm holte Catalina wieder in die Realität. Sie versuchte, sich aufzubäumen, doch eine beherzt zupackende Hand drückte sie zurück auf ihr Lager.

»Tut mir leid, aber ich werde dir gleich noch einmal wehtun müssen. In deiner Stichwunde hängt immer noch ziemlich viel Dreck«, sagte Stefano und wischte auch schon über die Wunde. Catalina zog die Luft ein.

»Das war es jetzt aber«, beruhigte Stefano sie. »Ja, doch, ich denke, so kann man es lassen. Willst du was trinken?«

Catalina nickte und versuchte sich aufzurichten, sank aber sofort wieder stöhnend zurück. Stefano stützte sie.

»Die haben nicht viel heil an mir gelassen«, ächzte Catalina und trank einen Schluck. Das Wasser schmeckte nach Blut. Catalina fuhr sich mit den Fingerkuppen über die Lippen. Die Oberlippe war dick geschwollen. Anschließend fuhr sie mit der Zunge ihre Zähne ab, doch zumindest hier schien alles unversehrt zu sein. Sie bewegte die Arme, die Beine und den Kopf und kam zu dem Schluss, dass sie trotz allem glimpflich davongekommen war: Außer der Stichwunde an ihrem Arm hatte sie anscheinend nur Prellungen und Schürfwunden. Und auch in anderer Hinsicht hatte sie Glück gehabt: Stefano hatte die Wunde an ihrem Arm versorgt, ohne ihr dafür das Hemd auszuziehen …

Catalina trank noch einen Schluck, danach ließ Stefano sie zurück auf ihr Lager sinken. »Ich verbinde dir jetzt die Wunde, damit kein neuer Dreck hineinkommt, einverstanden?«

Catalina nickte. Während Stefano seine Arbeit tat, musterte sie ihn. Sie mochte seine ruhige, selbstverständliche Art. Mit geübten Handgriffen legte er ihr den Verband an.

»Das machst du nicht zum ersten Mal, wie?«

»Allerdings nicht!« Stefano riss die Enden des Verbands ein und verknotete sie um ihren Arm. »Ich bin schon seit drei Jahren dabei, und da ich zuvor eine Weile bei einem Bader gearbeitet habe, musste ich von Anfang an jedwede Art von Verletzungen versorgen. Sogar Kugeln habe ich schon rausoperiert, wenn der Feldscher zu viel zu tun hatte.«

»Seit drei Jahren dabei …?«

»Na ja, bei der Armee.«

»Wie bin ich eigentlich hierher gekommen?«, fragte Catalina. »Ich habe doch gar nichts mit der Armee zu tun. Warum musst du mich trotzdem versorgen? Haben die Mädchen Don Alfredo doch noch davon überzeugen können, dass alles ganz harmlos war, und du hast jetzt die ehrenvolle Aufgabe, mich wieder aufzupäppeln?«

»Einen Don Alfredo kenne ich nicht. Und dass du nichts mit der Armee zu tun hast ...« Stefano strich sein dickes, schwarzes Haar aus der Stirn und hob die Augenbrauen. Catalina sah ihn verständnislos an. Da lachte er auf. »Du hast tatsächlich keine Ahnung, wie?«

»Ahnung wovon?«

»Na, dass du einen Vertrag geschlossen hast. Mit der Armee. Für fünf Jahre, genau wie ich.«

»Was?« Catalina fuhr mit einem Ruck in die Höhe. Ein scharfer Schmerz flammte durch ihren Körper. »Nie und nimmer habe ich das getan!«

Stefano ging zu dem Tisch, der am anderen Ende des Zeltes stand, holte eine Pergamentrolle und hielt sie Catalina unter die Nase. »Ich weiß ja nicht, ob du lesen kannst ...«

Catalina entriss ihm das Papier. Je weiter sie las, desto blasser wurde sie. »Ich ... ich habe mich ... Aber das kann doch gar nicht sein.«

Stefano rollte das Dokument wieder zusammen und legte es zurück an seinen Platz. Dann setzte er sich wieder neben sie. »Jetzt nimm es nicht so tragisch. Übrigens bin ich auch nicht ganz freiwillig dabei: Ich hatte beim Würfelspiel gewonnen und mich hinterher vor lauter Freude darüber total zulaufen lassen. Als ich wieder zu mir kam, steckte ich in einer Uniform, und irgendein gelackter Kavallerist erklärte mir, dass ich mich für fünf Jahre verpflichtet hätte. Als ich es nicht glauben wollte, hielt er mir genauso ein Dokument vor, wie ich es dir eben gezeigt habe.«

»Aber ... aber das können die doch nicht machen«, stammelte Catalina.

»Und wie die das können. Und glaub bloß nicht, dass es in Spanien anders zugeht. Wenn sie Leute für die Armee

brauchen und sich nicht genug Freiwillige melden, kennen die hier wie da kein Pardon. Hast du noch nie die Werber gesehen, die von Ort zu Ort laufen, auf Marktplätzen und in Gasthäusern von den Freuden des Soldatenlebens schwärmen und die Dorfjugendlichen mit Wein und Schnaps freihalten, bis sie einen Vertrag unterschreiben? Meinst du wirklich, auch nur einer von denen weiß am nächsten Tag noch, was er da unterschrieben hat?« Stefano lachte auf. »Zuerst war ich auch total entsetzt, aber je länger ich dabei bin, desto besser gefällt es mir.«
»Dir, ja, dir!«, stöhnte Catalina. Sie schloss ihr Auge und wünschte sich, wieder das Bewusstsein zu verlieren.

In den nächsten Tagen hatte Catalina auf ihrem Krankenlager reichlich Zeit, über ihre neue Lage nachzudenken. Als Erstes bat sie Stefano, ein paar Nachforschungen anzustellen. Schnell wurde klar, dass Don Alfredo selbst sie hier abgeliefert und den Vertrag für sie unterschrieben hatte. Er hatte wohl Manolo mehr geglaubt als den Mädchen, falls er ihnen überhaupt zugehört hatte. Sie sah keine Möglichkeit, an ihn heranzukommen, um ihm alles zu erklären, und selbst das hätte wohl keinen Unterschied mehr gemacht: Wen die Armee einmal in den Fingern hatte, den ließ sie nicht wieder los. Angesichts der Bedrohung durch aufständische Indios gab es in der Neuen Welt viel zu wenige spanische Männer. Im Prinzip hatte Catalina noch nicht einmal etwas dagegen, für ihren König zu kämpfen. Schließlich hatte sie auch in ihren Phantasiekämpfen im Kloster schon oft den Degen für ihn geschwungen und war sich sicher, dass sie gut genug fechten konnte, um im Kampf ihren Mann zu stehen. Sorgen bereitete ihr nur ihr kleines Geheimnis … Wo sollte sie mitten im Feld, im Kampfgeschehen gar!, ihre Binden wechseln, auswaschen und trocknen? Gar nicht erst zu reden vom gemeinsamen Waschen in Fluss oder See. Irgendwann würde zwangsläufig auffallen, dass sie dabei nicht mitmachte ... Und wie leicht konnte sie durch eine Stich- oder Schussverletzung auffliegen! Gerade jetzt hatte sie es doch erlebt: Wäre ihr Hemd am Arm nicht ohnehin zerrissen gewesen, hätte Stefano es ihr sicher ausgezogen und wäre dabei auf die eindeutigen Attribute ihrer Weiblichkeit gestoßen! Und was die Soldaten eines Regiments, Männer, die oft schon seit Monaten keine Frau mehr berührt hatten, mit ihr anstellen würden, wenn sie hinter ihr Geheimnis kamen, darüber wollte Catalina noch nicht einmal nachdenken. Eines war gewiss: Ihr Erlebnis mit Giuseppe wäre dagegen nur ein Sandkastenspiel.

Doch was wollte sie tun? Wenn Catalina nicht riskieren wollte, als Deserteur erschossen zu werden, musste sie bei der Kompanie bleiben.

Nach zwei Wochen hatte sie sich so weit erholt, dass sie mit Stefano einen ersten Rundgang durch das Lager machen konnte. Sie war erstaunt, wie groß es war. Richtige Zeltgassen breiteten sich vor ihr aus, in denen Mensch und Vieh enger als in manchen Städten durcheinander wimmelten! Überall mähte, grunzte und muhte es, da die Truppe einen großen Teil ihres Proviants lebend mitführte, und auf den Weiden galoppierten Pferde, die zu den prächtigsten gehörten, die Catalina bisher in Peru gesehen hatte. Nach einer Weile blieb Stefano bei einem Freund zurück, und Catalina lief das kleine Stück bis zum Rand des Lagers allein weiter. Ein widerlich süßlicher Verwesungsgeruch wurde immer stärker, bis sie einen Abfallgraben erreicht hatte. Ratten und etliche verwilderte, jämmerlich anzusehende Hunde durchsuchten den Müll nach Essbarem. Catalina wollte gleich umdrehen, aber da entdeckte sie in dem Unrat etwas, das wie eine Hand aussah. Ohne nachzudenken sprang sie hinunter und versank fast bis zu den Knien in dem Abfall. Trotzdem ging sie weiter in Richtung der Hand, bis zwei bis auf die Knochen abgemagerte Hunde zähnefletschend auf sie zukamen.

»Macht, dass ihr wegkommt, ihr widerlichen Köter!« Catalina schleuderte einen Stock in ihre Richtung, woraufhin die Hunde die Schwänze einzogen und das Weite suchten. Catalina ging weiter. Sie packte die Hand und zog – doch es folgte kein größeres Gewicht als das eines zerfetzten Armstummels. Erschrocken ließ Catalina das tote Fleisch fallen – und entdeckte nun auch noch so manch anderen menschlichen Abfall: Da vorn lag ein Fuß, dessen Zehen gerade von einer Ratte angeknabbert wurden, da hinten eine weitere Hand, dort ein ganzer Arm, da drüben ein Unterschenkel samt Knie. Einige der Gliedmaßen zeigten schon starke Verwesungsspuren, andere schienen erst seit kurzem hier zu liegen und waren von den Tieren noch kaum angenagt. Saurer Speichel sammelte sich in Catalinas Mund. Sie spuckte aus.

»Francisco, was machst du denn da?«

Stefano reichte ihr die Hand und half ihr aus der Grube.

»Wo … wo kommen diese ganzen Gliedmaßen her?«, stammelte Catalina noch immer fassungslos.

»Na, woher schon: von Amputationen natürlich.« Stefano sah sie gleichmütig an. »Wir hatten harte Kämpfe in den letzten Tagen. Und es ist immer noch besser, einen Fuß oder eine Hand als das Leben zu verlieren.«

»Aber … aber dann werft ihr diese Gliedmaßen einfach

hier hin und dann kommen die Ratten und ...« Catalina konnte nicht weiterreden.

»Was sollen wir denn sonst mit ihnen machen? Sie vielleicht als Erinnerungsstücke in Alkohol einlegen?«

Catalina sah ihn an und begann zu begreifen, wie wenig diese Kämpfe hier mit ihren Phantasiekämpfen im Kloster gemein hatten ...

Zur ihrer großen Erleichterung merkte Catalina bald, dass sie sogar unter einer Horde Soldaten als Frau unerkannt leben konnte. Bei den vielen Menschen, die ständig beschäftigt wurden, fiel niemandem auf, dass sie ab und zu verschwand. Auch das Waschen war ein weit geringeres Problem, als sie angenommen hatte. Die meisten Soldaten lebten lieber mit Flöhen und Läusen, als die Mühe auf sich zu nehmen, sich sauber zu halten, und so dachte sich niemand etwas dabei, dass auch Catalina selten zum Fluss ging, um darin zu baden. Überdies passte sie ihr Auftreten dem der Soldaten an: Sie übernahm ihre derben Ausdrücke und brüstete sich beim abendlichen Lagerfeuer mit Weibergeschichten. Einzig wenn sie mit Stefano allein war, fand sie zu ihrem stillen und gesitteten Wesen zurück. Sie wusste, dass ihn das laute Auftreten der anderen Soldaten abstieß, und wollte ihn nicht als Freund verlieren.

Eine Woche später gab der Hauptmann den Befehl zum Aufbruch. Weiter südlich im Land war es wieder zu Indioaufständen gekommen; die dort stationierten Truppen konnten sich nur noch mit Mühe gegen sie behaupten und brauchten dringend Verstärkung. Catalina wurde zum Hauptmann bestellt. Inzwischen kannte sie seinen Namen: Luis Fernandez. Er vergewisserte sich, dass sie ihren

rechten Arm wieder uneingeschränkt benutzen konnte, und wies sie Stefanos Kompanie zu.
»Nur als was, weiß ich noch nicht.« Nachdenklich ging er um Catalina herum. »Was kannst du denn noch – außer dich zusammenschlagen lassen?«
Catalina ärgerte sich über die Hochnäsigkeit des großen, hageren Madrileño. »Ich mag kein guter Faustkämpfer sein, aber ich möchte behaupten, dass ich mit dem Degen besser als die meisten umzugehen verstehe«, sagte sie selbstbewusst.
Hauptmann Fernandez warf ihr einen Degen zu und machte einen Ausfallschritt auf sie zu. Catalina parierte flink, wagte aber nicht, ihn anzugreifen, bis er sie so sehr mit seinem Degen bedrängte, dass sie sich zumindest etwas entschlossener zur Wehr setzen musste. Geschickt huschte sie unter seinem Stahl hindurch und griff ihn so geschwind von der Seite an, dass sie einen Treffer auf seinem Arm landen konnte. Lachend senkte er den Degen. »Nicht schlecht für einen jungen Burschen, wirklich nicht schlecht. Willkommen in der Kompanie des Königs!«
Er rief den Waffenmeister und wies ihn an, Catalina einen der guten Toledaner Degen zu geben. »Und jetzt geh zu Stefano und hilf mit zusammenzupacken!«
Catalina nickte und verließ sein Zelt. Sie empfand Stolz – mehr vielleicht als je zuvor in ihrem Leben.

12

Schon seit vier Wochen trieb Fernandez sie nun über die Cordillera, und allmählich drückte ihnen allen der dichte Nebel nicht nur auf die Atmung, sondern auch aufs Gemüt. Außerdem hatte es in den letzten Tagen auch noch viel geschneit: Das Weiß des Nebels war mit dem des Schnees zu einem monotonen, alabasterfarbenen Weiß verschmolzen, so dass man das Gefühl hatte, ständig auf der Stelle zu treten. Entsprechend schwunglos kamen die Soldaten an diesem Morgen dem Befehl des Hauptmanns zum Aufbruch nach: Gern wollten sie ihren bedrängten Landsleuten zu Hilfe eilen, aber nicht ständig weiter in dieser blind machenden Suppe herumirren …

Auch Catalina sattelte ihr Maultier ohne jeden Elan. Mit froststeifen Händen legte sie dem Tier die Quersäcke über, in denen sich auf der einen Seite ihr Mundvorrat, auf der anderen ihre Muskete und Schießpulver befanden, und ritt mit Stefano bergan. Kaum hatten sie ein paar Meilen hinter sich gebracht, wurde der Weg schon wieder so steil, dass sie absitzen und die Maultiere am Zügel hinter sich herziehen mussten. Damit ging es ihnen immer noch besser als jenen, welche die sehr viel ängstlicheren Pferde und das Schlachtvieh weiterzutreiben hatten: Immer wieder bockten oder scheuten die Tiere, und beinahe täglich hatte eines auf den schmalen Felsgesimsen, die oft kaum breiter als ein Pferderücken waren, einen Fehltritt getan und war einige hundert Fuß in die Tiefe gestürzt.

Nach vier Stunden Weg in der weißen Unendlichkeit ging es endlich bergab. Die Sonne zerstäubte den Nebel und brachte den Schnee mit ihrem brennenden Strahlen zum Schmelzen. Es war, als ginge ein Ruck durch die Truppe: Mensch wie Vieh reckte und streckte die allzu lange unterkühlten Glieder der Sonne entgegen, die lichtentwöhnten Augen blinzelten oder duckten sich unter zu ihrem Schutz erhobenen Händen, gewöhnten sich dann an das gleißende Licht und blickten strahlend auf die Gräser und Sträucher am Wegrand, die umso grüner wurden, je weiter sie hinabstiegen. Als sie die Hochebene verließen und sich vor ihnen die Täler der niedrigeren Bergregion mit zahlreichen Indianerdörfern ausbreiteten, beschleunigten sie noch einmal ihren Schritt.

»Das müssen die Dörfer der Aufständischen sein«, rief Stefano Catalina zu. »Es würde mich nicht wundern, wenn wir die Dörfer noch heute angreifen würden. Schließlich hätten wir so das Überraschungsmoment auf unserer Seite.«

Catalina blickte unsicher nach vorne. Nun sollte es also ernst werden: ihr erster richtiger Kampf – und das gleich gegen einen Feind, der, wenn sie den anderen glauben durfte, ihnen zahlenmäßig um ein Vielfaches überlegen war. Wenige hundert Meter weiter gab Fernandez den Befehl zum Absitzen und teilte die Truppe auf: Eine kleine Gruppe sollte das Vieh und die Ausrüstung bewachen, die Übrigen mit ihm in die Schlacht ziehen. Seine Reiterei unterteilte er in zwei Gruppen, unterstellte das Fußvolk einem Leutnant und wählte unter den Maultierreitern einige zu seiner eigenen Verfügung aus, mit denen er gezielt eingreifen wollte, wo immer es ihm nötig erscheinen würde. Als er nach Stefano auch Catalina aufrief, errötete die vor Stolz und trabte mit ihrem Maultier zu ihm.

»Zuerst nehmen wir uns die umliegenden Dörfer vor«, erklärte er den Männern. »Von unseren Spionen weiß ich, dass unsere Truppe inzwischen von den aufständischen Indios eingekesselt ist und die Nachhut der indianischen Truppe vermutlich aus diesen Dörfern hier kommen wird.« Er wies mit der Hand auf die entsprechenden Ortschaften. »Sobald ich den Befehl dazu gebe, stürmen wir das erste Dorf.«

Er forderte sie auf, sich davon zu überzeugen, dass ihre Waffen in tadellosem Zustand waren, und ließ die Brustriemen der Pferde mit Schellen versehen, um die Indios mit dem Lärm über ihre wirkliche Truppenstärke zu täuschen. »Und schreit, so laut ihr könnt. Wir müssen ihnen Angst machen.«

Drei Soldaten verteilten Essen, damit sie sich vor dem Angriff noch einmal stärkten. Während sie aßen, zelebrierte einer der beiden Geistlichen, welche die Kompanie begleiteten, feierlich eine Messe. Er bat Gott, die Soldaten in dem vor ihnen liegenden Kampf zu beschützen und ihnen dabei zu helfen, die Herrschaft des Kreuzes auszubreiten und zu festigen. Als der Geistliche den Gesang »Exsurge Domine, erhebe Dich, oh Herr, und führe Deine Sache zur Entscheidung!« anstimmte, fielen die Soldaten mit kräftigen Stimmen ein. Von Strophe zu Strophe schwoll ihr Gesang mächtiger an, und zugleich machte sich in ihren Mienen die Entschlossenheit und das Gefühl der Zusammengehörigkeit breit. Catalina überlief eine wohlige Gänsehaut; ihre Beklemmung war wie weggeblasen.

Hauptmann Fernandez gab den Befehl zum Aufsitzen. Mit ernsten Gesichtern begab sich jeder auf seinen Platz, dann ritten sie los. Als sie das letzte Wäldchen hinter sich gelassen hatten, ließ er den alten, noch aus den Zeiten der Reconquista stammenden spanischen Kriegsruf ertönen: »Santiago und los auf sie!«

»Santiago und los auf sie!«, echoten die Soldaten und erstürmten das erste Dorf. Das Krachen der Musketen hallte von den Mauern wie Donnergrollen wider und ließ die Indios in Panik aus den Häusern stürzen. Kaum waren sie auf der Straße, wurden sie von den Pferden der spanischen Soldaten niedergetrampelt. Diejenigen, die sich in letzter Sekunde noch an eine Hauswand drücken konnten, metzelten die nachkommenden Soldaten mit ihren blitzenden Degen nieder, die Übrigen, die ihre Rettung in der Flucht durch Seitengassen suchten, wurden von den Fußsoldaten so lange mit Musketenschüssen verfolgt, bis sie getroffen zusammenbrachen. Kaum hatten sie das Dorf ausgelöscht, preschten sie auch schon in das nächste.

Das Getöse und das Gebrüll rissen Catalina mit. Es war wie ein Rausch, der sie dazu trieb, auch selbst ihren Degen rechts und links zwischen die Menschenleiber fahren zu lassen – ohne dass sie dabei auch nur einen einzigen Indio traf.

»Denen werden wir zeigen, was es heißt, gottesfürchtige Spanier in den Tod schicken zu wollen«, hetzte Fernandez seine Soldaten auf, und nur drei Stunden später hatten sie auch die drei Nachbardörfer niedergemetzelt. Anschließend machten sie sich auf, ihre eingekesselten Landsleute zu befreien. Unter den Indios dort hatte sich die Nachricht von ihrer Schlagkraft schon herumgesprochen. Als die Spanier mit Gejohle und Gebrüll auf sie zuritten, flohen die meisten ohne Gegenwehr, so dass die eingekeilte Truppe ohne Probleme befreit werden konnte. Als sie in das Lager ihrer Landsleute einzogen, jubelten

die Männer ihnen zu. Auch Catalina fühlte sich wie ein Held.
»Morgen räuchern wir auch noch die anderen Orte aus«, versprach ihr Hauptmann der anderen Kompanie. »Auf dass die Hunde endlich kapieren, dass es sich für sie nicht auszahlt, sich gegen unseren Herrn und König zu erheben! Es lebe König Philipp!«
»Es lebe König Philipp!«, echoten die Soldaten, und dann rief auch der Hauptmann der anderen Truppe noch einmal: »Es lebe König Philipp!« Verwundert drehte sich Catalina um. Die Stimme kam ihr bekannt vor … Forschend blickte sie in das Gesicht des höchstens dreißigjährigen Mannes und ging ein paar Schritte auf ihn zu. Der kleine Schnurbart verwirrte sie, und auch die Lachfältchen um seine Augen waren dort sicher noch nicht gewesen, als sie ihn zum letzten Mal gesehen hatte, doch die Augen waren ihr vertraut, die Klugheit und Entschlossenheit darin, aber auch die Milde, die sich dahinter verbarg, und seine Nase und die breiten Wangenknochen waren das Abbild von denen ihres Vaters … Bevor er weiterredete, strich er sich auf genau die gleiche Art durch die störrischen schwarzen Locken, wie es auch ihre anderen Brüder taten. Da war sich Catalina sicher, ihren Bruder Miguel wiedergefunden zu haben. Fünf Jahre hatte sie ihn nicht gesehen. Am liebsten wäre Catalina ihm um den Hals gefallen, wie sie es auch früher immer getan hatte, wenn sie für ein paar Tage aus dem Kloster nach Hause gekommen war. Da hatte er ihr immer schon vom Treppenabsatz aus entgegengeschmettert: »Cati, mein Herz!«, sie in die Arme geschlossen und herumgewirbelt, bis ihr so schwindlig war, dass sie um Gnade flehen musste.
Er bemerkte ihren Blick und sah zu ihr. Ein Fragen trat in

seine Augen, ein Fragen, das Catalina mit Hoffnung und Angst erfüllte. Aber er erkannte sie nicht, sah in ihr nichts als einen mit Schlamm und Blut bespritzten Jungsoldaten und wandte sich gleich wieder seinem Amtskollegen zu, um ihm und seiner Kompanie für ihr mutiges Eingreifen zu danken. Catalina wusste, dass sie froh sein musste, von ihrem Bruder nicht erkannt worden zu sein. Trotzdem war ihr in all dem Jubel plötzlich zum Weinen zumute.

Am nächsten Tag war Catalina schon kurz nach Sonnenaufgang auf der Pferdeweide. Sie hatte kaum schlafen können. Gedankenverloren striegelte sie mal dieses, mal jenes Tier, als ihr plötzlich jemand die Hand auf die Schulter legte und »Buh!« ins Ohr rief. Erschrocken fuhr Catalina herum. Stefano lachte sich halbtot.

»Willst du, dass mir das Herz stehen bleibt?« Catalina sah ihn ärgerlich an.

Stefano lachte weiter. »Um dein Herz mache ich mir keine Sorgen – so traumverloren, wie du da eben die Gäule gestriegelt hast. Nun sag schon: Wer ist die Schöne, wegen der du Löcher in die Luft guckst? Und wo hast du sie so schnell aufgetrieben? Schließlich sind wir noch keine vierundzwanzig Stunden hier, und ich habe bisher noch keinen einzigen Weiberrock zu Gesicht bekommen.«

Catalina machte eine wegwerfende Handbewegung und fragte ihn, was er von ihr wolle.

»Na was wohl?« Stefano hob die Augenbrauen. »Wir wollten doch gleich in der Frühe unser Zelt aufbauen. Juan und Mariano warten schon. Ich weiß ja nicht, wie es für dich ist, aber nach all den Wochen, die wir nun im Freien kampieren, sehne ich mich nach einem Dach über dem Kopf – auch wenn es nur ein Zeltdach ist.«

Catalina legte den Striegel an seinen Platz und stapfte mit Stefano zurück zu ihrem Schlafplatz. Juan und Mariano nickten ihr zu. Catalina hatte die beiden andalusischen Brüder auf dem Weg hierher recht gut kennen und schätzen gelernt. Sie redeten nicht viel und waren immer da, wenn man Hilfe brauchte.

»Dann wollen wir mal«, rief Stefano und wies Catalina an, ihm beim Ausbreiten der Plane zu helfen, während Juan und Mariano die Zeltstöcke in den Boden rammten.

»Und jetzt ziehen wir die Plane darüber, aber vorsichtig, damit sie nicht reißt«, gab Stefano weiter den Ton an. Als sie die Plane gerade lose über die Stöcke gezogen hatten, zischten auf einmal von allen Seiten brennende Pfeile um sie. Die Zeltplane fing Feuer und auch ein Nachbarzelt ging in Flammen auf. Noch bevor sie begriffen, was geschah, hatte einer der Pfeile Mariano in die Brust getroffen. Er verdrehte die Augen und fiel um wie ein gefällter Baum. Fassungslos sah sein Bruder auf ihn herab, und auch Catalina war wie gelähmt.

»Los, mitkommen, wir verschanzen uns hinter den Wagen da drüben!«, rief Stefano ihnen zu. Juan rannte los, während Catalina weiter auf den toten Kameraden starrte.

»Nun komm schon!«, herrschte Stefano sie an, und als sie sich noch immer nicht rührte, packte er sie am Arm und zog sie mit. Im Laufen sah Catalina sich um. Indios, Indios – überall waren auf einmal Indios und gingen mit Musketen, Degen, Grabstöcken, Stangen, mit allem, was sie hatten auftreiben können, auf sie los.

»Jetzt zieh schon deinen Degen!«, brüllte Stefano sie an, und im gleichen Moment ging einer der Indios mit einem Knüppel auf Catalina los. Seinem ersten Hieb entging sie nur, weil Stefano sie zur Seite stieß, sein nächster Hieb schrammte ihr knapp am Kopf vorbei, der folgende erwischte sie an der Schulter. Der Schmerz ließ Catalina zu sich kommen. Sie riss ihren Degen aus der Schneide, sprang mit einem wütenden Schrei auf den Indio zu und rammte ihm den Degen in den Bauch. Danach eilte sie Stefano zu Hilfe, der sich gegen drei Angreifer zur Wehr setzen musste. Ein Indio nach dem nächsten sank unter ihren Klingen zu Boden.

»Gut gemacht!«, hörte Catalina ihren Bruder hinter sich rufen. Er winkte sie und Stefano zu sich.

»Da vorn sind ein paar von uns in arger Bedrängnis. Los, kommt mit, wir hauen sie da raus!«

Als sie ihre Kameraden freigekämpft hatten, rief Miguel ihnen zu, dass sie zu den Pferden laufen sollten.

Die Indios versuchten, sie am Besteigen der Pferde zu hindern. Einige klammerten sich gar an die Beine ihrer Reittiere und versuchten, sie zu Fall zu bringen. Immer wieder hieben Miguel, Stefano und Catalina auf sie ein, dann endlich hatten sie ihre Pferde frei und konnten lospreschen, um ihren Kameraden beizustehen.

Das Chaos, die Verwirrung, die Verzweiflung im Lager der Spanier war kaum geringer als am Vortag in den Dörfern der Indios, doch die Spanier dachten trotz der gewaltigen Überzahl der Angreifer nicht an Flucht, sondern kämpften mit todesmutiger Entschlossenheit. Immer mehr Spanier eroberten ihre Rösser zurück, so dass Miguel die verstreuten Reiter formieren und zu einem gezielten Angriff gegen die Indios führen konnte.

Mitten im Kampfgewirr schrie auf einmal jemand: »Die Fahne! Die Indios haben unseren Fähnrich getötet und rennen mit der Fahne davon!«

Catalina wusste mittlerweile, dass die Fahne einer Kompanie nicht einfach nur ein Stück Tuch war, sondern ihr Erkennungs- und Richtungszeichen, sie diente als Sammelpunkt des Heereshaufens und wurde oft zur Befehlsübermittlung benutzt. Nun war sie in den Händen des Feindes.

Miguel feuerte sie mit dem alten Santiago-Schlachtruf an. Mit einem markerschütternden »Auf ihn!« gab er seinem Ross die Sporen, durchbrach mit einer Schar tapferer Männer, zu denen auch Stefano und Catalina gehörten, die Reihen der Angreifer und setzte dem Fahnendieb nach, um den sich schnell eine ganze Traube von Indios zu seiner Verteidigung gesammelt hatte.

Vor einer Felswand stellten sie die Gruppe. Mann gegen Mann kämpften sie, und fast hatten sich Miguel und Catalina schon zu dem Fahnendieb durchgeschlagen, als der zwischen seinen Kameraden hindurchhuschte und mitsamt der Fahne über die Felsen floh. Catalina sah es und rief es ihrem Bruder zu, doch der hörte sie nicht. Kurz entschlossen stürmte Catalina dem Fahnendieb nach, hatte ihn bald erreicht und stürzte sich mit einem gewagten Sprung von hinten auf ihn. Der Indio ging zu Boden, die Fahne fiel ihm aus der Hand, doch noch ehe Catalina nach ihr greifen konnte, packte der Indio sie am Arm und schleuderte sie gegen die Felsen. Catalina sprang wieder auf und stürmte erneut auf ihn los. Plötzlich zog der Indio ein Messer und stieß es ihr in den Arm. Catalina warf sich trotz des brennenden Schmerzes auf ihren Gegner und schlug seine Hand so lange gegen den Fels, bis er das Messer fallen ließ. Sie hob es auf und drückte es ihm gegen die Kehle, fischte mit der anderen Hand nach der Fahne und presste sie gegen ihr Herz.

»Hervorragende Leistung, Francisco, wirklich hervorragend«, keuchte ihr Bruder hinter ihr, der ihr zusammen mit ein paar anderen Soldaten nachgeeilt war. Catalina rollte sich zur Seite und überließ ihnen den Indio. Die Fahne aber trug sie selbst zum Lager zurück.

Bis zum Abend hatten die Spanier auch noch den letzten Indio in die Flucht gejagt, ihre knurrenden Mägen mit einem Teller dicker Suppe besänftigt und den als Belohnung ausgegebenen Becher Rum genossen. Während sie noch in Feierlaune beisammen saßen, erhob sich Miguel und bat um Aufmerksamkeit.

»Es geht um Francisco«, rief er mit seiner vollen, warmen Stimme. »Und um den Dienst, den er heute uns allen und unserem Vaterland erwiesen hat!«

Catalina wurde rot, als ihr Bruder zu ihr trat. Auch Fernandez erhob sich nun und trat an ihre Seite.

»Ja, Franciscos Mut soll belohnt werden«, meinte er zustimmend, hob die Hand und salutierte vor Catalina. »Gefreiter Francisco. Hiermit ernenne ich dich für deine herausragenden Leistungen zum Fähnrich unserer Kompanie: Wer so entschlossen die Fahne seines Königs verteidigt, der soll sie auch in Zukunft tragen dürfen!«

Mit glänzenden Augen blickte Catalina zwischen ihrem Bruder und Fernandez hin und her. Rings um sie schwoll Beifall an.

»Auf unseren neuen Fähnrich!«, johlten ihre Kameraden. »Es lebe unser neuer Fähnrich!«

Catalina hoffte, dass niemand die Tränen bemerkte, die ihr in die Augen traten.

13

In den nächsten Monaten hatten die spanischen Truppen noch so manchen Kampf gegen die Indios zu bestehen. Nachdem zwei ihrer Überraschungsangriffe auf die Indios ins Leere gegangen waren, kam der Verdacht auf, dass sie einen Verräter in den eigenen Reihen haben mussten, eine Vorstellung, die die Gemüter erhitzte. Um die Schuldigen zu finden, ließ Fernandez einige Gefangene foltern. Tagelang erfüllten ihre Schreie das Lager, doch sie nannten keinen Namen. Nach einer weiteren schweren Schlacht brach der Widerstand der Indios endgültig zusammen. Eine Delegation von drei Häuptlingen erschien im Lager und erklärte, dass sie sich den Spaniern bedingungslos unterwerfen wollten.

»Zu viele unserer jungen Männer haben die Kämpfe mit dem Leben bezahlen müssen.«

Am Abend ließen Miguel und Fernandez ein Festessen für die Soldaten herrichten: Ferkel, Lämmer und Zicklein wurden aus den Dörfern der Indios geholt und für die spanischen Soldaten über den großen Lagerfeuern gegrillt. In ausgelassener Stimmung schlugen sich die Männer die Bäuche voll, als plötzlich grässliche Schmerzensschreie durch die Nacht gellten. Nicht nur Catalina hatte gleich die Hand am Degen, doch Carlos, ein besonders königstreuer Aragonese mit fast kahlem Schädel und derben Gesichtszügen, erklärte ihnen, dass sie die Degen ruhig stecken lassen könnten: »Die Schreie kommen aus dem

Gefangenenlager. Unser Hauptmann lässt den Indios gerade die linke Hand abhacken.«
»Er lässt ...« Catalina fiel ihr Stück Fleisch aus der Hand.
»So ist wenigstens ausgeschlossen, dass sie noch einmal eine Muskete gegen uns erheben können.« Der bullige Kerl ließ ein dröhnendes Gelächter ertönen, das sich mit den Schmerzensschreien der Indios vermischte. Catalina blickte zu Stefano. Auch dem war der Appetit vergangen.
»Aber das ist doch barbarisch«, krächzte er.
»Barbarisch?« Carlos riss mit seinen großen Zähnen ein Stück Fleisch von seiner Lammkeule und zuckte mit den Achseln. »Dieses Verfahren hat Pizarro eingeführt, als er dieses Land für die spanische Krone erobert hat.«
»Na, der war ja ohnehin ein Meister des Terrors«, knurrte Stefano. Die Miene des Aragonesen nahm eine bedrohlich rote Färbung an. »Das nimmst du sofort zurück!«
»Du meine Güte, es muss doch auch andere Wege geben, um zu Frieden zu gelangen. Die Indios unterwerfen sich doch und sind zudem bereit, unseren Glauben anzunehmen. Warum müssen wir sie zusätzlich verstümmeln?«
»Na sieh mal einer an, unser zart besaiteter Baderlehrling. Hat der doch tatsächlich Mitleid mit den Indios!« Carlos beugte sich zu Stefano vor. »Aber wenn du dich diesen Koka kauenden Stinktieren so nah fühlst, dann hast du ja vielleicht auch eine Idee, wer uns in den letzten Monaten immer wieder an sie verraten hat? Oder warst du das am Ende gar selbst – so wie du daherredest!«
Stefano erblasste, und auch Catalina wurde es angesichts von Carlos' Unterstellung flau im Magen. Sie wussten, was Verrätern blühte.
»Aber Stefano meint doch nur, dass ...«

»Jetzt hört mir mal gut zu, ihr zwei Weicheier«, fiel Carlos Catalina ins Wort. Er klatschte seine Lammkeule auf seinen Blechteller und baute sich breitbeinig vor ihnen auf. »Das Meinen und Denken überlasst ihr besser euren Vorgesetzten. Euch hat nur eins zu kümmern, und das ist das Wohl und der Sieg unseres Königs Philipps III. Er ist der Monarch, den das Schicksal uns zuerkannt hat, für ihn müssen wir einstehen, für ihn, Gott und unser Land. Und wenn ich euch jetzt noch ein einziges Wort zugunsten dieser hinterlistigen Indiobrut sagen höre, sorge ich dafür, dass man euch außer eurer linken Hand auch noch die Zunge abhacken lässt.« Stefano und Catalina nickten stumm und zogen sich in ihr Zelt zurück.

Drei Tage darauf stahl sich nachts eine kleine Gruppe Indios ins Zeltlager und stach im Nachbarzelt alle fünf Soldaten ab. Erst als sie ins nächste Zelt huschten, wurden die Wachen auf sie aufmerksam. Sofort schlugen sie Alarm und überwältigten die Eindringlinge. Die Indios erklärten, sie seien gekommen, um die abgeschlagenen Hände ihrer Brüder zu rächen. Noch in der gleichen Nacht ließ Fernandez ihnen dafür die Köpfe abschlagen. Als ihr Schreien durch das Lager drang, hielt sich Catalina die Ohren zu.

»Warum?«, fragte sie Stefano. »Warum hat unser Hauptmann den Indios unbedingt die Hände abhacken müssen? Unsere Kameraden würden noch leben.«

Stefano hob hilflos die Achseln.

Bald darauf verkündete Fernandez den Entschluss weiterzuziehen. »Gerade heute früh hat mich die Nachricht eines Freundes erreicht«, meinte er zu Miguel. »Wie es aussieht, ist es nun auch im Norden des Landes wieder zu

Aufständen gekommen. Man hat um unsere Unterstützung gebeten.«
Miguel erhob keine Einwände. »Wir können jetzt sicher auch wieder allein für den Schutz der umliegenden spanischen Dörfer und Haziendas sorgen.«
Hauptmann Fernandez gab den Befehl zum Abbrechen der Zelte. Catalina, Stefano und Juan machten sich an die Arbeit, wobei Catalina nur sehr zögerlich zupackte. Die Aussicht, ihren Bruder wieder verlassen zu müssen, machte ihr das Herz schwer … Seit sie die Fahne seiner Kompanie gerettet hatte, hatte Miguel immer mal wieder ein paar freundliche Worte für sie gehabt oder ihr zumindest zugezwinkert, und Catalina hatte gehofft, dass sie sich mit der Zeit näher kommen würden. Sie hatte sogar schon darüber nachgedacht, sich ihm zu erkennen zu geben, dies aber aus Angst, dass er sie auf der Stelle zurück nach Hause schicken würde, nie getan. Doch Miguel nun wieder ganz zu verlieren … Die Nähe ihres Bruders gab ihr das Gefühl, nicht alleine in der Welt zu stehen. Außerdem bewunderte sie seine Ruhe und seinen unumstößlichen Gerechtigkeitssinn. So wie er früher zu Hause jede Querele unter den Geschwistern sanft, aber bestimmt zu beenden gewusst hatte, gelang es ihm auch in seiner Kompanie und unter den Gefangenen, ohne drastische oder brutale Maßnahmen für Ruhe und Ordnung zu sorgen, was man von Hauptmann Fernandez wahrlich nicht sagen konnte: wenn sie an diese Nacht zurückdachte, in der er den Indios die Hände hatte abhacken lassen … Nein, Catalina fühlte sich nicht mehr wohl in ihrer Kompanie, was noch dadurch verstärkt wurde, dass Carlos seit jener Nacht ständig um Stefano und sie herumlungerte.
Als Catalina am Abend mit Stefano die Pferde tränkte,

sprach sie ihn auf ihre Lage an. »Meinst du, wir könnten in die andere Kompanie versetzt werden?«
Stefano hob zweifelnd die Augenbrauen. »Und mit was sollten wir diese Bitte begründen? Nur wegen unserer wachsenden Abneigung gegen Carlos lassen sie uns sicher nicht gehen.«
Catalina sah ein, dass sie keine überzeugenden Argumente hatten, aber als sie ihrem Bruder am Nachmittag noch einmal über den Weg lief, sprach sie ihn trotzdem an: »Mein Freund Stefano und ich würden so gern bei Eurer Kompanie bleiben, aber wir ... wir wissen nicht, wie und ...« Catalina verstummte errötend. Miguel lächelte. »Ich muss gestehen, dass ich auch schon daran gedacht habe, zumindest dich hierzubehalten. Schließlich hast du unsere Fahne gerettet! Und dein Freund will auch bei uns bleiben, sagst du? Stefano heißt er?«
Catalina nickte. »Stefano Canobas de Riera! Und er wäre für Eure Truppe von höchstem Nutzen: Er kann Wunden versorgen und Kugeln herausschneiden und ...«
»Ist ja schon gut«, lachte Miguel. »Ich werde mit Fernandez reden. Außerdem würden gern zwei meiner Leute zu ihm wechseln: Sie sind es leid, ständig am gleichen Fleck zu sitzen. Vielleicht lässt sich Fernandez auf einen Tausch ein, zumal der eine auch Wunden versorgen kann.«
Catalina sah ihn in das Soldatengewimmel eintauchen und ging nervös auf und ab. Schon bald darauf kam ihr Bruder mit einem breiten Lächeln zurück.
»Alles klar!«, rief er. »Ihr könnt bleiben. Und es wechselt noch ein Soldat zu uns: Er heißt Carlos. Er stand gerade dabei, als ich um eure Versetzung gebeten habe, und bat, dass ich auch ihn übernehme. Ist ja ein Riesenkerl. So einen kann man in seiner Kompanie immer gebrauchen.«

»Oh danke, danke!«, rief Catalina und versuchte, über der guten Nachricht die schlechte zu vergessen. Sie sagte sich, dass Carlos ja vielleicht gar nicht wegen ihr und Stefano gewechselt hatte, glaubte es aber nicht wirklich.

Am nächsten Morgen stand Catalina mit Stefano und den anderen Soldaten Spalier, um die Truppe ihres alten Hauptmanns zu verabschieden. Erst als diese den Weg zurück über die Cordillera einschlugen, wurde ihr bewusst, dass ihr so auch das neuerliche Überqueren der weißen Hölle erspart blieb. Sie ahnte nicht, dass ihr hier eine nicht minder große Gefahr drohte.

14

Zunächst schien sich für Catalina alles recht positiv zu entwickeln. Nachdem eines der spanischen Dörfer wieder von einer Gruppe Indios überfallen worden war, stationierte Miguel Carlos mit ein paar Männern in diesem Dorf, wodurch Catalina und Stefano Carlos mehrere Wochen nicht mehr zu sehen bekamen. Da es bei diesem einen Überfall blieb, verlief das Leben der übrigen Kompanie in ruhigen Bahnen: Im Großen und Ganzen hatten die Soldaten nichts weiter zu tun, als sich beim Wachestehen abzuwechseln; die übrige Zeit schlugen sie mit Würfelspielen tot. Da diese Spiele immer öfter mit reichlichem Alkoholkonsum und Schlägereien einhergingen, verbot Miguel sie und hielt fortan die Rumfässer unter schärfster Bewachung. Darüber hinaus bemühte er sich, für seine Männer alternative Beschäftigungen zu finden. So ließ er eine Gruppe Zelte ausbessern und eine andere Latrinengruben ausheben, um endlich den Gestank hinter dem Lager loszuwerden, stellte ein paar von ihnen zum Waffen- und Kanonenputzen und wieder andere zum Ausbessern der Uniformen ab. Auch Truppenübungen ließ er durchführen, wofür er ein kleines Waldstück roden und einen Übungsplatz anlegen ließ. Doch nachdem es ein paar Soldaten gelungen war, bei den Indios *chicha,* eine Art Maisbier, zu kaufen und ins Lager zu schmuggeln, griffen in ihrem betrunkenen Kopf viele Männer heimlich zu den Würfelbechern.

Stefano und Catalina gehörten zu den wenigen, denen die *chicha* nicht zusagte, worin sie bestätigt wurden, als sie erfuhren, wie sie hergestellt wurde.
»Und du bist sicher, dass die Indios auf dem Mais, aus dem sie *chicha* machen, wirklich erst einmal herumkauen?«, fragte Catalina den Waffenmeister ihrer Kompanie.
»Aber ja«, lachte der und erinnerte sie daran, dass er nun schon seit zwanzig Jahren in Peru lebte und mit den Gepflogenheiten hier inzwischen bestens vertraut war. »Vor allem die Alten holen sie zum Maiskauen, und erst wenn sie den Mais mit ihren Zähnen zu einem feinen Brei zermahlen haben, spucken sie ihn in die bereitstehenden Gefäße!«
Catalina schüttelte sich.
»Und diesen Brei füllen sie mit Wasser auf, kochen ihn und lassen ihn gären?«, fragte Stefano. Der Waffenmeister nickte.
Nein, Lust auf dieses Getränk hatten sie nach diesen Erklärungen wirklich nicht mehr, aber ein paar Wochen später verguckte sich Stefano in eine hübsche, kleine Indiofrau und hätte zu gern ein bisschen mehr Geld zur Verfügung gehabt, um ihr imponieren zu können. Und so gesellte er sich dann doch zu den Spielern.
Auch an diesem Abend saß Stefano mit einem Würfelbecher am Tisch und spielte mit zwei Soldaten und einem Leutnant. Nachdem er sieben Maradevis verloren hatte, gewann er in einem einzigen Spiel die gleiche Summe zurück, und auch bei den nächsten Spielen konnte er alle Einsätze auf seine Seite ziehen. Als er das sechste Mal hintereinander gewann, schoss der Leutnant mit hochrotem Kopf von seinem Stuhl hoch.
»Deine Würfel sind manipuliert«, zischte er Stefano an.

»Du spielst falsch, du Ratte, los, rück das Geld wieder raus!«
Ruhig zog Stefano das Geldtürmchen von der Mitte des Tisches auf seine Seite.
»Wer nicht verlieren kann, sollte nicht spielen«, erwiderte er trocken. Catalina trat ihm gegen das Schienbein.
»Nun gib schon nach!«, zischte sie, aber Stefano dachte nur an die schönen Abende, die er sich dank des Gewinns mit dem Mädchen würde leisten können, strich das Geld in seine Hand und ließ es in seine Tasche klimpern.
»Betrüger!«, schrie der Leutnant, stürzte sich auf ihn und begann ihn zu würgen.
»Verdammt, lasst mich los!« Stefano versuchte, die Hände seines Vorgesetzten wegzudrücken, doch der hatte ihn eisern im Griff. In Panik zog Stefano den Degen, doch ehe er ihn einsetzen konnte, spürte er die Degenspitze des Leutnants an seiner Wange. »Steck deinen Degen wieder ein, Falschspieler, ich warne dich!«
»Wenn hier einer falsch spielt, dann höchstens Ihr«, fuhr Stefano ihn an und strich sich über den Hals.
»Ich und falsch spielen?«, erboste sich der Leutnant. »Für diese Beleidigung werde ich dich zur Rechenschaft ziehen. Gleich heute um Mitternacht erwarte ich dich draußen auf dem Übungsplatz, und vergiss nicht, einen Sekundanten mitzubringen!«
Mit diesen Worten stampfte er davon. Stefano und Catalina blickten sich fassungslos an: ein Duell, dabei waren Duelle schon seit Jahren durch hochköniglichen Erlass verboten. Dafür könnten sie alle im Kerker landen oder gar am Galgen enden. Und dann auch noch ein Duell gegen den eigenen Leutnant!
Stefano war leichenblass, auch Catalina klopfte das Herz

bis zum Hals. »Ich begleitete dich«, versprach sie und drückte seinen Arm.

Bereits eine halbe Stunde vor Mitternacht fanden sich Catalina und Stefano auf dem Übungsplatz ein. Der Mond warf ein helles Licht auf die Lichtung und ließ ihre Schatten wie Geister vor ihnen fliehen.

»Wird schon gut gehen«, versuchte Catalina Stefano Mut zu machen, obwohl auch ihr die Kehle eng war.

»Aber was passiert, wenn ich ihn töte?«, rief Stefano mit erstickter Stimme. »Meinen eigenen Leutnant – ich bin so oder so dran!«

»Du darfst ihn eben nur kampfunfähig machen. Und von uns vieren darf dich niemand verraten, das wäre gegen die Ehre!«

»Und wenn uns jemand von den anderen verrät? Es saßen so viele um uns herum.«

Diese Sorge hatte Catalina auch, zumal Carlos seit ein paar Tagen wieder im Lager war. Zwar war er nicht unter den Spielenden gewesen, aber sie traute ihm zu, dass er Spione hatte. Zu Stefano aber sagte sie: »Die Männer um uns herum haben doch selber alle gespielt. Die werden sich hüten, etwas zu sagen, sonst riskieren sie, selbst bestraft zu werden.«

Stefano seufzte, löste seine Taschenuhr von seinem Wams und reichte sie Catalina. »Die ist noch von meinem Vater. Falls … falls mir … dann soll sie dir gehören, hörst du, ich will, dass du sie dann trägst und mich als Freund in Erinnerung behältst.«

Catalina schluckte. »Stefano, nun sag doch so was nicht! Es wird schon alles gut gehen.«

Stefano nickte ihr zu. Doch sie glaubten es beide nicht.

Nur wenige Minuten später trat der Sekundant des Leutnants aus dem Wäldchen heraus auf die taufeuchte Wiese. Schweigend schritt er den Platz ab und entschied, wo der Schusswechsel stattfinden sollte. Anschließend hielt er ihnen die Pistole des Leutnants hin, verlangte mit einem bloßen Vorstrecken des Kinns, dass Stefano ihm die seine zeigte, gab sie ihm nach einer kurzen Prüfung mit unbewegtem Gesicht zurück und nahm seinen Platz ein. Auch Stefano und Catalina gingen auf ihre Plätze und warteten schweigend auf das Erscheinen des Leutnants. Als er auch Minuten später noch nicht da war, sah Catalina zu Stefano. Er hob die Achseln. Catalina blickte zu Boden, und je länger sie warten mussten, desto heftiger juckte es ihr in den Fingern, Stefanos Uhr aus der Tasche zu ziehen und nachzusehen, ob es denn tatsächlich noch immer nicht Mitternacht war.

Endlich knackte es im Gebüsch, und der Leutnant erschien. Auf direktem Weg stolzierte er zu seinem Sekundanten, hielt ihm die ausgestreckte Hand hin und ließ sich seine Pistole hineinlegen. Anschließend wandte sich sein Sekundant zu Stefano.

»Wir sind bereit.«

Stefano blickte zu Catalina. Beide holten hörbar Luft und riefen: »Wir auch.«

Stefano bekreuzigte sich und nickte Catalina zu, dann ging er zu dem Punkt, den der Sekundant zuvor markiert hatte; der Leutnant folgte ihm.

Stefano und der Leutnant mussten sich Rücken an Rücken stellen; keine Hand durfte zwischen sie passen. Der Sekundant des Leutnants rückte sie mehrmals noch näher zueinander. Endlich trat er zurück. Catalina sollte »Los« rufen, die Duellanten fünfzehn Schritte gehen, sich auf

den Befehl des Sekundanten des Leutnants hin umdrehen – und schießen.
»Ich habe nicht vor, die Nacht hier zu verbringen«, knurrte der Leutnant.
Stefano nickte Catalina zu. »Bringen wir es hinter uns.«
Catalinas Mund war so trocken, dass sie kaum die Zunge bewegen konnte.
Sie sammelte Spucke, räusperte sich, sah, wie sich eine Wolke halb vor den Mond schob, und presste hervor: »Und los!«
Die Männer schritten aus, der Sekundant des Leutnants zählte laut mit. Nach dem fünfzehnten Schritt rief er: »Und Schuss!«
Catalina schloss die Augen, doch statt der erwarteten zwei Schüsse vor ihr hörte sie es hinter sich knallen und brüllen. Erschrocken fuhr sie herum. Ein Dutzend Soldaten stürmte auf sie zu, Soldaten der eigenen Kompanie, und Carlos war mitten unter ihnen. Er brüllte ihnen zu, die Waffen zu strecken, dann schob sich die Wolke ganz vor den Mond, und auf einmal war es so dunkel, dass man kaum noch die Hand vor den Augen sehen konnte.
»Irgendjemand muss uns verraten haben!«, rief Stefano. Er packte Catalina an der Schulter und riss sie zu Boden. Im Stürzen streifte eine Kugel Catalinas Wange.
»Du hast mir das Leben gerettet«, zischte sie Stefano zu und flüchtete mit ihm vor den weiter um sie zischenden Kugeln in gebückter Haltung hinter einen Felsen.
»Los, weg hier!«, rief Stefano. »Lauf du zuerst, ich gebe dir Rückendeckung.«
Er schoss auf einen der Männer, mit denen er vor wenigen Wochen noch Seite an Seite gekämpft hatte, und stach zwei andere mit dem Degen nieder. Weiter hinter brach

ein anderer Soldat zusammen; der Leutnant hatte ihn niedergeschossen.

»Wir müssen versuchen, durch den Wald zu entkommen«, rief Stefano Catalina zu. »Wenn sie uns schnappen, hängen sie uns am nächstbesten Baum auf.«

Doch in diesem Moment stürmten von hinten zwei Männer auf sie zu. In dem Moment, als die Wolke wieder einen kleinen Streifen Mond freigab, sah Catalina, dass einer der beiden Männer den Degen zog und auf Stefano zustürzte. Verzweifelt riss Catalina Stefanos Hand mitsamt der Pistole herum, zielte auf seinen Angreifer und drückte ab. Der Mann sackte stöhnend in sich zusammen. Da wich die Wolke über dem Mond noch weiter zurück, und im gleichen Moment erkannte Catalina, wer Stefano angegriffen und auf wen sie geschossen hatte. Entsetzt schrie sie auf. Ihr Schrei gellte so laut, dass er alles zu übertönen schien.

Die Soldaten ließen die Waffen sinken. Catalina sank mit tränenüberströmtem Gesicht auf die Knie und drückte Miguels rechte Hand an ihr Herz, als könne sie ihm so neue Lebensenergie schenken. »»Miguel, *mi rey de todas las selvas,* bitte, du darfst nicht sterben!« Sie vergaß jede Vorsicht und sprach ihren Bruder so an, wie sie es auch als Kind getan hatte, wenn sie und ihre Brüder ihn im Spiel zum König aller Dschungel erhoben hatten, um unter seiner Führung ihre Schwestern gegen blutrünstige Piraten und menschenfressende Wilde zu verteidigen. Ihr Bruder sah zu ihr auf.

»Du bist es, nicht wahr, du bist es?« Bei jedem Wort rann hellrotes Blut aus seinem Mund.

Catalina nickte und flehte ihn an, nicht weiterzusprechen. »Bleib ruhig liegen! Sie holen den Feldscher; der wird dich wieder auf die Beine bringen.«

Während sie auf das Eintreffen des Arztes warteten, blickte Miguel sie weiter an. Catalina küsste seine Hand, Miguel nickte ihr noch einmal zu – dann wich das Licht aus seinen Augen und sein Kopf fiel zur Seite. Schluchzend sank Catalina auf seine Brust, doch Carlos riss sie auf die Füße und trieb sie vor sich her zum Lager. Auch Stefano und der Leutnant waren gefangen genommen worden; der Sekundant des Leutnants lag niedergestreckt in der Mitte des Übungsplatzes.

»Dafür werdet ihr hängen«, zischte Carlos Catalina an. »Und seid dankbar, wenn wir nur das mit euch tun!«

Seine Drohung schreckte Catalina nicht. Sie hatte nur Augen für ihren toten Bruder. In dem Moment knallte ein Schuss. Carlos flüchtete sich hinter einen Felsen. Stefano zog Catalina mit sich in den Wald.

»Der Schuss kam vom Sekundanten des Leutnants, er lebt noch«, rief er ihr zu. »Komm, weg von hier!«

Sie preschten zwischen Büschen und unter Bäumen hindurch. Die Soldaten schossen ihnen blindwütig nach. Eine Kugel drang Catalina ins Bein und sie stürzte. Stefano half ihr auf und schleppte sie mit, doch Catalina wollte seine Hilfe nicht.

»Nein, lass mich, lauf weiter, kümmere dich nicht um mich!«, rief sie, doch Stefano zog sie weiter.

»So lass mich doch, lass mich!«, schluchzte Catalina. »Miguel, mein Gott, Miguel! Ich habe Miguel getötet, hörst du: Ich habe meinen eigenen Bruder getötet!«

Stefano knurrte, sie solle die Klappe halten und ihre Kräfte lieber aufs Weiterkommen verwenden. »Es geht hier nicht nur um deinen Kopf, sondern auch um meinen.« Da endlich lief Catalina weiter.

Im Wald war es stockdunkel. Der Mond war wieder hin-

ter Wolken verschwunden. Auf dem Übungsplatz flogen noch immer Schüsse hin und her, dann ertönte ein Schrei und ein zweiter, hernach war es still. Catalina und Stefano ahnten, dass sie den Leutnant und seinen Sekundanten erschossen hatten.
Catalinas Wunde am Bein blutete immer stärker. Ihr wurde schwarz vor Augen, ein paarmal knickten ihr kurz die Beine weg.
»Stefano, bitte, ich kann nicht mehr. Es hat keinen Sinn. Lass mich los und geh allein weiter!«
Stefano blieb stehen, betastete ihre Wunde, zog seinen Gürtel aus und zurrte ihn um ihr Bein, um die Blutung zu stillen. Als er mit ihr weitergehen wollte, sackten Catalina endgültig die Beine weg. Kurz entschlossen lud Stefano sie sich über die Schultern und trug sie weiter. Catalina spürte noch, wie ihr Zweige ins Gesicht schlugen, dann verlor sie das Bewusstsein.

15

Als Catalina zu sich kam, spürte sie in ihrem rechten Bein einen heftigen Schmerz, der sich von dort in ihren ganzen Körper ausbreitete. Sie öffnete die Augen und blickte in ein knisterndes Feuer. Ihr fiel der Tod ihres Bruders ein. Mit dem Gedanken ans Höllenfeuer und dass sie nun bekomme, was sie verdiene, sank sie zurück in eine tiefe Bewusstlosigkeit. Als sie das nächste Mal die Augen öffnete, schob sich Stefano in ihren Blick.
»Endlich kommst du zu dir. Allmählich wollte ich schon die Hoffnung aufgeben.«
Catalina sah ihn verwundert an. »Ich bin … nicht tot?«
»Zumindest noch nicht so richtig, nein. Ich habe die Kugel aus deinem Bein geholt, und danach hat sich diese Scheißwunde dermaßen entzündet, dass ich schon dachte, du schaffst es nicht. Fünf Tage hast du jetzt mit hohem Fieber dagelegen, und mehr als einmal hatte ich schon die Säge in der Hand, um dir das verdammte Bein einfach abzuschneiden. Du kennst ja meine Einstellung: Besser, man verliert ein Bein als gleich das ganze Leben.«
Entsetzt fuhr sich Catalina mit der Hand an der Hüfte herab. »Das hättest du auch nicht gewagt, niemals hättest du das!«
»Und warum nicht?« Stefano grinste. »Nur weil du eine Frau bist und dann nicht mehr hättest tanzen können?«
Catalina starrte ihn erschrocken an. »Seit … seit wann weißt du …«

»Meine Güte, du warst tagelang ohne Bewusstsein. Sollte ich dich vielleicht in deiner Pisse … also, ich meine …« Er errötete, Catalina nicht minder. Sie schob ihren Arm über ihr Gesicht.

Stefano erhob sich und holte ihr ein Glas Wasser. »Hier, trink etwas!«

Catalina ließ ihren Arm, wo er war, und schüttelte den Kopf. »Nun stell dich nicht so an!« Stefano knuffte sie in die Seite. »Ich hab alles schon wieder vergessen, und als Baderlehrling bin ich doch fast so etwas wie ein Arzt, außerdem kann ich schweigen wie ein Grab. Und jetzt trink endlich was, ehe du noch vertrocknest!«

Da sie noch immer nicht reagierte, setzte er sie einfach selbst auf und hielt ihr erneut das Glas hin. Catalina trank einen kleinen Schluck, dann noch einen größeren. Anschließend sank sie zurück. Stefano stellte das Glas zur Seite. »Vielleicht könntest du mir, bevor ich alles wieder vergesse, wenigstens noch erklären, warum du dieses Versteckspiel treibst.«

Catalina erzählte ihm ihre Geschichte und fühlte sich danach wie von einer schweren Last befreit. Stefano schwieg eine Weile, dann pfiff er durch die Zähne. »Meine Herren, Courage hast du, das muss man dir lassen.« Er wurde ernst. »Und der Hauptmann …« Er kaute auf seiner Lippe. »War der … wirklich dein Bruder?«

Es dauerte einen Moment, bis Catalina antworten konnte. »Ja«, sagte sie dann. »Aber er wusste es nicht. Erst ganz zum Schluss …« Sie konnte nicht weiterreden. Stefano senkte den Blick. »Ich … ich weiß nicht, was ich sagen soll. Aber letztlich hieß es, sein Leben oder meins, und es wäre eine Lüge, wenn ich behaupten würde, es tue mir leid, dass du meins gerettet hast!«

»Und ich wusste ja auch nicht, dass er es war, der sich auf dich stürzte!« Aus Catalinas Augen lösten sich Tränen. »Ich sah nur eine dunkle Gestalt aus dem Gebüsch stürzen und im nächsten Moment einen Degen, der auf dich zielte. Da musste ich doch reagieren.«
»Das Spiel mit dem Tod war sein Leben«, sagte Stefano, und Catalina wusste, dass es stimmte. Sie wusste auch, dass ihr Bruder ihr verziehen hatte, das hatte in seinem letzten Blick gelegen. Leichter aber wurde ihr deswegen nicht.

Kurz darauf schlief Catalina wieder ein. Das hohe Fieber der letzten Tage hatte an ihren Kräften gezehrt. Volle sechzehn Stunden schlief sie in einem durch, und als sie am nächsten Morgen erwachte, fühlte sie sich um einiges besser. Sie nahm wahr, dass sie in einem Haus lag, das mit luftgetrockneten Adobesteinen gebaut und mit Stroh gedeckt war und es scheinbar keinen anderen Raum gab als den, in dem sie lag. Eine niedrige, mit einem gewebten Tuch abgehängte Türöffnung gegenüber ihrem Bett war die einzige Öffnung nach außen, wenn man von dem Abzug über der Feuerstelle absah, neben der zahlreiche irdene Behälter standen, in denen Catalina Speisevorräte vermutete. Direkt daneben lehnten zwei Säcke an der Wand, aus denen Mais und Kartoffeln quollen. Darüber waren ein paar Nischen, die zum Teil als Abstellfläche für weitere Behälter, zum Teil als Raum für die Figuren verschiedener indianischer Hausgötter dienten.
Catalina wurde klar, dass dieses Haus einem Indio gehören musste, und wunderte sich, wie Stefano daran gekommen war. Wie bei den Indios üblich lag sie nicht in einem Bett, sondern auf einer großen, rauen, farbenfrohen De-

cke aus Lamawolle, die direkt über den festgestampften Boden gebreitet war. Catalina nahm an, dass auch Stefano hier schlief. Es gab weder Tisch noch Stuhl noch Schrank, wohl aber eine weitere kleine Decke in der gegenüberliegenden Ecke, die wohl als Essplatz diente. Auf dieser Decke tummelten sich ein paar Meerschweinchen. Sie aßen Krümel und Körner vom Boden und quiekten zufrieden. Stefano kam herein. Er musste sich bücken, um unter der niedrigen Türöffnung hindurchzukommen. In seiner Hand hielt er eine Schüssel, die er ihr mit einem Lächeln reichte.

»Jetzt wollen wir doch einmal sehen, dass du wieder zu Kräften kommst.«

Catalina setzte sich auf. »Wem gehört dieses Haus?«

»Wir sind in einem Indiodorf, hoch oben in den Bergen. Die Indios haben uns freundlicherweise eines ihrer Häuser überlassen.« Er setzte sich neben sie und forderte sie auf zu essen, solange der Brei noch heiß war. »Die Indios hier oben sind friedlich und wollen nichts weiter, als dass man auch sie in Ruhe lässt. In diese Höhe verirrt sich ohnehin nur selten ein Weißer, wenn ich sie richtig verstanden habe. Hier oben nennen sie uns noch *viracochas*, weißhäutige, bärtige Gottmänner, ganz wie in der Weissagung vor über hundert Jahren – unten im Tal sind wir für sie schon lange nur noch Teufel, was ich mittlerweile gut verstehen kann.«

Catalina begutachtete den rötlichen Brei und kostete ihn. Es schmeckte anders als alles, was sie kannte, doch es mundete ihr. Jetzt erst bemerkte sie, dass sie großen Hunger hatte. Sie aß gleich den nächsten Löffel und bat Stefano um ein Glas Wasser. Er reichte es ihr und sah ihr zufrieden beim Essen zu. Danach half er ihr beim Auf-

stehen und führte sie vor das Haus. Karge, von grauem Gras und feinem Geröll überzogene Erde empfing sie, und auch in der näheren Umgebung war außer vier weiteren Häusern nichts als nackter Fels und vereinzeltes Gestrüpp zu sehen. Trotzdem fand Catalina es hier wunderschön, es war still und friedlich.
»Wir müssen hier meilenweit vom Zeltlager unserer Soldaten entfernt sein«, sagte sie nach einer Weile zu Stefano. »Wie sind wir hierhergekommen?«
»Mit einem braven, alten Muli.« Stefano zeigte auf ein struppiges, braunes Maultier, das er neben ihrer Behausung angebunden hatte. »Ich habe es bei einer Hazienda geklaut. Was sollte ich machen? Wir mussten doch weg von da, und ich konnte dich nicht endlos weitertragen.«
Aus dem Nachbarhaus trat ein krummbeiniger Indio mit unergründlichen Augen. Gleichgültig sah er zu ihr hin, schob ein Priemchen Koka von einer Backe in die andere, zog seine mit langen Ohrwärmern versehene Wollmütze tiefer ins Gesicht, hakte seinen abgetragenen Poncho um die Schultern fest und lief zu einem mit zwei Tragekörben beladenen Lama, das er mit sich fortzog. Catalina fiel auf, dass er und sein Tier, obwohl sie über loses Geröll liefen, kaum ein Steinchen verrückten. Es war, als seien sie zu sehr eins mit ihrer Welt, um hier etwas zerstören oder auch nur verschieben zu können.
»Und sie haben uns einfach so ein Haus überlassen?«, fragte sie Stefano nachdenklich.
Er nickte. »Und Essen und Heilkräuter dazu. Ohne die hätte ich dein Bein nie retten können.«
Catalina sah dem Mann noch eine Weile nach. »Sie sind anders, die Indios hier oben. Ganz anders.«
»Hier oben dürfen sie ja auch noch sie selbst sein«, gab

Stefano zurück. Auf einmal schämte sich Catalina, Spanierin zu sein.

Da Catalinas Wunde nur langsam heilte und Stefano keineswegs weiterreisen wollte, ehe sie ihr Bein wieder belasten konnte, mussten sie die Gastfreundschaft der Indios noch einige Zeit in Anspruch nehmen. Während Stefano mit den Männern jagen oder die Alpakas weiden ging, gesellte sich Catalina zu den Frauen und genoss es, zum ersten Mal seit Jahren sie selbst zu sein und auch wieder Frauenkleider tragen zu dürfen: Die Indiofrauen hatten ihr eine Bluse, eine warme Jacke und Röcke gegeben. Als sie zum ersten Mal in ihren neuen Kleidern vor die Tür getreten war, hatten sie sich wie Kinder gefreut. An diesem Nachmittag schaute sie den Frauen beim Weben zu. Mit schwindelerregender Geschwindigkeit zogen sie ihre Fäden auf dem Spannstock hin und her und ließen dabei die schönsten Farbmuster entstehen.
»Das neue Poncho für mein Mann«, radebrechte Huahuarini mit dem bisschen Spanisch, das sie auf dem Markt im Tal gelernt hatte. Catalina lächelte sie an. Sie mochte die knapp dreißigjährige, etwas rundliche und selbst für indianische Verhältnisse recht kleine Indiofrau, die so mütterlich wirkte. »Wenn du willst, ich dir geben Spannstock und dir zeigen, wie du dein Mann Poncho weben!«
Catalina lachte. »Stefano ist nicht mein Mann, und das weißt du auch.«
»Verheiratet – nicht verheiratet!« Huahuarini zuckte mit den Achseln. »Wen interessieren?«
Catalina wusste inzwischen, dass die Indios ein sehr viel lockereres Verhältnis zur körperlichen Liebe hatten als die Spanier. Im Gegensatz zu den gestrengen Regeln in

ihrem eigenen Land, in dem es völlig undenkbar war, dass sich eine Frau einem Mann vor der Ehe hingab, war dies bei den Indios sogar erwünscht.

»Kein anderer Mann Frau wollen, Mann auch nicht Frau heiraten wollen!«, hatte ihr Huahuarini erklärt. Bei den Indios war es ein Beweis der Attraktivität der Frau, wenn sie vor der Ehe schon den einen oder anderen Liebhaber gehabt hatte, und überdies verhalf ihr das natürlich auch dazu, Erfahrungen zu sammeln, von denen der spätere Ehemann profitieren konnte. Und noch etwas hörte Catalina immer wieder von Huahuarini: dass Liebe etwas sehr Schönes, Natürliches und Sinnliches sei.

»Du jetzt Frau bleiben, nicht mehr Mann werden. Du Mann lieben. Du sehen, schön lieben! Und dann du heiraten«, meinte die Indiofrau heute nicht zum ersten Mal zu ihr, doch wieder lachte Catalina nur. Stefano trat hinter sie.

»Warum lachst du darüber?«, fragte er. »Huahuarini hat Recht.«

Catalina aber lachte weiter, und Stefano sagte nichts mehr. Er sah sie nur an.

Drei Wochen später war Catalinas Bein so weit hergestellt, dass sie ihren Weg fortsetzen konnten. Stefano wollte sich noch weiter vom Standort ihrer Truppe entfernen, da er Angst hatte, dass die sie noch immer suchen könnten. Es zog ihn gen Süden, zu den Silberbergen von Potosí. Catalina stöhnte: »Potosí – das ist Hunderte von Meilen entfernt!«

»Aber da könnten wir unser Glück finden! Du hast doch sicher schon von den Silberminen von Potosí gehört, oder?«

Auch Catalina waren die Geschichten von den immensen Silberfunden dort zu Ohren gekommen. Angeblich lagen die Silberadern dort so dicht beieinander, dass man nur ein bisschen an den Felsen herumkratzen musste, um auf eine zu stoßen.

»Ich habe schon von Leuten gehört, die dort an einem Tag mehr Silber aus der Erde geholt haben, als sie hinterher tragen konnten«, schwärmte Stefano. »Und was es dort sonst noch alles gibt: Schilfspeerturniere, Maskenspiele, Stierkämpfe, Empfänge mit kostbaren Preisen und haufenweise Fechtplätze – und wenn wir erst einmal unsere eigene Silberader haben, werden wir an all dem auch teilnehmen können. Potosí ist die reichste Stadt des Spanischen Königsreichs, wahrscheinlich sogar die reichste Stadt überhaupt! Dort tragen die Männer Schärpen und goldene Ketten auf der Brust, die Frauen perlenbesetzte Kleider und brillantengeschmückte Schuhe. Ach, Francisco, auch wir können dort reich werden, so reich, dass uns niemand auf der Welt mehr Vorschriften machen kann.«

Obwohl er inzwischen Catalinas richtigen Namen kannte, nannte er sie weiter Francisco. »So kann ich mich auch später nicht verplappern«, hatte er gemeint.

»Stefano, ich weiß nicht. Wenn ich allein an die hohen Berge denke, die wir auf dem Weg dorthin überqueren müssen.«

»Das packen wir schon«, machte er ihr Mut. »Und was dir in Potosí auch gefallen dürfte, ist, dass es dort von Basken nur so wimmelt. Die haben sogar einen eigenen Stadtteil.«

Basken … Catalina seufzte auf. Ja, natürlich zogen ihre Landsleute sie immer an. Sie musste an Mikel denken und fragte sich, ob er noch in Callao war oder ob er sein Glück

möglicherweise mittlerweile ebenfalls in Potosí suchte. Catalina gab sich einen Ruck. »Also gut, von mir aus, versuchen wir es. Ja, versuchen wir es!«
Freudestrahlend drückte Stefano ihr den Arm. »Ich wusste doch, dass man auf dich zählen kann! Gleich morgen ziehen wir los!«

Als sie am nächsten Morgen ihre Habseligkeiten auf den Muli packten, wurde Catalina das Herz schwer. Sie hatten hier oben eine ruhige und behütete Zeit verbracht, sie hatte sich nicht verstecken, nicht lügen, nichts verheimlichen müssen. Jetzt trug sie wieder ihre Männerkleider und wusste, dass auf dem Weg zurück in die Welt da unten alles wieder von vorn beginnen würde …
Sie umarmte noch einmal die Frauen und reichte den Männern, die sie nie ganz aus ihrer Schweigsamkeit hatte locken können, die Hand.
»Danke, vielen Dank für alles!«
Huahuarini schenkte ihnen noch einen Sack mit *chuños*, eingeschrumpften Kartoffeln, die in den Wintermonaten gewonnen wurden, wenn die Temperatur auf den Höhen in klaren Nächten auf fünf bis sieben Grad unter null sank. Die Frauen legten die Knollen dann auf Binsen oder Strohmatten ins Freie und ließen sie über Nacht gefrieren. Durch den Frost wurden die Zellen der Kartoffeln gesprengt, das Wasser in ihnen konnte heraustreten und tagsüber in der sengenden Sonne verdunsten. Dadurch schrumpften die Kartoffeln zu runzligen, gewichtslosen Bällen, die fast nur noch aus Stärke bestanden, nun jahrelang haltbar und leicht zu transportieren waren. Dann reichte sie ihnen noch einen zweiten Sack mit Mais, Brot und getrocknetem Fleisch.

»Die Cordillera sein unbarmherzig. Du dich gut vorbereiten, sonst sie dich töten«, warnte sie.
Die Indios begleiteten sie noch ein Stück. An einer markanten Stelle errichteten sie einen Turm aus Steinen und baten die Götter um Verzeihung für das Eindringen der Fremden in ihr Reich.
»Jetzt ihr könnt weitergehen. Pachamama euch jetzt nichts mehr tun. Pachamama ihre schützenden Hände über euch halten!«
Noch einmal verabschiedeten sich Catalina und Stefano von ihren Gastgebern. Sie sahen nicht mehr, dass der Steinturm schon kurz darauf wie von Geisterhand berührt in sich zusammenfiel ...

Kaum drei Tagesreisen von dem Indiodorf entfernt stießen sie auf zwei von Pistolenkugeln niedergestreckte Indios. Wahrscheinlich waren sie ein paar Soldaten in die Quere gekommen, für die ein Indioleben nicht viel zählte. Bis vor kurzem hatten Stefano und Catalina ähnlich gedacht, aber nach der Hilfe und Zuwendung, die sie von ihnen erfahren hatten, machte sie der Anblick der getöteten Indios betroffen.
Noch einmal zwei Tagesreisen weiter hörten sie in einem vor ihnen liegenden Wäldchen aufgeregte Männerstimmen. »Nun packt sie endlich, ihr Nullen! Vier Männer werden doch wohl mit einer einzigen Frau fertig werden. Na los, schnappt sie euch!«
Catalina sah Stefano an.
»Vergiss es!«, raunte der. »Lass uns lieber zusehen, dass wir von hier verschwinden, ehe wir noch selbst etwas abbekommen.«
»Aber wir können doch nicht zusehen ...«

»Wir sehen gar nichts.«
»Aber wir hören es«, gab Catalina trotzig zurück.
Inzwischen hatten die Männer die Frau offensichtlich eingefangen. Sie schrie in den hellsten Tönen und flehte in einem Gemisch aus Quechua und Spanisch um Gnade.
»So lasst mich doch gehen, bitte, lasst mich los!«
Bei ihrem nächsten Schrei preschte Catalina durch die Büsche. Stefano schlang die Zügel seines Mulis um einen Ast und stürmte ihr nach. Knappe fünfzig Meter weiter fand er sie. Catalina hatte sich hinter einen Busch geduckt und beobachtete das Geschehen auf der Lichtung. Fünf Männer sah sie, allesamt Soldaten der Armee. Drei von ihnen waren noch sehr jung, eigentlich eher Burschen als Männer, die anderen waren älter und um einiges kräftiger. Einer von ihnen hielt die Indiofrau an den Händen und zerrte sie zu dem, der offenkundig den Befehl zu ihrem Ergreifen gegeben hatte. Er stand mit dem Rücken zu ihnen.
»Wir müssen der Frau helfen«, zischte sie Stefano zu.
»Wir müssen *uns* helfen«, zischte der zurück. »Und nun komm schon! Lass uns abhauen!«
Catalina drückte die Zweige herunter. Im gleichen Moment langte der Mann, der Catalina den Rücken zuwandte, der Frau in den Ausschnitt und riss ihr Kleid mit einem einzigen Ratsch bis zum Bauchnabel auf. Ihre Brüste quollen wie reife Früchte hervor. Er packte sie so fest, dass die Frau vor Schmerz aufschrie. Die drei Burschen blickten verunsichert zur Seite. Catalina wollte der Frau zu Hilfe eilen, Stefano aber packte sie am Hosenbund und drückte ihren Kopf nach unten.
»Bist du wahnsinnig?«, herrschte er sie an. »Das sind fünf gegen zwei!«

»Die drei Jungen zählen doch nicht. Die stolpern noch über ihren eigenen Degen. Und jetzt lass mich los!«

»Das hast du jetzt davon, dass du so mutterseelenallein durch den Wald streunst«, verhöhnte derweil der Mann die Indiofrau und öffnete sich in aller Gemütsruhe die Hose. »Brave Frauen bleiben zu Hause.«

»Nun mach schon!«, keuchte sein Begleiter. Trotz seiner höchstens fünfundzwanzig Jahre hatte er kaum noch Zähne im Mund. »Wenn du nicht bald mit ihr fertig wirst, kommt es mir noch vor dir. Allein der Anblick ihrer Brüste – wie weich und voll sie sind!«

Nun langte auch er nach den Brüsten der Indiofrau. Kreischend wich sie zurück, rutschte ihm dabei tatsächlich aus den Händen, aber sein Kumpan, der inzwischen seine Hose ausgezogen hatte, schnappte sie und presste sie an sich. Die Indiofrau trat und schlug nach ihm. Ärgerlich stieß er sie ins Gebüsch. Panisch versuche sie sich durch das Gebüsch hindurchzuarbeiten und zu flüchten, doch der Halbnackte packte sie am Fuß und zog sie mit höhnischem Gelächter zu sich zurück. Da sah Catalina sein Gesicht mit der breiten Narbe an seiner Schläfe.

»Aitor«, keuchte sie. »Das … das ist doch Aitor!«

Aitor drehte die Frau auf den Rücken, schob ihre Röcke hoch und warf sich auf sie. Catalina riss sich von Stefano los und stürmte zu ihnen. Stefano hetzte ihr nach, um die anderen Kerle in Schach zu halten. Als die drei Burschen seine entschlossene Miene sahen, flüchteten sie Hals über Kopf in den Wald. Stefano griff den noch verbliebenen Mann an. Er war ein schwacher Gegner: Mit wenigen Hieben hatte Stefano den schwerfälligen Kerl gegen einen Baum getrieben. Dort riss er die Hände in die Höhe und jammerte um Gnade. Catalina hatte es nicht so einfach:

Aitor war ihrem ersten Degenstoß ausgewichen. Er warf sich auf die Seite, hechtete zu seiner Hose, zog den Degen und stürmte brüllend auf sie los. Catalina sprang zur Seite, ging erneut auf ihn los und stach nach seiner Brust, verfehlte sie aber, was nicht zuletzt damit zu tun hatte, dass sie sein nackter Unterleib aus der Fassung brachte. Dieses Teil, das er da vor sich hertrug, es war so riesig und ragte so steil in die Höhe … Sie konnte kaum den Blick davon nehmen, fasziniert und angewidert zugleich. Da schrammte sein Degen ihr über den Arm. Fluchend sprang Catalina zurück und richtete ihre Aufmerksamkeit nun ausschließlich auf Aitors Augen und seinen Degen, parierte seinen neuen Angriff mit entsprechend größerem Geschick und stach ihm in die Seite. Stöhnend drückte sich Aitor die Hand auf die Wunde, stürmte aber ohne Zögern erneut auf sie los. Catalina versuchte zurückzuweichen, stolperte über eine Baumwurzel und stürzte. Sofort warf sich Aitor auf sie. Als er auf Catalina niederkrachte, schrie die Indiofrau vor Entsetzen auf. Stefano fuhr herum, konnte seinen Gefangenen aber nicht loslassen. Als er Aitor auf Catalina liegen sah, brüllte er wie ein angeschossener Löwe.

»Lass sie los! Lass sie sofort los oder ich schneide dir deine stinkenden Eier ab.«

»Sie?«, rief Aitor und blickte verwirrt zwischen Stefano und Catalina hin und her. Dann blitzte es in seinen Augen.

»Sie!«, rief er noch einmal, riss Catalinas Hemd auf, schnitt den Brustwickel mit dem Degen auf und lachte dröhnend, als er ihre zarte, weiße Brust sah. »Na so etwas: Da habe ich jetzt ja noch ein Zuckerpüppchen.«

Probeweise stieß er mit seinem Unterleib auf sie ein, woraufhin sich Stefano nicht mehr länger die Zeit nahm, den anderen festzubinden, sondern ihn mit einem gezielten Kinnhaken ohnmächtig schlug. Blind vor Wut schoss er auf Aitor zu.

»Vorsicht, mein Freund«, grinste dieser ihn an und spießte die Spitze seines Degens auf Catalinas Brust. »An deiner Stelle würde ich mir jetzt ganz genau überlegen, was ich tue.«

Catalina wagte kaum noch zu atmen. Trotz Aitors Warnung ging Stefano weiter auf sie zu. Augenblicklich setzte Aitor seine Klinge höher. Jetzt zielte er auf Catalinas Hals und drückte ihr die Spitze ins Fleisch. Ein scharfer Schmerz durchfuhr Catalina, dann fühlte sie eine warme Flüssigkeit an ihrem Hals hinablaufen.

»Bleib, wo du bist!«, warnte Aitor Stefano noch einmal, und Catalina röchelte: »Bleib stehen. Du hörst doch, was er sagt!«

Aitor warf den Kopf zurück. »Da hörst du es. Sie will es selbst.«

Stefano knirschte mit den Zähnen, blieb jetzt aber doch stehen.

»Ich … ich tausche sie – gegen deinen Freund«, stieß er hervor. »Sein Leben gegen ihres!«

Lüstern ließ Aitor seine freie Hand über Catalinas Brust fahren. Catalina wand sich und stöhnte vor Widerwillen und Wut. Wieder wollte Stefano auf ihn losstürmen, doch Aitor knurrte: »Wage es nicht, oder deine Schlampe ist tot!«

Ohne Aitor und Catalina aus den Augen zu lassen, ging Stefano zu dem anderen Mann und versetzte ihm schallende Ohrfeigen, bis er wieder zu sich kam. Stefano zerrte ihn auf die Beine und stieß ihn zu Aitor.

»Auf drei lässt du sie gehen, und ich lasse deinen Freund los!«
Aitor leckte Catalina übers Ohr. Vor Wut heulte Stefano auf, aber er sah, wie Aitor seinen Degen weiter gegen Catalinas Hals drückte. Mit lauter, fester Stimme begann er zu zählen: Bei eins nuckelte Aitor an Catalinas Brust, bei zwei versuchte er, ihr die Zunge in den Mund zu schieben, bei drei rollte er sich lachend von ihr ab, griff ihr, bevor er auf die Füße sprang, aber noch einmal brutal zwischen die Beine. Kaum war Catalina von seinem Gewicht befreit, flüchtete sie zu Stefano, und dessen Gefangener wechselte hinüber zu Aitor, der gerade in aller Gemütsruhe seine Hose aufhob und anzog.
»Und nun haut ab, verschwindet!«, zischte Stefano die beiden an. Aus Angst um Catalina wollte er keinen weiteren Kampf riskieren. Aitor lachte auf. »Glaubt bloß nicht, dass das kein Nachspiel hat. Spätestens morgen habe ich euch wiedergefunden – und wenn ich meine ganze Kompanie auf die Suche nach euch schicken muss! Mich werdet ihr nicht mehr los. Und du ...« Er grinste Catalina anzüglich an und ließ seine Zunge zwischen den Zähnen spielen. »Du schon gar nicht!«
Stefano machte einen Schritt auf ihn zu, da wich er endlich zurück und winkte seinem Freund, ihm zu folgen, was der auch sofort mit eiligen Schritten tat. Kaum hatten sie sich von ihnen abgewandt, rannte die Indiofrau zu Stefano und klammerte sich schluchzend an seine Beine.

Ohne der Indiofrau auch nur einen Blick zu gönnen, zog Stefano Catalina so fest an sich, dass die kaum noch Luft bekam.
»He, Stefano, ist ja gut, es ist ja gut. Sie sind weg, hörst

du? Es ist vorbei.« Doch erst, als sie Stefanos Hand erfassen und von sich schieben konnte, gelang es ihr, sich aus seinen Armen zu befreien. Catalina sah die Tränen in seinen Augen und rieb ihm über den Arm.
»Na komm«, sagte sie leise. »Lass uns gehen.«
Stefano nickte und wischte sich mit dem Ärmel über das Gesicht.
»Ja, wie müssen zusehen, dass wir von hier wegkommen. Wenn der Kerl uns mit seiner Truppe aufstöbert, sind wir erledigt.«
Catalina half der Indiofrau auf die Füße. »Steh auf, komm, wir müssen weg!«
Auch die Indiofrau beruhigte sich nun. Sie richtete sich ihr Kleid und riss von einem ihrer Unterröcke einen langen Streifen ab, damit sich Catalina wieder die Brust umwickeln konnte. Dann holten sie ihr Maultier und liefen los.
»Nicht hier«, meinte die Indiofrau schon nach wenigen Metern. »Hier Männer uns suchen. Ich weiß Weg, den Männer nicht finden.«
Catalina und Stefano tauschten einen kurzen Blick und nickten. Wenn die Indiofrau sich hier auskannte, taten sie sicher gut daran, ihr die Führung zu überlassen.
»Aber schnell«, drängte Stefano. »Wir müssen schneller gehen. Verstehst du: schneller!«
Die Indiofrau setzte sich an die Spitze und verfiel fast ins Laufen. Catalina wollte sie bremsen, doch Stefano widersprach ihr. »Nein, lass sie. Wir müssen zusehen, dass wir von hier wegkommen! Los, los, geh, schneller, schneller, ja kannst du denn nicht schneller gehen?«
Die Panik in seiner Stimme erstaunte Catalina. Sie sah zu ihm und stellte fest, dass er noch immer kreidebleich war.

Während sie und die Indiofrau den Schrecken inzwischen einigermaßen verdaut hatten, schien Stefano immer noch in Panik zu sein.
»Jetzt beruhige dich doch!« Catalina zog ihn am Ärmel. »Sie werden uns schon nicht finden!«
Statt etwas zu erwidern biss Stefano nur die Zähne zusammen. Kurz darauf fuhr er die Indiofrau erneut an, schneller zu gehen.

Eine gute Stunde später erreichten sie ein Indiodorf, auf das man in der Tat nur mit besten Ortskenntnissen stoßen konnte. Die Frau winkte ihnen zu, dass sie mitkommen sollten.
»Ausruhen und essen. Viel gut essen!« Sie strahlte ihre Retter an, doch Stefano schüttelte den Kopf.
»Wir sehen lieber zu, dass wir weiterkommen. Und auch für euch ist es besser, wenn die Soldaten uns nicht in eurem Dorf finden.«
Die junge Frau verstand nur, dass er weiterwollte. Sie machte ihnen Zeichen, einen Moment zu warten, lief in ihr Dorf und kam mit einem älteren Mann zurück, der ein Lama hinter sich herzog. Mit glitzernden Augen hielt er Catalina das Seil hin, doch diese hob abwehrend die Hände. Ärgerlich stieß Stefano sie in die Seite.
»Jetzt sei kein Dummkopf – ein Tragetier kann man immer brauchen. Immerhin hat uns die Rettung der Frau beinahe das Leben gekostet, und wer weiß, ob wir nicht doch noch mit unserem Leben bezahlen werden. Diesem Kerl war es bitterernst mit seiner Drohung! Der will dich, hörst du: *dich* will er! Und jetzt nimm endlich das verdammte Vieh und lass uns weitergehen.«
Als Catalina das Geschenk noch immer ablehnte und da-

bei Worte über Worte machte, nahm Stefano dem Indio die Zügel aus der Hand, band sie mit denen seines Maultiers zusammen und marschierte einfach weiter. Erst als er merkte, dass sich Catalina noch immer nicht in Bewegung setzte, blieb er wieder stehen.
»Wenn du jetzt nicht sofort kommst, schlage ich dich nieder und binde dich auf eines der Tiere!«, fuhr er sie an. Catalina warf ihm einen befremdeten Blick zu, verkniff sich jedoch einen Kommentar.

Als sie eine Stunde marschiert waren, hörten sie in nicht allzu großer Entfernung spanische Stimmen und Hundegebell.
»Das haben wir nun davon, das haben wir nun davon!«, schimpfte Stefano in einem fort. Mit vor Panik immer heller werdender Stimme trieb er Catalina zu noch größerer Eile an. »Nun lauf doch, so lauf doch schon! Oh verdammt, gegen die Hunde haben wir doch überhaupt keine Chance.«
Als die Stimmen und das Gebell immer näher kamen, verfielen Stefano und Catalina in Laufschritt. Nach einer Weile wurde das Gebell leiser. Stefano scheuchte Catalina trotzdem mit unverminderter Eile durch den Wald.
»Aber Stefano, jetzt übertreib doch nicht«, keuchte Catalina. »Ich kann einfach nicht mehr. Meine Beine tun weh, und verdammtes Seitenstechen habe ich auch.«
Stefano fuhr zu ihr herum. »Kapierst du eigentlich nicht, worum es hier geht?«
»Allmählich denke ich, vor allem darum, dass du kurz vorm Durchdrehen bist«, giftete Catalina ihn an. »Aber wenn du mich erst einmal zu Tode gehetzt hast, kann mir Aitor natürlich in der Tat nichts mehr anhaben.«

»Woher kennst du diesen Widerling überhaupt?«
Statt zu antworten hob Catalina den Finger. »Pst, hör mal! So hör doch! Da plätschert irgendwo ein Bach.«
Da spitzte auch Stefano die Ohren und lief gleich wieder los. Wenige Meter weiter kamen sie an einen kleinen Bergbach. Munter sprang er über Steine und Geröll, aber sein Bett war doch nicht so unwegsam, als dass sie mit den Tieren nicht hätten hindurchwaten können.
»In dem Bach werden die Hunde unsere Spur verlieren«, sagte Catalina erleichtert.
»Aber beeilen müssen wir uns trotzdem«, beharrte Stefano und zog die Tiere hinter sich ins Wasser. An die zweihundert Meter konnten sie so vorankommen, dann versperrte ihnen ein mannshoher Fels den Weg. Notgedrungen trieben sie die Tiere wieder ans Land, umliefen das Hindernis, doch als sie wieder zu dem Bach hinabsteigen konnten, war das Wasser zu tief, als dass sie ihren Weg darin hätten fortsetzen können. Besorgt lauschten sie hinter sich. Es war nichts zu hören außer dem Gezwitscher von ein paar Vögeln.
»Ich glaube, sie haben unsere Spur verloren«, meinte Catalina, doch Stefano war noch immer nicht beruhigt.
»Lass uns weitergehen. Wenigstens so lange, bis die Sonne untergeht.«
Zwei Stunden später sahen sie sich nach einem Schlafplatz um und fanden eine kleine Felshöhle, in der sie übernachten konnten.
Müde bissen sie ein paarmal in ein Brot und vergruben sich in ihre Decken; Catalina fielen augenblicklich die Augen zu. Als sie schon fast eingeschlafen war, schien es ihr, als streiche ihr jemand übers Haar, doch sie war zu müde, um die Augen noch einmal zu öffnen und sich zu

vergewissern, und so träumte sie einfach weiter und stellte sich vor, es wäre Mikel gewesen …

Bei der ersten Morgenröte riss Stefano Catalina aus dem Schlaf. Er wollte sofort aufbrechen.
»Essen können wir auch im Gehen«, sagte er und drückte Catalina ein Stück Brot in die Hand. Noch steif und durchgefroren von der Nacht tappte sie hinter ihm her und stolperte vor Müdigkeit immer wieder über Felsvorsprünge und loses Geröll. Erst als die Sonne ein gutes Stück den Himmel hochgeklettert war, sie ein breites Tal durchquert und von dem sich daran anschließenden Berg eine gute Sicht hinter sich hatten und sahen, dass ihnen niemand folgte, willigte Stefano ein, eine Weile auszuruhen. Kaum hatte sich Catalina auf dem Boden ausgestreckt, war sie auch schon wieder eingeschlafen.
Zwei Stunden später rüttelte Stefano sie wach. »Komm weiter, wir müssen weiter!«
»Aber sie sind doch nicht mehr hinter uns, Stefano, jetzt beruhige dich doch endlich! Wir sind nicht mehr in Gefahr.«
»Nicht mehr in Gefahr, was heißt da nicht mehr in Gefahr?«, fuhr Stefano sie an, so dass Catalina unwillkürlich zurückwich. »Hast du etwa schon vergessen, wie das Schwein gestern auf dir gelegen hat? Hast du das wirklich schon vergessen?«
»Nein, natürlich nicht.« Catalina sah ihn eindringlich an. »Aber jetzt ist er weit weg, hörst du: Er ist weit weg!«
»Im Moment vielleicht, aber was heißt das schon? Er kann uns immer noch wiederfinden. Und was, wenn er unsere Beschreibung an andere Kompanien gibt? Catalina, ich … ich …« Es war das erste Mal, dass Stefano sie mit ihrem

wahren Namen ansprach. Er machte eine hilflose Geste durch die Luft und wandte sich von ihr ab. Catalina rieb sich die Stirn. Natürlich verstand sie, dass dies gestern ein Schock für ihn gewesen war, und auch sie überlief es kalt, wenn sie an Aitors widerliche Hände und seine Zunge dachte, aber jetzt hatte sie keine Angst mehr.

Sie sah, dass Stefanos Schultern bebten, und strich ihm über den Rücken. »Stefano, letztendlich ist doch nichts weiter passiert.«

Stefano drehte sich zu ihr um. »Aber trotzdem gehen mir die Bilder nicht mehr aus dem Kopf. Wie er dich gepackt hat und seine Zunge und seine Hände ...« Er wischte sich mit dem Ärmel über das Gesicht. »Catalina, verstehst du denn nicht? Zu sehen, wie jemand dir ... gerade dir ... wo ich ...« Er schlug die Hände vors Gesicht, aber Catalina verstand seine letzten Worte auch so. Sie lauteten: » ...wo ich dich doch so sehr liebe!«

Für den Rest des Tages stapfte Catalina höchst schweigsam hinter Stefano die Berge hoch und herunter und wünschte sich, dass er nie mehr stehen blieb und am besten auch nie mehr zu ihr hinsah. Warum?, dachte sie. Warum hatte das passieren müssen? Und warum hatte Stefano seine Gefühle nicht wenigstens für sich behalten können? Ihre Beziehung war so offen und herzlich gewesen. Warum hatte Stefano alles kaputtmachen müssen? Sie erwiderte seine Liebe nicht, und selbst wenn sie es täte ... Catalina musste an Mikel denken, verbot sich diesen Gedanken aber sogleich wieder. Nein, für sie durfte es keine Liebe geben. Auch diese nicht.

Am späten Nachmittag blieb Stefano an einem Bach stehen, der über ein kleines Wiesenstück rann.

»Die Tiere müssen fressen und haben sicher Durst«,

brummte er, nahm die Provianttasche von dem Maultier, band es zusammen mit dem Lama an einen Busch und ließ sich auf einen Stein fallen. Catalina setzte sich neben ihn. Schweigend aßen sie ihr Brot und etwas Fleisch. Es war ihr letztes Fleisch. Sie würden jagen müssen, wenn sie heute noch einmal mehr als Brot und *chuños* essen wollten. Die Wortlosigkeit ihres Mahls belastete Catalina, zumal sie merkte, wie angestrengt Stefano es vermied, sie anzusehen – obwohl sie sich genau das vorhin noch gewünscht hatte.

»Warum … warum können wir nicht alles vergessen und es wieder so sein lassen, wie es war?«, fragte sie ihn schließlich mit belegter Stimme.

»Als ob du nicht selber wüsstest, dass das nicht geht.«

»Aber ich bin doch Francisco«, erwiderte sie burschikos. Sie hatte gehofft, Stefano mit dieser Bemerkung zumindest ein kleines Lächeln entlocken zu können, doch der murrte: »Red keinen Mist!«, sah aber immerhin doch einmal zu ihr hin. Die Wärme und Zuneigung in seinen Augen machten Catalina das Herz noch schwerer.

»Du brauchst nichts zu sagen«, sagte Stefano und blickte wieder von ihr weg. »Ich weiß, dass du nicht mehr als einen Freund in mir siehst. Und keine Sorge: Ich werde dir nicht auf die Pelle rücken. Es war nur, weil dieser Mistkerl dich … das war einfach zu viel, verstehst du?«

Catalina nickte. »Ja, ich verstehe dich.« Nach einer Weile setzte sie wie zu sich selbst hinzu: »Und wie ich dich verstehe …« Sie war froh, dass sie Stefano noch nie von Mikel erzählt hatte.

16

In den nächsten Tagen vermieden sie, von Stefanos Geständnis zu sprechen, und fanden allmählich zu einem einigermaßen lockeren Miteinander zurück. Obwohl Catalina die Entfernung nach Potosí mit jedem Meter, den sie durch die unwegsame Berglandschaft zurücklegten, größer statt kleiner zu werden schien und sie Stefano immer wieder zu einem weniger weit entfernt liegenden Ziel zu bewegen versuchte, beharrte der auf seinem ursprünglichen Plan. »Je weiter wir von hier wegkommen, desto besser. Immerhin sucht uns außer Aitor und seinen Leuten wahrscheinlich auch unsere alte Kompanie«, meinte er. »Und vergiss nicht das Silber von Potosí!«

»Das Silber von Potosí …« Catalina trat gegen einen Stein und sah zu, wie er über den Wegrand sprang und in den Abgrund stürzte. »Ich habe kein gutes Gefühl bei dem Ganzen.«

»Hattest du ein besseres Gefühl, als du mit einer Horde überwiegend grobschlächtiger Soldaten zusammengelebt hast?« Stefano sah sie vielsagend an, und im gleichen Moment wurde Catalina klar, was vor allem Stefano nach Potosí zog.

»Vergiss es!«, rief sie und schüttelte heftig den Kopf. »Ich bin nicht aus dem Kloster geflohen und über den Atlantik gesegelt, um als Heimchen am Herd zu enden!«

»Aber wenn ich genug Geld verdienen und dich heiraten würde …«

»Stefano, so versteh mich doch!«

»Aber du müsstest mich ja gar nicht lieben«, fiel er ihr ins Wort. »Gar nichts würde ich von dir verlangen, sondern dich nur beschützen wollen. Du müsstest endlich keine Angst mehr haben, entdeckt zu werden! Du kannst doch nicht immer so weitermachen.«

Catalina blieb bei ihrem Nein.

»Dann sieh es zumindest so, dass Silberschürfen weniger gefahrlos als das Schlachtenleben ist, und lass uns deswegen dorthin gehen«, stöhnte Stefano.

Doch Catalinas ungutes Gefühl blieb. Sie ahnte, dass seine Bilder von dem schmucken Palast, den er dort zu erwerben hoffte, nichts als Traumgespinste waren, aber Stefanos Blick war so eindringlich, dass sie ihm zuliebe doch immer weiterging.

Neben ihren dunklen Ahnungen machte Catalina auch die Unwegsamkeit der Pfade zu schaffen. Immer steiler und gefährlicher wurden die Wege, und Catalina ertappte sich mehr als einmal bei dem Gedanken, dass selbst die Natur sie von ihrem Reiseziel abbringen wollte. Schließlich ließen sie ihre Tiere vorausgehen, die einen bemerkenswerten Scharfsinn dafür besaßen, an welche Stellen der Weg sicher war und an welchen nicht. Immer wieder hielten sie an und prüften Steine oder Geröll mit der Nüster oder durch behutsames Scharren und wichen hernach oft von den ausgetretenen Pfaden ab. Während Catalina den Tieren blindlings vertraute, verlor Stefano die Geduld, als sein Maultier sich wieder einmal weigerte weiterzugehen.

»Das sieht hier ja nun echt nicht gefährlich aus!«, schimpfte er, trat vor sein Maultier und wollte es weiterzerren, doch der zottelige Kerl stemmte seine Beine so fest gegen den

Boden, dass Stefano ihn keinen Millimeter bewegen konnte. Wütend ließ er die Zügel fallen und ging voran.
»Schau!«, rief er dem bockigen Tier zu. »Hier ist keine Gefahr«, und im selben Moment brach ein Stück Fels unter seinen Füßen weg. Im letzten Augenblick konnte sich Stefano noch an einen Ast klammern. Catalina half ihm wieder hoch. Hernach zog auch Stefano jedweden Umweg, zu dem die Tiere ihn veranlassten, weiteren Selbstversuchen vor.

Eine Woche später erreichten sie eine der höchstgelegenen Regionen der Cordillera, die Puna. Stefano schätzte, dass sie sich hier an die zwölftausend Fuß über dem Meeresspiegel befanden, und erklärte Catalina, dass nun der schwierigste Teil ihrer Reise begann. Nackt, karg und wie erstorben, nichts als Fels und Stein und graues Gras umgaben sie, und die Flechten, die sich mit dürren Fingern an ein von Wind und Sonne gebleichtes Alpakagerippe klammerten, erschienen Catalina wie eine dunkle Mahnung, besser endlich einen anderen Weg einzuschlagen, aber Stefano war noch immer nicht dazu zu bewegen.
Als sie noch einmal einen Tag marschiert und damit wieder ein Stück höher gekommen waren, fiel ihnen das Atmen zunehmend schwerer, und zudem überfiel sie eine bleierne Müdigkeit.
»Es heißt, dass früher oder später jeder hier oben damit zu kämpfen hat«, erklärte ihr Stefano. »Das ist die *veta,* die Höhenkrankheit. Mach dir keine Sorgen: Sobald wir wieder in tiefer gelegene Regionen kommen, verschwinden die Beschwerden von ganz allein.«
Zunächst aber führte ihr Weg sie noch höher, und bald fühlten sie sich so matt, dass sie sich alle paar Meter hin-

setzen und ausruhen mussten, und Stefano litt überdies unter starkem Schwindel und Kopfschmerzen und konnte nur noch verschwommen sehen. Catalina führte ihn am Arm, damit er nicht in die Tiefe stürzte.

Am nächsten Tag schien ihnen alles wehzutun; am schlimmsten stach und brannte es in den Oberschenkeln. Immer wieder massierten sie ihre Beine, ohne sich damit Erleichterung verschaffen zu können. Jeder Meter wurde zur Qual.

»Stefano, siehst du jetzt endlich ein, dass dieser Weg der falsche ist?«

Stefano schüttelte den Kopf. »Wir müssen doch gar nicht mehr viel höher! Nur noch ein kleines Stückchen, dann haben wir es geschafft. Komm weiter!«

Doch das »kleine Stückchen« – es zog sich, und das umso mehr, als sie vor Müdigkeit und Schmerzen nur noch geringste Distanzen und auch die nur im Zeitlupentempo zurücklegen konnten. Immer enger schnürte sich ein Ring um ihren Brustkorb, immer schneller rasten ihre überlasteten Herzen, und auf einmal musste sich Stefano übergeben. Catalina sprang zu ihm und hielt ihm die Stirn. Wieder und wieder würgte es ihn, und Catalina sah, dass es ihn seine letzten Kraftreserven kostete, das Hochgewürgte wirklich herauszubringen und nicht zurück in die Lungen sacken zu lassen. Den Tränen nahe flehte Catalina ihn erneut an umzukehren. »Das geht nicht gut aus, Stefano, bitte, so nimm doch Vernunft an!«

Zunächst war der viel zu schwach, um antworten zu können, aber eine Stunde später rappelte er sich doch wieder hoch. »Weiter, weiter, wir müssen weiter«, keuchte er. »Je schneller wir die Berge überwinden, desto eher wird es uns wieder besser gehen.«

Er stützte sich auf sein Muli und ließ sich von ihm weiterziehen.
Zwei volle Tage mussten sie noch in der gleichen Höhe mit all den damit verbundenen Qualen laufen, dann endlich hatten sie den Gipfel erreicht und konnten sich an den Abstieg machen. Catalinas Körper erholte sich schnell, Stefano aber hatte weiter mit großer Müdigkeit, Kopfschmerzen und Atemnot zu kämpfen. Erst noch einmal zwei Tage später besserte sich auch sein Zustand, doch zu diesem Zeitpunkt sahen sie schon den nächsten Berg vor sich aufragen …

»Dieser Berg ist bestimmt nicht so hoch«, beharrte Stefano. »Den schaffen wir mit links. Und irgendwann werden wir diese verdammte Cordillera auch ganz hinter uns lassen!«
Catalina hoffte, dass er Recht hatte, und sorgte sich dabei weit mehr um ihn als um sich. Seit sie sich nicht mehr in den höchsten Regionen befanden, fühlte sie sich wieder frisch und munter; Stefano aber sah noch immer mitgenommen aus, und auch das Atmen fiel ihm weiter schwer. Oft sah Catalina beim Weitergehen zu ihm zurück und bemerkte auf einmal, dass ihm trotz des eisigen Windes, der ihnen um die Ohren pfiff, dicke Schweißperlen auf der Stirn standen.
Catalina legte ihm die Hand auf die Stirn. Sie glühte. »Stefano, warum sagst du denn nicht, dass du Fieber hast?«
»Fieber? Ach woher, das sind nur die Nachwirkungen der *veta*. Das geht von allein wieder weg. Und jetzt mach, dass du weitergehst: Ich will diese verdammte Cordillera endlich hinter mir lassen!« Unwillig schob er Catalinas Hand weg und ging weiter.

»Jetzt sei doch nicht so ein Sturkopf«, knurrte Catalina ihm hinterher. »Lass uns ein paar Tage hier bleiben und ausruhen. Du kannst so nicht weitergehen!«

Doch Stefano setzte eisern weiter einen Fuß vor den anderen, und Catalina konnte nichts anderes tun, als ihm zu folgen und sich zu sagen, dass sie inzwischen sowieso nicht mehr zurückkonnten. Stefano würde die hinter ihnen liegenden Berge nie und nimmer noch einmal überqueren können. Blieb zu hoffen, dass die vor ihnen liegenden Berge gnädiger sein würden.

An diesem Tag kamen sie trotz Stefanos Fieber gut voran, überdies fanden sie am späten Nachmittag eine Höhle, die ihnen eine warme, trockene Nacht versprach. Angekuschelt an ihre Tiere – Stefano an sein Maultier, Catalina an ihr Lama – hatten sie es tatsächlich mollig warm, und als Catalina sich am nächsten Morgen in dem fahlen Lichtschein streckte, der vom Eingang her zu ihnen fiel, fühlte sie sich so ausgeruht und kräftig wie schon lange nicht mehr.

Sie lief zu Stefano, legte ihm die Hand auf die Stirn und freute sich, weil sein Fieber über Nacht zurückgegangen war. Lautlos zog sie ihre Jacke über und packte ihre Steinschleuder ein.

Das wollen wir doch einmal sehen, ob ich Stefano zum Frühstück nicht einen Vogel oder zumindest eine gegrillte Maus vorsetzen kann, sagte sie sich, lief zum Höhleneingang – und starrte entsetzt auf die Schneemassen, die über Nacht niedergegangen waren. Sie schlug mit der Hand dagegen. Weiß sprühend flog die eisige Pracht auf, um gleich darauf wieder sanft niederzurieseln. Schimpfend kehrte Catalina ins Innere der Höhle zurück. Stefano war eben wach geworden und sah sie verwundert an. »Welche

Laus ist dir so früh am Morgen über die Leber gelaufen?«
»Die Schneelaus.« Catalina ließ sich auf ihr Lager fallen.
»Die was?«
»Wir sitzen fest! Wir sind eingeschneit!«
Stefano sprang auf und lief zum Höhleneingang. Erschrocken starrte er auf das strahlende Weiß. Auf den Pfaden hier oben war es auch ohne diese Schneemassen schon schwierig genug, einen halbwegs sicheren Weg zu finden. Trotzdem setzte er eine zuversichtliche Miene auf, als er in die Höhle zurückkehrte.
»Jetzt essen wir erst einmal etwas«, meinte er betont gleichmütig, holte ein paar *chuños* und ihren Kochtopf aus der Satteltasche, füllte den Topf mit Schnee und entfachte mit ein paar Scheiten Brennholz, die sie stets mit sich führten, ein kleines Feuer. Nach dem kargen Mahl schneite es noch immer.
»Wir müssen trotzdem weitergehen«, meinte Stefano.
Catalina schüttelte den Kopf. »Das wäre Selbstmord.«
»Einfach hierzubleiben aber auch.« Stefano zeigte ihr, dass der Sack mit den *chuños* so gut wie leer war. »Sobald wir tiefer kommen, hört der Schnee auf, und dann können wir jagen gehen.«
»Aber du hast gestern hohes Fieber gehabt. Da kannst du doch heute nicht in diesem Schneegestöber herumlaufen.«
Stefano wurde von einem heftigen Hustenanfall gepackt. Auch Minuten später atmete er noch schwer.
»Das schaffst du nicht«, beharrte Catalina. »Zumindest noch nicht! Gönn dir wenigstens einen oder zwei Tage Ruhe.«
Doch Stefano war nicht umzustimmen. »Wenn es so weitergeht, sind wir morgen vollständig eingeschneit, und

was soll dann werden? Nein, wir müssen weiter. Je eher wir aufbrechen, desto eher lassen wir den verdammten Schnee hinter uns.«

»Das kannst du doch gar nicht wissen. Vielleicht wird das Schneetreiben auch noch schlimmer.«

»Trotzdem ist es unsere einzige Chance«, beharrte Stefano. Er lud seine Sachen auf sein Maultier. Notgedrungen zog Catalina ihr Lama auf die Beine.

Je weiter sie gingen, desto tiefer versanken sie im Schnee, und schließlich lag der Schnee so hoch, dass er über die Schäfte ihrer Stiefel drang. Im Nu waren ihre Füße zu Eiszapfen gefroren. Gegen Mittag kam ein Gewitter auf. Glühende Zacken schossen über den Himmel und bildeten an den kahlen Felswänden unheimliche, blutrote Schatten, zugleich donnerte es so laut, dass sie sich die Hände auf die Ohren pressten. Obwohl Catalina früher immer über ihre Schwestern gelacht hatte, wenn die bei einem Gewitter ängstlich zusammengerückt waren, hätte auch sie sich jetzt am liebsten in Stefanos Armen verkrochen. Endlich zog das Gewitter weiter. Ein paar Stunden später gerieten sie in einen orkangleichen Sturm. Heftige Böen fuhren in den Schnee hinein und schleuderten ihnen regelrechte Matten von eisigen Nadeln ins Gesicht. Ihre Lippen platzten auf, und ihre Gesichter brannten wie Feuer.

»Wir brauchen einen Unterschlupf«, schrie Catalina Stefano durch den tosenden Sturm zu, doch sie fanden keinen. Also quälten sie sich weiter.

Am Abend ließ der Sturm endlich nach und sie entdeckten einen Felsvorsprung, der ihnen wenigstens ein bisschen Schutz bot. Das Lama zu ihrer Linken, das Muli zu ihrer Rechten drückten sich Catalina und Stefano aneinander und schliefen trotz ihrer knurrenden Mägen sofort ein.

Am nächsten Morgen erwachte Catalina, weil ein schweres Gewicht auf ihre Schulter drückte. Erst nach einem Moment wurde ihr klar, dass Stefanos Kopf darauf lag. Zuerst dachte sie, er sei ohnmächtig oder gar tot, doch als sie sich bewegte, ließ er ein unwilliges Grunzen ertönen, und sie war schon halb beruhigt – bis sie seinen Kopf berührte und merkte, wie heiß er war. Sie blickte auf und sah, dass es zu schneien aufgehört hatte. Die Kargheit der Janca, wie diese höchste Region der Anden hieß, verbarg sich unter meterhohen Schneemassen. Nichts als weiße Unendlichkeit und eine drückende Stille. Catalina bekam einen Kloß in den Hals.
Sie richtete Stefano ein Stück auf, erhob sich, machte eine kleine Mulde und entzündete ein Feuer, das sie nach einer Weile recht gut wärmte.
Anschließend kochte sie die letzten *chuños* und schob sie Stefano Bissen für Bissen in den Mund. Zum Alleinessen fehlte ihm die Kraft, und auch so nickte er über dem Kauen immer wieder ein.
Später zog Catalina ihre Steinschleuder aus der Jackentasche und machte sich auf, um sich nach geeigneter Beute umzusehen. Sie ging ein Stück des Weges zurück und entdeckte einen Wulst im Schnee. In der Hoffnung, ein verendetes Tier darunter zu finden, schob sie den Schnee mit den Händen beiseite. Tatsächlich kam etwas Haariges zum Vorschein, doch im Weitergraben entpuppten sich die Haare als Menschenhaare … Es war ein Mann, nicht viel älter als Stefano. Er war erfroren. Catalina rannte zu-

rück zum schlafenden Stefano, drückte sich an seine Brust und weinte.

Catalina starrte auf das erbarmungslose Weiß um sie herum und hatte die größte Lust, ihren Kopf wieder auf Stefanos Brust sinken zu lassen und mit ihm zu erfrieren, doch dann kam ihr der Tote wieder in den Sinn. Vielleicht hatte er ja noch etwas zu essen gehabt? Catalina zwang ihr Grauen vor dem Toten nieder und ging zu ihm zurück, um ihn zu durchsuchen. Tatsächlich fand sie einen großen Kanten Brot und ein Stück Fleisch. Sie rannte zu Stefano zurück.

»Stefano, Stefano, sieh doch!« Sie rüttelte ihn an der Schulter. »Komm, wach auf. Ich habe etwas zu essen.«

Doch Stefano rührte sich nicht.

Catalina fühlte seine glühende Stirn, überlegte, ob es ihm eher helfen oder schaden würde, wenn sie seine Stiefel auszog und seine Unterschenkel für eine Weile in den Schnee legen würde. Als er auch in der nächsten halben Stunde sein Bewusstsein nicht wiedererlangte und seine Stirn noch heißer geworden war, erkannte sie, dass sie nicht mehr viel zu verlieren hatte, und zog ihm die Stiefel aus …

Stefanos Temperatur sank nicht viel, aber doch so weit, dass er zu sich kam und sich beschwerte, dass ihm kalt sei, jämmerlich kalt. Catalina reichte ihm das Brot, doch Stefano wollte nichts essen. Catalina zog ihm die Stiefel wieder an und schob ihr Lama an ihn heran, so dass er nun von beiden Seiten von den Tieren gewärmt wurde.

»Aber jetzt isst du auch etwas!«, verlangte sie.

Stefano schüttelte den Kopf. »Das ist ja doch vergebens.«

»Stefano, bitte!«

Er schloss die Augen und schüttelte noch einmal den Kopf.
Catalina sah sich um. Dieses Weiß, nichts als dieses gottverdammte Weiß! Sie bekam es mit der Angst zu tun.
»Stefano, bitte!« Sie packte seinen Arm. »Du … du kannst mich nicht allein lassen. Du kannst mich doch hier nicht allein lassen!«
Stefano nahm ihre Hand und drückte sie. Catalina hatte das Gefühl, er wolle sich entschuldigen. Kurz darauf fiel sein Kopf zur Seite und er hörte auf zu atmen.

17

Ununterbrochen weinend häufte Catalina Steine auf Stefano, damit er vor räuberischen Tieren geschützt war, bildete aus zwei Stöcken ein Kreuz und steckte es obenauf. Die Nacht über blieb sie noch bei ihm und fand Trost in seiner Nähe. Am nächsten Morgen zog sie weiter, die beiden Lasttiere im Schlepptau.

Gegen Mittag drang die Sonne durch die Wolken, der Schneefall ließ endlich nach, und nach einer neuen Steigung hatte Catalina den Gipfel überwunden. Je weiter sie hinabstieg, desto weniger hoch lag der Schnee. Am späten Nachmittag des nächsten Tages ließ sie die Schneegrenze endgültig hinter sich zurück, und kurz darauf huschte ein Bergviscacha direkt vor ihr aus seinem Bau. Catalina zog ihre Schleuder aus der Tasche und zielte auf den Nager. Als sie das kaninchengroße Tier über dem Lagerfeuer briet, musste sie wieder weinen. Nur achtundvierzig Stunden hätte Stefano noch durchhalten, nur diese paar Meilen noch hinter sich bringen müssen, und alles hätte gut werden können …

Die Hochgebirgssteppe von Potosí erreichte Catalina erst drei Wochen später. Von dem Gipfel des letzten Berges blickte sie auf den berühmten Cerro Rico mit seinen immer schwelenden Schmelzöfen und die größte Ansammlung von Häusern, die sie je gesehen hatte. Hundertfünfzigtausend Einwohner hatte Potosí, das hatte Stefano ihr erzählt, und war damit nach London die zweitgrößte

Stadt der Welt. Catalina musste daran denken, wie viel es Stefano bedeutet hatte, hierher zu kommen. Sie setzte sich auf einen Felsvorsprung, blickte hinunter auf diese Wunderstadt und hatte gleichzeitig Lust zu lachen und zu weinen.

Die Stadt erschien Catalina wie ein gigantischer Ameisenhaufen. Überall huschten und wuselten Menschen, und während sie und Stefano sich vorgestellt hatten, dass hier alle mit Silber zu tun hatten, stellte sie nun fest, dass dies keineswegs der Fall war. Hunderte von Läden mit allen erdenklichen Waren gab es.
Catalina gewann den Eindruck, die Stadt bestünde vor allem aus wohlhabenden Händlern und schmucken Geschäften. Lebensmittelläden gab es an allen Ecken, andere boten Bau- und Brennholz an, Schwarzpulver, Stoffe, Werkzeuge, ja, selbst Läden für Koka gab es! Immer tiefer drang Catalina in das Herz der Stadt vor, sah die aufwändig gearbeiteten Kutschen, die edlen Kleider der Damen und die einzigartigen Geschmeide aus Rubinen und Smaragden an ihren Hälsen sowie die goldbetressten Mäntel der Herren, die ihnen beim Aussteigen den Arm reichten. Ja, sie fand bestätigt, was Stefano ihr erzählt hatte. Die Leute waren hier wirklich reich, und je näher sie dem Stadtzentrum mit der Plaza de Armas kam, desto prächtiger und imposanter wurden die Häuser und desto ehrfurchtgebietender die Wappen an den Portalen, und schließlich fuhr gar eine Kutsche an ihr vorbei, deren Pferde komplett in Gold geschirrt waren. Ungläubig sah Catalina ihr nach. Im gleichen Moment fuhr sie ein Mann an: »Jetzt geh schon aus dem Weg, na los, mach, dass du mit deinem Viehzeug weiterkommst!«

Catalina fuhr herum und erkannte, dass sie mit ihren beiden Tieren tatsächlich im Weg war. Auf der ganzen Plaza de Armas herrschte ein Gedränge von Menschen, Karren, Kutschen und Lasttieren, und als Catalina nach rechts auswich, schimpfte sie ein feiner Herr aus: »Kannst du denn nicht aufpassen, du tumber Kerl!« Er scheuchte seine beiden rotbedressten Lakaien mit einer Eile weiter, als ginge es um Leben und Tod. Verwundert sah Catalina ihnen hinterher und stellte fest, dass alle es hier unglaublich eilig zu haben schienen.

»Das liegt am Silber«, raunte ihr ein alter, zahnloser Mann mit Krückstock zu, der ihre Blicke bemerkt hatte. »Es macht die Menschen gierig, lässt sie nicht mehr zur Ruhe kommen. Hör auf meinen Rat: Bleib nicht hier, wenn du nicht genauso werden willst.«

Unsicher blickte Catalina dem alten Mann nach.

Catalina verzog sich in die Seitenstraßen, in denen es um einiges ruhiger zuging, fragte sich nach dem Baskenviertel durch und saß kurz darauf in einer schlicht eingerichteten Taverne ihrer Landsleute. Catalina fand es seltsam, nach all diesen Wochen wieder auf einem Hocker zu sitzen. Neugierig blickte sie sich um. Nach einer Weile schlurfte eine ältere Kellnerin zu ihr hin und hob die Augenbrauen, als sie Catalinas abgerissene Kleider sah. Ärgerlich warf Catalina zwei Münzen auf den Tisch. Die Kellnerin nickte ihr zu.

»Also, was soll's denn sein?«, fragte sie und ließ sich nun auch dazu herab, ihren Tisch abzuwischen.

»Ein schönes, großes Bier hätte ich gern«, erwiderte Catalina. »Und was zum Essen! Was gibt es denn?«

Die Frau zählte ein paar Gerichte auf. Catalina bestellte

eine Linsensuppe mit Brot, die ihr die Frau auch gleich brachte.
Während Catalina die gut gewürzte, wohltuend heiße Suppe in sich hineinlöffelte, lauschte sie auf die Gespräche um sich herum. Die meisten redeten von ihren Geschäften und prahlten damit, wie gut sie liefen, ein paar saßen auch nur da und aßen oder versuchten ihr Glück beim Würfelspiel. An einem Tisch ganz in ihrer Nähe aber drückten die Männer ihre Köpfe sehr viel enger zusammen, und ihre Mienen waren voller Sorge. Catalina rückte mit ihrem Stuhl ein wenig in ihre Richtung. Sie schnappte das Wort »Waffen« auf und »Ehre« und »verdammte Kastilier!«, aber dann merkten die Männer, dass sie lauschte, und zahlten und gingen. Kaum war die Kneipentür hinter ihnen zugefallen, winkte Catalina die Kellnerin zu sich und bezahlte ebenfalls. Als die Frau sah, wie großzügig Catalina ihr Trinkgeld bemessen hatte, lächelte sie, wobei zwei große Zahnlücken sichtbar wurden.
»Umsonst ist das Leben …« Abwartend klimperte sie mit den Münzen. Catalina musste lachen und zeigte auf den leer gewordenen Tisch neben ihr.
»Was haben sie gegen die Kastilier?«, fragte sie auf Baskisch.
Die Frau sah sie abschätzend an, legte das Trinkgeld, das sie ihr gegeben hatte, zurück auf den Tisch und verschwand hinter den Tresen.

Auch in den nächsten Tagen hörte Catalina ihre Landsleute immer wieder erbittert gegen die Kastilier hetzen, und wenn sie durch deren Viertel streifte, merkte sie, dass die nicht minder schlecht auf die Basken zu sprechen waren. Natürlich kam es auch in Spanien immer wieder zu

Spannungen zwischen den unabhängigkeitsliebenden Basken und den ebenso stolzen wie eitlen Kastiliern, aber so viel Hass, Neid und Rivalität wie hier hatte sie dort nie erlebt. Dreimal wurde sie in der folgenden Woche Zeuge von Handgreiflichkeiten zwischen Basken und Kastiliern, und in der Woche darauf entwickelte sich aus einem ähnlichen Handgemenge gar ein regelrechter Straßenkampf. Erschrocken zog sich Catalina in eine Nebenstraße zurück, wo sie auf einen Basken traf, der, wie er sagte, schon seit zwanzig Jahren in Potosí lebte.
»Das ist erst der Anfang«, prophezeite er Catalina mit düsterer Miene und schlug auf sein rechtes Bein, das unterhalb des Knies amputiert war. »Das spüre ich hier drin. So hat es vor vier Jahren auch angefangen, und plötzlich krachte es an allen Ecken! Und bei einem dieser Kämpfe habe ich mein Bein verloren!«
Noch hielt Catalina solche Reden für wichtigtuerische Schwarzmalerei, aber ein paar Tage später musste sie sich zumindest eingestehen, dass die Stimmung hier derzeit so schlecht war, dass sie als Baske keinerlei Chancen hatte, in den Stadtteilen der Kastilier irgendeine Arbeit zu finden.
»Mach, dass du zu deinesgleichen kommst!«, knurrten die Ladenbesitzer sie dort an, und einer drohte ihr gar Prügel an. »Willst hier doch nur herumspionieren, dreckiger Baske!«
Auch bei ihren Landsleuten fand Catalina keine Arbeit. Sie waren verschlossen und misstrauisch, und nur weil sie Baskisch sprach, akzeptierte man sie noch lange nicht als einen der ihren. Dazu hätte sie jemanden von hier kennen müssen, der ein Wort für sie einlegte.
»Du wärst nicht der Erste, den uns die verdammten Kastilier als Spion reinzuschmuggeln versuchen«, musste sie

sich auch heute wieder von einem Kolonialwarenhändler anhören und wurde von ihm postwendend vor die Tür gesetzt.
Catalina begann, Potosí zu hassen. Grau und unfreundlich und täglich kälter fand sie es hier und sagte sich immer wieder, dass sie sich ihr Lama und Stefanos Maultier schnappen und weiterziehen sollte – doch dann musste sie an Stefano denken und welch große Hoffnungen er an diese Stadt geknüpft hatte und brachte es doch nicht übers Herz weiterzuziehen. Wenigstens ein paar Tage sollte ich dem Ganzen noch geben, sagte sie sich und packte ihr Bündel selbst dann noch nicht, als sie wieder den unter dem Knie amputierten Basken traf und er ihr erneut sagte: »Bald geht es los. Hör auf mein Bein und sieh zu, dass du wegkommst von hier, solange du noch kannst!«

Auch an diesem Tag hatte Catalina sich wieder vergeblich um Arbeit bemüht und saß nun in der Taverne. Inzwischen hatte zumindest die Kellnerin Juana ein bisschen Vertrauen zu ihr gefasst, und wann immer es ihre Zeit erlaubte, setzte sie sich ein Weilchen zu ihr. Die anderen Gäste zogen sie deswegen schon auf.
»Meinst du nicht, das Kerlchen ist noch ein bisschen jung für dich?«, frotzelten sie, wozu die Kellnerin nur müde lächelte. Sie erzählte Catalina, wie sie mit ihrem Mann vor ein paar Jahren hierher gekommen war und welche Hoffnungen auch sie an das Silber von Potosí geknüpft hatten.
»Aber als wir ankamen, mussten wir feststellen, dass das Silber hier keineswegs einfach auf der Straße lag. Nein, man musste danach graben, und das mit Werkzeugen, deren Preis weit über dem lag, was wir bezahlen konnten,

außerdem brauchte man ein Schürfrecht, und auch das kostete viel Geld!«
Die gleiche Erfahrung hatte Catalina auch schon gemacht und überdies gehört, dass einem ein Schürfrecht sogar nur dann verkauft wurde, wenn man zuvor die richtigen Beamten bestochen hatte.
»Und warum seid ihr trotzdem geblieben?«, fragte sie Juana.
»Mein Mann«, erwiderte die lakonisch. »Er ist einfach nicht von hier wegzubringen. Jeden Peso, den wir verdienen, legt er beiseite und glaubt, dass er seinen großen Traum vom endlosen Reichtum doch noch irgendwann wahr machen kann!«
Am Nebentisch wollte ein Mann ein Bier. Juana erhob sich und nickte ihm zu. »Kommt schon, kommt schon.«
Nachdenklich sah Catalina ihr nach und war sicherer denn je, dass ihre Zukunft nicht hier in Potosí liegen konnte, auch wenn Stefano sein Leben für diesen Traum gelassen hatte. Und doch ging sie auch am nächsten Tag nicht von hier weg, als ahne sie, dass hier noch etwas auf sie wartete …

18

Am nächsten Morgen erwachte Catalina, weil ihr etwas auf den Fuß tropfte. Verwirrt setzte sie sich auf und stellte fest, dass es durch die Zimmerdecke auf ihr Bett regnete.

»Das kommt davon, wenn man nicht genug Geld hat, um sich in einem anständigen Gasthof einzumieten«, knurrte sie, sprang mit beiden Beinen aus dem Bett, beschloss, während sie sich anzog, dass sie heute endlich eine Arbeit finden musste, und machte sich auf den Weg. Der erste Kaufmann, den sie ansprach, empfing sie zumindest freundlich.

»Ich selbst brauche niemanden, aber versuch es mal bei dem Tuchhändler an der Ecke. Der sucht schon länger einen Gehilfen.«

Auf der Stelle marschierte Catalina zu dem Geschäft. Die Auskunft des Kaufmanns war richtig, ja, der Händler suche allerdings einen Gehilfen, aber ohne Referenzen, nein, ohne Referenzen stelle er niemanden ein. Und so musste Catalina wieder hinaus in den Regen …

In fünf weiteren Geschäften versuchte sie es an diesem Morgen noch, hernach kniff ihr der Magen zu sehr und sie schlug den Weg zu ihrer Stammtaverne ein. Zu ihrer großen Verwunderung war sie geschlossen. Erst jetzt fiel Catalina auf, wie leer die Straßen waren. Sie schob es auf den Regen, ohne wirklich daran zu glauben, und ging zur nächsten Taverne, die um einiges gepflegter war als ihre

Stammtaverne. Die Bedienung war ein junges, hübsches Mädchen im sauberen Kleid. Catalina fragte sie nach dem Preis der billigsten Suppe und eines Biers, zählte ihr Geld und nickte. Sie verzog sich an einen Tisch in den hintersten Winkel und hoffte, dass man sie auch dann noch sitzen lassen würde, wenn sie nichts weiter bestellte. Es war so schön warm und trocken hier. Mit Grauen dachte sie an ihr Herbergszimmer, in das sie wohl auch heute wieder würde zurückkehren müssen.

Während Catalina ihre Suppe aß, fiel ihr auf, dass es in der Taverne eigenartig still war. Obwohl fast alle Tische besetzt waren, war es so leise, dass man das Klackern der Holzpantinen der Kellnerin hören konnte. Auf einmal kam ein Mann hereingerannt, lief von Tisch zu Tisch, flüsterte den Männern etwas zu und eilte wieder hinaus. Die Männer sahen ihm nach, wirkten erregt, tuschelten nervös, andere waren wie versteinert. Fragend blickte Catalina zu dem Wirt, einem dicken, glatzköpfigen Kerl mit buschigen Augenbrauen, doch der brummte nur: »Willste zahlen oder was?«, woraufhin Catalina hastig den Kopf schüttelte und es fortan vermied, noch einmal zu ihm hinzusehen.

Plötzlich flog die Kneipentür erneut auf. Es war der gleiche Mann wie zuvor. Er stakte mit seltsam verdrehten Schritten in den Raum und fiel auf einmal vornüber. Als Catalina den Degen in seinem Rücken sah, sprang sie auf und wollte nun doch gern zahlen, aber im gleichen Moment stürmte eine Kompanie Soldaten in die Taverne.

»Alle mit dem Gesicht zur Wand und die Hände über den Kopf!«, brüllte der Hauptmann. Die Männer setzten sich zwar in Bewegung, aber so langsam und zögerlich, dass Catalina ahnte, dass hier das letzte Wort noch nicht ge-

sprochen war. Sie sah sich vergeblich nach einem Fluchtweg um. Plötzlich flog die Tür wieder auf. Ein gutes Dutzend Basken stürmte herein und ging mit Messern, Degen, Musketen und Pistolen auf die Soldaten los.
Der Soldat, der gerade Catalina ihren Degen abnehmen wollte, sank unter dem Schuss eines Basken zusammen, und sie selbst entging einer weiteren Kugel nur um wenige Zentimeter. Catalina duckte sich und versuchte, sich hinter den Kämpfenden zum Ausgang vorzuarbeiten, doch dort hielt sie ein Soldat mit gezücktem Degen auf. Geschickt parierte Catalina seinen Angriff, stach ihm in den Arm und floh auf die Straße, auch dort waren überall Kämpfende. Catalina drückte sich in einen Hauseingang, doch einer der Soldaten bemerkte sie und lief ihr nach.
»Hier, nimm das und das!«, schrie er und stach voller Hass auf sie ein. »Verdammtes Attentäterpack! Ausrotten werden wir euch mit Mann und Maus, und dann werden auch die Anschläge endlich aufhören!«
Mehrmals entging Catalina seinem Stahl nur knapp, dann gelang ihr ein so mächtiger Schlag gegen seinen Degen, dass er ihm aus der Hand flog und scheppernd über das Pflaster sprang. Hastig sah sich Catalina um, wohin sie flüchten könnte, entdeckte dabei im Kampfgewimmel ein Paar grüne Augen – und blieb wie angewurzelt stehen.
Doch da schob sich eine ganze Traube von Kämpfenden zwischen sie und den Mann mit den grünen Augen, so dass sie schon im nächsten Moment nicht mehr sicher war, ob es nicht reine Einbildung gewesen war. Außerdem musste sich Catalina gegen einen jungen Burschen erwehren, der allerdings so ungeschickt focht, dass sie beinahe Mitleid mit ihm bekam. Ein Soldat eilte ihm zur Hilfe und ließ Catalina ihre Nachsicht bereuen: Sein blanker Degen

ritzte ihren Arm auf, danach gelang es ihr, ihm eine Wunde zu versetzen, die ihn zusammenbrechen ließ. Dann sah sie Locken. Dunkle Locken. Und wieder diese grünen Augen. Catalina wollte es noch immer nicht glauben. Zu oft schon hatte sie von diesen grünen Augen geträumt, war dann aufgewacht und hatte sich eine Närrin schelten müssen. Aber da war er, Mikel, und er war in arger Bedrängnis. Sie eilte zu ihm.

»*Hola, amigo!*«, rief sie und musste trotz der Gefahr lachen. Auch Mikel strahlte.

»Francisco, du kommst ja wie gerufen«, rief er, »dann zeig mal, was du kannst!« Kraftvoller denn je schwang Catalina den Degen und drosch mit einer Gewalt auf die drei Soldaten ein, die Mikel in die Zange genommen hatten, dass zwei von ihnen die Flucht ergriffen. Der Dritte focht unbeirrt weiter und landete schließlich einen Treffer auf Mikels Brust, doch im gleichen Moment wurde Catalina selbst von einem Soldaten angegriffen.

»Verdammte Baskenbrut«, zischte er sie an, »euch werden wir es zeigen«, und hieb brüllend auf sie ein. Obwohl Catalina ihre ganze Fechtkunst aufwenden musste, um dem Soldaten Paroli zu bieten, entging ihr nicht, dass Mikel erneut von zwei Soldaten gleichzeitig attackiert wurde, und da ging auch noch ein Dritter von der Seite auf ihn los. Catalina schrie auf und rannte zu ihm, aber es war zu spät: Der Degen des dritten Soldaten fuhr Mikel in den Leib hinein. Stöhnend brach er zusammen.

Später hätte Catalina selbst nicht mehr sagen können, wie sie mit dem schwer verletzten Mikel aus dem Kampfgetümmel hinausgekommen war. Erst als sie eine Seitenstraße erreicht hatten, wagte sie es, sich seine Wunde anzusehen. Sie war erschreckend tief, in regelmäßigen Abständen pulste Blut daraus hervor. Catalina legte mithilfe seines Hemds und seines Gürtels Mikel einen Druckverband an. Nachdem sie aus einem Brunnen ein bisschen Wasser geholt und ihm eingeflößt hatte, richtete Mikel sich stöhnend auf.

Catalina sah ihn drängend an. »Bitte, Mikel, du musst mir helfen, dich von hier fortzubringen. Wenn wir nicht schleunigst von hier verschwinden, sind wir gleich wieder mitten im Kampfgeschehen.«

Mikel nickte und ließ sich von Catalina aufhelfen. Als er stand, lächelte Catalina erleichtert.

»Gut«, ermunterte sie ihn. »Und jetzt stütz dich auf mich! Wir gehen zu meinem Gasthaus. Da dürften wir fürs Erste sicher sein.«

Ihr schmierbäuchiger Gastwirt stand in der Eingangstür und musterte sie noch grimmiger als sonst. »Wo hast du den denn aufgegabelt?«, grummelte er mit Blick auf Mikel.

»Das ist ein Freund von mir.« Catalina sah zu ihm auf. »Bitte, helft mir, ihn auf mein Bett zu legen.«

»Auf dein Bett?« Er tippte sich an die Stirn. »Ich lasse mir von euch doch nicht die Decken und das Stroh versauen! Und das, wo du mir sowieso noch die Miete für diese Woche schuldig bist. Also was: Zahlst du jetzt oder willst du gleich mit dem Kerl da verschwinden?«

»Aber bitte, Ihr seht doch selbst, dass mein Freund nicht …«

»Zahlst du oder nicht?«

»Mein Gott, Ihr seht doch, wie es meinem Freund geht. So lasst uns wenigstens ein paar Tage hier bleiben! Bis zum Ende der Woche geht es ihm sicher besser, und dann arbeiten wir beide und zahlen Euch das Doppelte.«

»Bist du taub? Ich will mein Geld jetzt!«
Catalina hob hilflos die Achseln. Ihr Gastwirt stampfte ins Haus, holte ihre Sachen und warf sie ihr zu Füßen.
»Seht zu, dass ihr Land gewinnt!«, brüllte er sie an. »Verdammtes Gesindel!«
Mikel zog Catalina am Ärmel.
»Komm, lass uns gehen!«
Ihre Wut hinunterschluckend sammelte Catalina ihre Sachen ein und half Mikel, zu dem Stall zu gehen, in dem sie ihre Tiere untergebracht hatte. Sie lehnte ihn gegen die Wand und holte ihr Lama und das Maultier. Als sie zurückkam, lag Mikel auf dem Boden.
»Ich kann nicht weiter«, stöhnte er. »Lass mich hier und sieh zu, dass wenigstens du deine Haut rettest.«
»Nein, Mikel, nein!« Catalina setzte ihn auf. »Wir gehen zusammen. Hörst du: Wir gehen zusammen! Du musst mir nur sagen, wohin. Du kennst doch sicher einen Platz, wo wir unterkommen können.«
Mikel schüttelte den Kopf. »Es ist mir ernst, Francisco. Geh allein weiter, so hast wenigstens du eine Chance. Diese Stadt hier ähnelt einem Pulverfass, das jeden Moment in die Luft fliegen kann …« Stöhnend drückte sich Mikel auf den Bauch und winkte Catalina, dass sie endlich verschwinden solle.
Catalina aber blieb. Sie packte ihre Sachen auf das Lama und versuchte, Mikel auf die Füße zu helfen, um ihn auf das Maultier zu setzen, aber so sehr sie auch an ihm zerrte, es gelang ihr nicht. Schließlich bat sie den Stallbesitzer um Hilfe. Als der für seine Mühe einen Peso verlangte, sah Catalina ihn ungläubig an.
»Na, was denkst denn du?«, murrte er. »Umsonst ist der Tod.«

Da Catalina nicht noch mehr Ärger gebrauchen konnte, gab sie ihm zähneknirschend ihren letzten Peso. Sie fragte Mikel noch einmal, wohin sie sich wenden könnten, doch der sagte nur: »Jetzt lass mich endlich hier und sieh zu, dass du dich in Sicherheit bringst.«

Unschlüssig trieb Catalina die Tiere voran. Ihr war bewusst, dass sie nicht weit gehen durfte, wenn sie nicht riskieren wollte, dass Mikel verblutete. Als sie ein paar Straßenzüge hinter sich gelassen hatte, stieß sie erneut auf Kämpfende, und in den Fenstern der Häuser entdeckte sie bewaffnete Männer, die bereit schienen, auf jeden zu schießen, der ihrem Grund und Boden zu nahe kam. Catalina beschloss, die Stadt zu verlassen. Immer wieder musste sie größere Umwege in Kauf nehmen, um nicht erneut ins Kampfgeschehen zu geraten. Erst eine gute Stunde später erreichte sie die Stadtgrenze. Eine kalte, graue Steppe empfing sie dort, und dann begann es auch wieder zu regnen. Verzweifelt sah Catalina zurück zu der Stadt, in der im gleichen Moment mit einem Donnerschlag eine ganze Häuserzeile in die Luft flog.

Unter einem Felsvorsprung konnte Catalina Mikel ein einigermaßen trockenes Lager bereiten. Sie legte ihre Decke auf den Boden und half Mikel, von dem Maultier abzusteigen und sich hinzulegen. Der Verband war völlig durchgeblutet. Sie drückte ihm ihr Ersatzhemd auf den Bauch, schnürte den Gürtel wieder zu und bat ihn, ruhig liegen zu bleiben. »Ich versuche, etwas zu essen aufzutreiben!« Mikel schien sie jedoch gar nicht mehr zu hören.

Schon wenige Schritte vom Lager entfernt erspähte Catalina eine Bergviscacha, die gerade ihren Abendrundgang antrat. Sie legte ihre Muskete an, zielte und traf. Während das Tier über dem Feuer garte, zog sie erneut los und suchte das Kraut, mit dem Stefano ihre Wunde behandelt hatte. Sie fand das Pflänzchen unter einem kargen Busch, pflückte ein paar Blätter und hoffte, dass sie Mikel ebenso das Leben retten würden wie ihr.

Mit einem Teil des Fleisches kochte sie eine Brühe. Es dauerte lange, bis Mikel auf ihre Weckversuche reagierte und die Augen öffnete.

»Trink! Das wird dich kräftigen und dir helfen, den Blutverlust auszugleichen.«

Mikel trank einen Schluck und legte sich wieder hin. »Es tut so weh«, stöhnte er.

»So iss wenigstens noch ein paar Bissen Fleisch!«, bat Catalina, doch da überrollte Mikel eine neue Schmerzenswelle und er verlor das Bewusstsein.

Die ganze Nacht wachte Catalina neben ihm und wagte nicht für eine Minute, die Augen zu schließen, als könne allein ihre Wachsamkeit den Sensemann fernhalten.

»Du darfst nicht sterben«, flüsterte sie ihm immer wieder zu. »Ich will dich nicht verlieren.«

Aber je weiter die Nacht fortschritt, desto heißer glühte Mikels Stirn. Gegen Morgen endlich sank seine Temperatur wenigstens ein bisschen. Er kam zu sich, trank von der Brühe, aß ein paar Bissen Fleisch, verschluckte sich dann aber und musste so stark husten, dass seine Wunde aufbrach und wieder zu bluten begann. Catalina drückte den Verband fester auf seine Verletzung, bis die Blutung wieder nachließ, doch der erneute Blutverlust hatte Mikel sehr geschwächt. Als er wieder bewusstlos wurde, begann Catalina hemmungslos zu weinen.

»Bitte nicht! Nicht du auch noch!«

Sie streichelte sein Gesicht und küsste seine bleichen Lippen. Noch immer weinend legte sie ihren Kopf auf seine

Brust und konnte bald auch selbst nicht mehr die Augen aufhalten.

Als Catalina ein paar Stunden später erwachte, schien ihr die Sonne ins Gesicht, und die schweren Regenwolken trieben in weiter Ferne über den Bergen. Sie fühlte Mikels Stirn, fand sie erschreckend heiß, aber als sie ihn ansprach, öffnete er die Augen und brachte sogar ein Lächeln zustande.

»Wird schon wieder werden«, krächzte er.

Catalina legte ihm die Finger auf die Lippen, bat ihn, sich nicht unnötig anzustrengen, und reichte ihm etwas zu essen, aber Mikel wollte nur Wasser.

»Mein Hals … er ist so trocken!«

Catalina lief zum Bach, kam mit einem Becher Wasser zurück und half Mikel, sich aufzusetzen.

»Aber trink nur in kleinen Schlucken! Nicht dass du husten musst und die Wunde noch einmal aufbricht.«

Er nickte, trank und ließ sich anschließend von ihr überreden, doch ein bisschen zu essen; danach fielen ihm wieder die Augen zu.

Während er schlief, fühlte sich Catalina versucht, ihn erneut zu küssen. Die Berührung ihrer Lippen letzte Nacht hatte in ihrem Körper eine Unruhe ausgelöst, die sie noch nie zuvor gespürt hatte. Behutsam strich sie über seine Unter- und dann über seine Oberlippe. Wie weich sie waren, und doch so fest. Ihre Finger glitten weiter, berührten seine Wange, seine Nase, die fein geschwungenen Augenbrauen, die Augen, die sie so sehr liebte. Und schließlich beugte sie sich doch wieder über ihn und küsste ihn – und war trotz ihrer Angst um ihn auf einmal so glücklich, dass sie weinen musste.

Gegen Abend stieg Mikels Fieber erneut. Wieder verbrachte Catalina eine schlaflose Nacht, aber dann, gegen Morgen, sank seine Temperatur. Erleichtert rollte sich Catalina neben ihn in ihre Decke und erlaubte sich nun auch selbst, ein wenig zu schlafen, doch schon kurze Zeit später ließ sie Mikels Stöhnen wieder auffahren.

»Was ist? Was hast du?«, rief sie erschrocken und rieb sich die Augen.

»Nichts, es geht schon wieder.« Mikel lächelte ihr beruhigend zu. »Ich habe nur eine ungeschickte Bewegung gemacht.«

Catalina fühlte seine Stirn, fand seine Temperatur unverändert und seufzte erleichtert. Sie löste den Gürtel um seinen Bauch, hob das Hemd und die Kräuter an, die sie auf die Wunde gepackt hatte, und freute sich, als sie eine erste, zarte Verschorfung der Wunde sah.

»Und keine Entzündung und kein Eiter«, triumphierte sie.

»Was sind das für Kräuter?«, fragte Mikel.

»Tja, das wüsstest du gern!« Catalina lächelte ihn an und wollte ihm von Stefano und den Bergindios erzählen, doch dann trafen sich ihre Augen, und Mikels Blick verwirrte sie so sehr, dass sie nichts mehr sagen, sondern ihn immer nur weiter ansehen konnte. Mein Gott, wie sehr ich dich liebe!, schoss es ihr durch den Kopf. Auf einmal merkte sie, wie ein Fragen und schließlich gar ein Befremden in Mikels Augen trat. Erschrocken stand sie auf, ging zu ihrem Maultier und begann, es zu striegeln. Sie spürte, dass Mikel zu ihr sah und etwas sagen wollte, aber dann schwieg er doch, und kurz darauf schlief er wieder ein. Erleichtert klopfte Catalina ihrem Maultier auf die Flanke und nahm sich vor, nie mehr so unvorsichtig zu sein.

19

Schon wenige Tage später hatte sich Mikel so gut erholt, dass sie ans Weiterreisen denken konnten.

»In dieses Potosí kriegen mich keine zehn Pferde mehr«, knurrte er und erzählte Catalina, dass er dort nur deswegen gelandet sei, weil er wieder einen Handeln mit Toledaner Degen angefangen und sich dort die höchsten Preise für seine Ware versprochen hatte. »Aber dann haben die Soldaten an den Stadttoren einfach meine Degen beschlagnahmt, und am Tag darauf bin ich in diesen idiotischen Kampf geraten, aus dem ich ohne deine Hilfe nie mehr lebend rausgekommen wäre …« Er blickte zu Catalina. »Diesmal muss ich mich wohl bei dir bedanken.«

»Ach wo«, erwiderte Catalina verlegen. »Wichtig ist nur, dass du wieder ganz gesund wirst.«

»Was ich auch nur dir zu verdanken habe.« Mikel musterte sie und kam zu dem Schluss, dass sie sich sehr verändert habe. »Früher hattest du so etwas Unbeholfenes und Unbedarftes an dir. Als ich dich zum ersten Mal gesehen habe, dachte ich, Mensch, der schafft es noch nicht allein über die Straße, aber heute muss man echt sagen: Du stehst deinen Mann.«

Als Catalina errötete, stieß Mikel ihr lachend in die Seite. »Ich sehe schon. So ein bisschen was von dem alten Francisco steckt doch noch in dir.«

Auf seine Frage, ob sie nach Potosí zurückwolle, schüttelte Catalina den Kopf. »So unwohl wie dort habe ich mich noch in keiner Stadt gefühlt, und Arbeit habe ich auch keine finden können.«

»Dann hast du ja vielleicht Lust, mit mir weiterzuziehen?«

Catalina kniff sich in den Oberschenkel, um nicht allzu sehr zu strahlen.

»Ich ... ich würde gern nach Cuzco gehen«, erwiderte sie mit heftig klopfendem Herzen. »Auch dort soll es regen Handel geben, aber soweit ich gehört habe, ist die Atmosphäre da um einiges angenehmer – auch, was die Menschen betrifft!«

»Cuzco?« Mikel schürzte die Lippen und nickte. »Ja, das klingt nicht schlecht.«

Am nächsten Morgen brachen sie auf.

Der Weg nach Cuzco fiel Catalina bei weitem nicht so schwer wie der nach Potosí, obwohl sie zunächst die gleichen Berge überqueren mussten wie auf der Hinreise.

»Ich habe gehört, dass die erste Überquerung der Cordillera die schlimmste sei«, sagte Mikel, außerdem seien ihre Körper durch den Aufenthalt in dem ebenfalls sehr hoch gelegenen Potosí inzwischen an das Höhenklima gewöhnt.

Catalina hatte reichlich Zeit, über Mikel und sich nachzudenken. Noch allzu gegenwärtig waren ihr die Nächte, in denen sie Mikel ganz für sich gehabt und ihn sogar geküsst hatte ... Oft dachte sie, dass vielleicht jetzt der rechte Moment sei, ihm zu sagen, wer sie war, wagte es dann aber doch nicht aus Angst, dass er ihre Liebe nicht erwidern würde oder er sie gar wieder einmal verlassen könnte. Nein, beschloss sie, wenn sie nur weiter seine Gegenwart genießen dürfte, wollte sie zufrieden sein. Deshalb achtete sie sehr darauf, Mikel nie anders als burschikos und kumpelhaft zu begegnen, damit er nur ja keinen Verdacht schöpfte, aber als Mikel einmal mittags nach einem recht üppigen Mahl – sie hatten großes Jagdglück gehabt – fest eingeschlafen war, konnte sie doch nicht anders, als sich neben ihn zu setzen und ihm mit einem schmerzlichen Lächeln über seine dichten Locken zu streichen …

Erst viele Wochen später erreichten Mikel und Catalina ihr Ziel. Als sie eines Abends im Licht der untergehenden Sonne das reich blühende und mit einem ebenso milden wie gesunden Klima gesegnete Hochtal von Cuzco vor sich auftauchen sahen, war ihre Freude groß.

»Wir haben es geschafft!«, jubelte Catalina, und Mikel hob die rechte Hand, damit Catalina auf Männerart dagegen schlagen konnte.

In dieser Nacht schliefen sie noch einmal in der freien Natur, aber am nächsten Morgen schon stahlen sie sich durch die Stadttore. Über lange, schmale Straßen, die so schnurgerade verliefen, als hätte man sie mit dem Lineal gezogen, und die sich mit den Querstraßen stets im rechten Winkel kreuzten, drangen sie immer tiefer in die Stadt ein. Selbst die Häuser der Ärmsten, die in den äußeren Bezirken lagen und nur mit Lehm und Rohr gebaut waren, wirkten einladend in ihrer Reinlichkeit. Im Bereich der Plaza de Armas stießen sie nach den Häusern der wohlhabenden Händler auf die Paläste des Adels und herrliche, weithin offene, weiß gekieste Plätze, die zum fröhlichen Feiern einzuladen schienen. Mikel aber hatte nur Augen für die Festung, die auf dem Nordhang über die Stadt hinausragte.

»Für den Anfang wäre es gewiss das Beste, bei der Kom-

panie unterzukommen«, schlug er Catalina vor. »Da hätten wir einen trockenen Schlafplatz, täglich unser warmes Essen und würden im Nu die Gepflogenheiten hier kennenlernen.«
Catalina musste an den Hauptmann denken, unter dem sie vor ihrem Bruder gedient hatte.
»Gepflogenheiten …« Ihr wurde der Mund sauer. »Auf so manche der Gepflogenheiten unserer Armee kann ich gut und gern verzichten.«
»Natürlich trifft man dort so manchen Holzkopf, trotzdem darf man nicht von einem bitteren Korn auf die ganze Saat schließen.«
»Mich stört die ganze Denkweise dort – und die Haltung den Indios gegenüber. Für viele Soldaten sind die Indios weniger wert als Schlachtvieh. Sie halten sie für dumm und faul.« Catalina wies auf die Festung über ihren Köpfen. »Aber wie passt dazu, dass die Indios zu Zeiten der Inkas solch gigantische Mauern errichtet haben?«
Mikel blickte zu der gut zwölfhundert Fuß langen Mauer hoch, mit der die Festung zu ihrer Seite hin gesichert war. Die Türme, Mauern und Gänge waren mit riesigen Steinblöcken errichtet, die so aufeinander geschichtet waren, dass kleinere Blöcke passgenau die Lücken zwischen den größeren schlossen.
Sie hatten schon ähnliche von den Indios errichtete Mauern gesehen und wussten, dass zwischen die Blöcke keine Messerklinge passte, so exakt waren sie behauen und aneinandergefügt. Nicht minder beeindruckte sie die Größe vieler Steinblöcke. Manche waren über dreißig Fuß lang und an die zehn Fuß hoch.
»Wie haben sie wohl diese riesigen Blöcke transportiert?«, fragte Catalina, worauf auch Mikel keine Antwort hatte,

zumal sie wussten, dass die Indios vor dem Eintreffen der Spanier keine Räder benutzt hatten.
»Ich weiß, was du sagen willst«, meinte Mikel. »Und ich muss dir Recht geben. Natürlich vergehen sich viele unserer Landsleute an den Indios, aber es gibt auch andere, die für sie eintreten oder wirklich nur dann den Degen gegen sie erheben, wenn sie von ihnen angegriffen werden.«
Catalina nickte. »Sicher, aber …«
»Ich mache dir einen Vorschlag«, fiel Mikel ihr ins Wort. »Wir sehen uns den Hauptmann an und entscheiden dann, was wir weiter tun. Wer weiß: Vielleicht ist er ja einer der Guten und …«, fügte Mikel mit einem Zwinkern hinzu, »… vielleicht hat er überdies einen guten Koch!«
Lachend lief Catalina los.

Die Wache am Tor empfing sie freundlich und wurde noch zuvorkommender, als sie hörte, dass Mikel und Francisco auf Stellungssuche waren.
»Gute Männer finden bei uns immer ein Auskommen«, erklärte er und stellte sie dem Truppenführer vor. Der begutachtete ihre Fecht- und Reitkunst und stellte sie danach höchst zufrieden dem Hauptmann vor. Als Catalina und Mikel dem großen, schlanken Mann mit den klugen Augen gegenüberstanden, nickten sie einander zu und freuten sich, als er sie der Kavallerie zuteilte.
»In der nächsten Zeit werdet ihr allerdings mehr Zeit mit dem Putzen von Waffen und Pferden als mit Kämpfen zubringen«, erklärte er. »Seit einigen Monaten ist es hier in der Gegend ausgesprochen friedlich.«
Diese Aussichten waren Catalina und Mikel nach ihrem langen Marsch nur recht. Und so putzten und wienerten

sie in den nächsten Wochen Pistolen und Musketen, kontrollierten Pulverfässer auf die Trockenheit ihres Inhalts, schrubbten Kanonen, flickten Zaumzeug und Sättel und genossen es, innerhalb von dicken, trockenen Mauern schlafen zu dürfen und sogar zweimal am Tag eine gute, warme Mahlzeit vorgesetzt zu bekommen. Anfangs hatte sich Catalina Sorgen gemacht, wie sie ihr Geschlecht in der großen Gemeinschaftsunterkunft geheimhalten konnte. Da es in dem Saal beständig kalt und zugig war, schliefen die meisten Soldaten in ihren langen Unterkleidern, was Catalina auf die Idee brachte, ihre Unterhose an gebotener Stelle mit einem Stück geknüllten Stoff aufzupolstern, woraufhin auch sie keine Hemmungen mehr haben musste, sich in dem ohnehin nur spärlich beleuchteten Raum abends bis auf ihr Unterzeug auszuziehen. Schwieriger waren ihre Toilettengänge und das Trocknen und Auswaschen ihrer Stoffbinden zu bewältigen, aber auch hier fand sie Lösungen: Im Verbandsraum gab es reichlich Stoffbinden. Statt ihre Binden wie bisher auszuwaschen, machte sie sich einfach neue, und ihr Geschäft verrichtete sie entweder im nahen Wald oder in einen Eimer im Pferdestall, verborgen hinter ihrem Muli und ihrem Lama.

Das neue Leben lohnte die kleinen Unannehmlichkeiten: Catalina fühlte sich wohl in der Kompanie und der Stadt, in der die Leute um einiges zugänglicher als in Potosí waren. Abends zogen sie und Mikel durch die Tavernen und fanden auch Freunde: Gilen war ein langer, schlaksiger, eher nachdenklicher Kerl und Baske wie sie, Andreu stammte aus Granada und war ein kleiner, drahtiger und immer zu Späßen aufgelegter Draufgänger. Fast jeden Abend saßen sie beim Karten- oder Würfelspiel, setzten

aber immer nur kleine Beträge, da sie alle nicht viel verdienten.
Die Männer waren zufrieden, doch je länger diese behäbige Zufriedenheit anhielt, desto mehr wurde manchem von ihnen bewusst, dass ihnen zu ihrem wahren Glück etwas fehlte: eine Frau!
»Sie müsste ja nicht mal besonders schön sein«, sinnierte Gilen mit einem langen Blick auf die Kellnerin, und auch Andreu meinte, dass sie eigentlich nur willig sein müsse.
»In Chimbote hatte ich mal eine, ich sag euch, die war eine Wucht! Wenn ich so eine wieder fände ...«
Auch Mikel wurde von Woche zu Woche unruhiger und folgte Gilens Blicken zu den Kellnerinnen und schließlich gar zu den leichten Mädchen, die in regelmäßigen Abständen auf der Suche nach einem Freier zwischen den Tischen herumstreiften.
»Vergesst es!«, sagte Andreu. »Die lassen sich ihre Willigkeit allzu gut bezahlen.« Und so wandten sich Gilen und Mikel wieder ihrem Spiel zu.
Eines Abends entnahm Mikel einem Thekengespräch, dass sich der Koch der Kompanie den Fuß gebrochen hatte.
»Das ist unsere Chance«, zischte er Catalina zu, die ihn verständnislos ansah.
»Ich erklär's dir später«, flüsterte er mit Blick auf die Umsitzenden, die schon lange Ohren bekamen, und Catalina war das Thema so wenig wichtig, dass sie das Ganze schnell wieder vergaß. Am nächsten Tag teilte Mikel ihr mit, dass sie beide ab sofort die täglichen Einkaufsfahrten für den Koch machen würden.
»Und dafür werden wir von unseren anderen Arbeiten freigestellt?«, fragte Catalina mit aufleuchtenden Augen.

Mikel schüttelte den Kopf. »Nein, die müssen wir zusätzlich machen.«
»Und was soll das Ganze dann?«
»Na, was wohl?«, grinste Mikel. »Diese Ausflüge führen uns direkt an die Quelle.«
Catalina verstand noch immer nicht.
Mikel stöhnte auf. »Jetzt überleg doch mal selbst: Wer geht denn vor allem auf dem Markt einkaufen?« Er schwieg einen Moment und platzte hernach mit einem fröhlichen: »Die Frauen natürlich!« heraus. »Francisco, auf dem Markt gibt es Dutzende von Frauen, und wir haben die freie Wahl! Du wirst sehen: Das ist kein Vergleich zu den billigen Weibern, die nachts durch die Tavernen geistern.«
Die Frauen interessierten Catalina kein bisschen, und es wäre ihr lieber gewesen, wenn auch Mikel kein so großes Interesse an ihnen gezeigt hätte, doch was blieb ihr übrig, als gute Miene zum bösen Spiel zu machen.

Am nächsten Morgen fuhren sie mit ihrem Wagen auf dem Marktplatz ein. Dicht an dicht drängten sich die Frauen an den üppig mit Waren aufgefüllten Ständen. Mit zusammengebissenen Zähnen sah Catalina mit an, wie Mikel angesichts der adretten Dienstmädchen, rotwangigen Fleischverkäuferinnen und ihn schüchtern anlächelnden Zofen immer aufgeregter wurde, und bereute, dass sie keine Ausrede gefunden hatte, um dem fernzubleiben. Vor allem von einer Obstverkäuferin, die ihre eigene Auslage nicht weniger verlockend als ihre Früchte präsentierte und sich höchst willig auf frivole Wortgeplänkel mit den Männern einließ, konnte Mikel kaum mehr den Blick wenden. Er mischte sich unter ihre Bewunderer und begann ein Gespräch mit ihr, bis ihr Herr zu schimpfen begann, dass sie die Kunden nicht zu unterhalten, sondern zu bedienen habe, und Mikel zur Seite schob. Der zog Catalina in eine weniger belebte Seitenstraße und machte sie darauf aufmerksam, wie stark sich seine Hose während des Techtelmechtels mit der Obstverkäuferin ausgebeult hatte.

Catalina bekam einen roten Kopf. Mikel brach in lautes Gelächter aus. »Du meine Güte! Du stellst dich ja an wie eine alte Jungfer.«

»Ich und eine alte Jungfer? Du hast wohl schon lange keine Klinge mehr im Bauch gehabt!« Catalina legte die Hand an den Degenknauf, konnte aber nicht verhindern, dass sie noch röter wurde. »Außerdem solltest du dir mal Gedanken darüber machen, welcher Kategorie Frau diese Verkäuferin da angehört.«

»Sie tut es für Geld, na und?« Mikel zuckte mit den Achseln. »Die Käuflichen kommen einem später wenigstens nicht mit Liebeskummer oder einer Schwangerschaft. Ärgerlich ist nur, dass sie so unglaublich viel Geld verlangen.« Als Mikel das Entsetzen in Catalinas Gesicht sah, lachte er erneut auf. »Meine Herren, was bist du prüde! Juckt es dich denn nie?«

Catalina war klar, dass sie hierauf nur eine Antwort geben durfte. »Doch, natürlich! Was denkst denn du?«, rief sie also. »Aber deswegen springe ich trotzdem nicht dem erstbesten Rock hinterher. Die Mädchen, die ich mir aussuche, die müssen … müssen einfach auch etwas darstellen.« Sie hoffte, es damit bewenden lassen zu können, doch Mikel zog sie zurück zum Markt und wollte, dass sie ihm ein Mädchen zeigte, das ihr gefiel. »Komm, nun mach schon! Hier laufen so viele herum. Zumindest eine

von ihnen wird doch wohl auch deinen Ansprüchen genügen.«
Notgedrungen zeigte Catalina auf ein blasses Dienstmädchen mit weißer, gestärkter Haube. Mikel lachte. »Und die soll was darstellen?«
Er griff in seine Hosentasche und zog einen einzigen Maradevis heraus. Er stieß Catalina an. »Und du? Wie viel hast du?«
Catalina krauste unwillig die Stirn.
»Na los!«, drängte er. »Jetzt sieh schon nach. Für einen einzigen Maradevis macht es die Obstverkäuferin bestimmt nicht mit mir.«
Knurrend griff Catalina in ihre Hosentasche. Auch sie hatte einen Maradevis einstecken. Mikel versprach ihr, ihn ihr von seinem nächsten Sold zurückzugeben, und lief zu dem Obststand zurück. Catalina blickte ihm hinterher. Sie sagte sich, dass sie kein Recht hatte, ihm diesen Spaß zu missgönnen. Aber es tat weh.
Schon wenige Minuten später kam Mikel zurück und sah alles andere als zufrieden aus.
»Hast du es dir anders überlegt?«, rief Catalina, doch Mikel schüttelte den Kopf. »Nein, aber jetzt kann sie nicht, sagt sie. Ich soll warten, bis ihr Herr sie in die Taverne schickt, um sein zweites Frühstück zu holen; dann könnte sie für einen Moment entwischen!« Er trat gegen einen Stein, der hüpfend über das Pflaster sprang. »Weiber! Sind doch alle gleich. Erst machen sie einen heiß und hernach lassen sie einen zappeln!«
»Vergiss doch die Frau! Weißt du eigentlich, wie spät es schon ist? Der Koch wird uns lynchen, wenn wir nicht bald zurückkommen.«
Doch das war Mikel gleich. Unruhig lief er auf und ab

und sah immer wieder zu seiner Obstverkäuferin hin. Alles hätte Catalina darum gegeben, wenn sie hätte verhindern können, dass Mikel zu dieser Frau ging, aber es gab nichts, was sie tun konnte, oder … Da machte die Frau das vereinbarte Zeichen.
Ohne noch einmal zu Catalina hinzusehen, sprang Mikel der Metze nach …

Je länger Mikel wegblieb, desto unruhiger lief Catalina hin und her. Vor ihrem inneren Auge stiegen ständig neue Bilder von Mikel und dieser Frau auf. Sie sah, wie die Frau Mikel in einen abgelegenen Stall zog, die Tür hinter ihnen zudrückte und Mikel und sie mit heißen Küssen übereinander herfielen. Immer gieriger saugten sich Mikels Lippen an ihrem unanständig roten Schmollmund fest, und seine Hände bahnten sich ihren Weg zu ihren apfelrunden Brüsten. Wollüstig stöhnte die Metze auf und strich mit ihren prallen Oberschenkeln über Mikels Lenden. Nicht minder aufgeheizt als Mikel zog sie ihm sein Hemd aus der Hose, streichelte seine muskulöse, fein behaarte Brust und wanderte mit ihren Zauberhänden tiefer und tiefer in seine Hose hinein, bis sie am Ziel ihrer Sehnsüchte war. Nun stöhnte auch Mikel. Mit vor Erregung zitternden Händen tastete er über ihren Rücken und suchte die Bänder, mit denen ihr leuchtendrotes Leinenkleid auf dem Rücken gebunden war. Endlich hatte er die Schleife aufgezogen. Sofort weitete sich ihr Kleid, und er konnte es ihr über ihre prächtigen Hüften ziehen. Jetzt brauchte er ihr nur noch die dünne Bluse über den Kopf zu ziehen und hatte sie dann genau so vor sich stehen, wie er es sich erträumt hatte. Ihr Anblick ließ sein bestes Teil so sehr anschwellen, dass er es kaum noch erwarten konnte, es in ihre warme, feuchte Höhle zu stoßen. Ungeduldig drängte er sie ins Heu …

Endlose Zeit schien Catalina vergangen zu sein, bis Mikel wieder auftauchte. Sie sah, dass er bei weitem nicht so beglückt aussah, wie sie es erwartet hatte.

»Was ist?«, fragte sie mit klammem Herzen. »Hat sie dich noch mal vertröstet?«

Ohne ein Wort schwang sich Mikel auf den Kutschbock. Er warf einen Blick hinter sich, sah, dass Catalina die Essenseinkäufe schon vertäut hatte, und drängte sie aufzusteigen. »Wir sind sowieso schon spät dran!«

Erst als sie das große Tor der Festung vor sich sahen, spuckte er seinen Ärger aus. »Beide Maradevis hat mir dieses Mistweib abgenommen und dafür nicht mehr gemacht, als ihren Rock hochzuschieben und die Beine breit zu machen. Noch nicht einmal küssen durfte ich sie!«

Obwohl Catalina diese Details peinlich waren, war sie doch erleichtert. Also war es nur ein rein mechanischer Akt gewesen, tröstete sie sich. Überdies machte Mikels verdrossene Miene ihr Hoffnung, dass er in der nächsten Zeit von weiteren Ausflügen dieser Art Abstand nehmen würde.

Doch schon beim nächsten Marktbesuch musste sie erleben, dass sie die Wallungen seines Blutes unterschätzt hatte. Es war, als hätte das Intermezzo mit der Obstverkäuferin Mikel erst richtig heiß gemacht, denn statt nach ihren Einkäufen schaute er nur noch nach den Frauen und fand eine reizvoller als die andere.

»Du bist ja wie von Sinnen«, schimpfte Catalina.

»Ach woher«, lachte Mikel. »Ich bin einfach nur ein Mann, der schon allzu lange darauf verzichtet hat, seine

dringendsten Bedürfnisse zu befriedigen!« Wieder zeigte er auf eine Frau. Diesmal war es ein Mischlingsmädchen mit einem ausgesprochen aparten Gesicht. Als diese Mikels Blicke bemerkte, flog eine zarte Röte über ihre Wangen. Verlegen senkte sie ihre großen Puppenaugen.
»Die ist doch nun wirklich zum Anbeißen«, raunte Mikel Catalina zu. »Im Ernst, die gefällt mir von allen am besten.«
Und tatsächlich hielt er in den nächsten Tagen immer wieder nach dem Mädchen Ausschau.
»Ich verstehe nicht, was du gerade von der willst. Die ist doch nur ein einfaches Dienstmädchen«, mäkelte Catalina. Mikel lachte. »Du ärgerst dich doch nur, dass ich sie zuerst entdeckt habe.«
Ein paar Tage später gelang es Mikel, das Mädchen in ein Gespräch zu verwickeln. Sie erzählte ihm, dass ihr Vater ein adliger Spanier und ihre Mutter die Zofe seiner Frau gewesen sei. Catalina stand bei diesem Gespräch neben Mikel und musste sich eingestehen, dass das Mädchen wirklich bezaubernd war. Sie ertappte sich dabei, wie sie sie um ihre zarte, olivenfarbene Haut und ihr dickes, langes Haar beneidete …
Je mehr Mikel seiner kleinen Leila den Hof machte, desto zutraulicher wurde sie und versprach ihm schließlich, sich am Samstagabend aus dem Haus ihres Dienstherrn zu schleichen, um sich mit Mikel zu treffen. Als Mikel das Catalina kurz vorm Einschlafen berichtete, fuhr diese wieder von ihrer Pritsche hoch.
»Aber … aber du willst sie doch nicht …« Catalina geriet ins Stottern.
»Keine Sorge, ich werde schon nichts mit ihr tun, was sie nicht auch will.«

Im fahlen Licht der über der Eingangstür zum Schlafsaal brennenden Kerze sah Catalina, wie sich Mikel auf den Rücken drehte und mit versonnenem Lächeln zur Decke blickte. »Habe ich dir schon gesagt, dass sie mich an meinen Engel erinnert?«

»An deinen WAS?«

»An meinen Engel.« Mikel wandte ihr wieder den Kopf zu. »Ganz ehrlich, mir ist einmal ein Engel erschienen!«

Catalina tippte sich an die Stirn.

»Na ja«, grinste Mikel. »Wahrscheinlich war es nur ein Traum; ich hatte ihn einen oder zwei Tage nach dieser Stichverletzung in Potosí ... Eigentlich hatte ich mich damals schon aufgegeben, aber dann hat sich dieser Engel zu mir herabgebeugt ... Ich weiß noch, dass er wunderschön war, aber wirklich vor mir sehen kann ich nur noch seine Augen. Ganz dunkel waren sie und warm und voller Liebe. Diese Liebe und der wundervolle Kuss, den er mir gegeben hat, haben mir die Kraft verliehen, wieder gesund zu werden.«

Catalina sah ihn fassungslos an. Mikel hatte gemerkt, dass sie ihn geküsst hatte? Und gespürt, dass sie ihn liebte?

Mikel warf ihr sein Kopfkissen ins Gesicht. »Nun guck nicht so! Ich sage doch, dass es nur ein Traum war, aber trotzdem ...« Er grinste. »Irgendetwas hat dieses Indiomädchen von meinem Engel, auch wenn es albern klingt. Und eigentlich auch egal ist.«

»Aber ... aber gerade dann solltest du sie nicht ... ich meine ...«

»Du meinst, du meinst, oh Mann, Francisco, jetzt sei doch nicht so kleinkariert, sondern such dir lieber endlich selber eine Frau!«

Catalina zuckte zusammen.

»Und sei nicht so empfindlich«, brummte Mikel und sah sie an. Catalina spürte seinen Blick bis auf den Grund ihrer Seele. Auf einmal ging eine Veränderung in Mikel vor. Sein Blick wurde nachdenklich, forschend, insistierte …
»Manchmal frage ich mich wirklich, was das nur ist mit dir …«
Schweigend musterte er Catalina weiter, dann sagte er: »Ach, Francisco, ich bin einfach normal. Verstehst du: nor-mal!« Er drehte sich um und zog sich die Decke über die Schulter.
Catalina sah noch lange zu ihm hin. Sie ahnte, dass Mikel ihr mit seinen Worten mehr hatte sagen wollen, mehr vielleicht gar, als er sich selbst einzugestehen wagte. Sie fragte sich, ob er auch etwas für sie empfand. Falls dem so war, musste ihn das tief beunruhigen, weil er sie doch für einen Mann hielt. Und auf einmal fand sie es höchst verständlich, dass er derzeit so sehr nach einer Frau suchte, nach einer Frau, die ihm bewies, dass zumindest er »normal« war …
In den nächsten Tagen ließ Catalina der Gedanke, dass Mikel sich vielleicht auch zu ihr hingezogen fühlte, keine Ruhe mehr. Sie dachte zurück an die zwei, drei Male, in denen sich ihre Augen ineinander verfangen hatten, und wie abrupt sich Mikel hernach immer von ihr zurückgezogen hatte … Was sollte sie jetzt tun? Sich Frauenkleider anziehen, vor Mikel hintreten und ihm ihre Gefühle für ihn gestehen? Immer wieder malte sich Catalina diese Szene aus, aber kaum war sie darüber mit einem seligen Lächeln eingeschlafen, überfielen sie auch schon die schlimmsten Albträume: Von allen Seiten kamen Menschen auf sie zu, stachen mit grotesk langen Fingern auf sie ein und schrien, dass sie auf den Scheiterhaufen ge-

höre. »Verbrennt die Hexe, verbrennt sie!«, kreischten sie und trieben sie mit brutalen Tritten und Stößen zum Hinrichtungsplatz ...

Noch mehr verunsicherte Catalina aber Mikel selbst. Nachdem er mit Leila zwei Wochen lang regelmäßig geschlafen hatte, erklärte er Catalina, dass er sich von dem Mädchen wieder trennen wolle. »Dieser Hundeblick, mit dem sie mich auf Schritt und Tritt verfolgt, macht mich wahnsinnig. Ich möchte wirklich wissen, was ich mir dabei gedacht habe, gerade mir ihr etwas anzufangen.«

Catalina war fassungslos. Vor ein paar Wochen hatte er beim Gedanken an Leila noch strahlende Augen bekommen und ihr erzählt, dass sie ihn an seinen Engel erinnere, und jetzt war sie für ihn nichts weiter als eine lästige Klette?

»Und Aiala?«, brach es aus ihr heraus. »War die für dich auch nur eine lästige Klette?«

Mikel sah sie erstaunt an. »Was weißt du denn von Aiala?«

Catalina wurde rot und schüttelte den Kopf. Sie brauchte keine Antwort mehr. Sie kannte sie bereits: Ja, auch bei Aiala war es so gewesen. Sicher würde er sie genauso rasch abservieren, wenn sie sich ihm als Frau zu erkennen gab. Unter keinen Umständen würde sie das Einzige aufgeben, was sie in diesem Leben beschützte: ihren Status als Mann.

Schon am nächsten Tag gab Mikel der kleinen Leila den Laufpass. Catalina hörte nicht, was er ihr sagte, aber sie sah, wie Leilas Puppenaugen immer größer und feuchter wurden. Das Mädchen tat Catalina leid. Ihre Wut auf Mikel wurde noch größer, als er gleich am folgenden Tag dem nächsten Frauenrock nachstellte. Carmen hieß seine neue Flamme, und wenn sie mit ihren grünen Katzenaugen und ihren herausfordernd schwingenden Hüften über den Marktplatz stolzierte, verrenkte sich nicht nur Mikel das Genick. Während Carmen die meisten Männer noch nicht einmal ansah, gewährte sie Mikel bald das eine oder andere Lächeln.

Schon bald fand Mikel eine Gelegenheit, ein Gespräch mit ihr anzufangen. Je heller sein Gesicht strahlte, desto mehr verdüsterte sich Catalinas Miene. Wie er sie anlächelte, wie seine Augen funkelten ... Ärgerlich machte sie sich an die Lebensmitteleinkäufe. Als Mikel eine halbe Stunde später endlich wieder zu ihr zurückkam, konnte sie sich nicht mehr beherrschen.

»Du weißt genau, wie sauer der Koch ist, dass wir von Tag zu Tag später zurückkommen, und trotzdem stehst du da und schwätzt in einem fort!«

»Allein der Blick auf ihren Busen ist jede Sünde wert.« Mikel fuhr sich mit der Zunge über die Lippen. »Oh Mann, Francisco, diese Frau haut einen doch einfach um!«

»Die Frau, die dich umhaut, muss erst noch geboren werden – und die Frau, die du nicht umhaust, ebenfalls«, knurrte Catalina und zeigte auf Leila, die das Techtelmechtel von Mikel und Carmen ebenso beobachtet hatte und jetzt dicke Tränen in den Augen hatte. Sie schaute zu Mikel. Als der ihr demonstrativ den Rücken zukehrte, rannte sie mit wehenden Röcken davon.

»Du kannst einem echt jeden Spaß verderben«, blaffte Mikel Catalina an und haute die Kisten mit den Lebensmitteleinkäufen mit einer Wucht auf die Ladefläche, dass sie fast auseinanderbrachen. Dann fuhr er wieder zu Catalina herum. »Langsam frage ich mich wirklich, was mit dir los ist! Anderen gönnst du keinen Spaß, selber suchst du keinen, und darüber hinaus versäumst du in letzter Zeit keine Gelegenheit, deine verdammten Spitzen anzubringen. Irgendwie entwickelst du dich immer mehr zu einer keifenden alten Jungfer!«

Wütend schoss Catalina auf ihn zu. »Das nimmst du sofort zurück!«

»Ach, rutsch mir doch den Buckel runter!« Mikel ging um sie herum und stapfte in eine Taverne. Zuerst wollte Catalina ihm nachschießen, doch dann haute sie nur auf eine Kiste und belud den Wagen fertig. Als alle Kisten verstaut waren, sah sie, wie Mikel mit Carmen aus der Taverne herausspazierte. Sein schönstes Lächeln schenkte er ihr und strich ihr über den bloßen Arm. Auch dass seine Blicke erneut tief in ihrem großzügigen Ausschnitt versanken, blieb Catalina nicht verborgen. Als Carmen ihm mit ihren grazilen Fingern durchs Haar fuhr, reichte es Catalina endgültig. Sie schoss auf Mikel zu.

»Wie wäre es, wenn du dein Techtelmechtel jetzt beenden würdest? Ich habe keine Lust, schon wieder wegen dir einen Anpfiff vom Koch zu bekommen!«

Mikel sah noch nicht einmal zu ihr hin.

»Zum Donner, bist du taub?«, herrschte Catalina ihn an, woraufhin Mikel sie süßlich anlächelte: »Aber nein, Euer Gnaden, ich bin nicht taub. Und zu Befehl, Euer Gnaden, ich bin schon unterwegs. Wenn Euer Gnaden die Güte haben wollen, schon im Wagen Platz zu nehmen.«

Catalina blitzte ihn an, doch Mikel drehte sich von ihr weg, legte Carmen den Arm um die Taille und zog sie ein Stück weiter in einen Hauseingang. Catalina hörte sie lachen. Sie ahnte, dass Mikel sich weiter über sie lustig machte.

»Verdammt, ich bin nicht dein Lakai«, donnerte sie ihm hinterher. Sie sah, wie Mikel Carmen auf die Schulter küsste, hörte ihr helles Lachen und rannte dann zum Wagen, schnappte sich einen der Äpfel und schleuderte ihn in Mikels Richtung. Er zerplatzte nur wenige Millimeter neben seinem Kopf an der Haustür. Der Saft spritzte Mikel auf das Wams und ins Gesicht; zäh wie Spucke rann das Fruchtfleisch an dem morschen Türholz hinab. Mikel führte sein Gespräch mit Carmen ruhig zu Ende. Erst als diese um die nächste Ecke verschwunden war, wandte er sich Catalina zu.
»Wag das bloß nie wieder!«, fuhr er sie an.
»Aber wenn es doch wahr ist«, platzte es aus Catalina heraus. »Wie einen Leibeigenen behandelst du mich! Lässt mich die Einkäufe machen, den Kram zum Wagen schleppen und verstauen, turtelst derweil alle paar Tage mit einem anderen Weib herum und kümmerst dich einen feuchten Kehricht darum, dass eine deiner Verflossenen vor Kummer über dein Verhalten gerade in den nächstbesten Fluss springt.«
Mikel packte sie hart am Arm. »Dann geh sie doch trösten! Oder geht es dir gar nicht um sie? Sondern nur um dich selbst? Weil du eifersüchtig bist? Ja, eifersüchtig! Weil du … weil du einfach nicht normal bist.«
Sein Vorwurf und noch mehr die kalte Wut, mit der er ihn ihr entgegenschleuderte, traf Catalina wie eine Ohrfeige. Gefühle?, dachte sie. Habe ich mir vor ein paar Tagen tatsächlich eingebildet, Mikel würde etwas für mich empfinden? Nein, nichts empfindet er für mich, und auch nicht für eine andere Frau. Nur seinen Spaß will er haben!
»Du spinnst ja«, keuchte sie. »Und jetzt lass mich los, hörst du, loslassen sollst du mich! Du tust mir weh!«

Bevor Mikel sie losließ, versetzte er ihr noch einen Stoß. Catalina verlor das Gleichgewicht und fiel in den Straßenstaub. Sofort fanden sich ein paar Gaffer und feuerten sie an.
»He, Bürschchen, das wirst du dir doch nicht gefallen lassen! Los, auf die Füße und zurückgeschlagen!«
Catalina blickte hoch und sah die Verachtung in Mikels Augen. Mit einem Satz war sie auf den Beinen, zog ihren Degen und stürmte auf Mikel los, der seine Klinge gerade noch rechtzeitig ziehen konnte, um Catalinas Stoß abzuwehren.
»Ho ho!«, freute sich die Menge und zog einen Kreis um sie. »Endlich ist mal wieder was los!«
Catalina hatte nicht damit gerechnet, dass Mikel so prompt reagieren würde. Kraftvoll hieb er zurück, drängte sie gegen den Wagen, und mit einem Mal ging Mikel in die Hocke und attackierte Catalinas Fersen mit einem weiten Rückhandhieb. Sie hatte keinen Platz, um zurückzuweichen, sprang mit beiden Füßen in die Luft und hörte Mikels messerscharfen Degen unter ihren Stiefelsohlen hindurchsausen. Catalina wurde klar, dass sie sich einen gefährlichen Gegner ausgesucht hatte, der nicht weniger wütend war als sie und sie nicht schonen würde. Gegen ihn hatte sie nur eine Chance, wenn sie es zu nutzen verstand, dass sie kleiner und wendiger war als er.
»Na los, zeig's ihm!«, feuerte die Menge sie an. »Gib ihm Saures!«
Catalina machte einen Ausfallschritt, stach auf Mikels rechten Arm ein, doch er wich zurück und konterte, indem er auf ihren Bauch zielte, aber auch sein Hieb geriet zu kurz; er ritzte sie kaum. Wie zwei Katzen umkreisten sie einander, maßen sich Auge in Auge, Klinge an Klinge,

und waren beide darauf aus, jede Schwäche des anderen auszunutzen. Auf einmal rutschte Catalina auf einem Obstrest aus, und im gleichen Moment schnellte Mikel vor und stieß erneut auf Catalinas Bauch zu. Catalina sprang zurück, knallte aber mit dem Rücken gegen die Kutsche. Entsetzt sah sie Mikels Degen auf ihren Bauch zuschießen und meinte den Einstich schon zu spüren, doch Mikel bremste den Stoß in letzter Sekunde ab.

»Dein Leben dafür, dass du meines in Potosí gerettet hast«, knurrte er mit zusammengebissenen Zähnen. »Damit sind wir quitt! Das nächste Mal kommst du nicht so davon, also hüte dich! Und halte dich ab sofort von mir fern!«

Er steckte seinen Degen ein, sprang auf den Kutschbock und knallte die Peitsche auf die Pferde. Die Tiere bäumten sich auf und jagten durch die erschrocken zur Seite springende Menge über den Marktplatz.

Catalina machte sich erst eine Stunde später auf den Rückweg. Bis sie in der Festung ankam, hatten ihre Kameraden schon längst zu Mittag gegessen. Doch Catalina hatte ohnehin keinen Hunger. Sie lief in den Saal, in dem sie zusammen mit dreißig anderen Soldaten schlief. Hinlegen wollte sie sich, die Decke über den Kopf ziehen und alles vergessen. Sie hatte Glück. Der Schlafsaal war leer. Sie ließ sich auf ihre Pritsche fallen, blickte auf Mikels Bett, das direkt neben dem ihren stand, und erstarrte. Seine Sachen waren weg. Catalina biss sich auf den Finger, aber die Tränen ließen sich nicht mehr aufhalten.

20

Catalina war kaum eingenickt, als jemand in den Saal kam und heftig mit den Füßen aufstampfte. Verschlafen öffnete sie die Augen und sah, wie Gilen sich den Staub von den Stiefeln trat. Als er sie bemerkte, fielen ihm fast die Augen aus dem Kopf.

»Was treibst du denn hier?«, rief er. »Francisco, bist du wahnsinnig? Was meinst du, was unser Hauptmann mit dir angestellt, wenn er dich am helllichten Tag im Bett erwischt?«

Catalina zuckte mit den Achseln, schwang aber doch die Beine von der Pritsche und massierte sich die Schläfen.

»Und eure Kutsche habt ihr auch noch nicht abgespannt!«, erregte sich Gilen weiter. »Andreu hat es eben beim Essen erzählt.«

Catalina sah ihn erstaunt an. Die Pferde einfach angespannt zu lassen – das war eigentlich nicht Mikels Art. Wieder schaute sie auf sein abgeräumtes Bett. Catalina fasste unter ihre Pritsche, fischte nach ihren Stiefeln, fand sie nach dem dritten Fehlgriff und schob ihre Füße hinein.

»Was ist denn bloß mit dir los?« Gilen schüttelte den Kopf.

Catalina brummte nur: »Ich gehe nach den Pferden sehen«, und ging weg.

Die Pferde waren tatsächlich noch angespannt. Catalina schaute unter die Plane und stellte fest, dass zumindest die

Lebensmittel abgeladen waren. Catalina führte die Pferde weg. Kaum knirschten die Wagenräder über den Kies, erschien der Koch am Küchenfenster und schimpfte ihr hinterher. »Eine Schande ist das mit euch! Täglich kommt ihr später zurück, und jetzt seid ihr auch noch zu faul, die Pferde abzuspannen!«

Ohne sich umzublicken lief Catalina weiter zu den Ställen, brachte die Pferde in ihre Boxen und reinigte die Ladefläche der Kutsche von Obst- und Gemüseabfällen. Dabei fiel ihr Blick auf die Box, in der ihr Maultier und ihr Lama untergebracht waren. Sie schienen sie vorwurfsvoll anzusehen. Catalina ging zu ihnen und kraulte ihnen die Ohren.

»Habt ja Recht, ihr zwei, habt ja Recht«, murmelte sie und musste an Stefano denken. Er hatte sie geliebt. Wirklich geliebt. Und sie hatte ihn abgewiesen. Catalina fragte sich, ob ihr in ihrem Leben noch einmal eine so reine und selbstlose Liebe begegnen würde. Sie schnappte sich die Heugabel und stürzte sich auf den Mist in der Box.

Drei Stunden später blitzten außer der Box ihrer Tiere auch die der umliegenden Pferde. Als der Stallbursche hereinkam, um den Tieren ihre abendliche Ladung Heu zu geben, staunte er nicht schlecht.

»Habt ihr Soldaten nichts anderes mehr zu tun?«

Wortlos drückte Catalina ihm die Heugabel in die Hand und ging hinaus in den Hof, wo die Sonne gerade ihre letzten Strahlen über die hohen Mauern blitzen ließ. Die Essensglocke hallte über den Hof. Catalina wusch sich die Hände und ging in den Speisesaal. Sie nickte ein paar Soldaten zu, holte sich ihr Essen und verzog sich an einen der hinteren, noch unbesetzten Tische. Kaum hatte sie zu essen begonnen, betrat Mikel den Saal. Sein Anblick durchfuhr Catalina wie ein Blitz. Sie wusste nicht, ob sie eher froh oder beunruhigt sein sollte, dass er den Dienst doch nicht quittiert hatte. Wahrscheinlich hatte er nur um eine Verlegung in einen anderen Schlafsaal gebeten. Da bemerkte auch Mikel sie, sah aber durch sie hindurch. Direkt nach ihm betraten Gilen und Andreu den Saal. Sie begrüßten Mikel mit einem Schulterschlag und holten sich ihr Essen. Die beiden wollten zu ihr gehen, aber Mikel setzte sich an einen der vorderen Tische. Gilen machte ihn auf Catalina aufmerksam, doch Mikel reagierte nicht, sondern begann zu essen. Erstaunt blickte Gilen zwischen ihnen hin und her, zuckte mit den Achseln, setzte sich neben Mikel und tauchte ebenfalls den Löffel in die Suppe. Andreu tat es ihm gleich und vermied es, Catalina anzusehen. Am liebsten hätte Catalina den Kanten Brot, den sie in ihrer Hand hielt, geradewegs in ihre Suppe geklatscht, aber ihr war klar, dass sie Mikel damit nur gezeigt hätte, wie sehr sie sein Verhalten traf. Also spielte sie die Gleichgültige, sah ebenfalls durch ihn hindurch und merkte gar nicht, dass sie das Brot in ihrer Faust zu einem Klumpen zusammenpresste.

Auch während der nächsten Tage übersah Mikel Catalina geflissentlich. Es fiel ihr schwer zu glauben, dass von ihrer Freundschaft nichts übrig war.
Hinzu kam, dass sich auch Gilen und Andreu von ihr abwandten. Andreu tat, als wären sie einander noch nie begegnet, Gilen nickte ihr immerhin noch verschämt zu. Catalina nahm es hin. So war sie eben wieder einmal die Ausgestoßene. Mehr als das bin ich ja noch nie gewesen, sagte sie sich.

Dass Mikel den Hauptmann gebeten hatte, die Markteinkäufe künftig mit Andreu erledigen zu dürfen, erfuhr Catalina erst, als sie am nächsten Einkaufstag die halbe Festung nach Mikel und der Kutsche absuchte. Der Koch klärte sie über den Tausch auf.

»Dass ihr jungen Leute euch auch nicht absprechen könnt!«, blaffte er sie an. Überdies sei ausgemacht, dass sie ihm fortan in der Küche helfe. Catalina war so perplex, dass sie noch nicht einmal protestieren konnte. Der Koch nahm sie mit in die Küche, drückte ihr ein Messer in die Hand und setzte ihr einen Korb Kartoffeln vor.

»Die brauche ich rasch, und mit rasch meine ich rasch!«

Catalina hob das Messer und begann zu schälen – und wischte sich an diesem Vormittag so oft über die Augen, dass man hätte meinen können, der Koch habe ihr Zwiebeln unter die Kartoffeln gemischt.

In den nächsten Wochen hielt sich Catalina von den anderen Soldaten fern. Man hatte Mikel und sie »die Unzertrennlichen« genannt. Vor allem jene, die sich schwer taten, in der Truppe Anschluss zu finden, hatte dies mit Neid erfüllt. Und jetzt war Catalina auf einmal selbst eine von denen, die keinen Anschluss hatten und immer und überall nur allein herumsaßen …

An und für sich machte Catalina das Alleinsein nicht allzu viel aus, aber an diesem Abend zog es so kalt durch den menschenleeren Schlafsaal, dass sie unter ihrer dünnen Decke einfach nicht warm werden konnte, und so ging sie doch hinunter in den gut besuchten Speisesaal, in dem ein Feuer prasselte. Catalina murmelte ein kaum hörbares »Abend«, setzte sich an einen Tisch mit ein paar Gleichaltrigen und hörte zu, wie sie sich über das Manöver unterhielten, das der Hauptmann für die kommende Woche angekündigt hatte. Drei Tage sollte es dauern und der wachsenden Langeweile der Truppe entgegenwirken. Noch immer verhielten sich die Indios um Cuzco friedlich.

»Dann kann dein Freund mal zeigen, ob er noch mehr drauf hat als Weiber aufzureißen«, grinste einer der Burschen Catalina an. Sie brauchte einen Moment, bis ihr klar wurde, dass er sie angesprochen hatte und sich auf Mikel bezog. Sie wusste nicht, was sie erwidern sollte, und hob nur die Augenbrauen.

»Na hör mal!«, fuhr der andere fort. »Du willst doch nicht behaupten, dass du nicht mitbekommst, mit welchem Feuereifer er und seine beiden Freunde in den letzten Wochen den Frauen von Cuzco nachgestellt haben? Gerade gestern habe ich sie wieder gesehen: jeder mit einer schärferen Braut im Arm. Vor allem die von Mikel war zum Anbeißen. Geschmack hat er ja, der Kerl, das muss man ihm lassen.«

»Wenn die so weitermachen«, redete ein anderer dazwischen, »werden sie bald auch das erste Duell an der Backe haben. Wer so viele Frauen aufreißt, trifft irgendwann auch einmal auf die Falsche, sprich, auf eine mit einem eifersüchtigen Verehrer, und dann werden sie schon sehen, was ihnen blüht.«

Die Burschen lachten, einer frotzelte: »Je rassiger die Weiber, desto hassiger ihre Männer!«, und erntete damit noch mehr Lacher.

Zum Glück kamen sie endlich auf andere Dinge zu sprechen, aber die Lust daran, mit ihnen zusammenzusitzen, war Catalina doch vergangen. Sie schlurfte zurück in den Schlafsaal und ließ sich auf ihre Pritsche fallen. Der Wind

pfiff noch eisiger als zuvor um die Ecken, und dazu hallten ihr die Worte der Soldaten im Kopf: scharfe Bräute … zum Anbeißen …
Catalinas rechter Fuß begann zu wippen. Immer heftiger wippte er, und schließlich wippte er so sehr, dass er gegen Mikels ehemaliges Bett stieß. Zum Anbeißen … zum Anbeißen … zum Anbeißen!, schoss es ihr durch den Kopf. Sie sprang auf, schnappte sich ihren Mantel und stürmte auf den Hof. Für einen Moment erwog sie, zurück in den Speisesaal zu gehen, aber da kam ihr eine bessere Idee. Sie griff in ihre Hosentasche, fand ein paar Münzen und lief in Richtung Stadt …

Gleich in der ersten Taverne traf Catalina ein paar Spielwillige. Kaum hatte sie den freien Platz zwischen ihnen eingenommen, wurde sie ruhiger. Die erste Runde verlor sie, es war ihr gleichgültig, die zweite gewann sie, und auch das war ihr egal. Als sie die dritte wieder gewann, musste sie an ihre Glückssträhne in Caxamalca denken, die so schlimm geendet hatte, doch aufhalten konnte sie das nicht. Der Einsatz des nächsten Spiels war recht hoch: Es ging um eine Woche Sold und ihre Chancen standen nicht schlecht. In ihren Händen kribbelte es, ihr Blick ging zu den Würfeln, der letzte Mitspieler nahm sie auf. Sein Wurf würde alles entscheiden. Als er die Würfel in den Becher tat und ihn hin- und herschüttelte, hielt sie unwillkürlich die Luft an – und konnte kurz darauf freudig ausatmen. Mit einer knappen Geste strich sie ihren Gewinn ein, blickte zu ihren Mitspielern, die zwar wenig glücklich aussahen, aber doch nickten: ja, sie würden weiterspielen. Sie reichten ihr den Würfelbecher. Die Reihe war an ihr.

Auch zwei Stunden später saß Catalina noch an diesem Tisch – und gewann immer weiter. Wahrscheinlich lag es an ihrem Wagemut. Es war ihr egal, ob sie gewann oder verlor. Sie wollte nur das Kribbeln spüren, bevor die Würfel fielen, und alles darüber vergessen. Auch an den folgenden Abenden saß sie über Stunden an den Spieltischen, und das Glück war ihr weiter hold. Sie merkte, wie der Neid und das Misstrauen der anderen wuchsen. Wie damals in Caxamalca gab es inzwischen auch hier die Ersten, die nicht mehr mit ihr spielen wollten.

»Kommt uns zu teuer«, murrten sie, aber noch fanden sich genug, die die Herausforderung reizte, und die Tatsache, dass sie es sich leisten konnte, inzwischen um recht hohe Einsätze zu spielen, lockte bald auch professionelle Spieler an.

Auch an diesem Abend saß wieder ein Berufsspieler mit am Tisch. Zunächst gewann er, viele gute Pesos, ein paar Maradevis, schließlich auch ein Goldstück von einem der anderen Mitspieler, aber dann drehte sich das Glück, und Catalina gewann bald das Doppelte von dem zurück, was sie zuvor an ihn verloren hatte. Da sprang der Mann auf und zog seinen Degen.

»Du verdammter Betrüger!«, brüllte er und ging auf sie los. In letzter Sekunde konnte Catalina seinen Schlag abwehren.

»Ich habe dich nicht betrogen! Ich habe einfach nur Glück gehabt.«

Der Wirt, ein kleiner feister Mann, hastete zu ihnen und beschwor sie, keinen Ärger zu machen. »Wenn ihr euch duellieren wollt, dann tut das doch draußen.«

Catalinas Gegner täuschte einen Stoß gegen den Wirt an, woraufhin dieser schneller hinter dem Tresen verschwand,

als er zuvor herausgekommen war. Grinsend wandte sich der Kerl wieder Catalina zu. »Und jetzt zu dir, Bürschchen! Ich will mein Geld wiederhaben, und zwar alles, hörst du?«
Das Geld war Catalina einerlei, aber sie würde sich nicht wieder für dumm verkaufen lassen.
»Wenn du etwas von mir haben willst, musst du es dir holen!«, blitzte sie den Mann an. Wütend trat er den Tisch beiseite und stürzte erneut mit erhobenem Degen auf sie los. Geschickt sprang Catalina zur Seite, woraufhin der nicht mehr allzu nüchterne Mann seinen Degen beinahe in den hinter ihr stehenden Mann gerammt hätte. Johlen und Buhen kamen auf, ein Mann rief: »Jetzt seid doch vernünftig!«, der Wirt flehte die näher an der Eingangstür Stehenden an, den Gerichtsbüttel zu holen. Doch erst, als er zum Dank dafür eine Woche Freibier versprach, machte sich einer von ihnen auf den Weg.
Währenddessen hatte sich Catalinas Gegner wieder in Position gebracht und stürmte auf sie los. Elegant parierte Catalina seine vor allem von trunkener Wut gelenkten Hiebe und konnte den ersten Treffer landen: Sie brachte ihm eine tiefe Wunde an der Schulter bei. Aufheulend sprang der Mann zurück und preschte in der nächsten Sekunde mit einer solchen Wucht erneut auf sie los, dass er Catalina womöglich aufgespießt hätte, wäre es ihr nicht gelungen, seinen Degen zurückzudrücken und ihm schließlich ganz aus der Hand zu schlagen. Sein Stahl war noch nicht zu Boden gegangen, da drückte sie ihm schon die Spitze ihres Degens gegen den Hals.
»Das dürfte jetzt wohl reichen, oder?«, knurrte sie ihn an. »Und komm mir bloß nie wieder unter die Augen!«
Der Mann hob die Hände und schien sich zu trollen, doch

kaum hatte Catalina ihren Degen weggesteckt, zog er ein Messer aus seinem Stiefelschaft und sprang sie von der Seite an. Ehe Catalina wusste, wie ihr geschah, lag sie schon unter ihm und spürte das eisige Metall an ihrer Halsschlagader. Kalt lächelte er sie an.

»Tja, mein Kleiner, so schnell kann sich das Glück wenden!«

Wütend blitzte Catalina ihn an und warf sich mit einem gewagten Schwung zur Seite.

Für den Kerl kam ihre Reaktion so überraschend, dass er mit ihr zur Seite fiel. Schon stand Catalina wieder auf den Füßen. Sie schnappte ihren Gegner am Kragen und schleuderte ihn mit einer solchen Wucht gegen den Tresen, dass die Gläser darauf umfielen und Bier und Wein auf die Umstehenden spritzte. Einen Moment lang sah es so aus, als wolle der Mann an der schmutzigen Holzwand kleben bleiben, aber schließlich rutschte er langsam daran herunter und blieb seltsam verdreht auf dem Bauch liegen. Catalina vermutete eine weitere Falle. Da er sich selbst dann noch nicht regte, als sie direkt neben ihm stand, stieß sie ihn mit dem Fuß an und bemerkte jetzt erst die rote Lache, die sich unter ihm ausbreitete. Sie drehte ihn um. Schwer wie ein Kartoffelsack fiel er auf den Rücken. Der goldgefasste Griff seines Messers stand aus seiner Brust heraus, als wolle es ihnen zum Abschied zuwinken.

21

Bevor Catalina einen klaren Gedanken fassen konnte, stürmten zwei grimmig dreinblickende Gerichtsbüttel in die Taverne.

»Der Bursche hier, der war es!«, brüllte der Wirt und zeigte mit seinen fettigen Fingern auf Catalina, die sofort wieder ihren Degen zog. Mit zusammengekniffenen Augen musterte sie die Büttel und überlegte, welcher von ihnen der gefährlichere Gegner war, doch noch ehe sie auf ihn losgehen konnte, krachte etwas auf ihren Kopf. Das Letzte, was sie wahrnahm, war der durchdringende Geruch von billigem Wein …

Als Catalina wieder zu sich kam, war es stockdunkel und ihr brummte der Kopf. Behutsam tastete sie ihren Schädel ab und fand etliche kleinere und eine größere Wunde und viel getrocknetes Blut in den Haaren. Anschließend untersuchte sie ihre nähere Umgebung. Sie ertastete kalten, feuchten Lehmboden und eine nicht minder feuchte Wand. Catalina rückte ein Stück zurück, um sich anzulehnen. Als sie dort die Beine erneut ausstreckte, stieß sie mit dem Fuß gegen etwas Weiches.

»Verdammt, kannst du denn nicht aufpassen!«, murrte ein Mann. Catalina zog die Beine wieder zurück und entschuldigte sich. Sie lauschte. Nicht nur vor ihr atmete jemand, auch neben ihr. Mindestens einer. Weiter drüben hustete jemand.

»Wenn die mich noch lange in dieser scheißnassen Zelle

schmoren lassen, brauchen sie mir keinen Prozess mehr zu machen, weil mich die Schwindsucht dann ohnehin dahingerafft haben wird«, schimpfte er, kaum dass er wieder Luft bekam.

»Seid Ihr denn schon so lange hier?«, fragte Catalina.

»Drei Wochen«, entgegnete er. »War nur eine kleine Tavernenschlägerei, bei der ein paar morsche Stühle zu Bruch gegangen sind. Leider gehörte die Taverne dem Neffen des *Alcalden* …«

»Immer noch besser, die Stühle des Bürgermeisters zu zertrümmern, als den Verlobten seiner Tochter abzustechen«, brummte der Mann vor Catalina.

»Wirft man Euch das vor?«, fragte sie ihn schüchtern.

»Mir?« Der Mann lachte heiser auf. »Die Nummer kannst du dir für deine Verhandlung aufheben!«

»Ich … verstehe nicht!«

Es raschelte vor Catalina; ein Streichholz flammte auf und warf unruhige Schatten. Catalina sah ein breites, narbiges Gesicht mit einem mehrere Wochen alten, ungepflegten Bart. Der ältere Mann führte das Streichholz zu einem Kerzenstummel, zündete ihn an und hielt die Kerze vor Catalinas Gesicht.

»Siehst gar nicht so begriffsstutzig aus«, brummte er.

Catalina durchfuhr es eiskalt. Der Tote in der Taverne – sollte der etwa … Sie schnappte nach Luft. Ihr Gegenüber grinste. »Jetzt ist der Peso gefallen!«

»Aber … aber er hat angefangen«, stotterte Catalina. »Und letztlich war das Ganze nichts als ein Unglücksfall!«

»Müssen sparen. Ist die einzige, die wir haben«, war alles, was ihr Mitgefangener darauf erwiderte. Dann blies er die Kerze wieder aus.

Die Dunkelheit machte Catalina Angst. Alles machte ihr Angst. Den künftigen Schwiegersohn des Bürgermeisters …

»Bitte, könnt Ihr die Kerze nicht wieder anmachen? Nur für eine Weile?«

Als Antwort ertönte ein unfreundliches Grunzen.

»Kann ich Euch die Kerze vielleicht abkaufen?«

Sie hörte, wie der Mann sich aufsetzte. »Wie viel Geld hast du denn?«

»Reichen fünf Peso?«

»Aber nur, weil ich heute meinen guten Tag habe!«

Catalina schob die Hand unter ihr Hemd und fingerte unter ihrem Brustwickel ein paar Münzen heraus. Seit sie wieder mit dem Spielen angefangen hatte, trug sie immer eine größere Summe Geld bei sich, damit sie, falls sie doch einmal eine Pechsträhne hatte, nicht am Weiterspielen gehindert wurde. Den größten Teil davon hatte sie in ihrem Brustwickel versteckt, was sich heute als ihr Glück erwiesen hatte. Bevor die Wächter sie in den Kerker warfen, hatte sie ihre Hosentaschen ausleeren müssen, sogar die Stiefel hatten sie ausschütteln lassen.

Catalina reichte dem Mann die Münze, von der sie annahm, dass es eine Fünfpesomünze war. Erst nach einigem Herumtasten trafen sich ihre Hände. Sie hörte, wie ihr Gegenüber die Münze befühlte und darauf biss. Er machte die Kerze wieder an, reichte sie ihr aber nicht hinüber. Er sah Catalina an und brummte: »Siehst gar nicht so blutrünstig aus.«

»Und der Tote …« Catalina schluckte. »Der war wirklich der Verlobte …?«

Der Mann nickte.

»Aber dass der Bürgermeister seine Tochter einem Spieler

geben wollte …« Noch immer hoffte Catalina darauf, dass sich alles als Missverständnis erweisen würde.
»Spieler oder nicht – seine Familie hat Einfluss. Sie wohnen in dem Palast gleich neben dem *Cabildo.*«
Damit war alles über seinen Stellenwert in der Gesellschaft von Cuzco gesagt. Catalina stöhnte.
»Ich sehe, jetzt hast du's kapiert.« Er warf ihr einen langen Blick zu. »Wie viele Münzen hast du denn noch?«
»Nur noch drei«, log Catalina, um nicht ausgeraubt zu werden. Wenn sie wussten, dass sie mehr Geld hatte, und sie durchsuchen würden, würden sie nicht nur ihr Geld finden, sondern auch hinter ihr Geheimnis kommen.
»Für Geld bekommt man mehr Essen«, fuhr ihr Gegenüber fort. »Wie in diesem Gefängnis überhaupt so ziemlich alles für Geld zu bekommen ist – bis hin zu einem Freispruch!«
Catalina schätzte, dass sie fünfzig Pesos und an die dreißig Maradevis einstecken hatte. Eine Kuh hätte sie dafür kaufen können. Für ihr Leben aber reichte es nicht.

Lautes Rumpeln und Knarren riss Catalina einige Stunden später aus dem Schlaf. Die Tür ging auf, und im nächsten Moment blendete ihr das Licht einer Öllampe so grell in die Augen, dass sie die Hände davor halten musste.
»Los, Neuer, aufstehen und mitkommen!«, donnerte sie ein Mann mit andalusischem Akzent an.
Catalina rappelte sich auf, doch kaum stand sie, wurde ihr schwindlig. Der Kerkermeister zerrte sie weiter. »Für so ein Theater haben wir hier keine Zeit!«
Catalina stolperte und fiel hin. Der Kerkermeister zerrte sie wieder auf die Füße und trieb sie wie einen störrischen Esel vor sich her.

Als sich Catalinas Augen an das Licht gewöhnt hatten, warf sie einen Blick zurück zu dem Kerkermeister. Er war einen halben Kopf kleiner als sie, hatte öliges schwarzes Haar und eine unglaublich dicke Nase. Er führte sie zwei Treppen hoch, einen weitläufigen Gang entlang und schließlich in einen großen Saal hinein. Drei hohe Fenster zeigten auf die Plaza de Armas hinaus. Es war Tag, ein dämmriger Tag. Vor ihr auf der erhöht errichteten Tribüne standen drei hohe Lehnstühle mit roter Samtbespannung und ein langer Mahagonitisch mit sechs Beinen. An beiden Enden des Tisches stand ein goldener Leuchter und in der Mitte ein mit Edelsteinen besetztes Kruzifix. Der Richter, ein massiger, grauhaariger Geistlicher im schwarzen Talar, saß auf dem mittleren Stuhl, die Beisitzer rechts und links von ihm wirkten jünger, blickten aber nicht weniger abweisend drein. Der Kerkermeister führte Catalina vor den Tisch.

»Das ist er«, erklärte er dem Richter.

Der Richter nickte ihm zu und sah zu seinem rechten Beisitzer. »Den Verlobten der Tochter des *Alcalden,* nicht wahr?«

Der Beisitzer nickte.

»Und er heißt?«

Der Beisitzer wandte sich an Catalina.

»Wie heißt du?«

»Francisco Loyola Merendón. Ich bin Soldat der königlichen Armee.«

»Und geboren am?«

Catalina antwortete.

»Gebürtig aus?«

»San ... Sevilla«, verbesserte sich Catalina. Diese Stadt hatte sie auch ihrem Hauptmann als Geburtsstadt angegeben.

Der Richter nickte. »Das ist eigentlich alles, was wir brauchen.«
Catalina sah, wie der andere Beisitzer ihre Daten notierte und das Blatt an den Richter weiterreichte. Jener schrieb mit kratziger Feder zwei Sätze hinzu, tauchte seinen Siegelring in Wachs und drückte ihn darauf.
»Ich ... also, ich bin unschuldig«, brachte Catalina vor.
Der Richter blies über das Siegelwachs.
»Bitte, Herr Richter, wenn ich Euch erklären dürfte ...«
Der Richter nickte dem Kerkermeister zu.
»Du kannst den Kerl jetzt wieder wegbringen. Seine Hinrichtung findet in siebzehn Tagen im Rahmen der jährlichen Festlichkeiten statt. Und führe gleich den Nächsten vor! Ich bin nachher beim Bürgermeister zum Essen eingeladen und möchte nur ungern zu spät kommen.«

22

Obwohl Catalina jedes Wort verstanden hatte, konnte sie es zunächst doch nicht begreifen. Selbst als sie es ihrem Mitgefangenen wiederholte, verstand sie es noch nicht, und auch nicht, als der daraufhin durch seine Zahnlücke pfiff.

»Hinrichtung heißt Tod durch den Strang«, meinte er und zündete die Kerze an.

Als das Kerzenlicht seine Schatten auf die Kerkerwand malte, verspürte Catalina ein ebenso großes Bedürfnis zu heulen wie hysterisch loszulachen. Seit Jahren fürchtete sie sich davor, eines Tages von der Inquisition für das Tragen von Männerkleidung angeklagt und dafür auf dem Scheiterhaufen verbrannt zu werden, und nun sollte sie für etwas gehängt werden, das nur eine Verkettung unglücklicher Umstände war …

Irgendwann war die Kerze heruntergebrannt. Catalina merkte es erst, als sich die schwere Kerkertür wieder öffnete und ihnen erneut das Licht der Öllampe in die Augen stach. Der Kerkermeister brachte ihnen einen Topf gräuliche Suppe und steinharte Kanten Brot. Catalina sah teilnahmslos zu, wie sich ihre Mitgefangenen um die größten Stücke stritten. Obwohl sie seit über einem Tag nichts gegessen hatte, verspürte sie keinen Hunger. Sie spürte nichts mehr, nicht einmal mehr Angst. Der Bärtige stellte einen Blechnapf vor sie hin und forderte sie auf zu essen, bevor es ihr die anderen wegnähmen.

»Sollen sie doch.« Catalina sah zu ihm auf. »Ob ich jetzt verhungere oder in zwei Wochen gehängt werde – wo ist der Unterschied?«
»Jetzt warte doch erst einmal!« Er drückte ihr das Brot in die Hand. »Manchmal geschehen ja Wunder.«
Catalina schüttelte den Kopf, nahm aber doch einen ersten Bissen.

Die nächsten Tage dämmerte Catalina vor sich hin, bis sie eines Morgens aus diesem gnädig dumpfen Zustand gerissen wurde, als von draußen markerschütternde Schreie in die Zelle drangen.
»Mein Gott, was ist das? Was geschieht da?«, rief sie und rückte näher zur Wand.
»Na was wohl?«, brummte ihr Gegenüber und bekreuzigte sich. Kurz darauf ertönten wieder Schreie, noch schrecklicher, noch schmerzerfüllter als zuvor.
»Nun sag doch schon«, hauchte Catalina. »Was tun die mit denen?«
»Foltern, was glaubst du denn«, rief ein Mann aus der hinteren Ecke.
Catalina drehte sich zu ihm um. Er zeigte ihr seine Hände. Auch wenn das Kerzenlicht den Kerker nur spärlich erhellte, konnte Catalina doch erkennen, dass er an allen zehn Fingern nur noch seltsam verbogene Reste von Fingerkuppen hatte, und seine linke Hand war dermaßen aus der Form geraten, als hätte sie jemand zu schmelzen versucht. Catalina blickte dem Mann ins Gesicht. Er musste im Alter ihres Vaters sein, hatte milde braune Augen und ein offenes Gesicht. Wieder ertönten Schmerzensschreie.
»Wie … wie ist das passiert?« Sie zeigte auf seine Hände.

»Sie haben mir kleine Schwefelhölzer unter die Fingernägel geschlagen und mir dann ihre Fragen gestellt. Als ich nicht sagte, was sie hören wollten, zündeten sie die Hölzchen an. Das tat weh, das kann ich dir sagen, und als ich danach immer noch nicht sagte, was sie hören wollten, haben sie mir den eisernen Handschuh angezogen. Nur über die linke Hand – meine rechte brauchten sie ja noch: Schließlich sollte ich später mein Geständnis unterschreiben können.«

»Den eisernen Handschuh?« Catalina sah ihn fragend an.

Er hielt seine formlose Hand in die Höhe. »Bevor sie meine Hand hineingezwungen haben, haben sie den Handschuh in glühende Kohlen gelegt ...«

Alles in Catalina krampfte sich zusammen und das noch mehr, als im gleichen Moment neue Schmerzensschreie zu ihnen drangen.

Der Mann vor ihr zog seine Schuhe aus und zeigte ihr seine Fußsohlen. Die Fußballen, die Fersen – Catalina rückte ein Stück zur Seite, um besser sehen zu können, doch dann musste sie erkennen, dass sie wirklich nicht da waren. Nur seltsam wulstige Hautpartien mit kraterartigen Vertiefungen gab es, in deren Zentrum blanke, weißliche Stellen zu erkennen waren.

»Mein Gott, und was haben sie da gemacht?«

»Ziegenfolter.« Der Mann ließ seine Füße wieder sinken. »Dafür reiben sie dir die Füße mit Salz ein und führen dann Ziegen heran, die ganz versessen darauf sind, jeden Krümel von dem verdammten Zeug abzulecken. Zuerst kitzelt es nur schrecklich, aber da sie ständig neues Salz auf die Fußsohlen streuen und die Zungen von Ziegen sehr rau sind, haben sie einem bald die Haut runtergeleckt und bohren sich mit ihren Zungen tiefer und tiefer ins

Fleisch hinein. Bei mir haben sie an einigen Stellen erst Ruhe gegeben, als sie die Knochen blank gelegt hatten.«
Während weitere Schreie zu ihnen drangen, zog er sich seine Schuhe wieder über. »Meine Fußsohlen waren damals nur noch eine einzige große Wunde. Als das Ganze zu eitern und täglich mehr zu stinken begann, dachte ich, ich würde mich von unten nach oben zersetzen und verfaulen. Ehrlich gesagt wäre mir das damals nur recht gewesen. So hätte die Qual wenigstens ein Ende gehabt. Aber sie hatten ja noch immer kein Geständnis von mir, und so war ihnen daran gelegen, dass ich wieder zu Kräften kam. Sie holten einen Bader, der die Wunden tatsächlich wieder zum Zuheilen gebracht hat – auch wenn mir seither jeder Schritt entsetzliche Schmerzen bereitet.«
Erschüttert fragte Catalina ihn, was man ihm denn vorgeworfen habe.
»Ein Nachbar hat mich angezeigt, ein Goldschmied wie ich. Er neidete mir, dass mein Geschäft so viel besser als das seine lief, und dachte, er könne mich so loswerden. Er hat behauptet, ich sei den Lutheranern verfallen – das hat den Herren von der Inquisition genügt. Mit der Folter wollten sie mein Geständnis herauspressen. Aber ich hatte nichts zu gestehen. Ich habe mit den Lutheranern nichts am Hut.«
Auf einmal erklang ein so mörderischer Schrei, dass einer von Catalinas Mitgefangenen vor Entsetzen mit aufschrie.
»Klingt nach Rad«, meinte der Mann mit den milden Augen und rieb sich die Schulter.
Catalina wäre es lieber gewesen, er hätte jetzt nichts mehr erzählt, doch er fuhr fort: »Sie flechten dich auf ein Rad und befestigen deine Hand- und Fußgelenke an Seilen, die mit einem Hebel und einem Sperrrad verbunden sind.

Alles Weitere ist sehr simpel: Der Henkermeister muss nur noch den Hebel betätigen und dir werden die Arme und Beine aus den Gelenkpfannen gerissen. Noch grauenhafter aber ist der Schmerz in den Knien, die sich trotz der Zugkraft an beiden Seiten nicht teilen wollen. Ich schwöre dir: Hätten sie mir damals eine Axt gegeben, ich hätte sie mir eigenhändig durchtrennt.«

»Und selbst danach hast du noch nicht alles zugegeben, was sie wollten?«, staunte Catalina.

Der Mann mit den milden Augen lächelte. »Nein, auch danach nicht. Dazu liebe ich meinen Gott zu sehr. Ob ich allerdings noch eine Folter durchgestanden hätte, weiß ich nicht. Zwei Wochen später sollte ich in den Stachelstuhl gepresst werden. In der Sitzfläche, der Rücken- und den Armlehnen stecken nadelspitze Dornen, und in die drücken sie dich tiefer und tiefer hinein ...« Er machte eine Pause. »In der Zwischenzeit aber war der Mann, der mich angezeigt hatte, schwer erkrankt. Er rang mit dem Tod. Da packte ihn die Angst, dass die Krankheit die Strafe für seine Lügen war. Er ließ den Priester holen und gestand, dass er mich nur aus Missgunst angezeigt hatte. Geholfen hat ihm seine Beichte nichts; er starb noch in der gleichen Nacht. Und für mich ...« Er hob die Hände und ließ sie wieder fallen. »Auch für mich kam sie zu spät. Meine Hände sind so zerstört, dass ich nie wieder in meinem Beruf arbeiten kann. Seither stehle ich, um meine Familie und mich über Wasser zu halten. Und deswegen sitze ich jetzt hier ein.«

Catalina wurde sich bewusst, dass die Schreie aufgehört hatten und auch ihre Mitgefangenen jetzt ganz still waren. Die Stille erfüllte sie mit noch mehr Grauen als zuvor die Schreie der Gefolterten.

In welchem Zustand waren diese armen Menschen jetzt? Die Zündhölzer ... der eiserne Handschuh ... die Ziegenfolter ... das Rad ... Auf einmal war Catalina froh, dass man das Urteil über sie schon gesprochen hatte.

23

Einige Tage später vernahmen sie von fern regelmäßiges Hämmern. Sie wunderten sich, wie viel da draußen los sein musste, dass der Lärm bis zu ihnen hinunter in den Keller drang.

»Das sind die Vorbereitungen für die jährlichen Feste«, ging schließlich einem der Gefangenen auf, der erst vor zwei Tagen zu ihnen gesteckt worden war. Das löste in der Zelle eine geradezu hysterische Munterkeit aus. Die Schreie der Gefolterten hatten ihnen allen an den Nerven gezehrt, doch wenn jetzt nur noch wenige Tage bis zum Fest fehlten, wurden die Verhöre sicher nicht fortgeführt. Das Urteil stand gewöhnlich ohnehin schon im Vorfeld fest, und wenn ein Angeklagter sich weigerte zu gestehen, bewies das keineswegs seine Unschuld, sondern nur, wie verstockt er war und dass er mit dem Teufel im Bunde stehen musste. Wichtiger als ein Geständnis war den Inquisitoren nun, dass die Angeklagten sich von ihren Torturen erholten. Ein Verurteilter, den man zu seinem Scheiterhaufen tragen musste, gab kein würdiges Bild ab.

Die Gefangenen begannen, vom vorjährigen Fest zu erzählen. Wie turbulent es da zugegangen sei, mit all den Gauklern und Händlern, und wie prächtig die Scheiterhaufen gebrannt hätten. Einer, der sich seinen Lebensunterhalt als Taschendieb verdiente, sorgte sich, ob man ihn noch vor den Festlichkeiten entlassen würde. »Eigentlich hatten sie mich nur zu zehn Tagen verurteilt, und jetzt sitze ich schon einen ganzen Monat hier drinnen. Die werden mich doch nicht um mein Feiertagsgeschäft bringen wollen.«

Ihr Gegenüber zündete eine Kerze an. Catalina hatte ihm vor ein paar Tagen zwanzig Pesos gegeben, für die er eine größere Menge Kerzen und ein paar Extraeinheiten Essen für sie und sich gekauft hatte, die Catalina jedoch von sich gewiesen hatte. Ihr genügte, was ihnen der Kerkermeister brachte. Für den Lichtschein der Kerze allerdings war sie dankbar. Trotzdem wartete sie stets, bis ihr Mitgefangener von selbst auf die Idee kam, wieder einmal eine Kerze anzuzünden. Sie hatte keine Kraft mehr zum Bitten.

»Hier, wenn du willst, stell ich die Kerze neben dich«, bot er ihr an. Es war das erste Mal, dass er ihr eine Kerze ganz überließ. Catalina wusste, warum er so freundlich zu ihr war.

»Wird eine der letzten sein, die ich niederbrennen sehe …«, murmelte sie und rieb sich die klammen Hände über der Flamme, ohne dass sie davon wärmer wurden.

»Wer weiß«, brummte der Bärtige.

Catalina winkte müde ab.

Das Knarzen der Tür ließ sie aufsehen. Erstaunt sahen sie den Kerkermeister eintreten. Er winkte Catalina zu sich. Sie blickte wissend zu ihrem Mitgefangenen.

»Aber … aber das Fest«, haspelte der erschrocken. »Das ist doch erst in zwei Tagen.«

Catalina erhob sich. Doch der Bärtige hielt sie am Hosenbein fest. »Warte, so bleib doch, du hast doch noch Zeit!« Er sah zu dem Kerkermeister. »So lass ihn doch noch hier!«

Der Kerkermeister warf ihm einen so drohenden Blick zu, dass er Catalina augenblicklich wieder losließ und wie

ein geprügelter Hund auf sein Häufchen Stroh zurückwich. Als Catalina weiterging, brummte er: »Wird schon noch werden, das wird schon noch, Francisco, wirst schon sehen!«
Kurz bevor Catalina an der Zellentür war, huschte sie dem Kerkermeister unter dem Arm hindurch und drückte dem Bärtigen die Hand. Von den anderen unbemerkt wechselten dabei ein paar Münzen den Besitzer. Der Kerkermeister packte Catalina an den Haaren und stieß sie in den Flur. Bevor die Tür ins Schloss krachte, hörte Catalina den Bärtigen noch einmal: »Wird schon noch, wird schon noch werden!« rufen. Und seine Stimme klang hoffnungsvoller denn je.
Der Kerkermeister führte sie hoch ins Erdgeschoss und sperrte sie dort in eine Zelle, von der ein winziges, vergittertes Fenster zur Plaza de Armas ging.
»Eine unserer Todeskandidatenzellen«, erklärte er ihr, ohne eine Miene zu verziehen. »Es soll dir doch nicht entgehen, welche Mühe wir uns geben, deine Hinrichtung festlich auszurichten.«
Er schob Catalina zu dem kleinen Fenster, von dem aus man direkt auf die Hinrichtungsstätte blicken konnte. Ameisengleich stoben dort die mit der Errichtung der Tribünen, Gerüste und der Scheiterhaufen beauftragten Männer mit Brettern, Sägen und Hämmern hin und her. Beim Anblick des Galgens wurde ihr eiskalt. Doch sie ließ sich nichts anmerken. Bevor der Kerkermeister ihre Zelle verließ, warf er ihr deshalb einen so enttäuschten Blick zu, dass Catalina beinahe lächeln musste.
Ihre neue Unterkunft war so winzig, dass kaum mehr als die steinerne Bank darin Platz fand, die als Bett diente. Darüber hinaus gab es nur noch den Latrineneimer und

einen dreibeinigen Holzschemel. Catalina blickte wieder aus dem Fenster und versuchte, nicht das Errichten des Galgens, sondern den strahlend blauen Himmel, die gleißend helle Sonne, die gigantischen Palmen und herrlich bunten Ponchos und Mützen der indianischen Arbeiter zu sehen. Genieße es, sagte sie sich. Lange wirst du dich nicht mehr an dem Anblick freuen können! Aber die Bilder riefen kein Echo in ihr hervor. Sie spürte nach wie vor nichts. Auch keine Angst. Sie lehnte ihre Stirn gegen das kühle Gitter.

Auch die nächsten Tage hämmerte und sägte es draußen weiter von Sonnenaufgang bis Sonnenuntergang, dann war alles aufgebaut und geschmückt. Vor dem Rathaus flatterten die Fahnen des Spanischen Königreichs und der heiligen Inquisition in edelster Eintracht, und auf den Balkonen waren für die höchsten Festgäste Baldachine aus feinstem Gold- und Silberbrokat angebracht worden. Nicht weniger prächtig war die große Tribüne mit ihren Logen und Rängen anzusehen. Vor den Logen standen drei Podeste. Eines war für die Relatoren bestimmt, welche die Urteile verlesen würden, das zweite für den jeweiligen Angeklagten und das dritte für den Bischof, der die Predigt halten und das Autodafé ausrufen würde. Mit dem Sonnenaufgang strömten die ersten Händler und Schaulustigen herbei. Verkaufsstände wurden aufgebaut, Schießbuden und Angelspiele, alles unter den strengen Blicken der überall gegenwärtigen Hellebardisten, die den reibungslosen Ablauf des Festes und der Hinrichtungen sicherzustellen hatten.
Das Eintreten des Kerkermeisters riss Catalina aus ihren Betrachtungen. Zur Feier des Tages hatte er einen frisch

gewaschenen Wams und ein paar ansehnliche Gamaschenhosen angelegt und stellte Catalina ihr Frühstück mit einer gewissen Feierlichkeit auf das steinerne Bett. Als Catalina sich wieder zum Fenster drehte, trat er zu ihr und berührte sie am Arm.

»Komm, iss! Sind Eier auf deinem Teller und Bohnen und Speck und Wein aus der Heimat. Hat meine Frau gemacht, weil ich ihr gesagt habe, dass du noch so jung und trotzdem so tapfer bist.«

Catalina sah ihn an. Zum ersten Mal hatte der Mann eine menschliche Regung gezeigt. Als er ihr noch einmal zunickte, setzte sie sich und aß ihm zuliebe wenigstens ein paar Bissen.

Schon eine Stunde später kam der Kerkermeister wieder, um sie zur Beichte abzuholen.

»Komm, beeil dich! Fray Domingo wartet nicht gern.«

Catalina hob abwehrend die Hände.

»Aber Junge!«, rief er entsetzt. »Du musst doch beichten, bevor du vor den Herrn trittst. Willst du denn bis in die Ewigkeit in der Hölle schmoren?«

Doch Catalina wollte nicht mitkommen, obwohl sie sehr wohl einiges auf dem Herzen hatte, um das sie gern um Vergebung gebeten hätte. Aber ihre schlimmste Sünde – die ihrer Verkleidung – hätte sie ohnehin nicht zu gestehen gewagt, weil sie viel zu viel Angst hatte, doch noch auf einem der Scheiterhaufen da draußen zu enden. Ohne dieses Geständnis wäre ihre ganze Beichte ohne Wert gewesen. Und so wollte sie ihre letzten Stunden lieber alleine verbringen.

Der Kerkermeister versuchte noch eine ganze Weile, Catalina umzustimmen, bis er einsehen musste, dass er gegen ihren Starrsinn nicht ankam. Mit verdrossener Miene

nahm er den kaum geleerten Blechteller und ging. Im gleichen Moment hörte Catalina draußen das Klappern von Hufen und Rattern von Kutschenrädern. Sie warf einen Blick hinaus und sah, dass die ersten Festgäste der höheren Gesellschaft eintrafen. Galant reichten prächtig gekleidete Herren den Damen die Hand, halfen ihnen beim Aussteigen aus den Kutschen und geleiteten sie zur Tribüne.
»Mein Gott, jetzt ist es so weit«, murmelte Catalina und fasste sich an den Hals.

Catalina hatte den Eindruck, dass nur wenige Minuten vergangen waren, als der Kerkermeister schon wieder zurückkam. Sie hatte den Mund schon geöffnet, um ihm zu sagen, dass sie ihre Meinung bezüglich der Beichte nicht geändert habe, als sie den leinenen Sanbenito bemerkte, den er in der Hand hielt.
»Hier, zieh an«, brummte er und reichte ihr den mit den Teufelsköpfen und Flammen bemalten Kittel der Ketzer. »Und beeil dich! Gleich geht es los.«
Entsetzt wich Catalina zurück. Bislang war sie davon ausgegangen, dass ihr dieses Schandkleid erspart bleiben würde, da sie ja nicht auf den Scheiterhaufen kam.
»Nun komm, mach schon!« Ungeduldig fuchtelte der Kerkermeister mit dem Kittel vor ihr herum. »Die letzten Tage hast du mir doch auch keinen Ärger gemacht, fang jetzt nicht noch damit an!«
Catalina drückte sich in die Ecke. Zu oft hatte sie sich in ihren Albträumen schon in diesem Kittel in Flammen aufgehen sehen. Nein, um nichts in der Welt würde sie ihn anlegen. Der Kerkermeister drückte Catalina gegen die Wand und versuchte, ihr den Kittel mit Gewalt überzu-

ziehen, doch Catalina entwand ihm immer wieder die Arme und hielt sie schützend über den Kopf.

»Nein, nein, bitte nicht«, flehte sie.

Da öffnete sich die Türe wieder, ein Dominikanerpater trat ein und warf einen erstaunten Blick auf das Gerangel zwischen dem Kerkermeister und dem Gefangenen. Er herrschte den Kerkermeister an, ihm den Sanbenito zu geben.

»Der ist doch nicht für den Kerl, du Esel!«, fuhr er ihn an. »Der wird doch nur aufgehängt!« Er entriss ihm den Sanbenito und schritt davon. Für einen Moment wirkte der Kerkermeister verwirrt, dann hellten sich seine dümmlichen Züge auf und er schlug sich gegen die Stirn. »Stimmt ja, die Dinger sind ja nur für diejenigen, die auf den Scheiterhaufen müssen.«

Er packte Catalina am Arm und zog sie mit sich.

24

Catalina war die Erste der Verurteilten, die nach draußen geführt wurde. Als der Kerkermeister sie vor dem Gefängnis zwei ganz in Schwarz gekleideten Gehilfen des Henkers übergab, schwoll in der wartenden Menge ein erwartungsvolles Johlen und Pfeifen an. Endlich ging es los! Nach Catalina wurden noch zwei andere zum Strang Verurteilte und schließlich auch die Verurteilten der Inquisition herausgeführt.

Catalina drehte sich zu ihnen um und sah vier Männer und eine Frau. Alle trugen den ärmellosen Sanbenito über ihren Kleidern und hohe Kappen auf dem Kopf, auf denen ebenfalls Flammen und Teufelsfratzen zu sehen waren. Die Augen des Mannes, der ganz vorn neben der Frau stand, blickten mit solchem Entsetzen auf die Scheiterhaufen, dass Catalina ihren Blick abwenden musste. Sehr viel gefasster wirkte die Frau. Sie nahm die Hand des Mannes, als wolle sie sagen: Alles wird gut! Auch die anderen drei Männer blickten ihrem Schicksal gefasst entgegen; ihren abgezehrten Körpern und eingefallenen Wangen war allerdings anzusehen, dass sie in den letzten Wochen so viel über sich hatten ergehen lassen müssen, dass ihnen das Ende nun möglicherweise als Gnade erschien.

Die Hellebardisten eskortierten die Verurteilten durch die johlende Menge zu den Tribünen. Den Ketzern wurden Schmähreden zugerufen, manch einer bespuckte sie auch.

Als sie an dem für sie vorgesehenen Podest angekommen und aufgestellt worden waren, hob der Bischof die Hand, um die Menge zum Schweigen zu bringen, doch die Leute waren wie von Sinnen. Einer der Relatoren erhob sich und gab den Hellebardisten Anweisung, ein paar Störenfriede vom Platz schaffen. Hernach war es so still, dass endlich auch noch der hinterste Mann auf dem Platz die mahnenden Worte des Bischofs vernehmen konnte. Anschließend nahm der Relator den Noblen und dem Volk den Schwur ab, die heilige Inquisition und ihre Vertreter zu schützen. »Wollt Ihr dies tun und koste es Euch auch das Leben?«

Die Menge antwortete im Chor mit einem gewaltig aufschallenden »Amen!«.

Wieder wurde es still. Der Relator verlas die Anklagen und Urteile. Zwei der Männer waren der Ausübung des Judentums angeklagt, einer der Sodomie, das Pärchen der Hexerei. Unter dem Jubel der Menge führten die Hellebardisten die fünf zu ihren Scheiterhaufen. Dort legten sich die drei angeblichen Ketzer und die Frau auf vorbereitete Leitern, ihr Mann musste von einem Hellebardisten darauf gestoßen werden. Der Henker ging an den Leitern entlang und korrigierte ihre Lage: »Rückt noch weiter hoch, nach unten brauche ich mindestens drei Fuß Abstand! Hier, hier sollen die Füße hin!«

Die Verurteilten gehorchten, doch plötzlich sprang der eine Mann wieder auf, lief zu seiner Frau und presste sich schluchzend an sie. Die Hellebardisten warfen ihn zurück auf seine Leiter.

»Im Himmel sehen wir uns wieder«, kreischte der Mann, während sie ihn niederzwangen. »Im Himmel sehen wir uns wieder!«

Da drückte der Henker selbst den sich immer wieder aufbäumenden Mann gegen die Leiter und wies seine Helfer an, ihn mit einem Strick um Brust und Beine festzuzurren.

»Und zieht den Strick ja fest genug zu, vor allem über dem Brustkorb. Das fehlte noch, dass mir nachher einer im Feuer wegrutscht und mir das ganze schöne Bild versaut oder gar wegzulaufen versucht!«

Als sie ihre Arbeit beendet hatten und auch die anderen Verurteilten angebunden waren, überzeugte sich der Henker noch einmal persönlich, dass alle Stricke fest genug saßen.

Dann wies er seine Helfer an, die Leitern mit den Ketzern an die Holzpfähle ihres jeweiligen Scheiterhaufens zu lehnen. Er war erst zufrieden, als alle Ketzer auf gleicher Höhe über den Scheiterhaufen standen. Endlich wandte er sich mit einer tiefen Verbeugung zum Bischof: »Eminenz, wir können beginnen!«

Der wegen Hexerei verurteilte Mann fing an, wie besessen zu brüllen. »Wir sind unschuldig!«, schrie er. »Ihr dürft das nicht tun, ihr versündigt euch!«

Ein Schlag gegen den Kopf mit dem Luntenstock brachte ihn zum Schweigen.

Derweil wurde es unter den Zuschauern wieder unruhig. Allzu viel Zeit hatten die Vorbereitungen, Predigten, Ermahnungen und Urteilsverlesungen nun schon in Anspruch genommen; jetzt wollte man endlich zu sehen bekommen, wofür man hergekommen war. Erste Rufe wurden laut.

»Feuer, Feuer, steckt die Missgeburten endlich an!«, erklang es aus dem Publikum.

»Die Hexe zuerst!«, schrie ein anderer und blickte schadenfroh auf deren Mann. Und wirklich heulte dieser sofort auf. »So verschont doch meine Frau! So verschont doch wenigstens meine Frau!«

Catalina war wie erstarrt. Sie war sicher gewesen, dass die Verbrennungen erst nach ihrer Hinrichtung durchgeführt würden. Dem zuzusehen … Nein, das würde sie nicht ertragen.

Sie überlegte, ob die Hellebardisten sie wohl erschießen würden, wenn sie versuchte wegzulaufen, und machte einen hoffnungsvollen Schritt nach vorn – doch die Wachleute packten sie sofort am Arm, und der eine stieß ihr so hart mit dem Kolben seiner Muskete in die Niere, dass sie vor Schmerz in die Knie ging.

»Gott unser Herr sei eurer sündigen Seele gnädig!«, hörte Catalina den Bischof mit lauter Stimme rufen, danach stimmte er das Vaterunser an: »Pater noster qui es in caelis …«

Mit seinem Amen zugleich schwoll in der Menge Jubel an. Er gab dem Henker den Befehl, mit der Vollstreckung zu beginnen, und setzte sich erwartungsvoll auf seinen mit rotem Samt bezogenen Stuhl.

Der Henker winkte seine Helfer herbei, verteilte brennende Lunten und wies jedem einen Scheiterhaufen zu.

»Bei drei senkt ihr die Lunte!«, rief er ihnen zu und begann zu zählen: »Eins, zwei und drei!«

Die Lunten sanken zu dem strohtrockenen Reisig am unteren Rand des Scheiterhaufens. Sofort begann es zu knistern, erste Flämmchen zündeten auf und fraßen sich an die Füße der Verurteilten heran. Während die anderen ihre Augen schlossen, begann der der Hexerei Beschuldigte erneut zu schreien. In wilder Verzweiflung versuchte

er seine Füße hochzuziehen, drehte und wendete sich dabei immer erbärmlicher, flehte und schluchzte, weinte und schrie und löste damit in der Menge begeistertes Gelächter und in Catalina Höllenqualen aus.
»Oh mein Gott«, betete sie. »So lass es doch vorübergehen, so lass es doch schon zu Ende sein!« Die Flammen erfassten das Fleisch der Verurteilten und entrissen ihnen so schreckliche Schmerzensschreie, dass auch noch den hartgesottensten Zuschauern das Lachen verging. Der entsetzliche Gestank des verbrennenden Fleisches mischte sich auf ekelhafte Weise mit dem Geruch von gebackenen Ölkringeln, so dass es Catalina übel wurde. Die Eier, die Bohnen und der Wein drangen ihr sauer in den Mund.
»Wag das bloß nicht!«, herrschte sie einer der Hellebardisten an.
Hastig presste Catalina die Hände auf den Mund, schluckte, doch Eier, Bohnen und Wein kamen wieder hoch und schossen zwischen ihren Fingern hindurch. Die Hellebardisten sprangen zur Seite und stießen Catalina mit den Mündungen ihrer Musketen weiter nach vorn, um dem säuerlichen Geruch ihres Erbrochenen zu entgehen. Als sie wieder zu den Ketzern sah, waren nur noch rot glühende Feuerbälle und Unmengen von Rauch zu erkennen.
Der Bischof wies auf sie und die beiden Männer.
»Nun sind sie an der Reihe!«
Catalinas Kopf fuhr zu ihm herum, dann zum Galgen, dann zu den Hellebardisten. Schlagartig kam die Angst …
Die Wachen stießen sie vor zu den Galgen, an deren Stufen sie die Helfer des Henkers erwarteten. Auf Catalina wartete ein kleiner, untersetzter Kerl mit schmierigem Haar. Mit eisernem Griff packte er sie am Arm und stieß

sie die Stufen hoch. Catalina warf einen Blick auf den Strick und blieb unwillkürlich stehen. Der Gehilfe zerrte sie weiter. Auf der letzten Stufe blieb Catalina wieder stehen; sie konnte nicht mehr weiter. Der Henkersknecht versetzte ihr einen Stoß, dann stand sie oben auf dem Podest, und der Strick baumelte vor ihrer Nase.

Der Henker trat auf sie zu, schob sie ein Stück zurück, legte ihr den Strick um den Hals und ging weiter zu den anderen Verurteilten. Der Verurteilte neben Catalina ließ es ruhig über sich ergehen, der Dritte wehrte sich so heftig, dass zwei Hellebardisten hinzukommen mussten, um ihn zu bändigen. Schließlich hatte auch jener seinen Strick um den Hals, und der Henker blickte zum Bischof, um seinen letzten Befehl abzuwarten.

Catalina schloss die Augen und dachte an ihre Mutter, an Schwester Euralia, an Ainoa, an Tao Te Chen und an ihren armen Bruder. Da erklang das Hufgeklapper eines heranjagenden Pferdes.

»Halt, wartet!«, schrie ein Mann. »Das dürft Ihr nicht tun, so wartet doch!«

Catalina kannte die Stimme. Keine liebte sie mehr. Ungläubig riss sie die Augen auf.

»Schafft den Kerl weg!« Mit Donnerstimme wies der Bischof zwei Hellebardisten an, den Störenfried vom Platz zu schaffen, doch Mikel übertönte ihn: »Aber Ihr müsst warten, Ihr vergeht euch! Der eine hier …«, er wedelte mit einer Pergamentrolle. »Der eine ist begnadigt!«

Der Bischof ließ sich von den Hellebardisten die Rolle bringen. Catalina sah zu Mikel. Sein Blick traf sie ins Herz.

Der Bischof brach das Siegel der Pergamentrolle, las, hob erstaunt die Augenbrauen und reichte die Rolle dem

Relator. Auch dieser stutzte, und der weltliche Richter, den sie nun hinzuriefen, wirkte empört.
Catalina sah, wie er immer wieder den Kopf schüttelte, der Relator ihm beipflichtete, der Bischof aber zögernd den Kopf hin- und herwog und schließlich den Henker holen ließ. Als dieser die Treppe des Hinrichtungsplatzes hinunterlief, begann der Verurteilte, der sich zuvor so verzweifelt gegen das Umlegen des Stricks gewehrt hatte, zu schluchzen. »So lasst mich gehen, oh mein Gott, so lasst mich doch gehen! Das Ganze ist nichts als ein Missverständnis!«
Der Mann neben Catalina schnaubte auf. »Wen die in ihren Klauen haben, lassen sie nicht wieder los.«
Catalina sah zu ihm.
»Nee, auch dich nicht, Bürschchen«, knurrte der Mann. »Auch dich nicht!«
Die Schadenfreude und Gehässigkeit in seiner Stimme ließen Catalina erschauern. Währenddessen breitete sich unter den Zuschauern Unruhe aus und auch auf der Tribüne begann man zu murren.
»Sie sollen hängen!«, schrie einer aus den oberen Rängen.
»Ja, hängt sie, hängt sie!«, echote es erst leise, dann zunehmend mutiger von immer mehr Seiten. Die Menschen hatten sich auf das Schauspiel gefreut, waren teilweise von weither dafür angereist, nun wollten sie sich nichts davon nehmen lassen. Der Richter blickte sich um und redete mit immer heftigeren Gesten auf den Bischof ein. Man sah ihm an, dass er keine Lust hatte, sich den Unwillen dieser Massen zuzuziehen. Der Bischof winkte Mikel zu sich, fragte ihn etwas und gab dem Henker danach einen Befehl. Augenblicklich lief dieser zurück zum Richtplatz,

ging auf Catalina zu, nahm ihr den Strick vom Hals und zerrte sie zum Bischof.
Der Bischof bedeutete Mikel, mit Catalina zu verschwinden. »Und beeil dich!«
Als die Menge sah, dass Mikel den Verurteilten zu seinem Pferd führte, schwoll grimmiger Protest an. »He, was tut der da? Der Verurteilte gehört uns! Was fällt dem ein?«
Ein bulliger Kerl ging auf Mikel zu. »Finger weg von dem Verurteilten! Der Kerl gehört uns! Er soll hängen!«
Schnell zog Mikel Catalina weiter. Sie senkte ihren Blick. Die entrüsteten Schreie, die fuchtelnden Hände, die zornigen Blicke – eine Woge der Empörung schwappte über sie und machte ihr mehr Angst als der Strick, den sie eben noch um den Hals gehabt hatte. Oh nein, das hatte es hier noch nie gegeben, dass man ihnen einen Verurteilten einfach wieder entriss, und noch dazu den, der den Verlobten der Tochter des Bürgermeisters auf dem Gewissen hatte!
Endlich hatten sie das Pferd erreicht. Schnell schwang sich Mikel in den Sattel, half Catalina vor sich aufs Pferd und gab seiner Stute die Sporen. Die Leute direkt vor ihnen sprangen beiseite, weiter vorne aber stellten sich ihnen ein paar Mutigere in den Weg. Mikel blieb nichts anderes übrig, als sein Pferd wieder zu zügeln. Hände griffen nach Catalinas Beinen und Armen und zerrten an ihr. Schreie gellten ihr in den Ohren. »An den Galgen, an den Galgen mit dir!«
Ein Mann packte Catalina so fest, dass sie vom Sattel zu rutschen drohte. Mikel hob seine Reitpeitsche und hieb sie dem Kerl ins Gesicht. Der griff sich an die gespaltene Wange und brüllte vor Schmerz.
»Du verdammter Scheißkerl!«, schrie er Mikel hinterher. »Das wirst du mir büßen!« Die Männer um ihm herum

kamen in Bewegung und rannten ihnen nach. »Los, wir schnappen sie uns alle beide!«

Da schob sich eine Formation Hellebardisten durch die Menge. Sie hoben ihre Schilde und versuchten, eine Gasse für Mikels Pferd zu schaffen, doch dann hängten sich vier Männer gleichzeitig an Mikel und Catalina. Einer der Hellebardisten hob seine Muskete und schoss in die Luft. Für den Moment waren Mikel und Catalina frei. Mikel gab seinem Pferd die Sporen.

»Lauf, los, lauf wie noch nie in deinem Leben!«, feuerte er das brave Tier an: Sein Pferd galoppierte davon, als hätte es ihn verstanden.

25

Erst als sie weit außerhalb der Stadt waren, ließ Mikel sein Pferd in den Trab zurückfallen. Immer noch wandte er sich regelmäßig um und hielt nach Verfolgern Ausschau. Catalina selbst wagte nicht, ihren Blick zu wenden. Sie wollte nicht Mikels Augen begegnen. Es gab so vieles, was jetzt zwischen ihnen hätte gesagt werden müssen – aber seit sie Cuzco hinter sich gelassen hatten, schwieg Mikel, und sie traute sich nicht, das Wort zu ergreifen.

Als sie weitere zwei Meilen zwischen sich und die Stadt gebracht hatten, gelangten sie an eine Lichtung. Mikel half Catalina beim Absteigen, sprang selbst ab, warf ihr die Zügel zu und ging in eine Höhle. Beim Hinauskommen zog er Catalinas Tiere hinter sich her. Als Catalina ihr treues Maultier und das brave Lama sah, lächelte sie vor Freude zum ersten Mal seit langer Zeit.

»In den Satteltaschen stecken Proviant und ein Degen«, brummte Mikel und blickte ihr zum ersten Mal, seit er sie unter dem Galgen gesehen hatte, wieder in die Augen. Sein Blick war so scheu, dass Catalina gleich wieder zu Boden sehen musste. Sie verstand nicht, warum alles so hatte kommen müssen.

»Du siehst besser zu, dass du rasch weiterkommst«, fuhr Mikel fort. »Der Pöbel wird kein Erbarmen mir dir haben, wenn er dich findet.« Er räusperte sich und reichte ihr die Zügel ihrer Tiere. Catalina gab ihm dafür die seiner

Stute, nahm all ihren Mut zusammen und sah zu ihm auf. »Wie kann ich das je wieder gutmachen?«

»Versuch einfach, Schwierigkeiten für eine Weile aus dem Weg zu gehen!« Mikel lächelte. Es war ein recht schiefes, unbeholfenes Lächeln, das Catalina tief berührte.

»Wie hast du mich da eigentlich rausbekommen?«, fragte sie noch.

Mikel hob die Achseln. »Noch nie etwas davon gehört, dass man in Peru für Geld so ziemlich alles haben kann?«

Obwohl Catalina wusste, dass die Zeit drängte, konnte sie sich nicht dazu durchringen loszureiten. Sie fragte sich, was Mikel nun tun würde. Schließlich würde auch er nicht in Cuzco bleiben können. Mikel erwiderte stumm ihren Blick. Das Maultier stieß Catalina in den Rücken. Sie drehte sich zu ihm um und rubbelte ihm mit den Fingerknöcheln über das Fell zwischen den Ohren. Vor Wonne schloss es die Augen.

»Wir ... wir machen uns jetzt besser auf den Weg«, murmelte Catalina. Mikel brummelte »Viel Glück!«, ging zu seinem Pferd und zupfte ihm ein paar Blätter aus der Mähne, die es sich bei dem rasanten Ritt durch den Wald eingefangen hatte. Catalina unterdrückte einen Seufzer und schwang sich in den Sattel. »Auch dir viel Glück!«

Da Mikel seine Pflückarbeit stoisch fortsetzte, stieß sie dem Maultier die Fersen in die Flanken. Das Tier marschierte an Mikel vorbei. Mehrmals war Catalina versucht, den Kopf zu ihm umzuwenden, unterließ es jedoch, als könne es Unglück bringen.

In den nächsten Wochen ritt Catalina stur Richtung Westen. Sie wollte nach Lima. Nicht nur Mikel hatte ihr von der Stadt des Vizekönigs vorgeschwärmt. Lima hatte ein angenehmes Klima, lag inmitten fruchtbaren Ackerlands und überdies am Ufer eines breiten Stroms, der in Callao, in einer Entfernung von nur zwei Leguas, ins Meer mündete. Nach dem Meer sehnte sich Catalina ganz besonders.

Als sie den Hafen von Callao erreichte, trudelten dort gerade die letzten Fischerkähne ein. Der würzige Geruch des Ozeans und das geschäftige Treiben auf den Booten erinnerten Catalina an ihre Zeit auf See. Sie musste an Tao Te Chen denken. Wie viel hätte sie darum gegeben, ihn einmal wiederzusehen!

Während die Fischer ihren Fang auf zweirädrige Karren verluden und hinüber zum Fischmarkt schoben, lief Catalina zum hinteren Hafenbecken weiter. Prächtige Galeonen wiegten sich dort mit eingeholten Segeln an der Kaimauer und schwer beladene Schaluppen pendelten zwischen weiter draußen liegenden Schiffen und der Küste hin und her. Catalina wusste, dass hier nahezu alles umgesetzt wurde: Gold und Kerzentalg, Schießpulver und Brokatstoffe, selbst Vizekönige und Negersklaven kamen hier in Callao an. Es war der größte Umschlagplatz des Vizekönigreichs Peru und wurde entsprechend stark bewacht. Am Kai kontrollierten bewaffnete Zollbeamte den beständigen Strom der ein- und auslaufenden Waren, weiter hinten zogen sich hohe Kasernenbauten am Ufer entlang. Ihre auf Hochglanz polierten Kanonen erweckten den Eindruck, dass man für Angriffe bestens gewappnet war.

Als Catalina sich mit ihren Tieren einen Weg bahnen wollte, stolperte sie über einen Fuß, der zwischen zum Verladen bereitstehenden Fässern herausragte. Erbost wollte sie den vermeintlichen Betrunkenen zusammenstauchen, da sah sie, dass der Fuß einer Frau mittleren Alters gehörte, die einen so jämmerlichen Anblick bot, dass Catalina ihre Worte im Halse stecken blieben. Bleich hockte sie in ihrem Eckchen, zerkrümelte altbackenes Brot zwischen den Fingern und sah zu, wie es auf ihren fadenscheinigen Rock rieselte. Erst auf den zweiten Blick bemerkte Catalina den Sanbenito, den sie über ihren Lumpen trug. Catalina hatte schon davon gehört, dass die heilige Inquisition nicht alle Sünder zum ihre Seele reinigenden Tod auf den Scheiterhaufen schickte, sondern sich manchmal auch gnädig zeigte und den Ketzer nur zum lebenslangen Tragen des Sanbenitos verurteilte. Der Anblick dieser Frau führte Catalina vor Augen, dass auch dies eine unmenschliche Strafe war. Natürlich würde niemand dieser Sünderin in ihrem Büßerhemd eine Arbeit geben, und die Schande, mit ihr in einem Haus zu leben, wollte auch niemand auf sich nehmen. Betteln war das Einzige, was dieser armen Kreatur blieb, und ihrem hohlwangigen Gesicht war anzusehen, dass sich nicht allzu oft jemand fand, der genug Mitleid mit ihr hatte, um ein paar Münzen für sie fallen zu lassen. Catalina war bewusst, dass auch sie hier so sitzen könnte – dann nämlich, wenn sie im Gefängnis in Cuzco als Frau erkannt worden wäre und einen »milden« Richter gefunden hätte. Catalina strich sich über die Stirn.

Da torkelten drei Matrosen um die Ecke. Verfilzte Bärte umwucherten ihre derben Gesichter; grölend ließen sie eine Flasche Rum herumgehen. Catalina wich zur Seite. Bloß keinen Ärger mit denen!, dachte sie. Sie liefen an ihr vorbei, doch drei Schritte weiter stolperte einer von ihnen ebenfalls über den Fuß der Frau im Sanbenito. Es war ein mächtiger Kerl mit einem wabbeligen Bauch, der wie

Hefeteig zwischen seinem allzu kurzen Hemd und dem Bund der Hose hervorquoll.
»Verdammter Scheißkerl!«, lallte er, erkannte im nächsten Moment, dass der »Kerl« eine Frau war, und ging noch einen Schritt weiter auf sie zu. Catalina sah, wie die Augen der Frau erstarrten und ihre Finger das Brot immer schneller zermahlten.
»Mein Gott, lass ihn weitergehen«, flehte Catalina stumm, doch statt seinen Weg fortzusetzen, rief der Feiste seine Kumpane herbei. »He, guckt mal, was hier liegt!«
Sie torkelten zu ihm und grinsten, als sie die Frau sahen. Der Feiste trat ihr mit dem Stiefel in die Seite. »Na, wie wär's, Vogelscheuche? Würde auch ein Abendessen für dich rausspringen!«
»So einer brauchst du doch kein Abendessen zu spendieren!« Sein Freund, ein kleiner Drahtiger, tippte sich an die Stirn. »So eine nimmt man sich einfach.« Er lachte und riss die Frau hoch. Im nächsten Moment brach sie wimmernd in sich zusammen. Die Männer lachten. »Wenn wir erst einmal mit dir angefangen haben, werden noch andere Töne aus dir rauskommen!«
»Jetzt lasst sie schon in Ruhe!«, rief Catalina. »Ihr seht doch, dass es ihr nicht gut geht. Hinten im Hafen gibt es Hurenhäuser, holt euch da, was ihr braucht!«
»Halt's Maul, Kerlchen, sonst nehmen wir dich zum Nachtisch«, zischte der Feiste sie an und nestelte an seinem Gürtel. »Los, wir nehmen die Metze gleich hier. Ist doch ganz gemütlich, dieses Eckchen!«
Das Wimmern der Frau wurde lauter. Catalina starrte entsetzt zwischen ihr und den Männern hin und her und beschloss zu verschwinden, aber als sie einen Schritt zurücktrat, stieß sie gegen ihr Maultier. Das störrische Tier

wich keinen Millimeter. Während der kleine Drahtige die Frau gegen eines der Fässer presste, drehte sie sich zu ihrem Maultier um. »Nun beweg dich schon!«, zischte sie und drückte an ihm herum. Da schrie die Frau auf. Ein jämmerlicher Schrei. Catalina sah wieder zu ihr. Der Feiste hatte inzwischen die Hose heruntergelassen, und seine Kumpane drückten die Frau zu Boden. Sie wehrte sich nicht, schlaff lag sie da, und wenn nicht weiter dieses Wimmern aus ihr gedrungen wäre, hätte man sie für tot halten können. Catalinas Hand fuhr unwillkürlich zu ihrem Degen. Mit der gezückten Waffe ging sie auf den Mann mit der heruntergelassenen Hose zu. »Pack dich ein und verschwinde!«, knurrte sie ihn an.

»Verpiss du dich lieber, Kleiner!« Der Feiste bleckte seine letzten fünf Zähne. »Ich habe dich gewarnt!«

Catalina setzte ihm den Degen auf die Brust. »Hörst du nicht, was ich sage? Du sollst verschwinden!«

Als er noch immer nicht reagierte, schnitt Catalina ihm die Bänder seines Hemdes auf. »Als Nächstes schneide ich dir etwas anderes ab!«

Mit einem wütenden Aufschrei riss der Kerl seine Hose hoch und hielt dann selbst einen Degen in der Hand. Catalina sprang zurück und sah nun auch die Degen der beiden anderen Matrosen vor sich aufblitzen. Seite an Seite gingen sie auf Catalina los. Catalina wich zurück und sah aus den Augenwinkeln, wie die Frau ihr Kleid und ihren Sanbenito herunterzog und davonlief.

Diese kurze Unaufmerksamkeit nutzte ihr Gegner, und sie konnte der Klinge des Feisten gerade noch so ausweichen, dass er sie nur am Arm erwischte. Ein heißer Schmerz durchfuhr sie, doch den nächsten Schlag des Feisten wehrte sie sicher ab, den des Drahtigen ebenso, machte hernach eine Pirouette und konnte dem Dritten den Degen aus der Hand schlagen und eine tiefe Stichwunde im Bein versetzen. Vor Schmerz aufbrüllend fiel er auf die Knie, während Catalina schon wieder die Degen mit den beiden anderen kreuzte und sich wunderte, wie nüchtern sie auf einmal waren.

Immer wieder entging Catalina ihren blitzenden Klingen nur knapp und fluchte, weil sie zwischen den Fässern nicht genug Platz hatte, um sich richtig zur Wehr zu setzen. Endlich hatte ihr Maultier ein Einsehen, wich zurück und gab Catalina damit den nötigen Freiraum. Mit einer schnellen Folge von Hieben und Stößen drängte sie die beiden Matrosen aus der Ecke heraus auf den freien Platz und wirbelte so flink vor ihnen herum, dass eine Fliege im Flug kaum schwerer als sie zu erwischen gewesen wäre.

»Verdammter kleiner Mistkerl!«, zischte der Feiste, als Catalina ihm wieder eine Schramme zufügte, hielt seinen Degen wie einen Rammbock vor sich und schoss auf sie zu, doch ebenso wie sein Freund verfehlte er sie und hatte sie daraufhin im Rücken. Bis die beiden sich wieder umgedreht hatten, stand Catalina dicht vor dem Drahtigen, zwang ihn mit zwei gut gesetzten Hieben zurückzuweichen, und als sie ihm einen dritten Hieb versetzte, musste er erneut zurückspringen – und fiel vom Kai ins Wasser hinein. Jetzt blieb Catalina nur noch der Feiste, der trotz seiner Korpulenz der beste Fechter der drei war. Catalina versuchte, auch ihn zum Rand des Kais zu treiben, doch der Kerl wich ihr immer wieder aus und drängte sie zurück zu den Fässern. Mehr als einmal konnte Catalina seinen gut gezielten Hieben nur knapp entgehen. Sie umkreisten einander, ohne sich aus den Augen zu lassen, und suchten den richtigen Moment, um anzugreifen.

»Ich erwische dich ja doch!«, zischte der riesige Kerl mit hochrotem Gesicht. »Und dann mache ich Hackfleisch aus dir.«
Catalina schoss vor und hielt mit ihrer Klinge auf seinen Bauch zu, doch auf den letzten Metern rutschte sie auf einem Fisch aus. Mit rudernden Armen versuchte sie vergeblich, ihr Gleichgewicht wiederzufinden. Hart schlug sie aufs Pflaster. Der Feiste stieß nach ihrem Hals, doch Catalina rollte zur Seite weg; die Klinge verfehlte sie nur um Millimeter. Ehe er erneut auf sie niederstoßen konnte, war sie wieder auf den Füßen und hieb auf ihn ein. Sie traf ihn am Bein, ohne ihn ernstlich zu schwächen. Als sein Degen erneut auf sie niederfuhr, gelang ihr es, ihn mit so viel Kraft zu kreuzen, dass ihm der Degen aus der Hand flog, und in der nächsten Sekunde bohrte sie ihm die Spitze ihres Degens gegen den Hals. Der Matrose winselte um Gnade.
»Du solltest sie ihm gewähren«, hörte Catalina jemanden hinter sich sagen. Sie fuhr herum und erblickte einen hochgewachsenen Mann in Uniform. Nicht schon wieder, dachte Catalina, nicht schon wieder ins Gefängnis!, und ließ mit einem entnervten Seufzer den Degen sinken.
Der Matrose war schneller davongelaufen, als Catalina bis drei zählen konnte. Ergeben blickte sie zu dem Uniformierten, reichte ihm ihren Degen und nickte ihm zu. »Ihr braucht mich nicht zu fesseln. Ich komme auch so mit.«
»Ach ja?« Der Mann zwirbelte mit amüsiertem Lächeln seinen gepflegten Schnurrbart. »Und wenn du mir jetzt noch verrätst, wohin du mitkommst …«
»Na, ins Gefängnis, wohin sonst?« Catalina blickte ihn erstaunt an.
Der Mann lachte auf. »Wenn wir in Lima jeden Mann

festnehmen wollten, der sich zu einem kleinen Kämpfchen hinreißen lässt, müssten wir alle paar Monate ein neues Gefängnis bauen. Du hast dem Kerl und seinen Freunden doch nur gegeben, was sie verdient haben.«

Catalina wunderte sich. So lange hatte er ihnen zugesehen, ohne einzugreifen? Sie musterte ihn. Seine Uniform war aus bestem Tuch, die Orden an seinem Revers zeugten von höchsten Verdiensten, seine Augen verrieten Verstand und Güte, aber auch Kompromisslosigkeit.

»Mein Name ist Diego Menendez Fortera«, stellte er sich vor. »Mir untersteht die Leibgarde des Vizekönigs, unseres hochverehrten Juan de Mendoza de Luna, und ich bin immer auf der Suche nach fähigen Männern. Du bist ein hervorragender Fechter. Wie sieht es aus? Hättest du nicht Lust, bei der Leibgarde anzufangen?«

Ungläubig sah Catalina zu ihm auf. »Ich soll … Ihr wollt mich für die Leibgarde … des Vizekönigs?«

»Du brauchst nur mit in mein Büro zu kommen. Dann machen wir gleich alles perfekt.«

Diesen Vorschlag brauchte er Catalina nicht noch einmal zu machen.

In den nächsten Wochen ging es Catalina so gut wie lange nicht mehr.

Ihrer hohen Stellung angemessen schlief sie nicht in einer Massenunterkunft, sondern teilte ihr Zimmer mit nur drei anderen Soldaten und freute sich an einem weich gepolsterten Bett. Nicht minder genoss Catalina das gute Essen. Nach einem üppigen Frühstück gab es mittags ein Drei-Gänge-Menü und auch abends servierte der Koch stets ein warmes Gericht.

Die Arbeit gefiel ihr ebenfalls. Mehrere Stunden am Tag

wurde sie mit anderen kürzlich angeworbenen Soldaten ausgebildet. Fecht- und Reitstunden standen dabei ebenso auf dem Programm wie Schieß- und Kletterübungen; nachmittags hatte sie meist im Palast Wache zu halten. Für wichtigere Aufgaben wurden schon länger dienende Leibgardisten abgestellt.

Wenn es nach Catalina gegangen wäre, hätte ihr Leben ewig so weitergehen können, doch dann erspähte sie eines Sonntagnachmittags auf der Plaza Mayor einen braunen Lockenkopf, und als sie hernach auch noch die geliebten grünen Augen sah, war es um ihre innere Ruhe geschehen.

Catalina freute sich nicht, Mikel wiederzusehen, und sie lief auch nicht zu ihm, sondern verbarg sich hinter ein paar Passanten und stahl sich hinter deren Rücken vom Platz.

Erst als sie auf ihrem Bett saß und sich ihr Atem allmählich normalisierte, fragte sie sich, warum sie solche Angst davor hatte, Mikel unter die Augen zu treten. Immerhin hatte er sie vor dem Galgen gerettet, und ihr Abschied war freundschaftlich gewesen. Ihr wurde bewusst, dass sie nicht vor Mikel Angst hatte, sondern vor sich selbst. Sie fürchtete sich vor ihren Gefühlen für ihn.

In den nächsten Tagen ging Catalina nur in die Stadt, wenn sie es nicht vermeiden konnte, und war stets darauf bedacht, Mikel nicht erneut über den Weg zu laufen. Tatsächlich vergingen Wochen, ohne dass Catalina Mikel wiedersah, was sie vermuten ließ, dass er die Stadt wieder verlassen hatte, doch als sie eines Abends in eine Taverne ging, stand er auf einmal vor ihr. Im ersten Moment starrte er sie ebenso erschrocken an wie sie ihn, dann räusperte er sich und nickte ihr zu.

»War ja klar, dass wir uns hier irgendwann über den Weg laufen mussten …«

Catalina sah ihn verwundert an. »Wusstest du denn, dass ich hier bin?«

Mikel hob die Achseln. »Wo hättest du sonst hingehen sollen? Und auch ich … In Lima findet man eben immer sein Auskommen. Als ich das letzte Mal hier war, habe ich ja auch gleich eine Arbeit gefunden. Und du hast gewusst, wie gut es mir hier gefallen hat …«

Catalina fragte sich, ob er vielleicht nach Lima gekommen war, weil er sie hier wiederzufinden gehofft hatte, doch angesichts seiner Zurückhaltung war das wenig wahrscheinlich. »Kann ich dich auf ein Bier einladen?«

»Klar, warum nicht.«

Mikel ging mit ihr zum Tresen. Von einem Schluck Bier zum nächsten tauten sie auf. Mikel erzählte, dass auch er ohne Schwierigkeiten über die Berge gekommen und wieder bei der Armee gelandet sei. Als er hörte, dass Catalina bei der Leibgarde untergekommen war, pfiff er anerkennend. Dann wurde Mikel verlegen.

»Du, Francisco …«, setzte er an, verstummte wieder und streckte Catalina schließlich die Hand hin. »Ich … ich wollte es dir schon damals sagen, als wir aus Cuzco weg sind. Wegen unseres Streits … Ich möchte mich bei dir entschuldigen und würde unseren Streit gern vergessen. Ich habe mich wie ein Trottel aufgeführt!«

Catalina sah ihn ungläubig an. Erst als Mikel ihr die Hand noch nachdrücklicher hinstreckte, wurde ihr bewusst, dass er noch immer darauf wartete, dass sie einschlug, und tat dies nun auch. »Mir tut das alles auch sehr leid. Ich hätte damals nicht auf dich losgehen dürfen. Schließlich war es allein deine Sache, was du mit wem machst.«

Sie schüttelten sich die Hände, dann boxte Mikel Catalina mit einem breiten Grinsen gegen den Arm. »Geht mir besser jetzt, echt wahr!«
Auch Catalina war erleichtert und spürte mit einem Mal, dass ihr in den letzten Wochen doch etwas gefehlt hatte …

26

In den nächsten Wochen verbrachten Catalina und Mikel viele entspannte Stunden miteinander, und als Hauptmann Menendez einmal sah, wie sie zum Spaß miteinander fochten, warb er auch Mikel für die Leibgarde an. Sie gingen nun sehr behutsam miteinander um, und da sich Mikel hier in Lima von den Frauen weitgehend fernhielt, hatte Catalina auch kaum Grund zu neuer Eifersucht. Morgen für Morgen ging sie mit Mikel zum Fechttraining und anschließend zu den Schießübungen, wo sie sich gegenseitig zu Höchstleistungen anspornten, und ihre langen Wachestunden am Nachmittag verkürzten sie sich mit Erzählungen über ihre Erlebnisse in Peru. Catalina wollte nichts weiter, als dass alles so blieb, wie es war.

Drei Monate später musste der Vizekönig wegen wichtiger Amtsgeschäfte nach Puno und Arequipa. Catalina wurde zusammen mit vierzig anderen Leibgardisten dazu abgestellt, auf dieser Reise für seinen Schutz zu sorgen. Obwohl in beiden Städten täglich Schaukämpfe, Turniere, Theateraufführungen und alle Arten von Volksbelustigungen zu Ehren des Vizekönigs stattfanden, wurde Catalina die Zeit lang.

Wenn sie abends mit ihren Kameraden am Lagerfeuer saß, verlor sich ihr Blick häufig in weite Fernen … Sie dachte an Mikel, an sein Lachen, seine geheimnisvollen grünen Augen, seine schönen Hände, und stellte sich vor, wie es wäre, wenn ihm bei ihrem Wiedersehen in Lima auf ein-

mal klar würde, dass sie eine Frau war, und er sich in sie verliebte …
Morgens, im harten Licht der Wintersonne, wusste Catalina, dass sich dieser Traum nie erfüllen würde, zumal sie auch gar nicht der Typ Frau war, den Mikel begehrte. Er sehnte sich nach Brüsten, in denen er versinken, Haare, in denen er wühlen, und Hüften, in die er hineingreifen konnte – einer so knochigen, muskelbepackten Amazone wie ihr hatte er noch nie einen Blick zugeworfen. Doch wenn sie schon nie seine Geliebte werden konnte, so wollte sie wenigstens seine Freundin werden. Sie nahm sich vor, ihm gleich nach ihrer Rückkehr endlich ihre Geschichte zu erzählen. Sie sehnte sich nach einem Freund, dem sie nichts vormachen musste, und Mikel hatte ihr Vertrauen verdient. Wem sonst sollte sie sich offenbaren können, wenn nicht ihm?

Fünf Monate waren vergangen, als Catalina im Tross des Vizekönigs und unter dem Jubel der Limaner wieder in die Stadt einzog. Vor dem ehrwürdigen Palastgemäuer standen die Leibgardisten Spalier. Catalina entdeckte Mikel gleich in der ersten Reihe, und auch er sah sie sofort und strahlte sie so fröhlich an, dass Catalina einen Kloß in den Hals bekam.
Erst beim Mittagessen sahen sie sich wieder. Eine kurze Umarmung, ein Schulterschlag, dazu ein: »Freut mich riesig, dass du wieder da bist!« – für mehr hatte Mikel keine Zeit.
»Ich muss zum Hauptmann«, entschuldigte er sich und fragte sie, ob sie schon gehört habe, was hier los sei. Catalina schüttelte den Kopf.
»Dann erkläre ich es dir heute Abend«, versprach Mikel.

»Übrigens habe ich dir auch von mir etwas zu erzählen, das dich ziemlich umhauen dürfte.«

»Mit so etwas kann ich auch dienen«, grinste Catalina und freute sich schon jetzt auf sein Gesicht.

Pünktlich um acht betrat Catalina ihre Stammtaverne. Mikel winkte ihr zu und schob ihr eine der beiden *broquetas* zu, knusprig gegrillte Fleischspieße, die er für sie bestellt hatte.

»Es waren die letzten, da habe ich zugegriffen. Die isst du doch so gern.«

Strahlend setzte sich Catalina neben ihn. »Ich habe ganz schön was nachzuholen. Du kannst dir nicht vorstellen, wie mies wir in Arequipa verpflegt worden sind. Selbst auf dem Schiff habe ich besser gegessen als da!«

Mikel wollte noch mehr von ihrer Reise mit dem Vizekönig hören. Während sie ihre Spieße aßen und sich ihr Bier schmecken ließen, berichtete Catalina von den vergangenen Monaten.

»Hier war auch viel los«, sagte Mikel anschließend. »Aber zuerst muss ich dir von Georges erzählen.«

»Von Georges? Unserem guten, alten Georges?« Catalina bekam große Augen. »Aber wie hast du denn von dem gehört?«

»Ganz einfach!« Mikel grinste sie an. »Wir haben einen Neuen in der Kompanie, einen gewissen Jorge. Als wir über unsere Zeit in Spanien gesprochen haben, stellte sich heraus, dass auch er einmal für Georges gearbeitet hat.«

»Und wie lange ist es her, dass er zum letzten Mal etwas von Georges gehört hat?«

»Nur ein Jahr, stell dir vor! Er hat mir erzählt, dass Georges seinen Handel inzwischen aus Altersgründen aufgegeben hat und jetzt unweit von Granada auf einer kleinen Hazienda lebt und geheiratet hat. Die Frau war verwitwet und hat zwei halbwüchsige Kinder. Wie es aussieht, hat Georges auf seine alten Tage jetzt doch noch einmal Kinder gefunden, die bei ihm bleiben. Jorge meinte, die beiden Jungs seien ganz verrückt nach ihm.«

»Georges hat geheiratet und zwei Stiefkinder!« Catalina lächelte versonnen. Sie freute sich, dass der Mann, dem sie und Mikel so viel zu verdanken hatten, nun doch noch gefunden hatte, wonach er insgeheim immer gesucht hatte.

»Wenn wir jemals wieder nach Spanien kommen, müssen wir ihn unbedingt besuchen«, sagte Mikel und kam dann auf das nächste Thema zu sprechen, das ihm unter den Nägeln brannte: »Und jetzt lass dir erzählen, was hier passiert ist! Vor ein paar Tagen sind im Palast Gesandte des Königs eingetroffen mit der Botschaft, dass ein Geschwader unter dem Oberbefehl von Joris van Spilbergen von Holland aus in See gestochen ist. Offiziell will er eine neue Ostasienroute durch die Magellanstraße erkunden, aber du ahnst sicher, was der wahre Grund dieser Reise ist.«

»Spilbergen, sagst du? Etwa der Pirat Spilbergen?«

Mikel nickte. »War ja schon lange zu erwarten, dass die Flamen sich nicht weiter den Handelsbeschränkungen beugen würden, die wir ihnen auferlegen. Aber dass sie gleich so dreist werden und sich hier einfach holen wollen, was sie anderswo nicht bekommen können ...« Mikel hob die Augenbrauen. »Die Gesandten haben berichtet, dass Spilbergen die Magellanstraße mit seinen Schiffen schon vor Wochen passiert hat – und das mitten in den heftigsten Winterstürmen! Turmhohe Gischtfontänen soll es um diese Jahreszeit dort geben, dazu eine Kälte, dass einem der Atem gefriert. Einer seiner Kapitäne hat sich geweigert, die Durchfahrt zu wagen, aber die anderen vier haben es zusammen mit Spilbergen geschafft. Eins muss man ihm lassen: an Mut fehlt es ihm nicht! Das Letzte, was die Gesandten von ihren Spionen gehört haben, ist, dass Spilbergen mit seinen Leuten in Patagonien neue Vorräte an Feuerholz, Trinkwasser und frischen Lebensmitteln geladen hat und jetzt auf Callao zuhält. Den Zeitpunkt hätte er nicht besser wählen können: Der Hafen ist voll von wertvoll beladenen Schiffen.« Mikel blickte sie vielsagend an. »Hauptmann Menendez geht davon aus, dass der Vizekönig seinen Neffen, Rodrigo de Mendoza, zum Admiral unserer Flotte ernennen wird. Auch ein Teil der Leibgarde wird zur Verstärkung der Truppen abkommandiert werden – allen voran Männer mit Seeerfahrung.«

»Heißt das, es wird eine Seeschlacht geben?«

»Sieht ganz danach aus.« Mikel spülte seinen letzten Bissen Fleisch mit einem großen Schluck Bier hinunter, wischte sich über den Mund und lächelte Catalina breit an. »Aber das ist noch längst nicht alles, was es hier an Neuigkeiten gibt.« Er setzte ein geheimnisvolles Gesicht auf.

»Auch ich habe dir etwas zu erzählen, was dich umhauen wird«, rief Catalina gut gelaunt und wunderte sich selbst über ihre Gelassenheit. »Aber erzähl du zuerst. Du siehst aus, als würdest du platzen, wenn du mit deinen Neuigkeiten nicht sofort herausrücken kannst. Oder nein, lass mich raten: So wie du strahlst, bist du bestimmt befördert worden.«

Mikel lächelte noch breiter und hielt Catalina seine Hand hin.

Catalina fiel auf, dass er einen Ring trug, konnte sich aber keinen Reim darauf machen.
»Francisco, ich habe sie gefunden«, platzte es aus Mikel heraus. »Die Frau, die ich heiraten will. Das ist mein Verlobungsring!«
Catalina musste husten. Sie konnte gar nicht mehr aufhören. Mikel schlug ihr auf den Rücken, bis sie wieder Luft bekam. Anschließend fuhr er fort. »Sie heißt Letezia und ist ein Prachtweib. Du wirst sie bestimmt mögen. Wenn ich dich nicht unbedingt als Trauzeugen hätte haben wollen, hätte ich sie schon vor Wochen geheiratet, damit sie mir nicht noch ein anderer vor der Nase wegschnappt.«
Catalina begann erneut zu husten, um ihr Gesicht hinter den Händen verstecken zu können. Mikel wollte heiraten. Heiraten!
Und sie … Catalina zwang sich, ruhig durchzuatmen und Mikel anzulächeln.
»Es … es freut mich, dass du jemanden gefunden hast. Eine Familie … eine Familie ist etwas ganz Wunderbares.«
Mikel war so aufgedreht vor lauter Freude, dass ihm nicht auffiel, wie förmlich Catalina reagierte.
»Gleich morgen stelle ich dir Letezia vor. Und ihre Familie musst du auch kennenlernen. Alles patente Leute, und aus den besten Kreisen noch dazu! Hättest du gedacht, dass aus so einem Vagabunden wie mir noch einmal ein sittsamer Ehemann werden könnte?«
Mikel lachte, und Catalina stimmte ein. Doch ihre Augen lachten nicht.
»Kann ich also auf dich als Trauzeugen zählen?«, fragte Mikel.
Catalina sah ihn an, im gleichen Moment flog die Taver-

nentür auf und zwei Leibgardisten stürmten mit hochroten Gesichtern in den Raum hinein.
»Alarm!«, brüllten sie. »Alle Leibgardisten sofort in den Palasthof! Spilbergen ist kurz vor Callao!«
Mikel und Catalina sprangen auf und eilten zum Palast. Catalina fiel ein, dass Mikel gesagt hatte, man suche unter den Leibgardisten Leute mit Seeerfahrung, und nahm sich vor, sich sofort bei ihrem Hauptmann für den Einsatz auf der Kampfflotte zu melden. Sie hoffte, dass Gott ihre erste Seeschlacht zugleich auch ihre letzte sein lassen würde.

Hauptmann Menendez rief seine Leibgardisten im Hof zusammen. Als sie in Reih und Glied vor ihm standen, erhob er die Stimme.
»Ein Mann, der seinen Kopf für andere hinhält, sollte wissen, in welche Gefahr er sich damit begibt. Und ich sage euch, in Callao wird es hart zur Sache gehen!« Doch keiner seiner Männer zuckte auch nur mit der Wimper. Zufrieden fuhr er fort: »Ihr werdet all euren Mut brauchen: Nach unseren Informationen führt Spilbergen auf seinen fünf Schiffen einige Hundertschaften mit sich, die überdies zu den Bestausgebildeten gehören, die derzeit über die Meere schippern.«
Mit auf dem Rücken gefalteten Händen schritt Hauptmann Menendez die volle Länge seiner Truppe ab, bevor er weitersprach. Die Stille auf dem Hof hatte angesichts der vielen Menschen etwas Gespenstisches.
»Wie es nicht anders zu erwarten war, hat der Vizekönig seinen Neffen zum Admiral unserer Verteidigungsarmee ernannt. Er ist bei mir gewesen und hat mich gebeten, ihn bei seiner schwierigen Aufgabe mit meinen besten Männern zu unterstützen. Außer Callao selbst gilt es auch die

Schiffe im Hafen zu schützen. Die meisten haben die Fracht für die Silberflotte schon geladen. Außer hochwertigster Handelsware befindet sich auch die Jahresausbeute der Gold- und Silberminen darauf, die Spilbergen keinesfalls in die Hände fallen darf. Admiral Mendozas Plan ist, sich bei der Verteidigung des Hafens nicht allein auf die Schlagkraft der Festungskanonen zu verlassen, sondern die protestantischen Hunde auch von der See aus anzugreifen. Was wir brauchen, sind unerschrockene Männer mit Seeerfahrung!«

Als Catalina sich melden wollte, hielt Mikel ihren Arm fest.

»Lernst du es denn nie, dich aus Dingen herauszuhalten, die dich nichts angehen?«, zischte er sie an. »Kein Mensch außer dir und mir weiß, dass du zur See gefahren bist.«

Catalina entwand ihm den Arm und hob die Hand.

»Ich habe auf einem Schiff gedient«, meldete sie sich mit fester Stimme. Seufzend hob auch Mikel die Hand, allerdings nicht ohne Catalina zuzubrummen, dass er den Ärger mit ihr allmählich wirklich leid sei.

Catalina sah ihn ausdruckslos an. »Ich habe dich nicht gebeten mitzukommen.«

Sie merkte, dass ihr kühler Ton Mikel verwunderte.

»Wir sind alle Freiwillige«, fuhr sie freundlicher fort. »Warum trittst du nicht wieder zurück?«

»Um mich als Feigling verlachen zu lassen?« Mikel tippte sich an die Stirn. »Außerdem würde Letezia es mir nie verzeihen, wenn unserem Trauzeugen etwas zustöße und unsere Hochzeit verschoben werden müsste.«

Mikel zwinkerte ihr versöhnlich zu; Catalina aber verzog keine Miene.

Schon eine halbe Stunde später ließ Hauptmann Menendez die ausgewählten Leibgardisten abrücken. Insgesamt waren es fast achtzig Mann. »Euren Nachtschlaf könnt ihr nachholen, wenn das Ganze überstanden ist«, erklärte er.

Als die Truppe im Hafen von Callao ankam, fanden sie dort alle großen Plätze im Lichtschein eilig aufgestellter Fackeln vor, und überall rannten, schrien, stießen und brüllten Menschen herum.

»Das soll wohl die Truppenaushebung sein«, murmelte Mikel und hob die Augenbrauen, »das wirkt ja nicht gerade vertrauenerweckend.«

»Wer mit Schusswaffen umgehen kann, hierher!«, brüllte ein Soldat nicht weit von ihnen mit heiserer Stimme. »Die anderen da rüber! Da rüber, verdammt, da rüber, habe ich gesagt! Lasst euch Lanzen, Degen und Messer geben!«

Mikel zeigte auf zwei Männer, welche die fünfzig schon weit überschritten hatten. »Muss ja ziemlich mau aussehen, wenn sie selbst so alte Männer noch nehmen.«

Der Soldat, der nach den Schusswaffenerprobten gerufen hatte, begann, an die Männer Arkebusen, Musketen und Pistolen auszuteilen, und wies ihnen die Stellung zu, die sie beim Angriff einnehmen sollten. Soldaten niederer Dienstordnung trieben unter Einsatz der flachen Seite ihrer Degen Sklaven und Indios vor sich her. Deren Mienen war anzumerken, dass sie bei weitem nicht so erpicht wie die Spanier waren, Callao gegen Spilbergen zu verteidigen. Ein Soldat rief ihnen zu: »Ein Schuss in die falsche Richtung und ihr könnt euch eure scheißperuanischen Kartoffeln von unten ansehen!«

Plötzlich ging direkt neben ihnen ein Schuss los. Panik brach aus, aber dann wurde klar, dass einer der Hilfssoldaten seine Muskete nur versehentlich gezündet hatte. Wütend entriss ihm ein Soldat die Waffe und stieß ihn zu dem Haufen Männer, der Callao mit Klingen verteidigten sollte.

Erleichtert wies Mikel Catalina auf den oberen Rundweg der Festung hin, wo eine Fackel neben der anderen brannte. »Schau nur, wie viele Soldaten da oben stehen! Das sieht ja aus, als seien da Hunderte von Männern. Na, mit denen werden wir den verdammten Flamen aber schön einheizen.«

»Hunderte, pah!«, knurrte ein Soldat neben ihnen. »Da oben steht nie im Leben eine Hundertschaft echter Soldaten! Das ist genau wie hier unten ein bunt zusammengewürfelter Haufen von Ahnungslosen. Und neben den meisten Fackeln stehen gar nur Attrappen. Das Ganze ist nichts als ein riesengroßer Bluff!«

Ehe Mikel ihm weitere Fragen stellen konnte, wies sie ein Offizier an, zur Kaserne weiterzureiten. Sofort setzten sie ihren Weg fort. Als sie am Eingang angekommen waren, hörte Catalina, wie zwei Offiziere über den Zustand der Kanonen klagten.

»Die Scheißdinger glänzen vom vielen Putzen, aber schießen tun sie nicht!«, wetterte der eine. »Zu nichts als zur Dekoration eines Museums taugen diese Krücken noch: In mehr als die Hälfte von ihnen lässt sich keine Kugel reinschieben, und ob sich die anderen noch abschießen lassen, bleibt auch noch abzuwarten!«

Catalina und Mikel sahen sich an. »Hoffentlich bereuen wir dein heroisches Vorpreschen nicht noch«, brummte Mikel düster. Catalina sah auf den Ring an seiner Hand und zuckte mit den Achseln.

Nach einer eiligen Truppenbesprechung durften sich die

Leibgardisten ein paar Stunden hinlegen und ausruhen, doch noch lange vor Sonnenaufgang marschierten sie an Bord der vier Schiffe, die der Vizekönig seinem Neffen zur Verteidigung der Stadt zur Verfügung gestellt hatte. Mit den Matrosen, den Soldaten und den Leibgardisten zählte die Besatzung der Schiffe knapp dreihundert Mann. Spilbergen, so munkelte man, sollte über weit mehr als fünfhundert verfügen …

»Aber dafür sind wir Spanier und kämpfen für den einzigen, wahren Gott«, feuert Admiral Mendoza sie an und verteilte sie auf die Schiffe. Catalina und Mikel kamen auf seine Galeone. Mikel sollte die Kanoniere führen, Catalina zunächst Dienst im Mastkorb tun und im Kampfgeschehen die Arkebusieren in den Gefechtsständen verstärken.

Catalina schüttelte ihre Stiefel ab, kletterte flink wie ein Äffchen die Wanten hoch und atmete tief die herbe Seeluft ein. Vielleicht, dachte sie, hätte ich Matrose bleiben sollen. Aber dafür war es jetzt zu spät. Sie nahm ihren Platz im Mastkorb ein und wartete ruhig auf ihren Einsatz.

Kaum graute der Tag, da sah Catalina nur wenige Seemeilen entfernt fünf mächtige Schiffe mit schwarzen Segeln auf den Hafen zufahren.

»Fünf Piratenschiffe backbord voraus!«, brüllte sie nach unten. Sofort geriet dort alles in Bewegung. Admiral Mendoza, ein kleiner, dünner Mann mit stechenden Augen, flaggte den Kapitänen der anderen Schiffe den Befehl zum Auslaufen.

»Anker lichten!«, donnerte er den zuständigen Matrosen an. »Hisst die Toppsegel, dann kräftig backbord voraus!«

Kurz darauf glitt die Galeone im Konvoi mit den anderen Schiffen aus dem Hafenbecken hinaus.

Entschlossen hielten die königliche Flotte und die Piratenschiffe aufeinander zu. Catalina hörte, wie der Admiral Mikel zubrüllte, dass seine Kanoniere die Luken öffnen und die Kanonen laden sollten, und er die Musketiere und Arkebusiere in Schussposition gehen ließ. Je näher die Schiffe einander kamen, desto stiller wurde es an Bord. Es war nicht zu übersehen, wie gut die Schiffe des Feindes ausgerüstet waren. An die vierzig Kanonen führten Spilbergens Schiffe backbord und steuerbord, und ihre Breitseite war fast doppelt so mächtig wie die der spanischen Galeonen. Catalina hob ihr Fernrohr, suchte das Deck ab und entdeckte den berühmten Freibeuteradmiral auf der Brücke. Breitschultrig und hochgewachsen stand er da mit seinem roten, dreizackigen Admiralshut auf der flämisch-blonden Mähne und schickte seine nicht weniger hünenhaften Männer mit ruhigen Gesten in Stellung.

Catalina hörte, wie Admiral Mendoza Befehl zum Laden der Kanonen gab.

»Und zwar im Eiltempo!«, brüllte er. Mikel trieb seine Männer an. Sekunden später wehte von den Kanonendecks ein feiner, blauer Rauchnebel empor – die Lunten brannten, die Kanoniere waren bereit. Kurz darauf waren sie dem Feind nahe genug, um mit ihren Kanonen etwas ausrichten zu können.

»Kanonen ausfahren!«, brüllte der Admiral über Deck. Schwere Hammerschläge dröhnten durch das Schiff: Die Keile wurden weggeschlagen, die Klappen der Kanonenluken flogen auf, die Rolllafetten rumpelten. In den gähnenden Luken erschienen schwarze Geschützmündungen, alles war zum Abschuss bereit.

»Einen Strich gegen den Wind!«, befahl der Admiral dem Steuermann, und kaum hatte das Schiff seine neue Position eingenommen, gab er Mikel den Befehl zum Abfeuern. Ein ohrenbetäubendes Donnern brachte das Schiff zum Erbeben, eine lange Rauchwolke leckte am Bug von Spilbergens Schiff, die Planken zerbarsten in einer Wolke aus Holzsplittern.

»Nieder mit den verdammten Flamen!«, jubelten die Kanoniere. Der Admiral ließ gleich die nächsten Kanonen abfeuern. Auch jetzt trafen sie ihr Ziel, der Wind trug ihnen die Schreie der Getroffenen zu, doch dann wurden sie selbst getroffen, über die Reling backbord donnerte die Kanonenkugel und beförderte zwei Matrosen und den Leibgardisten direkt neben Mikel in den Tod. Fassungslos blickte Mikel zu seinem zerfetzten Kameraden und anschließend hoch zu Catalina. Die wandte den Kopf ab und entsicherte ihr Gewehr. Sie hatte ihn nicht gezwungen mitzukommen.

Kanone um Kanone spie ihre tödliche Ladung aus, Pulverdampf quoll aus den Kanonenmündungen und nebelte die Schiffe ein, und doch wurden von beiden Seiten nur noch drei weitere, nicht allzu gefährliche Treffer gelandet. Die Schiffe waren jetzt nahe genug, um auch Schusswaffen einzusetzen. Die Soldaten gingen an der Reling und in der Takelage in Gefechtsposition.

Catalina schwang sich aus dem Mastkorb und hangelte sich auf eine Höhe hinab, von der aus sie ihre Gegner mit der Muskete treffen konnte. Schuss um Schuss gab sie auf die Flamen ab. Als der Soldat, der direkt neben ihr in den Wanten hing, getroffen mit einem gellenden Aufschrei ins Meer stürzte, fragte sie sich, warum sie nicht an seiner Stelle sein konnte.

Mendozas Schiff war dem von Spilbergen mittlerweile so nahe gekommen, dass sich ihre Rahen beinahe berührten.

»Fertig zum Entern!«, brüllte der Admiral, und sofort ließen die Männer in den Wanten die schweren Enterhaken um ihre Köpfe kreisen. Catalina glitt an der Takelage hinunter, um bei den Ersten zu sein, die auf das feindliche Schiff sprangen.

»Los!«, feuerte Admiral Mendoza sie an, und im gleichen Moment hatte Catalina den ersten Fuß auf Deck gesetzt und sprang mit gezücktem Degen mitten in eine Gruppe Flamen hinein. Einen tötete sie noch im Sprung, den Nächsten verletzte sie am Bein, dann wurde sie selbst am Arm getroffen und gleich darauf in der Brust.

»Danke«, seufzte sie und verlor das Bewusstsein.

27

Als Catalina zu sich kam, sah sie eine Frau in einer schwarzen Kutte durchs Zimmer huschen. Im ersten Moment dachte sie, sie sei in ihrem alten Kloster und hätte ihre Flucht nur geträumt, aber als sie sich aufzusetzen versuchte und den Schmerz in der Brust spürte, fiel ihr wieder alles ein, was geschehen war: Mikel, das Schiff, die Schlacht, die Schüsse …

Stöhnend sank Catalina zurück in ihr Kissen. Die Nonne eilte herbei, strich ihr das Haar aus der fieberheißen Stirn und murmelte beruhigende Worte.

»Wo bin ich hier?«, fragte Catalina.

»Im Kloster der Santa Juana, mein Kind, in Lima. Sei ganz ruhig. Du hast viel Blut verloren und musst still liegen, damit die Wunde nicht wieder aufreißt!«

Catalina fuhr sich mit der Hand über den Arm, spürte dort einen Verband, ließ die Hand weiter über ihren Körper gleiten und ertastete einen weiteren Verband über ihrer Brust. Dann verlor sie erneut das Bewusstsein.

Auch in den nächsten Tagen kam Catalina nie länger als für ein paar Minuten zu sich, und nur selten war ihr Kopf so klar, dass sie begriff, wo sie war. Wirklicher als ihre Zelle, die Nonne mit den milden, grauen Augen, das quälende Einflößen von Wasser und bitter schmeckender Brühe waren für sie ihre Albträume. Stets begannen sie damit, dass sie von zwei Wärtern ins Gefängnis geworfen wurde. Mal erwartete sie in ihrer Zelle ein kleines, keckernd lachendes Männlein, mal nahmen sie in schwarze Mäntel gehüllte, gesichtslose Gestalten in Empfang, die einen immer engeren Kreis um sie schlossen und ihr voller Häme von den Folterungen erzählten, die im Nebenraum für sie vorbereitet wurden. Dann kam der Folterknecht, ein grober, schielender Riese mit beängstigend großen Händen und einer flammend roten Narbe auf der Stirn. Er stieß sie in den Nebenraum, drückte sie in einen Stuhl und zeigte ihr die zehn Schwefelhölzer, die er ihr nun unter die Fingernägel schlagen würde. Catalina schrie auf und drückte ihre Hände hinter ihren Rücken. Der Folterknecht lachte hämisch und wedelte ihr mit ein paar Lederriemen vor der Nase herum.

»Keine Sorge: Erst binde ich dich fest. Wir wollen doch gleich in Ruhe arbeiten können, nicht wahr?«

Als Catalina aufspringen und weglaufen wollte, schlug er sie so heftig ins Gesicht, dass sie betäubt zurück in den Stuhl fiel. Bis sie wieder richtig bei Sinnen war, hatte der Folterknecht ihre Beine, Arme und Hände stramm an den Stuhl gebunden; nicht einmal mehr die Finger konnte sie bewegen. Er grinste, holte seine Schwefelhölzer und schlug ihr eines nach dem anderen unter die Nägel. Auf einmal war noch ein Mann in dem Raum, ein großer, hagerer Dominikanerpater mit unnatürlich bleichem Gesicht und Augen wie glühende Kohlen.

»Und nun, Catalina de Erauso, wollen wir mit dem Verhör beginnen!« Er leckte sich über seine aufgesprungenen Lippen. »Gestehst du, deinen Herrn und Gott gedemütigt und verraten zu haben und von Luzifer persönlich abzustammen?«

Entsetzt schüttelte Catalina den Kopf. »Nein, niemals!

Ich weiß, dass ich gesündigt habe, aber doch nur, weil ich mir nicht anders zu helfen wusste.«
Der Dominikanerpater nickte dem Folterknecht zu. Eifrig griff dieser nach der Kerze und hielt sie nur wenige Zentimeter vor die Schwefelhölzer unter ihren Fingernägeln. Catalina konnte die gierige Hitze der Flamme an ihren Fingerkuppen spüren.
»Ich frage dich noch einmal, Catalina de Erauso, gibst du zu, dass der Teufel in dir wohnt und dich dazu verleitet hat, dir die Haare nach Sklavenart zu scheren und dich in sündige Männerkleider zu hüllen?«
Wieder schüttelte Catalina den Kopf und blickte entsetzt zwischen der Kerze und dem Dominikanerpater hin und her. »Nein, nein, das war alles ganz anders.«
Der Dominikanerpater nickte dem Folterknecht zu, woraufhin der die Kerze mit glitzernden Augen näher an die Zündhölzer hielt. Das erste fing Feuer, das zweite und dritte … Als Catalina die sengende Hitze unter den Fingernägeln spürte, schrie sie vor Schmerz …

Schreiend und schwitzend fuhr Catalina aus diesen Träumen hoch, und erst wenn sie diese kleine, kühle Hand auf ihrer Stirn spürte, beruhigte sie sich, konnte aber auch dann kaum zwischen Traum und Wirklichkeit unterscheiden. Nach einer Woche sank das Fieber, und Catalina glitt in die Realität zurück, die sie kaum minder schreckte als ihre Träume, denn inzwischen war ihr klar, dass ihr Versteckspiel aufgeflogen war. Sie brauchte etliche Tage, bis sie den Mut fand, die Nonne zu fragen, wie sie in dieses Kloster gekommen war. Schwester Maria setzte sich an ihr Bett, legte ihre Hand auf den Arm und erzählte ihr, dass man sie zunächst in das Kloster San Francisco de

Jesús gebracht, dort aber schnell festgestellt habe, dass sie kein Mann, sondern eine Frau war, und sie dann hierher überstellt hatte.

»Und wer …« Catalina schluckte. »Wisst Ihr auch, wie ich vom Schiff in das Kloster gekommen bin?«

Schwester Maria strich ihr über die Hand. »Ja, auch das weiß ich. Denn deine Rettung war recht spektakulär, so dass man in Lima nachher noch einige Tage davon geredet hat. Es heißt, ein junger Soldat der Leibwache des Vizekönigs, der auf dem gleichen Schiff war wie du, hätte trotz des Kampfgetümmels einen eurer Mitstreiter dazu bewegen können, ihm dabei zu helfen, dich zurück auf euer Schiff zu bringen, wo deine Verletzungen zumindest notdürftig versorgt wurden, und scheinbar, ohne dich dafür zu entkleiden.« Sie lächelte vielsagend. »Und dieser Soldat war es wohl auch, der dich statt zu den Wundärzten der Kompanie, die nach der Schlacht hoffnungslos überlastet waren, in das Kloster San Francisco de Jesús gebracht hat, damit du dort versorgt wirst. Zunächst hat man sich dort geweigert, dich aufzunehmen – für die Soldaten sind nun einmal die Wundärzte der Kompanie zuständig. Aber der junge Mann hat sich einfach nicht abweisen lassen.«

»Und die Schlacht – wisst Ihr, ob wir sie gewonnen haben?«

Schwester Maria nickte. »Aber es war knapp, sehr knapp sogar, und es gab auf beiden Seiten viele Tote! Nach einem zehnstündigen Kampf hat Spilbergen den Befehl zum Rückzug gegeben.«

Erst nach einer Pause wagte Catalina, auch diese Frage noch zu stellen: »Und dieser Soldat der Leibwache …« Sie schluckte. »Wisst Ihr, wie er heißt?«

Die Nonne schüttelte den Kopf. »Nein, leider nicht, aber so, wie du mich ansiehst, scheint dir ohnehin klar zu sein, wer es war, oder täusche ich mich da?«
Catalina schloss die Augen und dankte Gott, dass auch Mikel die Seeschlacht überlebt hatte. Erst später wurde ihr bewusst, dass Mikel, wenn er sie zunächst zu den Franziskanern gebracht hatte, wohl noch immer nicht ahnte, dass sie eine Frau war. Sie wusste nicht, ob sie darüber froh oder traurig sein sollte. Schließlich entschied sie, dass es so das Beste war. Seine Letezia würde er ja so oder so heiraten …

Eine Woche später teilte Schwester Maria ihr mit, dass sie am Nachmittag Besuch bekäme.
»Der Bischof will dich sehen«, erklärte sie und breitete eine neue, saubere Decke über sie. »Der Bischof persönlich, stell dir vor!«
So fängt es also an, dachte Catalina und biss sich auf die Lippen.
Kurz nach vier Uhr nachmittags hörte Catalina draußen im Flur schwere Schritte. Sie erwog, sich schlafend zu stellen, aber als die Tür aufging, öffnete sie die Augen doch. Sie war bisher kein Feigling gewesen, sie wollte auch jetzt keiner sein.
Der Bischof war so groß, dass er sich ducken musste, um sich beim Betreten ihres Zimmers nicht den Kopf anzustoßen. Er maß Catalina mit einem langen, nicht unfreundlichen Blick, bat Schwester Maria, die hinter ihm eingetreten war, sie allein zu lassen, und drückte die Tür eigenhändig ins Schloss. Anschließend rückte er sich einen Stuhl an Catalinas Bett, setzte sich und blickte sie wieder lange an.

»Ich habe dich mir ganz anders vorgestellt«, sagte er schließlich leise und schüttelte den Kopf. »Unglaublich das Ganze, wirklich ganz unglaublich!«
»Ich ... ich weiß, was jetzt mit mir geschehen wird«, erwiderte Catalina leise.
»So so, das weißt du.« Um die Lippen des Bischofs spielte ein kleines Lächeln. »Na, dann weißt du ja mehr als ich.«
Catalina sah ihn verwirrt an. »Ja seid Ihr denn nicht gekommen, um mich ins Gefängnis werfen zu lassen?«
»Warum ich gekommen bin ...« Der Bischof rieb sich über die Nase. »Nun, in erster Linie, weil ich neugierig war, und wenn ich dich nun so vor mir sehe, muss ich gestehen, dass ich jetzt noch viel neugieriger bin. Ich hatte ein wildes, vom Teufel besessenes Weib erwartet, aber was ich gefunden habe, ist eine auch innerlich tief verletzte junge Frau. Es hat mir gefallen, dass du meinen forschenden Blicken ohne Zögern standgehalten hast. Schwester Maria hat mir erzählt, dass du in deinen Fieberträumen oft die Heilige Jungfrau angerufen hast. Bist du womöglich auch noch gläubig?«
Catalina errötete. »Ja, und ich weiß, dass ich mit meiner Verkleidung eine schwere Sünde begangen habe.«
Der Bischof wog den Kopf. »Deine Verkleidung ist allerdings ein Problem.«
Catalina schluckte. Der Bischof klopfte ihr begütigend auf die Hand. »Zum Verzweifeln ist es zu früh. Vielleicht finden wir ja einen Ausweg. Immerhin waren der Admiral und dein Hauptmann voll lobender Worte für dich. Ich kenne mich mit den Gesetzen der heiligen Inquisition zwar nicht so gut aus, wie ich vielleicht sollte, aber ich könnte mir vorstellen, dass sie dir dein tapferes Eintreten für die heilige Sache zugute halten werden. Warum er-

zählst du mir nicht die ganze Geschichte? Vielleicht finden wir ja etwas, mit dem wir die Inquisitoren milde stimmen können.«
Catalina kam die Bettlerin in Callao in den Sinn, und sie wollte schon mit dem Kopf schütteln, aber dann sah sie in die mitfühlenden Augen des Bischofs, und auf einmal sprudelten die Worte nur so aus ihr heraus: Von dem Kloster berichtete sie ihm, und wie eingesperrt sie sich dort gefühlt hatte, von ihrer Angst vor den Weihen, dem Zufall, dass sie kurz vor diesem Termin an die Schlüssel des Haupttors hatte kommen können, und wie sie sich seit ihrer Flucht aus dem Kloster durchgeschlagen hatte …
»Eine Novizin also bist gewesen?«, fragte der Bischof, als sie am Ende ihrer Geschichte angelangt war. »Aus dem Dominikanerkloster von San Sebastián?«
Catalina nickte.
»Und das Gelübde hast du ganz bestimmt noch nicht abgelegt?«
Catalina schüttelte den Kopf.
»Das werde ich nachprüfen lassen, denn wenn du das Gelübde doch abgelegt hättest, wäre dein Vergehen noch größer«, erwiderte der Bischof streng. »Außerdem muss man deine Jungfernschaft untersuchen. Wenn du noch intakt bist, könnte sich das durchaus strafmildernd auswirken.« Er erhob sich und ging mit auf dem Rücken verschränkten Händen im Zimmer auf und ab. Dann sah er Catalina wieder an.
»Ich werde dir Papier und Feder bringen lassen, und dann schreibst du mir all das auf, was du mir eben erzählt hast.«
Catalina nickte.
»Ich würde dir gern helfen, letztlich aber …« Er hob die

Augenbrauen. Catalina ahnte, warum. Er wollte ihr nicht zu große Hoffnungen machen.
Schon drei Tage später sollte Catalina auf ihre Jungfräulichkeit untersucht werden. Schwester Maria selbst teilte Catalina den Termin mit, und obwohl sie Catalina beruhigend über die Hand strich, bekam die doch ein scheußlich kaltes Gefühl in den Magen.
»Es wird schon gut gehen«, sagte die Nonne leise. »Bete zu Gott. Er wird dir helfen.«
»Im Prinzip bekomme ich ja nur, was ich verdiene«, erwiderte Catalina mit trockenem Hals.
Die Nonne schüttelte den Kopf. »So darfst du nicht denken. Und so denkt auch der Bischof nicht. Er muss sich nur vergewissern … Und wenn du noch Jungfrau bist, kann er die Herren Inquisitoren um Milde und Nachsicht für dich bitten.«
»Aber was hat denn meine Jungfernschaft mit all dem zu tun?«
»In den Augen der Kirche ist eine Jungfrau beschützenswerter als eine Frau, die nicht mehr unbeschadet ist«, erklärte sie ihr. »Einer deflorierten Frau würde man verderbte Ziele unterstellen, einer Jungfrau nicht.«
»Aber ich … Ich habe nie mit einem Mann …« Catalina errötete.
»Das glaube ich dir, aber du bist auf den Schiffen bis zum Mastkorb hochgeturnt und auch das Reiten im Herrensitz …«
Catalina hob abwehrend die Hand. Es war nicht nötig, dass Schwester Maria weitersprach. Auch ihre Mutter und später die Nonnen hatten sie immer gewarnt, nicht zu viel herumzutollen.
»Ihr habt etwas sehr Wertvolles zu beschützen«, hatten

sie immer wieder erklärt, und dass jene, die heiraten würden, ohne diesen Schatz von ihren Männern in der Hochzeitsnacht verstoßen würden, und auch die anderen, die ihr Leben Gott weihten, müssten darauf achten, ihn nicht zu verlieren. »Ihr wollt eurem Gott doch nicht unreiner gegenübertreten als eine Frau ihrem Ehemann in der Hochzeitsnacht! Also hütet euch vor brüsken Bewegungen!«

Catalina wurde es angst und bang. Wenn schon brüske Bewegungen ausreichten, um die Jungfernschaft zu verlieren, so war es äußerst unwahrscheinlich, dass sie noch unbeschadet war. Am Tag der Seeschlacht hatte sie den Tod so herbeigesehnt. Doch nun drohte der Scheiterhaufen. Catalina musste an die Schreie der Gefolterten im Gefängnis von Lima denken. Auch bei ihr würden sie auf dieses letzte Mittel sicher nicht verzichten, und sei es nur, um herauszufinden, ob sie noch andere Sünder kannte, deren unreine Seelen die Inquisitoren ebenfalls im reinigenden Feuer ihrer Scheiterhaufen retten konnten …

Die Stunden bis zu ihrer Untersuchung verstrichen in quälender Langsamkeit, so dass sie beinahe Erleichterung verspürte, als Schwester Maria sie holen kam.

»Wir müssen hinunter in den Kreuzgang und von dort in den Besucherraum«, erklärte sie ihr. »Meinst du, du kannst schon so weit gehen?«

Catalina nickte, aber als sie ein Stück gegangen war, merkte sie, dass sie ihre Kräfte überschätzt hatte. Immer wieder musste sie stehen bleiben und ihren Kopf gegen die kühle Wand lehnen. Als sie das Besucherzimmer endlich erreicht hatten, zog Schwester Maria einen Schlüsselbund hervor, schloss die hohe, schwere Holztür auf und machte Catalina Zeichen einzutreten. Beim Anblick der roten, weich gepolsterten Stühle und den mit vier großen Leinentüchern abgehängten Bereich in der Mitte des Zimmers wurde ihr der Umfang dessen bewusst, was sie hier erwartete. Bisher war sie davon ausgegangen, dass die Matrone sie allein untersuchen würde, aber die Stühle belehrten sie eines Besseren.

Schwester Maria blickte Catalina mitleidig an. »Ja«, sagte sie leise. »Die Untersuchung muss vor Zeugen stattfinden.«

»Vor dem Bischof?«, stöhnte Catalina.

»Ja, und vor seinen Beisitzern.« Schwester Maria wies auf zwei Hocker, die ein Stück abseits standen. »Und die Stühle hier sind für die Priorin und mich. Auch wir müssen dabei sein.«

Catalina sah wieder zu den Leintüchern. Da sollte sie sich hineinbegeben? Alle würden wissen, was hinter diesen Tüchern vor sich ging, und hören, was die Hebamme sagte …

»Aber Kind, du wirst ja ganz blass.« Schwester Maria packte Catalina unter dem Arm und führte sie zu dem Stuhl, der eigentlich für sie bestimmt war. »Es wird schon alles gut gehen.«

In dem Moment betraten die Priorin und die Hebamme den Raum. Als Catalina das harte Gesicht und die groben Hände der Matrone sah, wurde sie noch ängstlicher. Auch der Bischof und die Beisitzer traten nun ein. Catalina erhob sich und machte einen tiefen Knicks. Der Bischof sah nur zu der Hebamme.

»Lasst uns sofort beginnen. Je eher wir das Ganze hinter uns bringen, desto angenehmer für alle Beteiligten.«

Die Hebamme machte eine herrische Kopfbewegung zu Catalina hin. »Komm her! Du hast ja gehört, was der ehrwürdige Herr Bischof gesagt hat.«

Schwester Maria reichte Catalina den Arm, um sie zu stützen, doch der Bischof wies sie an, auf ihrem Platz zu bleiben. »So wollen es die Statuten. Diesen Weg muss sie allein gehen.«
Mühsam setzte Catalina einen Fuß vor den anderen. Mit einem Mal durchfuhr sie ein heftiger Schmerz. Die Hebamme fuhr sie an. »Um mich zu beeindrucken, musst du dir mehr einfallen lassen.«
Catalina sah zu der Frau. Sie fand in ihren Augen nichts als kalte Ablehnung und fragte sich, wie viel Gerechtigkeit sie ihr gleich widerfahren lassen würde. Doch was blieb ihr übrig, als ihren Anweisungen zu folgen.
Die Hebamme hob eines der Tücher, um Catalina eintreten zu lassen. »Na los, leg dich hin!«, befahl sie barsch.
Zögerlich setzte sich Catalina auf die nackte Pritsche.
»Weiter, weiter! Hinlegen sollst du dich!«
Catalina streckte die Beine auf der Pritsche aus und ließ ihren Oberkörper vorsichtig zurücksinken. Die Hebamme warf ihr ein Tuch über. »Und jetzt deck das über deinen Unterleib!«
Catalina wünschte sich, die Frau würde leiser sprechen, doch als sie weiterredete, wurde sie gar noch lauter: »Und dann schiebst du unter der Decke deine Kutte hoch, damit ich dich unten untersuchen kann.«
Mit hochrotem Gesicht kam Catalina dem Befehl nach. Die Hebamme trat nun mit einem Blick voller Abscheu auf sie zu, wies sie an, die Beine anzuwinkeln, und schob die Decke so weit zurück, bis sie einen freien Blick auf Catalinas Unterleib hatte. Anschließend schob sich die Hebamme die Ärmel ihres grauen Kleides hoch und rief so laut, als solle man ihre Worte bis hinunter in den Klostergarten hören: »Ich beginne jetzt mit der Untersuchung!«

Catalina schloss die Augen, doch als sie die raue, kalte Hand zwischen ihren Beinen spürte, riss sie sie entsetzt wieder auf und zog ihre Füße vor ihr Geschlecht.

»Verdammt, was tust du denn da!«, schimpfte die Hebamme. »Tu die Füße da weg, na los! Öffne die Beine! Wie soll ich dich denn so untersuchen?«

»Ich kann nicht …« Catalina blickte sie flehend an, doch die Hebamme schlug ihr mit der flachen Hand gegen die Innenschenkel, bis sie sich ihr öffnete. Wieder spürte sie die derb zupackende Hand an ihrem Geschlecht und schließlich auch noch an viel intimeren Stellen. Endlich zog die Hebamme ihre Hand zurück.

»Kannst jetzt den Rock runterziehen und aufstehen«, knurrte sie, wusch sich ihre Hände in einem Eimer mit Wasser, der für diesen Zweck bereitgestellt worden war, schob eines der Leinentücher beiseite und trat hinaus zu den anderen.

»Nun redet!«, rief der Bischof. »Was habt Ihr festgestellt?«

Es folgte ein langer Moment der Stille. Endlich räusperte sich die Hebamme.

»Sie ist noch intakt«, erklärte sie und klang keineswegs erleichtert. Im nächsten Moment war hinter den Leintüchern ein heftiges Aufschluchzen zu hören.

28

Der Bischof hatte Catalina erklärt, dass sie sich auf eine lange Wartezeit einstellen müsse. Der Bote, den er nach San Sebastián in ihr altes Kloster geschickt hatte, um zu überprüfen, ob sie tatsächlich vor den Weihen geflohen war, würde Monate brauchen, bis er nach Lima zurückkehrte.

»In der Zwischenzeit wirst du im Kloster bleiben und um die Rettung deiner Seele beten«, erklärte er Catalina und überließ sie damit wieder der Obhut von Schwester Maria. In den ersten Wochen fühlte sich Catalina noch sehr schwach und dämmerte die meiste Zeit des Tages vor sich hin. Doch als es ihr allmählich besser ging, geriet sie zunehmend ins Grübeln. Schließlich wusste sie, wie nachtragend Schwester Asunción war und wie heimtückisch sie sein konnte. Möglicherweise würde sie die Anfrage des Bischofs für eine späte Rache nutzen.

Auch Mikel schwirrte Catalina im Kopf herum, und daran änderte nichts, wenn sie sich sagte, dass er sicher schon lange verheiratet war. Es quälte sie die Frage, ob sich die Dinge zwischen ihnen anders entwickelt hätten, wenn sie ihm irgendwann die Wahrheit erzählt hätte. Manchmal hatte es ja Momente gegeben, in denen sie sich nahe gekommen waren ... Catalina kam zu dem Schluss, dass sie eine wichtige Chance in ihrem Leben verpasst hatte. Am nächsten Tag hatte sie erneut Fieber. Wieder saß Schwester Maria Stunde um Stunde an ihrem Bett, flößte ihr

Wasser und bittere Brühe ein. Als es Catalina besser ging, drückte die Schwester ihr Stickarbeiten in die Hand.
»Ich glaube, du grübelst zu viel! Hier, arbeite ein bisschen. Ich kann mir schon vorstellen, dass Sticken nicht gerade das ist, was dir am meisten Spaß macht, aber es wird dich ablenken. Hab Vertrauen. Leg dein Schicksal in Gottes Hände. Er wird dir einen Weg weisen!«
Anfangs würdigte Catalina die Stickarbeiten mit keinem Blick, aber als sich die Gedanken in ihrem Kopf erneut zu immer düsteren Gebilden zusammenballten, sie kaum noch schlafen konnte und Schwester Maria sie immer trauriger ansah, nahm sie die Sachen doch zur Hand. Es war wohl wirklich besser, ein bisschen zu sticken, als vor lauter Grübeln über verpasste Gelegenheiten den Verstand zu verlieren.

Die Monate vergingen, und Catalina wunderte sich selbst darüber, wie gut es ihr in diesem Kloster ging. Da man vermeiden wollte, dass sie einen schlechten Einfluss auf die Novizinnen ausübte, hielt man sie vom normalen Tagesablauf des Klosters fern. So hatte Catalina zu niemand außer zu Schwester Maria Kontakt. Sie brachte ihr das Essen, unterhielt sich mit ihr, und als Catalina ihr erzählte, dass sie in San Sebastián viel im Klostergarten geholfen hatte, setzte sich die gute, alte Frau dafür ein, dass sie dies auch hier tun durfte, und verbürgte sich dafür, dass Catalina dabei keinen Fluchtversuch unternehmen würde.
Das Gleichmaß ihrer Tage, Schwester Marias stete, liebevolle Zuwendung und die Stille hinter den Klostermauern ließen Catalina zur Ruhe kommen. Zum ersten Mal in ihrem Leben fühlte sie sich eins mit sich. Selbst an Mikel konnte sie nun ohne jede Qual denken. Es gab Tage, an de-

nen sie fand, dass es bei weitem nicht das Schlimmste wäre, wenn der Bote aus San Sebastián nie mehr zurückkäme und sie für immer in diesem Kloster bleiben müsste …

Doch er kehrte zurück. Ein Jahr und dreiundzwanzig Tage nach seinem Aufbruch kündigte Schwester Maria Catalina wieder den Besuch des Bischofs an und riss sie damit aus dem Gleichmaß ihrer Tage. Als Catalina endlich den Mut gefunden hatte, Schwester Maria zu fragen, ob sie wüsste, welche Antwort der Bote gebracht hatte, hob diese bedauernd die Achseln. »Nein, mein Kind, das weiß ich nicht. Da wirst du dich bis zum Eintreffen des Bischofs gedulden müssen.«
Es wurde Abend, bis die schweren Schritte des Bischofs durch die Gänge des Klosters hallten. Als Schwester Maria zusammen mit ihm und der Priorin in ihre Zelle trat, wurde es Catalina flau im Magen.
Der Bischof und die Priorin setzten sich auf eigens herbeigeschaffte Stühle. Der Gottesmann strich seine Soutane glatt und bedeutete Catalina, ebenfalls Platz zu nehmen. Schwester Maria stellte sich hinter ihren Stuhl, wofür sich Catalina mit einem Blick bedankte.
»Schwester Maria hat dir ja schon gesagt, dass der Bote aus San Sebastián zurückgekommen ist«, erklärte der Bischof und blickte ihr direkt in die Augen.
Catalina nickte und presste die Hände in den Schoß.
»Allzu günstig fiel der Bericht, den wir von dort über dich bekommen haben, nicht aus«, fuhr der Bischof fort. »Aber immerhin hat man bestätigen können, dass du tatsächlich vor den Weihen aus dem Kloster geflohen bist.«
Erst als Schwester Maria ihr vor Freude die Schulter drückte, begriff Catalina, was der Bischof gesagt hatte.

»Ihr … Ihr meint …«, stotterte sie. »Schwester Asunción hat wirklich bestätigt …«

Der Bischof nickte.

»Und jetzt?«, rief Catalina. »Kann ich jetzt womöglich gehen?«

Der Bischof schüttelte den Kopf. »Heute früh habe ich dem heiligen Offizium den Bericht vorgelegt. Nach einer langen Beratung haben sie mir mitgeteilt, dass dein Fall nicht so leicht zu entscheiden sei. Außerdem hättest du inzwischen eine gewisse Berühmtheit erlangt – bis nach Madrid sei deine Geschichte vorgedrungen. Deswegen ziehen die hohen Herren es vor, dich der dortigen Gerichtsbarkeit zu überstellen. Gleich mit dem nächsten Schiff wirst du nach Spanien reisen.«

»Zurück nach Spanien?« Catalina starrte ihn an und hätte in diesem Moment selbst nicht sagen können, was sie daran mehr erschreckte: das ungewisse Schicksal, das sie dort erwartete, oder die Tatsache, dass sie Mikel nun mit Sicherheit nie mehr wiedersehen würde.

29

Mein Gott, ist das schön!« Bewegt blickte Schwester Maria auf Sevilla, das die Strahlen der untergehenden Sonne in ein goldrotes Licht tauchten. Catalina konnte sich am Anblick der Stadt nicht freuen, zu sehr ängstigte sie sich vor der Zukunft, überdies quälte sie der Gedanke, dass sich Schwester Marias und ihre Wege nun bald trennen würden. Wenn das Schiff angelegt hatte, würden sie zusammen mit Catalinas Bewachern von Bord gehen, die Nacht in einem Gasthof in Sevilla verbringen und am Morgen weiter nach Madrid reisen. Sobald das heilige Offizium entschieden hatte, was weiter mit ihr geschehen sollte, würde Schwester Maria zurück nach Lima reisen. Die gutmütige treue Seele sah zu Catalina und verstand auch ohne Worte, was in ihr vorging. Sie strich ihr über den Arm. Nur Mut, sollte das heißen. Vertrau auf Gott! Catalina nickte seufzend.

Noch ehe die Sonne ganz untergegangen war, legte ihr Schiff im Hafen an, wo Hunderte von Menschen die Ankunft der Silberflotte mit Jubel, Geschrei und ausgelassenen Gesängen feierte. »Du meine Güte, was ist denn das für ein Trubel?«, staunte Schwester Maria.

Da trat Sancho, der Ältere von Catalinas beiden Bewachern, zu ihnen und bat sie, ihre Sachen zu holen. »Wir gehen gleich als Erste von Bord!«

Catalina lief in die winzige Kabine, die sie mit mehreren Frauen geteilt hatten, und packte ihre Schlafdecken und die zwei Kutten, die sie zum Wechseln mitgenommen hatte, in einen Seesack. Als sie wieder an Deck kam, erwartete Sancho sie schon am Kai.

»Na los, nun komm schon!«, brummte er. Er war erst vor drei Jahren von Granada nach Peru ausgewandert und von dieser Reise in sein Heimatland wenig begeistert, während Juan, der mit seinen siebenundzwanzig Jahren nur wenig älter als Catalina war, heute zum ersten Mal einen Fuß auf spanischen Boden setzte. Seine Vorfahren hatten Peru seinerzeit unter Pizarro erobert und waren im Land geblieben. Er empfand die Reise als einziges großes Abenteuer. Der Tumult auf den Kais begeisterte ihn, ganz gewiss würde er seinen Kameraden daheim davon erzählen!

»Die Leute sind so aufgeregt, dass man meinen könnte, die Schiffe hätten nichts als Geschenke für sie geladen«, rief er Catalina zu.

»Jetzt halt nicht Maulaffen feil, sondern sieh zu, dass du von Bord kommst!«, fuhr ihn Sancho an. Juan lachte unbekümmert, kam dem Befehl seines Vorgesetzten aber sofort nach.

Für alle war es ein seltsames Gefühl, nach den langen Wochen auf See wieder festen Boden unter den Füßen zu haben.

»In meinem Kopf schwankt es noch immer«, meinte Schwester Maria und musste sich an Catalina festhalten.

Auf einmal rief jemand: »He, Paco, sieh mal, da ist Catalina!«

Verwundert drehten sie sich um.

»Tatsächlich«, erwiderte sein Freund. »Das ist sie! Ganz wie sie in der Gazette abgebildet war, nur die Haare sind ein bisschen länger.«

Die beiden rannten auf Catalina zu und zogen einen ganzen Pulk Leute hinter sich her, die ebenfalls riefen: »Ja, das ist sie! Das muss sie sein!«
»Und ob sie das ist!«, rief eine Frau. Sie hielt ein Flugblatt neben Catalinas Gesicht. »Hier, genau wie auf dem Porträt.«
Catalina blickte verwirrt auf ihr Konterfei und wollte das Blatt nehmen, doch die Frau zog es weg. »Was bildest du dir ein? Dafür habe ich einen Viertel Maradevis bezahlt.«
»Sie ist es wirklich! Catalina de Erauso ist hier!«, schallte es nun von immer mehr Seiten, und im Nu waren Catalina, Schwester Maria und Catalinas Bewacher von einer Menschentraube umringt. Schwester Maria sah sich erschrocken um. »Sie werden uns noch erdrücken!«
»Verdammt, so tut doch was!«, fuhr Catalina ihre Bewacher an. »Oder gebt mir wenigstens einen Degen, damit ich selber etwas tun kann.«
Sancho und Juan hoben die Musketen.
»Los, zurück, macht Platz, lasst uns durch!«, riefen sie. »Verschwindet, oder wir schießen uns den Weg frei!«
Ein paar Leute gingen beiseite, aber aus den hinteren Reihen drängten gleich neue nach.
»Nun sag schon«, riefen auch sie. »Bist du Catalina de Erauso?«
Als Catalina nicht antwortete, hielt wieder jemand ein Flugblatt neben sie. Diesmal ließ man ihr die Gelegenheit, es zu lesen. »Die Nonne Fähnrich auf dem Weg nach Sevilla!« stand in großen Lettern über ihrer Porträtzeichnung. Catalina überflog die ersten Zeilen des Artikels. »Das … das ist ja meine Geschichte! Wo haben die das alles her?«
Schwester Maria las ebenfalls. »Offensichtlich ist deine

Abreise von Lima nicht verborgen geblieben, und wie es aussieht, liebt man in Sevilla Sensationen nicht weniger als anderswo.«

Jemand packte Catalinas Arm und versuchte, sie mitzuziehen. Erschrocken hielt sie sich an Juans Wams fest. »Juan!«

Juan zog dem Mann seinen Gewehrkolben über. Taumelnd wich der zurück. Mittlerweile hatte der Lärm vier Soldaten angelockt.

»Was ist denn hier los?«, rief ihr Anführer.

»Wir haben den Auftrag, diese Frau nach Madrid zu bringen, und werden diese Meute hier nicht mehr los«, erklärte ihm Sancho.

Der Anführer winkte weitere Soldaten herbei. Mit Warnschüssen und Degenstößen drängten sie die Menge zurück. »Los, haut ab! Sucht euch eine andere Attraktion! Auseinander, auseinander, sage ich!«

Das Gros der Leute zerstreute sich; die Restlichen trollten sich, als Sancho ein paarmal in die Luft schoss.

Eine halbe Stunde später hatten sie den kleinen Gasthof erreicht, in dem sie nach Anweisung des Bischofs die Nacht verbringen sollten. Catalina sank auf ihr Strohlager.

»Was wollen die Leute bloß von mir?«

»Die Neugier ist des Menschen Natur«, erklärte ihr Schwester Maria. »Und deine Geschichte ist nun einmal ziemlich ungewöhnlich: für eine Frau hast du viel Mut bewiesen und Erstaunliches geleistet!«

»Aber die Inquisitoren!«, rief Catalina. »Werden sie nicht außer sich sein, wenn sie von diesem Tumult hören?«

Schwester Maria strich ihr über den Arm. »Den Tumult machst nicht du, sondern die anderen. Du hast ein ruhiges

Leben geführt und ehrenvolle Verdienste in der Armee des Königs erworben. Nur daran darfst du jetzt denken.«

»Und wenn die Inquisitoren das anders sehen und Angst bekommen, dass dieser Wirbel, den meine Geschichte hier verursacht, ihnen demnächst Nachahmer beschert?«

Schwester Maria zog es vor, hierauf nicht zu antworten.

So sehr sich Catalinas Bewacher auch bemühten, sich auf ihrem Weg nach Madrid mit Catalina von allen größeren Plätzen fernzuhalten, konnten sie doch nicht verhindern, dass es immer wieder zu Aufläufen kam. Die Leute wollten sie sehen, sie anfassen, ihr Haar berühren, manche versuchten gar, ihr eine Strähne davon abzuschneiden oder wenigstens ein Fädchen von ihrer Kutte abzureißen. Immer wieder mussten Catalinas Bewacher zur Waffe greifen, um ihr die Menschen vom Leib zu halten. Mehr als einer bekam dabei die Kolben ihrer Musketen zu spüren, einem Mann schossen sie in den Fuß, einen anderen setzten sie mit dem Degen außer Gefecht. Und doch hörten die Tumulte nicht auf.

»Kann's kaum erwarten, das Weib endlich loszuwerden«, brummte Sancho immer öfter, und auch Juan hatte längst genug vom Land seiner Väter. »Dieser Affenzirkus ist ja nicht auszuhalten.«

Catalina graute vor den hemmungslos zugrapschenden Männerhänden, doch auch die Frauen bedrängten sie. Da gab es die Jungen, die wie sie früher allzu heißblütig und entsprechend verzweifelt waren und lieber heute als morgen in ihre Fußstapfen getreten wären und sich Hilfe und Ermunterung von ihr erhofften. Zum anderen gab es die Älteren, die vor Jahrzehnten auch einmal an eine Flucht gedacht, sie aber nicht gewagt hatten und nun über ihrer

Feigheit alt und bitter geworden waren und mit der Spucke, mit der sie Catalina bedachten, zugleich auch ein bisschen sich selbst bespuckten.
Vier Wochen später erreichten sie die Tore der Königsstadt. Nachdem Sancho und Juan gemeinsam mit den Stadtwachen den ersten Menschenauflauf aufgelöst hatten, drückte Sancho einem Gassenjungen ein Geldstück in die Hand, damit er sie über möglichst wenig belebte Gassen zum Gerichtshof der heiligen Inquisition schleuste, doch gerade als sie das hohe Gebäude vor sich auftauchen sahen, wurde Catalina wieder erkannt, und sogleich hatte sich die übliche Menschentraube um sie gebildet. Wutentbrannt schlug Sancho mit dem Musketenkolben auf die Menschen ein und zerrte Catalina zu den Toren des Gerichtshofs, wo er den Wachen das Schreiben der Inquisitoren von Lima zeigte und um sofortigen Einlass bat. Der Anblick des Siegels reichte, um die Wachen sofort das Tor öffnen zu lassen. Drinnen wurden sie von zwei Gerichtsbütteln in Empfang genommen und weitergeführt.
Angesichts der hohen, mit Goldverzierungen und imposanten Gemälden geschmückten Wände und des spiegelblanken Marmorbodens in der Empfangshalle des weitläufigen Gebäudes fühlte sich Catalina klein und unbedeutend. Die Gerichtsbüttel führten sie durch zwei Gänge zu einem Raum, vor dem eine lange Sitzbank stand.
»Hier könnt ihr warten«, erklärten sie und verschwanden wieder. Catalina und Schwester Maria nahmen Platz, während sich Sancho und Juan leise und erbittert über die Arroganz ihrer spanischen Kollegen ausließen.
Stundenlang geschah gar nichts. Endlich öffnete sich eine Tür und ein bleichgesichtiger, hochgewachsener Domini-

kanermönch hieß Catalina und Schwester Maria eintreten. »Ihr zwei bleibt draußen!«, erklärte er Catalinas Bewachern. Sancho warf ihm einen mürrischen Blick zu, wagte aber nichts zu erwidern.

Die Ausstattung des Saales war noch prächtiger als die der Eingangshalle. Vielarmige Leuchter erhellten den weitläufigen Raum, in dessen Mitte auf einer Art Tribüne ein langer, üppig mit Gold beschlagener Mahagonitisch stand, hinter dem sich vier hochlehnige, rot gepolsterte Stühle befanden. In der Mitte der Wand gegenüber dem Eingang hing ein Kruzifix mit dem leidenden Herrn, direkt daneben das Wappen des heiligen Offiziums mit dem grünen Kreuz im Zentrum. Der Olivenzweig daneben symbolisierte Milde für die Bußfertigen, das Schwert Unnachgiebigkeit für die Verstockten. Unter dem Kreuz war ein brennender Dornbusch abgebildet. Er stand für die unauslöschliche Weisheit der Kirche und für das Feuer, das allen drohte, die sich ihrem Willen nicht beugten.

Wie hypnotisiert starrte Catalina zu dem Wappen empor. Da betraten der Inquisitor, seine Beisitzer und ein Notar den Raum. Der Gerichtsbüttel stieß Catalina in den Rücken, woraufhin sie sich niederkniete und sich erst wieder zu erheben wagte, als der Inquisitor selbst sie dazu aufforderte. Schwester Maria musste sich auf einen abseits stehenden Holzschemel setzen, Catalina auf einen direkt vor der Tribüne. Zunächst schien keiner mehr Notiz von Catalina zu nehmen. Unsicher blickte sie zu dem Inquisitor. Er war ein älterer, mittelgroßer Mann, durch seine Brille funkelten undurchdringliche Augen, die schwarze Soutane ließ seine strenge Miene noch finsterer erscheinen. Er öffnete ein in Leder gebundenes Buch und überflog ein paar Zeilen. Anschließend verständigte er sich leise mit den Beisitzern. Dann strich er sich über seinen kleinen Bart und blickte Catalina lange an. Catalina schienen Ewigkeiten zu vergehen, bis er endlich das Wort an sie richtete.

»Catalina de Erauso«, sagte er und seine Stimme hallte tief und dunkel von den Wänden wider. »Erhebt Euch und tretet vor!«

Catalina tat, wie ihr geheißen. Der Inquisitor winkte den Gerichtsbüttel zu sich, reichte ihm ein Buch und befahl ihm, es zu Catalina zu bringen.

»Und jetzt schwört«, sagte er zu ihr. »Schwört auf die Bibel und im Namen des Heiligen Vaters, des Sohnes und des Heiligen Geistes, dass Ihr hier die Wahrheit und nichts als die Wahrheit sagen werdet!«

Catalina hob die Hand und legte sie auf die Bibel. Sie räusperte sich, danach klang ihre Stimme laut und fest: »Ja, das schwöre ich!«

Der Büttel gab dem Inquisitor die Bibel zurück.

»Und jetzt erzählt, Catalina de Erauso«, fuhr der Inquisitor fort. »Alles wollen wir wissen, und immer schön der Reihe nach. Und wagt nicht, etwas Wesentliches auszulassen!«

Catalina sah ihn an, schluckte und begann …

30

Die nächsten Tage wurden hart für Catalina. Immer wieder musste sie vor dem Inquisitor erscheinen, ständig neue Fragen beantworten, mal dies genauer, mal jenes breiter ausführen und wurde hernach von ihm stets mit derselben undurchdringlichen Miene an ihre Bewacher überstellt. Sancho brachte sie immer sofort in ihr Gasthaus zurück, in dem Catalina dann Stunden auf ihrem harten Strohbett verbrachte, die gekalkten Wände anstarrte und sich noch hundertmal durch den Kopf gehen ließ, was sie dem Inquisitor und seinen Beisitzern erzählt und wie sie ihr Tun und Handeln begründet hatte. Vor allem an dem Degenkampf in Caxamalca hielt sich der Inquisitor über Stunden auf und wollte ihr lange nicht glauben, dass sie den Freund des Narbigen tatsächlich nur aus Notwehr niedergestochen hatte, und auch der Tod des Verlobten der Tochter des Bürgermeisters von Cuzco beschäftigte ihn einen ganzen Nachmittag lang. Wirklich ins Schwitzen aber kam Catalina, als der Inquisitor von ihr die Umstände des Todes ihres Bruders erklärt haben wollte, der immerhin ein verdienter Soldat und überdies Hauptmann der königlichen Armee gewesen war.

»Es war eine Verkettung unglücklicher Umstände«, beteuerte Catalina mit tränennassem Gesicht. »Ich habe nicht gesehen, wer da auf uns zustürzte. Dafür war es viel zu dunkel. Alles, was ich in diesem Moment dachte, war, dass ich meinen Freund beschützen musste.«

Lange hatte der Richter sie da durch seine funkelnde Brille angesehen, und Catalina hatte ihren ganzen Mut aufbringen müssen, um diesem Blick standzuhalten, was ihr noch schwerer fiel, da ihr im gleichen Moment ihre Familie einfiel.

Ihr Vater würde sie eigenhändig erschlagen, wenn er je herausfände, dass sie Miguels Tod zu verschulden hatte, und ihre Mutter ... Miguel war immer ihr Liebling gewesen.

Endlich ergriff der Richter die Feder, schrieb etwas in sein Buch und befragte sie zum nächsten Thema.

»Sie werden mich anklagen«, stöhnte Catalina und sah hinüber zu Schwester Maria, die das Gästezimmer mit ihr teilte und sich wegen der Kälte tief in ihre Decke gehüllt hatte.

»Jetzt hör auf zu grübeln, Kind«, seufzte die Nonne. »Du kannst den Lauf der Dinge ohnehin nicht ändern. Leg dich lieber hin und schlaf ein bisschen, damit du morgen frisch und ausgeruht bist.«

»Frisch und ausgeruht!« Catalina sprang von ihrem Bett auf und lief mit weit ausholenden Schritten hin und her. »Wie soll ich mich hinlegen und ausruhen, wenn sie mir mit ihren Fragen ständig neue Schlingen um den Hals legen und diese Schlingen immer fester zuziehen?«

»Indem du auf Gott vertraust«, erwiderte Schwester Maria leise. »Indem du wenigstens ein Mal in deinem Leben auf Gott vertraust!«

Am Ende des achten Gerichtstages erklärte der Inquisitor Catalina, dass sie für den Moment keine weiteren Fragen hätten, sie sich im Gasthaus aber weiter zu ihrer Verfügung halten müsse. »Wir werden jetzt beraten. Unser

Büttel wird Euch holen kommen, wenn wir entschieden haben, ob wir Anklage gegen Euch erheben.«
Wieder versuchte Catalina in seiner Miene zu lesen, fand sie aber so undurchdringlich wie eh und je. Der Inquisitor erhob sich und verließ mit wehender Soutane den Raum. Catalina starrte ihm noch lange hinterher.

Auch die Tage, in denen sie verhört worden war, hatten Catalina zugesetzt, aber wirklich unerträglich wurden ihr die nun folgenden. Stunde um Stunde musste sie in ihrem Gästezimmer sitzen, nie ließen ihre Bewacher sie auch nur für ein Stündchen vor die Tür gehen, und da es hier keine Abtritte, sondern nur Nachttöpfe gab, durfte sie das Zimmer noch nicht einmal zum Verrichten ihrer Notduft verlassen. Das Warten, die Ungewissheit und die Enge des Zimmers quälten Catalina und führten dazu, dass sie, die bislang immer so tapfer gewesen war und ihrem Schicksal stets mit offenem Blick entgegengesehen hatte, auf einmal jeden Mut verlor.
»Ich kann nicht mehr, ich kann einfach nicht mehr«, gestand sie Schwester Maria eines Abends, und als die alte Frau zu ihr trat und ihren Kopf an ihren Bauch zog, liefen Catalina endgültig die Tränen übers Gesicht. Schluchzend ergriff sie die Hände der guten Schwester und presste sie auf ihr Gesicht.
»Ach, meine Kleine«, seufzte die Nonne. »Wenn ich dir doch nur etwas von meinem Gottvertrauen abgeben könnte! Beten musst du, beten und vertrauen. Wer soll uns denn sonst beistehen, wenn nicht unser Herrgott?«
Catalina sah zu ihr auf und fand in den klugen, grauen Augen der Nonne so viel Zuversicht, dass sie tatsächlich niederkniete, die Hände faltete und zusammen mit

Schwester Maria zu beten begann. *Vater unser, der du bist im Himmel ... Heilige Maria, Mutter Gottes, bitte für uns Sünder ...* Ein Gebet nach dem anderen glitt über ihre Lippen, es war ein einziger Fluss, der aus ihr hinausströmte und ihre ganze Unruhe mitnahm. Als sie endlich Ruhe und Frieden in sich gefunden hatte, klopfte es an der Tür. Der Büttel ließ ihnen gerade Zeit, sich ein Tuch um die Schulter zu legen, damit sie in den winterlich kalten Gassen nicht frören, dann scheuchte er sie aus dem Haus. »Die hochwürdigste Exzellenz wartet nicht gern!«

Auch Catalinas Bewachern war dieser unvermittelte Aufbruch nicht recht. Gerade hatte die Gastwirtin ihnen eine warme Suppe hingeschoben, aber es half ja nichts – mit dem Büttel eines Inquisitors stritt man nicht.

»Bete, Kind, bete!«, riet ihr Schwester Maria, als sie die hohen, heiligen Hallen betraten. »Sammle dich im Gespräch mit Gott!« Doch sie fand nicht mehr die rechte Hingabe. Und so saß sie auf der langen Wartebank und erwog endlos die bange Frage: »Werden sie mich anklagen oder nicht?«

Endlich rief der Büttel sie in den Saal. Zum ersten Mal saßen der Inquisitor, seine Beisitzer und der Notar bereits auf ihren Plätzen, ihre Mienen schienen noch undurchdringlicher als sonst. Catalina sank auf die Knie, der Inquisitor nickte, wies sie an, auf ihrem Holzschemel Platz zu nehmen, sortierte einige Blätter und tauschte sich mit seinen Beisitzern aus. Eine Ewigkeit schien Catalina vergangen zu sein, bis er sie endlich vortreten ließ.

»Catalina de Erauso, so hört nun, was das hohe Gericht beschlossen hat!« Tief und schwer hallte seine Stimme von den Wänden wider. »In langen Stunden der Beratung, in der wir Euren Fall nach bestem Wissen und Gewissen untersucht und geprüft haben, sind wir zu dem Beschluss gekommen, dass wir von einer Anklage gegen Euch absehen.«

Catalina starrte ihn an – und fiel wie ein leerer Kartoffelsack in sich zusammen.

Mit ein paar Spritzern kaltem Wasser hatte der Gerichtsbüttel Catalina schnell wieder zu sich gebracht. So konnte sie den langen Ausführungen folgen, was sie sich zuschulde hatte kommen lassen, aber auch, was man ihr zugute hielt und warum man sie schließlich doch nicht anklagte: Sie war eben auch ein verdienter Soldat des Königs, hatte in Peru für die christliche Sache gekämpft und verdiente dafür Anerkennung.

»Und nun, Fähnrich Catalina de Erauso …« Der Inquisitor hob einen versiegelten Umschlag. »Nun will ich Euch noch dies von Eurem Herrn und König geben!«

Er übergab das Schreiben dem Büttel, der es an Catalina reichte. Unsicher hielt Catalina den Umschlag in den Händen.

»Öffnet ihn!« Der Inquisitor nickte ihr zu. Einen Moment zögerte Catalina noch, aber schließlich überwog ihre Neugier. Sie schob einen Finger unter das Siegel und brach es auf. Schweres Büttenpapier mit dem Wappen des Königs kam zum Vorschein. Catalina zog es heraus, entfaltete es und begann zu lesen.

»Ich … ich bekomme eine Pension?« Mit strahlenden Augen sah sie zu dem Inquisitor auf. »Der König erkennt meine Dienste an und gibt mir dafür eine Pension?«

Der Inquisitor nickte ihr zu, und zum ersten Mal in all diesen Verhandlungstagen entdeckte Catalina einen Funken Sympathie in seinen Augen. Sie ahnte, dass sie die Pension seiner Vermittlung zu verdanken hatte.

»Danke«, sagte sie. »Ich danke Euch sehr!«
Der Inquisitor schob seine Unterlagen zusammen, erhob sich und verließ den Saal.

Zurück im Gasthaus ließen sich Catalinas Bewacher von der Gastwirtin ihre Suppe wieder aufwärmen, löffelten sie aus, packten ihre Sachen und brachen in Richtung Sevilla auf, um sich von dort nach Porto Bello einzuschiffen.
Traurig sah Catalina zu Schwester Maria. »Ihr werdet Euch jetzt sicher auch bald auf den Rückweg machen …«
Schwester Maria nickte. »Gleich morgen will ich mich an eines der Klöster hier wenden, damit sie mir eine Gruppe vermitteln, mit der ich mitreisen kann.«
»Und Ihr habt noch nie daran gedacht, in Spanien zu bleiben? Ich könnte Euch ab und zu besuchen kommen und … und …«
Die Schwester lächelte. »So gern ich auch weiter für dich da wäre – ich kann nicht. Mein Leben, das ist Peru und mein Kloster. Dort gehöre ich hin!«
»Das ist es wohl, was man ein Zuhause nennt …« Catalina rubbelte sich mit den Fäusten über die Oberarme.
»Ein Zuhause, ja, mein Kind. Das hat dir in deinem Leben gefehlt: ein Platz, an dem du dich heimisch und aufgehoben fühlst und Menschen um dich hast, die dich lieben. Wie anders wäre dein Leben dann verlaufen!« Schwester Maria strich ihr über die Wange. »Ach, mein armes Kind. Wie gern würde ich mehr für dich tun, aber ich kann dir nur anbieten, mit mir zurück nach Peru zu kommen und in unser Kloster einzutreten. Da hat es dir doch eigentlich ganz gut gefallen …«
Catalina wusste, dass das stimmte. Aber damals war sie krank und bedroht gewesen und hatte Schutz gebraucht.

Jetzt war sie frei und wollte es auch bleiben. »Ich bin nicht dafür geschaffen, auf Dauer hinter Mauern zu leben.«
Schwester Maria seufzte. »Und wenn du mit zurück nach Peru kämst und versuchen würdest, Mikel wiederzufinden?«
Die Erwähnung Mikels versetzte Catalina einen Stich.
»Aber Kind, du liebst ihn doch«, setzte Schwester Maria nach.
»Aber … aber er ist jetzt verheiratet!«
»Er wollte heiraten.«
»Er hat geheiratet!« Catalina war des vergeblichen Hoffens müde.
»Und was willst du jetzt machen?«
Catalina hob die Achseln. »Von der Pension des Königs kann ich leidlich leben, aber ich bin zu sehr daran gewöhnt, mir meinen Lebensunterhalt mit Arbeit zu verdienen, als dass ich mich damit zufrieden geben könnte, mir jetzt irgendwo ein Zimmer zu mieten und für den Rest meines Lebens die Hände in den Schoß zu legen.«
»Aber was willst du denn sonst machen? Kein Mensch wird dich nach dem Trubel, den es um dich gegeben hat, als Erzieherin für seine Kinder anstellen, und ich bezweifle ohnehin, dass dies die richtige Aufgabe für dich wäre. Heiraten willst du auch nicht – aber irgendjemand muss seine schützenden Hände über dich halten!«
»Wenn ich wieder als Mann leben würde, könnte ich dies selber tun …«, erwiderte Catalina nachdenklich.
Die Schwester sah sie erschrocken an. »Das sagst du jetzt nicht im Ernst? Denk an die Verhandlungen, die du gerade erst überstanden hast! Wenn sie dich noch einmal vorladen, werden sie dich kaum wieder ungeschoren davonkommen lassen, es sei denn …« Auf einmal blitzte es

in den Augen der Nonne. »Es sei denn, du würdest dir von ganz oben die Erlaubnis holen, weiter Männerkleidung zu tragen.«

»Von ganz oben?« Catalina sah sie verständnislos an.

»Nun ja. Von *ganz oben* eben!«, wiederholte die Nonne und sah sie vielsagend an. »Du müsstest dich an den Heiligen Vater wenden. Wenn er dir die Erlaubnis gäbe, Männerkleidung zu tragen, könnte dich niemand mehr dafür verurteilen!«

»Und Ihr meint, er würde mir diese Erlaubnis erteilen?«

Schwester Maria hob die Hände. »Das weiß ich nicht. Aber ich merke ja, dass du auf die Freiheit, die dir die Männerkleider geben, nicht verzichten wirst – und wenn du nicht als Sodomistin auf dem Scheiterhaufen enden willst, solltest du es wenigstens versuchen!«

31

Bevor Schwester Maria ihre Rückreise nach Peru antrat, brachte sie Catalina mit einer Pilgergruppe zusammen, deren Ziel der Vatikan war.

»Mit diesen Leuten kannst du gefahrlos reisen, auch wenn du weiter diese Kutte trägst und dich damit als Frau zu erkennen gibst. Sie werden für deinen Schutz sorgen.«

Schon drei Tage später war die Abreise. Schwester Maria begleitete sie zum Treffpunkt der Pilger, einem kleinen Wiesenstück außerhalb der Stadt. Schon von weitem sahen sie das knappe Dutzend gut gerüsteter Wagen, die im Halbkreis zusammenstanden. Die Pferde und Maultiere waren angespannt, die meisten Pilger saßen abfahrtbereit auf ihrem Kutschbock, nur noch wenige waren mit letzten Handgriffen beschäftigt. Catalina sah zu der Schwester auf und kämpfte gegen die Tränen. »Ihr wisst, dass ich Euch nie vergessen werde!«

»Ich dich auch nicht, meine Tochter«, erwiderte Schwester Maria und bekam dabei ein Glitzern in die Augen. Catalina ahnte, dass auch in ihrem Leben etwas gefehlt hatte, und drückte der Schwester die Hand.

»Jetzt steig endlich auf!«, drängten sie die Pilger, denen sie zugeteilt war.

»Ja, gleich, gleich!«

Catalina warf ihr Bündel auf die Ladefläche und umarmte Schwester Maria. »Kommt gut nach Hause! Und lebt wohl!«

Auf einmal fiel Catalina noch etwas ein. Sie wusste, es war unsinnig, und schluckte ihre Bitte hinunter. Doch Schwester Maria war auch das nicht entgangen. »Na los, sag schon: Was kann ich noch für dich tun?«

»Es … es ist wegen Mikel.« Catalina schluckte. »Wenn … wenn Ihr ihn in Lima einmal sehen solltet … würdet Ihr ihn dann …«

»Niemand als du selbst kann ihm sagen, wer du bist und wie du für ihn empfindest!«

»Das weiß ich und auch dass es dafür jetzt, da er verheiratet ist, zu spät ist. Aber ich würde mich freuen, wenn Ihr ihn einfach nur von mir grüßen würdet. Er soll wissen, dass es mir gut geht und ich ihm alles Glück der Welt wünsche!«

»Das will ich ihm gern sagen, und mach dir keine Sorgen: Du hast ihn mir auf dem Schiff oft genug beschrieben. Wenn er eines Tages vor mir stehen sollte, werde ich ihn erkennen! Und du, lass den Kopf nicht hängen. Das Leben steckt voll überraschender Wendungen.« Die Schwester zwinkerte ihr zu. »Und lerne endlich, Gott zu vertrauen! So wirst du um einiges leichter durchs Leben kommen. Wenn ich deinen Mikel treffe, werde ich dir schreiben und berichten, wie es ihm geht. Du musst mir nur eine Adresse zukommen lassen, damit ich weiß, wie ich dich erreichen kann.«

Catalina versprach es. »Und dann schreibe ich Euch auch, wie es mir im Vatikan ergangen ist.«

Sie umarmten sich ein letztes Mal.

»Vertrau auf Gott! Er wird alles richten«, versicherte ihr Schwester Maria noch einmal. Catalina winkte ihr noch zu, als diese schon lange nicht mehr zu sehen war.

Dank der gut ausgebauten, breiten Wege und der starken Pferde vor ihren Kutschen kamen die Pilger zügig voran. Lediglich beim Überqueren der Pyrenäen hatten sie wegen unerwartet großer Schneemassen Probleme, aber schließlich überwanden sie die Berge, und in der Provence empfingen sie die Sonne und blühende Mandelbäume.

Mit den beiden Männern und der Frau, in dessen Wagen sie reiste, kam Catalina gut zurecht. Es war ein Ehepaar und der Bruder der Frau. Sie stammten aus Toledo und hatten in den letzten Jahren jeden einzelnen Maradevis, den sie mit ihrer kleinen Goldschmiede erwirtschaftet hatten, zurückgelegt, um sich diese Fahrt leisten zu können. Dass Catalina jetzt einen Teil zu den Reisekosten beisteuerte, freute sie sehr. Sie behandelten sie freundlich, blieben auf der ganzen Reise zurückhaltend, und einzig die Frau, eine ebenso gutmütige wie feinfühlige Person, redete mit Catalina auch einmal mehr als das Nötige und bekam so manches Mal ein verständiges Funkeln in die Augen, wenn sie Catalina mit diesem wehmütigen Blick in die Ferne blicken sah.

»Die Liebe, ja, die Liebe«, murmelte sie dann und gab Catalina hernach oft einen Schlag Essen mehr auf den Teller, als ihr eigentlich zugestanden hätte.

Vier Monate später erreichten sie die Papststadt. Der Goldschmied ließ Catalina vor dem Vatikan aussteigen, drückte ihr zum Abschied kurz die Hand und versicherte ihr, dass sie gern mit ihnen zurückreisen könnte.

»In einem Monat fahren wir ab. Du weißt ja, wo du uns finden kannst.«

Catalina nickte, ließ sich ihr Bündel herunterreichen und winkte ihnen nach. Anschließend stand sie allein auf dem weitläufigen Platz vor dem Vatikan.

32

Eine Woche lang sprach Catalina jeden Morgen und jeden Nachmittag im Vatikan vor, dann endlich ließ sie der magere Mönch am Eingang zu dem Prälaten vor, der darüber zu entscheiden hatte, wem eine Audienz beim Papst gewährt wurde.

Ein Mönch mit auffallend großen Ohren führte Catalina in das Empfangszimmer des Prälaten. Erst als sie schon eine ganze Weile im Zimmer stand, sah der gewichtige Mann von seinem Schreibtisch auf.

»Und Ihr?«, fragte er Catalina. »Was wollt Ihr?«

Catalina knickste schüchtern und versuchte, ihr Anliegen zu erläutern.

Von Satz zu Satz wurde die Miene des Prälaten ungeduldiger.

»Aber das sind doch alles Verrücktheiten«, fiel er ihr schließlich ins Wort. »Nichts als Verrücktheiten!«

Unwirsch machte er dem Mönch Zeichen, sie wieder hinauszuführen. Als er die hohe Tür hinter Catalina ins Schloss drückte, wollte sie diese noch einmal öffnen, doch dann traten zwei Schweizergardisten auf sie zu, deren Blick genügte, um Catalina klarzumachen, dass sie die Türklinke besser schnell wieder losließ.

In ihrem kleinen Herbergszimmer schwankte Catalina zwischen Wut und Verzweiflung. Mal wollte sie zurück in den Vatikan stürmen, mal sich mit den Pilgern in Verbindung setzen, um baldmöglichst die Rückreise anzutreten. Zum Schluss überwog ihre Wut: Gleich am nächsten Morgen stand sie wieder vor dem mageren Mönch am Eingang des Vatikans.

»Ich habe mich sicher nur falsch ausgedrückt«, erklärte sie dem Mann. »Wenn der Monsignore mich nur noch ein einziges Mal empfangen würde und sich meine Unterlagen ansähe ...«

Der Mönch wies sie ab, und auch an den nächsten Tagen weigerte er sich, sie noch einmal zum Prälaten vorzulassen.

Am zehnten Tag rissen Catalina die Nerven.

»Zum Donner noch eins, mir ist doch kein Mensch geblieben!«, fuhr sie den mageren Mann an. »Da kann man mir jetzt doch nicht auch noch die Zuflucht in Männerkleider verwehren!«

Auf der Stelle kamen zwei Schweizergardisten herbei. Der Mönch beschwichtigte sie. »Ich denke, die junge Frau hat sich schon wieder im Griff.«

Catalina ließ den Kopf sinken und wollte nach Hause gehen, da packte sie der Mönch am Ärmel und machte ihr ein Zeichen, noch einmal hineinzugehen.

»Das ist deine letzte Chance, hörst du? Wenn der Herr Prälat dich wieder wegschickt, will ich dich hier nie wiedersehen.«

Catalina versprach es.

Eine gute Stunde musste Catalina warten, bis sie wieder in das Empfangszimmer des Prälaten treten durfte. Zu ihrer Überraschung saß dort diesmal ein sehr viel jüngerer Mann, der Catalina mit wachem Interesse zuhörte.

»Du warst was?«, rief er ungläubig. »Ein Soldat?«

Catalina nickte. »Ja, in der Armee des spanischen Kö-

nigs.« Sie legte ihm ihre Unterlagen vor. »Hier seht! Und da ist die Billigung der spanischen Inquisitoren.«
»Und jetzt willst du vom Papst die Erlaubnis, weiter Männerkleider tragen zu dürfen?«
Catalina nickte. »Ich flehe Euch an: Gewährt mir die Audienz beim Papst! Es hängt so viel von dieser Erlaubnis für mich ab.«
Der Prälat sah Catalina lange an, vertiefte sich dann in ihre Unterlagen und nickte schließlich. »Also gut, setz dich in den Wartessaal!«
Catalina nahm ihre Unterlagen wieder an sich und lief in den Wartesaal, doch als sie sah, wie viele Menschen dort darauf warteten, beim Papst vorgelassen zu werden, schwand ihr Optimismus so schnell, wie er gekommen war.

Weder an diesem noch an den folgenden Tagen kam sie an die Reihe. »Der Heilige Vater empfängt heute nicht mehr. Kommt morgen wieder, kommt morgen wieder!« Mit diesen Worten wurden sie und viele andere Abend für Abend wieder nach Hause geschickt.
Von Tag zu Tag wurde Catalina das Stöhnen und Lamentieren der anderen Wartenden unerträglicher. Mit grimmiger Miene verzog sie sich in einen stillen Winkel und versuchte, an etwas anderes zu denken. Erinnerungen an Schwester Euralia, Tao Te Chen, Stefano und Schwester Maria kamen in ihr auf – und schließlich auch Erinnerungen an Mikel.
»Er ist Tausende von Meilen von mir entfernt, verheiratet und inzwischen wohl gar Vater eines strammen Jungen«, zürnte sie mit sich. »Ich darf nicht mehr an ihn denken. Ich muss ihn endlich vergessen!«

Doch je länger sie zwischen all den murrenden, seufzenden Menschen saß, desto stärker drängte sich ihr Mikels Bild auf. Auch abends, wenn Catalina den Vatikan verließ, verfolgte sein Bild sie weiter. An jeder zweiten Straßenecke meinte sie seinen braunen Lockenkopf und seine grünen Augen zu entdecken, und schließlich erschien er ihr auch in ihren Träumen. Er saß neben ihr und blickte sie an, und wenn Catalina aufwachte, fühlte sie sich ihm so nah, als hätte er tatsächlich gerade neben ihr gesessen und ihre Hand gehalten. Entsprechend groß war ihre Enttäuschung, wenn sie feststellte, dass es wieder nur ein Traum gewesen war.

»Das muss aufhören«, stöhnte sie. »Mein Gott, so hilf mir doch! Ich darf und ich will nicht mehr an ihn denken!«

Doch ihr Beschwören half ihr nicht, und auch die Gebete, die sie in Erinnerung an Schwester Maria mit großer Inbrunst sprach, verschafften ihr immer nur für kurze Zeit Erleichterung. Mikel bestimmte ihre Gedanken und Gefühle.

»Das macht nur das viele Alleinsein und diese endlosen Stunden des untätigen Wartens«, redete sie sich ein. »Wenn der Papst mir erlaubt, Männerkleider zu tragen, und ich wieder mein gewohntes Leben führen kann, werde ich ihn schon wieder vergessen!«

Zwei Wochen später empfing der magere Mönch am Eingang Catalina mit einem vielversprechenden Lächeln.

»Heute sieht es nicht schlecht aus: Bislang sitzen im Wartesaal erheblich weniger Bittsteller als sonst.«

Hoffnungsvoll ging Catalina in den Wartesaal, in dem sich tatsächlich nur ein gutes Dutzend Leute aufhielten. Schon zwei Stunden später rief man ihren Namen auf.

Catalina erhob sich und folgte dem Mönch in den Empfangssaal des Papstes.
Wie der Mönch sie angewiesen hatte, kniete Catalina vor dem Papst nieder und küsste den Ring an seiner rechten Hand.
Der Papst segnete sie und erlaubte ihr, Platz zu nehmen. Er war ein großer, schwerer Mann mit ruhigem Blick und nachdenklicher Miene und sah durchaus wohlwollend zu ihr herüber. Der Schreiber, der an einem mit viel Gold verzierten Schreibtisch saß, legte ein neues Blatt Papier vor sich und blickte abwartend zu ihnen.
»Du bist also Catalina de Erauso …« Der Papst sprach Lateinisch und wartete ab, ob Catalina ihn verstand. Als sie nickte, musterte er sie eindringlich mit seinen klugen, grauen Augen.
»Man hat mir deinen Fall schon geschildert«, fuhr er nach einer Weile fort. »Und ich muss sagen, dass ich deine Bitte sehr ungewöhnlich finde. Ich verstehe das doch richtig: Du willst, dass ich dir erlaube, weiter Männerkleidung zu tragen?«
»Ja, Heiliger Vater, um diese Gunst bitte ich.«
»Nun, du bist ein verdienter Soldat deines katholischen Königs, obwohl es da wohl auch ein paar dunkle Flecken gibt …«
Er sah zu seinem Schreiber, als wolle er sich vergewissern, dass er die Fakten richtig im Kopf hatte. Der Schreiber nickte.
Der Papst blickte wieder zu Catalina. »Bevor ich mehr sagen kann, muss auf jeden Fall von einer unserer Hebammen festgestellt werden, ob du noch Jungfrau bist, denn wenn überhaupt kann ich diese Erlaubnis nur einer unbefleckten Jungfrau erteilen.«

Catalina musste an die entwürdigende Untersuchung im Kloster in Lima denken. Das sollte sie noch einmal über sich ergehen lassen?
Trotzdem nickte sie. »Wenn es sein muss, bin ich dazu bereit.«
Der Papst wies seinen Schreiber an, eine entsprechende Notiz zu machen.
»So sei also morgen früh pünktlich um acht wieder hier!«
Catalina machte einen tiefen Knicks.

Die Untersuchung von Catalinas Jungfernschaft im Vatikan verlief sehr viel unspektakulärer als in Lima. Lediglich eine Hebamme und eine Nonne waren bei der Untersuchung zugegen. Sobald die Hebamme festgestellt hatte, dass Catalina tatsächlich noch Jungfrau war, half sie ihr, sich wieder anzuziehen, und ließ sie zum Papst bringen.
»Und du willst vor allem deshalb die Erlaubnis, Männerkleider tragen zu dürfen, weil du weiter in der Armee deines katholischen Königs dienen und für deinen Herrn und Gott kämpfen willst?«, fragte er sie und sah sie eindringlich an.
»Ja, Heiliger Vater«, erwiderte Catalina.
»Nun, über mutige Soldaten im Dienst des Herrn freut sich die Kirche immer, und da du in der Tat noch unbefleckt bist, will ich dir diese Erlaubnis geben.« Er blickte zu seinem Schreiber und bedeutete ihm, ein entsprechendes Dokument aufzusetzen.
»Warte draußen. Das Dokument wird dir gebracht werden.«
Catalina starrte ihn an. Sollte es das wirklich schon gewesen sein? So einfach? Und wieso war sie jetzt nicht glücklich und erleichtert?

Der Mönch, der sie hereingeführt hatte, berührte sie am Arm. »Deine Audienz ist beendet. Du musst draußen warten!«

Verwirrt machte Catalina einen Knicks und dankte dem Heiligen Vater für seine Gnade, doch der tauschte sich mit seinem Schreiber schon längst über den nächsten Fall aus. Da begriff Catalina, warum keine Freude in ihr aufkommen wollte. Auch Männerkleider würde sie nicht zu einem Teil der Gesellschaft machen. Sie war und blieb ein Außenseiter. In Frauen- wie in Männerkleidern.

33

Zwei Monate später erreichte Catalina mit den Pilgern Spanien, drei Wochen später stand sie vor den Toren von San Sebastián. Sie hatte sich entschlossen, das Haus ihrer Eltern aufzusuchen. Vielleicht war ja nach all diesen Jahren zumindest ihre Mutter bereit, die Flucht aus dem Kloster zu verzeihen.

Als Catalina vor der breiten Eingangstreppe ihres Elternhauses stand, verließ sie der Mut. Als wäre es gestern gewesen, hatte sie plötzlich wieder vor Augen, wie wütend ihr Vater reagiert hatte, als er sie im Haus der Urreas wiedererkannt hatte, und wie ihre Mutter vor der Kirche an ihr vorbeigegangen war, die Hand ans Kreuz gelegt, als bitte sie um Schutz vor einem Dämonen. Catalina schob einen Finger in den Kragen ihres gerade erst erstandenen Hemdes. Auf einmal schien es ihr zu eng und ihr Wams erstickend warm und ihre neue Hose allzu herausfordernd. Sie bereute, sich ihren Eltern nicht noch in den Pilgerkleidern präsentiert zu haben. Catalina tastete nach den Schriftstücken des Papstes und des Königs. Beide lagen sicher in ihrer Umhängetasche. Sie straffte sich und schritt die Stufen empor.

Ein livrierter Diener mit einem gelangweilten Gesichtsausdruck öffnete Catalina die Tür.

»Ja, bitte, mein Herr, Ihr wünscht?«

»Ich möchte zu Don de Erauso und seiner Gemahlin«, erwiderte Catalina mit fester Stimme.

»Zu Don de Erauso?« Der Diener schüttelte den Kopf. »Hier wohnen die Laboas.«
»Wer ist denn da, Santxo?«, erklang im Hintergrund eine Stimme, und kurz darauf trat eine ältere Dame im hochgeschlossenen schwarzen Kleid an die Tür.
»Ein junger Herr, der nach den de Erausos fragt«, antwortete der Diener und trat einen Schritt zurück.
Die alte Dame sah Catalina prüfend an. »Die de Erausos waren die Vorbesitzer des Hauses. Ihr scheint schon lange nicht mehr hier gewesen zu sein.«
Catalina nickte. »Über zehn Jahre. Wisst Ihr vielleicht, wohin die Familie Erauso gezogen ist?«
Die alte Dame bekreuzigte sich. Catalina fasste nach dem Türgriff, als könne er ihr Halt geben.
»Sie sind verstorben, vor fünf Jahren, ganz kurz hintereinander.« Die alte Dame trat einen Schritt auf Catalina zu und musterte sie. »Und wer seid Ihr? Ich meine, man will doch wissen, wem man solche Auskünfte gibt!«
»Ich … ich bin nur ein … ein Freund der Familie«, stotterte Catalina. Alles in ihr sträubte sich dagegen zu akzeptieren, dass sie ihre Eltern nie mehr wiedersehen sollte, sie sie nie mehr um Verzeihung bitten konnte. Ihre letzte Hoffnung auf ein Zuhause lag in Trümmern.
»Und ihre Söhne … Die de Erausos hatten doch Söhne!«
»Die Söhne, mein Gott, die sind irgendwo in der Welt zerstreut. Der eine ist, glaube ich, Kapitän, ein anderer lebt in Panama, einer ist wohl verstorben, und die Übrigen …« Doña de Laboas hob die Schultern. »Soweit ich weiß, leben nur noch die Töchter hier in San Sebastián. Sie sind alle im Kloster, das heißt, alle bis auf eine, nicht wahr, Santxo, da war doch einmal so eine Geschichte? Du bist doch von hier, du weißt das doch besser als ich. War das

Mädchen nicht aus dem Kloster weggelaufen und hat der Mutter damit das Herz gebrochen?«
Catalina wandte sich um und wankte die Treppe hinab.

Auch Stunden später irrte Catalina noch ziellos mit brennenden Augen durch die Stadt. Erst als der Zufall sie in den Hafen brachte, blieb sie stehen. Eine imposante dreimastige Galeone lag gleich vorn am Kai. Catalina musste an Tao Te Chen denken und hätte in diesem Moment alles dafür gegeben, irgendwo an Deck sein schlitzäugiges Gesicht zu erblicken. Der vom Meer kommende Wind wehte ihr das Haar zurück. Inzwischen reichte es ihr bis auf die Schultern – seit ihrer Verwundung hatte sie es nicht wieder geschnitten. Tao Te Chen hätte es so gefallen … Catalina traten wieder die Tränen in die Augen. Ärgerlich fuhr sie sich mit dem Ärmel über das Gesicht. Es war zu spät. Daran änderten auch ihre Tränen nichts.
Mit einem Mal hatte Catalina das Gefühl, dass jemand sie ansah. Sie blickte sich um und erspähte in einer Menschengruppe, die bei der Fischversteigerung zusah, ein Paar grüne Augen, die ihr so vertraut wie ihre eigenen waren, und stöhnte auf. Sie war es ja so leid, sich von diesen Wunschbildern narren zu lassen! Catalina drehte sich um und ging weg. Kurz darauf legte ihr jemand die Hand auf die Schulter. Verwundert sah sie sich um. Jetzt waren die grünen Augen direkt vor ihr.
»Das kann nicht sein!« Catalina wich zurück. Mikel setzte einen Fuß vor, als wolle er ihr nachgehen, blieb dann aber doch stehen.
»Aber das kann nicht sein!«, rief Catalina. »Ich habe dich in den letzten Monaten so oft gesehen … Du kannst nicht wirklich vor mir stehen!«

Mikel nahm ihre Hand. »Komm«, sagte er. »Lass uns zum Strand gehen. Da sind wir ungestört.«
Der Sand knirschte unter ihren Füßen. Erst als sie die Fischerboote erreicht hatten, die zur Reparatur an Land gezogen waren, ließ Mikel Catalina los. Sie lehnte sich gegen eines der Boote. Noch immer konnte sie nicht fassen, dass Mikel tatsächlich bei ihr war.
»Wie hast du mich finden können?«
»So schwer war das nicht.« Mikel zeichnete mit dem Fuß eine lange Linie in den Sand. »Immerhin wusste ich aus den Gazetten und von den Flugblättern, dass das Inquisitionsgericht dich nicht angeklagt, sondern nach Madrid überstellt hat, und in Madrid habe ich deine Zimmerwirtin ausfindig machen können. Sie wusste, dass du nach Rom wolltest. Mir war klar, dass du da nicht bleiben würdest, sondern dass es dich, zumindest, wenn du Erfolg hast, als Erstes in deine Heimatstadt ziehen würde, denn für deine Eltern hast du diesen Weg nach Rom doch in erster Linie gemacht, oder nicht?«
»Damit hast du wahrscheinlich Recht, auch wenn ich das selbst erst vorhin begriffen habe …« Catalina presste die Lippen zusammen.
»Und jetzt hast du herausgefunden, was auch ich schon festgestellt habe: dass sie tot sind. Wo solltest du danach hingehen, wenn nicht zum Meer, der einzigen Zuflucht, die uns Heimatlosen bleibt?«
»Du bist mir all die Monate hinterhergereist?«
Mikel nickte.
Erst in diesem Moment wurde Catalina bewusst, dass Mikel ja nun wissen musste, dass sie eine Frau war. Sie fuhr sich über die Stirn.
»Ich … ich verstehe das nicht. Warum bist du mir gefolgt?

Und deine Frau ... Hast du der die lange Reise etwa auch zugemutet?«
Mikel kratzte sich am Kopf. »Letezia habe ich andere Dinge zugemutet, aber das hier nicht.« Er räusperte sich. »Nachdem du in der Schlacht so schwer verletzt worden warst, habe ich Letezia gebeten, die Hochzeit zu verschieben, und als ich gehört habe, dass und warum du vom Männer- ins Frauenkloster verlegt worden bist, wurde mir bewusst, dass auch Letezia nur eine Flucht für mich gewesen war. Dich habe ich geliebt. Schon seit Jahren. Nur habe ich immer dagegen angekämpft, weil ich dich für einen Mann hielt. Und auch Aiala in Sevilla habe ich nur wegen dir verlassen. Weil ich dich einfach nicht aus dem Kopf bekommen konnte.
Danach kamen die schrecklichen Wochen, in denen ich versucht habe, von den Nonnen zu erfahren, wie es dir geht, und immer wieder abgewiesen wurde! Sie haben mir gesagt, dass du unter Arrest stündest und niemand zu dir dürfe. Noch nicht einmal eine Nachricht wollten sie dir reinschmuggeln. In dieser Zeit wurde mir klar, dass mir nichts Schlimmeres widerfahren konnte, als dich zu verlieren.« Mikel fuhr ihr mit der Hand durchs Haar und behielt eine Strähne in den Fingern. »Warum hast du mir bloß nicht früher erzählt, dass du eine Frau bist?« Er ließ die Haare aus seinen Fingern gleiten und sah Catalina direkt an. »Es wäre uns so manches erspart geblieben.«
»Ein ... ein paarmal wollte ich es ja, aber ...« Catalina schluckte. »Ich hatte solche Angst, dass du mich dann nicht mehr bei dir haben wolltest, und ich wollte dich doch nicht verlieren.«
Mikel lächelte. »Leicht gemacht habe ich es dir wohl wirklich nicht.« Er strich ihr die Haare aus der Stirn.

»Ganz ungewohnt, dich so zu sehen. Aber es steht dir gut. Richtig hübsch siehst du so aus.«

»Bitte, lieber Gott, jetzt lass mich nicht aufwachen und feststellen, dass ich wieder nur geträumt habe«, flüsterte Catalina.

»Aber du träumst nicht«, lachte Mikel. »Catalina, ich liebe dich, ich liebe dich wirklich! Und ich will dich nie wieder verlieren.«

Mikel zog sie zu sich. Ganz nah waren sich ihre Gesichter jetzt, so nah, dass sie den Atem des anderen auf den Wangen spüren konnten, und schließlich fanden sich ihre Lippen …

»Endlich!« Mikel drückte sie an sich, als wolle er sie nie wieder loslassen. In Catalinas Augen sammelten sich Tränen. Mikel wischte sie ihr sanft von den Wangen. »Jetzt ist doch endlich alles gut.«

Auf einmal musste er lachen.

»Ist dir eigentlich klar, was für ein Bild wir zwei hier abgeben?« Er zeigte auf ihre Kleidung und lachte noch lauter. »Wenn wir so weitermachen, landen wir demnächst als Sodomisten auf dem Scheiterhaufen!«

Trotzig strich sich Catalina über ihr Wams und ihre festen Leinenhosen. »Der Papst selbst hat mir erlaubt, Männerkleider zu tragen, und es ist so praktisch! Zum Reiten, zum Arbeiten, im Kampf …« Sie blitzte Mikel an. »Ich bin nicht geboren für ein Leben am Küchenherd.«

»Das ist auch der letzte Ort, an dem ich dich sehen will«, lächelte Mikel. »Aber zumindest, wenn wir uns in aller Öffentlichkeit küssen, solltest du ein klein wenig schicklicher gekleidet sein.«

Allzu besorgt schien er allerdings nicht zu sein, denn kurz darauf senkte er seine Lippen wieder auf die ihren …

Nachwort

Catalina de Erauso wurde 1592 in San Sebastián geboren. Auch wenn man sich heute kaum vorstellen kann, dass es einer Frau damals gelungen sein soll, über Jahre unter Matrosen und unter Soldaten zu leben, ohne von ihnen als Frau entlarvt zu werden, ist dies doch sowohl durch ihre Autobiografie als auch durch Augenzeugenberichte verbürgt.
Der vorliegende Roman hat sich in weiten Teilen an ihrer Autobiografie orientiert, in Details erlaubt er sich aber auch künstlerische Freiheiten. Authentisch ist Catalinas Flucht aus dem Kloster und wie sie sich als Page, Matrose, Gehilfe und Soldat durchgeschlagen hat. Es gab einen Doktor de Geralta in ihrem Leben, Aitor hat sie ihre erste Verhaftung zu verdanken, selbst die Szene, in der Catalina nach einem Duell den eigenen Bruder tötet, um einen Freund zu retten, entspricht den Tatsachen und ebenso ihre Freisprechung von der heiligen Inquisition und ihr Vorsprechen beim Papst: Er erteilte ihr tatsächlich die Erlaubnis, fortan Männerkleider zu tragen. Gefehlt in ihrem bewegten Leben haben Tao Te Chen, Schwester Maria und Mikel – und sie haben ihr so sehr gefehlt, dass ich sie für sie erfinden musste.

Ein kleines Dankeschön

Mein besonderer Dank gebührt Antoni Montanya (Monti), der mir von Catalina erzählt hat und ohne den ich dieses Buch nie geschrieben hätte. (Mi agradecimiento más especial para Antoni Montanya (Monti), por haberme hablado de Catalina y sin el cual nunca hubiese escrito este libro.)

Nicht weniger wichtig für die Entstehung dieses Buches war Herr Manfred Bickel, der mir bei kniffligen kirchengesetzlichen Fragen Schützenhilfe geleistet hat. Auch ihm meinen Dank.

Ein ganz spezielles Dankeschön gebührt auch meiner Lektorin Regine Weisbrod, die mir während der letzten Arbeiten an dem Roman noch viele wertvolle Anregungen gegeben hat, die ich gern aufgegriffen habe.

Außerdem möchte ich diese Gelegenheit nutzen, meiner Mutter zu danken, die immer hinter mir gestanden und mich ermutigt hat.

Last but not least danke ich meinen drei »gentils sauvages«, die mich in dieser ebenso leidenschaftlichen wie arbeitsreichen Zeit mit ganzem Herzen unterstützt haben. Tendrement à tous les trois et à chacun de vous – et enfin, merci pour les classes de voile … et la patience dont tu as fait preuve!

Literatur

Catalina de Erauso: *Die Nonne Fähnrich*, herausgegeben von Alfred Semerau, Leipzig, 1929, erstmals gedruckt: 1625

Historia de la Monja Alférez, Catalina de Erauso, escrita por elle misma, Edición de Ángel Esteban, Catedra, Madrid, 2002

Cornelia Lotthammer: La Monja Alférez, Die Autobiografie der Catalina de Erauso in ihrem literarischen und gesellschaftlichen Kontext, Peter Lang, Frankfurt, 1998

J. Ignacio Tellechea Idigoras: *La Monja Alférez*, Sociedad Guipuzcoana de Ediciones y Publicaciones, Donostia San Sebastián, 1992

Javier y Asier Sada: *Historia de San Sebastián*, Editorial Txertoa, San Sebastián

Bartolomé Bennassar, Bernard Vincent: *Spanien im 16. und 17. Jahrhundert*, Klett-Cotta, Stuttgart, 1999

Marcelin Defourneaux: *Spanien im goldenen Zeitalter*, Stuttgart, Reclam, 1986

Salvador de Madrariaga: *Die Erben der Conquistadoren*, Deutsche Verlagsanstalt, Stuttgart

Garcilaso de la Vega: *Wahrhaftige Kommentare zum Reich der Inka*, Rütten & Loening, Berlin, 1983

Die Eroberung von Peru, herausgegeben von Robert und Evamaria Grün, Droemersche Verlagsanstalt, 1973

William Prescott: *Die Eroberung Perus*, Sammlung Dieterich, Leipzig, 1975

Lebensalltag der Inka, Verlag Das Beste, Stuttgart, 1996
Johann Jakob von Tschudi: *Reiseskizzen aus Peru*, Edition Leipzig, 1988
Marcos Aguinis: *Der Ketzer von Lima*, Lichtenberg, München, 1998